KB105165

내 남편과 결혼해줘

2

청어람

내 남편과 결혼해줘 2

초판 1쇄 찍은날 2024년 04월 05일
초판 1쇄 펴낸날 2024년 04월 12일

글 신유담
펴낸이 서경석
총괄 서기원 **책임편집** 서지혜 황창선
기획·마케팅 박문수 **디자인·제작** 이문영

펴낸곳 도서출판청어람
출판등록 1999년 05월 31일(제38-7-1999-000006호)

본사 경기도 부천시 부일로483번길 40, 3층
지사 서울특별시 구로구 디지털로272, 404호
전화 02-6956-0531
팩스 02-6956-0532
메일 chungeoram_book@naver.com

ISBN 979-11-04-92511-5 04810
      979-11-04-92509-2 (세트)

내 남편과 결혼해줘 2

신유담 대본집

기획의도

노자가 말했다.

"원수가 있다면 강가에 앉아서 기다려라. 원수의 시체가 떠내려올 것이다."

이 말은 많은 '을'의 위안이었다.
하지만 세상은 뜻한 대로 되는 법이 없나니
강가에는 원수의 시체를 보지 못한 한맺힌 '을'의 시체만 즐비하다.
'갑'들은 상류에서 열심히 몸 관리 하면서 수명을 늘리고 있었고,
답답터진 '을'들은 홧병을 얻어서 빨리 죽어버렸으니까.
그리하여 우리는..

"원수를 강으로 밀어라. 그러면 시체가 되어 떠내려갈 것이다."

..에 관한 이야기를 해보고자 한다.

로맨스는 판타스틱하게, 인과응보는 속 시원하게,
이 시대의 남과 여, 우정, 연애, 결혼,
그리고 시커먼 욕심들과 무능, 배신, 통쾌한 극복.
사필귀정(事必歸正)!
모든 일이 결국 바르게 돌아가는 날까지.

목차

인물소개

강지원(31) / U&K푸드 마케팅1팀 대리

아빠에게 넘치도록 사랑받았던 강지원은 어디서나 당당하고, 다정하고, 웃는 얼굴이 어울리던 아이였다. 그녀의 잘못은 그저, 친구를 잘못 사귀고, 남자를 잘못 만나고, 가정을 잘못 이룬 것. 다시 한번 기회가 주어진다면.. 통쾌한 반격, 가능할까??

B.E.F.O.R.E
꾸밀 줄 모르지만 늘씬하고 서글서글한 미인. '남편 있는 착한 여자'로서 살았던 인생의 결론은? 무능한 남편, 짜증유발자 시댁과 고된 회사생활을 견딘 끝에 얻은 암(cancer), 유일한 친구라고 생각했던 수민과 유일한 가족이었던 민환의 불륜, 그리고.. 자기 자신의 죽음이었다.

A.F.T.E.R
죽었다 눈을 떴을 땐 2013년 4월 12일, 모든 것이 시작되기 전이었다. 운명의 법칙을 깨달은 이상 복수는 간단했다. 지원이 살아온 모든 것을 수민에게 넘기면 그게 바로 복수.

"네가 탐내던 쓰레기 네가 처리해. 내 남편과 결혼해줘."

그리고 그런 지원 앞에 한 남자가 조력자로 나타나는데.. 유지혁이다.

유지혁(30) / U&K푸드 마케팅 총괄부장

[지원의 조력자]
머리 좋고, 몸 좋고, 집안 좋고, 제대로 알파메일(Alpha Male). 그에게 여자는
평생 단 한 명이었다.

아무것도 모르던 어린 시절부터 사랑을 믿지 않던 그는 한 여자를 만나 평생 동
안 마음에 품었지만, 사랑을 표현하는 법을 몰라 놓친 후에 끝의 끝까지 가서야
자기가 뭘 했어야 하는지 안다. 다시 한번 기회가 주어진다면, 이번에는 제대로
강지원을 잡을 수 있을까?

B.E.F.O.R.E
어느 운명의 밤, 자신과 너무 닮아있던 지원의 상처를 알게 된 후 지혁은 지원
이 신경 쓰였다. 하지만 아무것도 해보지 못한 채 시간은 흘렀고, 한참 뒤 상사
와 부하직원으로 지원을 만났을 땐 이미 그녀 곁에 민환이 있었다. 아무것도 해
볼 수 없는 채로 시간은 다시 흘렀고, 그런 지혁이 지원을 다시 마주한 건, 2023년.
지원의 나이 41살, 지독하게도 이르고 외로운 죽음이었다.

A.F.T.E.R
눈을 뜨니 2013년 4월 19일. 회사에서 살아있는 지원을 다시 마주했다.
왜 돌아왔는지, 무얼 해야 할지 명확했다. 두 번째 기회는 절대 놓치지 않으리
라 다짐하지만 기회의 대가는 생각보다 훨씬 잔인했다.

박민환(33) / U&K푸드 마케팅1팀 대리

[전 남편 현 남친]
적당한 키와 외모 덕에 한없이 가벼운 성격임에도 여자에게 늘 인기 있었다. 결혼할 나이가 되자 엄마 대신 밥도 하고, 돈도 버는 노예 같은 여자를 물색하던 찰나, 강지원을 발견했다. 찾았다, 내 호구.. 아니, 내 와이프!
결혼용으론 좋지만 따분하기 짝이 없는 지원을 보험으로 두고 있는데.

어느 날 다른 썸이 훅 들어왔다. 강지원의 친구, 정수민. 결혼 후에는 불법이니까 뭔가 할(?) 수 있다면 결혼 전이 좋겠는데.. 재미 좀 볼까 하는 찰나,
갑자기 순했던 지원이 변. 했. 다?

"너.. 너 눈을 왜 그렇게 떠??"

정수민(31) / U&K푸드 마케팅1팀 사원

[지원의 하나뿐인 절친]
선해 보이는 이목구비, 자그마한 키에 누구나 측은지심이 발동할 서투름이 생존무기다.

엄마에게 버림받은 지원도 자신처럼 힘들겠거니 했다. 하지만 지원은 비참해 보이지 않았다. 그래서 그녀에게 다가갔고, 제일 친한 친구가 되었다. 생글생글 웃으며 지원의 삶을 망가뜨리는 건 세상에서 가장 쉬운 일이었다. 기죽어 눈치만 보는 지원 옆 수민은 언제나 왕따를 챙겨주는 착한 아이. 함께 어른이 되었고, 수민에게 지원은 여전히 모든 걸 빼앗고픈 '내 편'이자 '내 것'.

"네가 좋아하는 건 나도 다 좋아."
직업도, 남자도, 친구도, ... 남편까지도.

백은호(31) / 레스토랑 베르테르 수석 쉐프

[지원의 첫사랑]

만찢남이라는 말이 어울리는 하얀 피부에 섬섬옥수를 가진 사람. 샴푸향 나는 외모와 수줍은 경상도 사투리와 합쳐지니, 인기가 많을 법도 하지만.. 연애만 하려 하면 오장육부, 얼굴 근육, 눈코입의 기능마저 상실되는 연.애.쪼.다.

물론 '첫사랑'조차 없는 것은 아니다. 고등학교 시절, 왕따당하는 지원을 마음에 담았었다. 삼일 밤낮을 썼다 지운 끝에 보낸 고백편지의 답장은.. 충격적이게 도 거절! 서툴고 어린 맘에 거절해놓고 웃는 지원이 너무 미워서, 기어코 못된 말을 던져 지원의 상처가 되고 말았다.

<회사 사람들>

양주란(37세) / U&K푸드 마케팅1팀 대리

부모님의 사랑을 듬뿍 받고 큰 순한 사람.

하지만 너무 요령없고 쭈구리 같은 성격 탓에 인생이 순탄치 않다. 전쟁 같은 결혼생활도 딸 연지가 태어나고부터는 그저, 참는다. 애 아빠 면 깎지 말자 싶어 않는 소리 한 번 하지 않고 있는데.

회사생활이라도 좀 나으면 좋으련만. 부사수 경욱이 기획안을 빼앗아 과장을 달더니 사사건건 태클에 막말폭격까지 한다. 남편과 상사를 동시에 뒤엎는 꿈을 꾸지만, 실제로는 그저 쭈구리.

유희연(25) / U&K푸드 마케팅1팀 사원

누군가 ENFP가 어떻냐고 물으면 고개를 들어 유희연을 보게 하라. 부장인 유지혁과 어떻게 아는 사이인지는 회사 내 극비사항.

누구에게든 잘 웃고 붙임성 있게 굴지만 아닌 건 아닌 그녀 앞에 지원이 나타났고. 희연은 지원의 가장 큰 아군이 된다.

김경욱(39) / U&K푸드 마케팅1팀 과장

마케팅 상무의 사돈에 팔촌 친구의 동생이라나. 입만 열면 라떼 타령에, 능력 있는 부하직원에겐 숨 쉬듯 열폭하지만 정치질로 요리조리 살아남고 있다.

그런 경욱에겐 꿈이 있다. 예쁘고 귀여운 아내를 만나 대출 끼고 집 마련해 둘이 열심히 갚으면서 아내가 매일매일 아침에 고소한 된장찌개를 끓여 배웅해 주는 남들 다 사는 그런 삶 말이다.

이석준(41) / U&K그룹 전략기획실장

냉철한 이성과 뛰어난 지능으로 U&K 유한일 회장의 눈에 띄어 오른 날개가 되었고, 자신의 은인 한일에게는 충성하지만, 글쎄.. 지혁한테까지 그럴 필요가 있을까?

표정이 없어 무슨 생각을 하는지 알 길이 없다. 꼭 필요한 이야기가 아니면 입 밖으로 내지 않고 직원들과 어울리는 일도 없다.

<가족들>

유한일(77, 지혁조부) / U&K그룹 회장

진정한 기업가 정신의 소유자이자 노블레스 오블리주가 무언지 알고 있는 어른. 악역 같은 외모를 지녔지만 손주들 사랑은 지극하다. 손자가 빨리 안정된 가정을 가졌으면 하는 마음에 U&K 창립멤버 강태경의 집안과 인연을 맺으려 한다.

김자옥(55, 민환모)

세상에 아들 하나가 금쪽인 줄 알고 키웠다. 내 자식이 귀하면 남의 자식도 귀하다는 말은.. 모른다.

자기 남편의 엉덩이는 걷어차면서도 며느리는 아들의 몸종이어야 한다고 생각한다. 박씨도 아니면서 박씨 가문의 대를 잇는 게 일생의 숙원인 양 지원을 들들 볶고 지원의 암 소식을 듣자마자 우리 아들 불쌍해서 어쩌냐 눈물 쏟는 표독 시어머니.

강현모(50, 지원부) / 화물차 기사

경상도 사투리를 걸쭉하게 사용하는 부산토박이로 하나밖에 없는 딸 지원을 목숨보다 더 아끼고 사랑했던 아버지. 아내가 바람이 나 도망간 후에는 혼자서 딸 지원을 금지옥엽으로 키운다. 지원이 대학을 졸업하기 전 암으로 사망한다.

<주변인물>

오유라(31) / 클라우드 항공 부사장

금수저를 물고 태어나 속세의 희로애락에 대한 감각이 없는 순수한 악마. 한없이 사랑스럽고 무해한 매력의 소유자지만 악의가 없기에 그 누구보다 위협적이고 무자비하다.

집안끼리의 약속으로 약혼을 하기는 했지만 지루하고 답답한 모범생 지혁에게 별 감정은 없었는데 파혼을 이야기하는 자리에서 확 달라진 모습을 보자 흥미가 생겼다.

내가 버리는 건 몰라도 누군가에게 빼앗기는 건 절대 용납 못 하지. 그것도 상대가 볼 것 없고 평범하다 못해 재미없는 여자라면-

조동석(29) / 치킨집 '날 튀겨봐요' 사장

한국대 동아리 '체육볶음'에서 만난 지혁의 가족 같은 동생. 태권도 국대 상비군이었지만 지금은 치킨집 열어 잘 사는 중. 지혁의 말이라면 따지지 않고 도와주는 든든한 조력자다.

김신우(29) / 치킨집 '날 튀겨봐요' 공동창업

지혁의 '체육볶음' 후배이자 동석의 치킨집 동업자. 동석이 '날 튀겨봐요'의 멈추지 않는 엔진이라면 신우는 브레인. 프랜차이즈가 즐비한 동네에서 나름 경쟁력있게 버티는 건 신우의 힘이다.

하예지(31) / 지원, 수민, 은호의 고등학교 동창

드세지만 단순해서 속기도 잘 속는다. 정수민에게 넘어가 고등학교 3년 내내 강지원을 괴롭힌 장본인이지만 모든 사실을 알게 되고 어떻게든 자신의 만행을 갚아주려고 노력한다.

이재원(35) / 백수

주란의 남편이자 연지의 아빠. 큰 갈빗집을 하고 있는 주란 부모의 재력을 보고 주란과 결혼했다. 부인보다 어린 나이와 반반한 외모만 믿고 게임이나 하며 놀고먹고 있다.

가장의 체면을 지키기 위해 집안일과 딸 연지의 육아의 90%를 주란에게 미루는 중.

일러두기

1 신유담 작가의 집필 방식을 최대한 따랐습니다.

2 드라마 대사는 글말이 아닌 입말임을 감안해, 한글맞춤법과 다른 표현이라 해도 최대한 살렸습니다.

　지문의 경우 한글맞춤법을 최대한 따르되, 어감을 살리기 위해 그대로 둔 표현도 있습니다.

3 물음표, 마침표, 쉼표 등 문장 기호의 표기는 작가의 의도를 따랐습니다.

4 미방영 내용이 포함되어 있으며, 방송된 부분과 다를 수 있습니다.

용어정리

N 　내레이션(Narration)의 약어로, 등장인물이 화면 밖에서 상황을 해설하거나 극의 전개를 설명할 때 사용한다.

E 　이펙트(Effect)의 약어로, 보통 등장인물의 얼굴은 보이지 않고 목소리만 들리는 경우에 주로 사용한다.

F 　필터(Filter)의 약어로, 전화기 너머의 목소리 등을 표현할 때 사용한다.

C.U 　클로즈업(Close up)의 약어로, 대상물이 화면에 가득 차도록 확대해 촬영하는 기법이다.

INSERT 　화면의 특정 동작이나 상황을 강조하기 위해 삽입한 화면을 뜻한다. 인서트 화면에서는 대개 클로즈업을 사용한다.

CUT TO 　가까운 공간 안에서의 각도 전환을 의미한다.

몽타주 　따로따로 편집된 장면들을 적절하게 떼어 붙여서 하나의 긴밀하고 새로운 장면을 만드는 것을 뜻한다.

FLASH CUT 　화면과 화면 사이에 들어가는 순간적인 장면으로, 극적인 인상이나 충격 효과를 주기 위해 삽입되는 매우 짧은 화면을 지칭한다.

9부

널 모르겠어.

확실한 건 알고 싶지도 않다는 거야.

씬1. 8부 엔딩 연결(밤)

불꽃놀이와 드론쇼에서 이어지는 화려한 프러포즈의 면면.
지원, 지혁, 민환, 수민의 표정들.

씬2. 지혁 별장 풀사이드(밤)

일동   생일 축하합니다!!

생일모자 쓴 지원의 어깨 감싸 안는 민환.
주란이 폭죽 터트리고. 희연 부부젤라 뿜뿜뿜!!

유희연   와아... 어쩐 일로 강 대리님 생일파티를 이렇게 거하게 주최하나 했더니...
(민환 살짝 다시 봤다?) 프러포즈였군요?

박민환   (으쓱) 최고의 생일 선물이면 좋겠는데 말이죠. (지원에게) 어때?

강지원   아하하!!

양주란   지원 씨 좋겠다아!

정수민 (민환에게 비꼬는 의미로) 진짜 대단하시다아...
어떻게 이런 생각을 하셨어요?

박민환(E) (지원 어깨 감싸고 있던 손 슬그머니 내리며) 아, 그... 드론이니 불꽃
놀이는 나도 좀 놀랐긴 한데 말이야...(지혁 흘깃 보는데)

유지혁 (표정)

강지원 (눈치채고 잡아서 어깨 올리고) 그러니까.
나는 3만 8천 원짜리 이벤트 세트로 프러포즈했어도 행복했을 건데...

불꽃 튀는 두 여자의 시선 속
땀 뻘뻘 나는 민환의 표정에서 연결.

씬3. 16층 사무실_과거(낮)

민환, 검색어 '프러포즈'고 중고 거래 사이트 보는 중.

박민환 5만 워언? 으허? (보다가) 3만 8천 워언? (스크롤) 미쳤네... 미쳤어...

뒤에서 그런 민환 보고 있는 지혁 머리 아프고.
시선 느낀 민환이 돌아보면 따라오라고 손짓.

CUT TO. 지혁 자리
지혁이 먼저 들어오고 민환이 따라 들어와 문 닫으면,

유지혁 (한심) 회사에서 최근 사건에 대한 위로의 의미로 강 대리님 생일에
별장을 제공한다더군요.

박민환 (위로?)

유지혁 김경욱 과장 건.

박민환 아아! (하지만 좀 이상+의심) ...위로 차원으로 별장을요?

유지혁　보통 콘도를 제공합니다만 좀 더 신경 쓴 거긴 합니다.

박민환(E)　(헐…) 이 생키 찐사랑이었네. 완존 순애보구만. (지혁이 어깨에 손 툭)
　　　　어뜩하냐. 여자를 모르는구나? 강지원은 나밖에 없는데.

　　　　무심코 손 올렸다가 지혁 표정 확 굳으면 움찔!
　　　　지혁, 어깨 위의 손 한 번 보고 민환 보면.

박민환　아하하!! (왼손으로 오른손 잡아 내리며) 이게 왜 거기 가 있지?
　　　　그럼 마침 좋은 기회니 1팀 직원 모두 함께하는 생일파티는 어떨까요?

유지혁　(뭐?)

박민환　생일파티인 줄 알았다가 서프라이즈으~~~!! 하면 될 거 같아서.
　　　　(아, 맞다… 후후) 저, 이제 청혼하려고요. 강지원과 결혼합니다.

유지혁　(됐군, 싶은데)

박민환(E)　(동상이몽) 너도 와서 마음도 좀 상해라, 이 꼴 보기 싫은 생키야!!

박민환　축하해주실 거죠?

유지혁　물론이죠. 다른 지원도 가능할 것 같군요.

씬4. 선착장(밤)

　　　　보랏빛 물이 조명에 반짝반짝. 지원, 옆에 샴페인 잔 내려놓고 앉는다.
　　　　손가락에서 반짝이는 큐빅 반지 한 번 보고 가볍게 한숨 내쉬는데.

정수민(OFF)　　축하해.

강지원　(올 줄 알았다)

정수민　(옆에 다가와서) 앉아도 돼?

강지원　(대답 안 하지만)

정수민　(살짝 거리 두고 앉으며 옷소매 잡아당긴다) 아직도 나 용서 못 했어?

지원의 시선으로 현재의 수민, 무해하다. 순간 마음 약해지려는데.

정수민 미안해애애~~ 그만하자아아아~~~

FLASH CUT. 1부 24씬 정수민 "미안해." "그만해."

지원의 표정 확 변하면서 팔 뿌리치면,
놀라고 무안한 수민.

강지원 널 모르겠어.
정수민 난...
강지원 확실한 건 알고 싶지도 않다는 거야.
(손가락 보여주면서) 난 지금 행복해. 내버려 둬.

수민 일어나서 주춤대다 한 번 노려보고 돌아선다.
지원, 그쪽은 쳐다보지도 않고 (돌아보고 싶은 마음 억누르며)
'잘했어...' 하고 버티다가 문득 기분이 이상해 돌아보는데.
수민, 곧장 T자형의 선착장 끝으로 걸어가고 있다.
어? 뭐 하는 거야 싶은 순간
수민, 끝에 아슬아슬하게 서서 홱 돌아서서 팔 활짝 벌리고.

정수민 (광기 1단계) 나 수영 못하는 거 알지?

조명에 비친 수민은 웃고 있고, 반짝반짝 빛난다.

강지원 (설마+긴장)

그대로 뒤로 점프하는 수민!!!

강지원   (!!!!!!!!!!!!!!!!!!!!!)

씬5. 지혁 별장 풀사이드(밤)

첨벙(E)~ 하는 커다란 물소리 음악 사이로 들리면
지혁 벌떡 일어나 소리 들린 방향 본다.
민환은 좀 많이 취해 있고,
주란도 기분 좋고 희연은 춤추고 있었다가 모두 (지혁이) 왜 그러지??
다시 첨벙(E)~ 하고 물소리 들리면
바로 뛰기 시작하는 지혁!!!

씬6. 강(밤)

물보라를 일으키며 뛰어든 지원 헤엄쳐서 수민에게로.
눈 감은 채 가라앉고 있는 수민,
지원, 수민 움켜쥐고 올라가려는데
팔에 감기는 수민의 손.
놀라 돌아본 지원의 시선으로 수민, 웃고 있다.
다급해서가 아니라 다분히 고의로 웃으면서 지원을 같이 끌어내리면
본능적인 공포로 템포를 잃은 지원이 바둥대는 데까지.

씬7. 선착장(밤)

미친 듯이 뛴 지혁이 도착했을 때는 텅 비어있다. (숨차고)
방금 전 지원과 수민이 뛰어든 곳인데 너무 조용해서 불길할 때쯤---
지혁 표정 미치기 직전이었을 때쯤---

물소리... 콜록대는 소리 들려 달려가면,

씬8. 강기슭(밤)

지원과 수민이 콜록대며 숨 몰아쉬고 있다.
물속에서 섬뜩했던 미소가 거짓말인 것처럼 수민은 힘겹게 콜록대고 있지만
그 여운이 가시지 않은 지원은 기침하면서도 수민에게서 눈을 뗄 수가 없고.
(내가 제대로 본 걸까? 아님 상상 때문에 순간 헛것을 본 걸까?)
그러는데 뛰어온 지혁이 두 사람 발견-

유지혁 강지원 씨!

지혁 달려들어 지원 팔 잡아 자기 보게 만들어 괜찮나 확인하고.
놀란 걸 넘어서 공포스러워하는 지원의 표정과 그걸 본 지혁,
두 사람 동시에 수민을 보는 데서.

씬9. 지혁 별장_거실(밤)

지원, 젖은 머리로 씻고 나오면
애처가에 빙의한 민환이 타월로 머리 감싸주며 걱정걱정.
몸 비틀어 괜찮다고 사양한 지원,
희연이 캔맥주와 과자 먹고 있는 거실로 가고.

유희연 대리님 괜찮으세요? (맥주 건네주면)
강지원 (맥주 받아서 테이블 위에 놓고 앉기) 괜찮지 뭐.

양주란(OFF)   수민 씨는 자. 많이 놀랐나 보더라.

빈 우유컵 쟁반에 얹어 위층에서 내려온 주란 그대로 주방으로.

유희연   어우, 밤에 물 위험한데 진짜 다행이에요. 수민 씨는 어쩌다가 빠진 거
       래요?
박민환   (잠깐 눈치) 수민 씨가 뛰어든 건 아니지?
강지원   (쯧쯔) 미끄러진 거야. 술에 좀 취한 거 같던데.
양주란   (나와서 차려진 과자 하나 주워 먹으며) 아무도 안 다쳐서 다행이야.
       수민 씨는 평생 강 대리한테 잘해야겠다. 생명의 은인이잖아.

하는데 뒤에서 지혁이 지원의 손에서 맥주 뺏고 따뜻한 코코아 주는.

유지혁   다행히 코코아가 좀 있네요.
박민환   (이 생키가? 하고 지원 챙기는 척) 얼른 마셔. 체온 올라가게.
강지원   (표정)
양주란   자기들 잘 살 건가 봐. 사건 사고가 많아야 기억에 남는 게 많거든.
유희연   프러포즈가 근사하긴 했어요.
박민환   (으쓱해서 지원의 어깨에 손 두르며) 당연하죠.

민환이 지원을 향해 다정하게 웃으면,
마지못해 지원 웃어 보이지만.

유지혁   (자르려고 일어나며) 이제 다들 잘까요?
유희연   (청천벽력!) 네에에? (시계 보고) 이제 겨우 11시인데요??
       할 이야기도 많고 술도 더 마셔야 하고, 밤이 긴데...
양주란   나도 놀라서 그런가 피곤하다.
       (희연 손 붙잡고 가면서) 모두 푹 쉽시다! 오늘 하루에 감사하면서~!

희연이 투덜투덜하면서 주란에게 끌려가면,

박민환 저도 들어가 자겠습니다.

민환이 지원을 향해 '올라가자?' 하는 턱짓하면
지원 코코아 잔 들어 보이며 '이거 먹고'라는 시늉.

CUT TO.
다들 빠지고 혼자 코코아 마시고 있는 지원의 생각 많은 표정.
등 뒤 창에서 푸른빛이 새어 들어온다.

씬10. 지혁 별장_민환 방(밤)

깔끔한 게스트룸에 들어온 민환, 거울 보며 자뻑 타임!

박민환 오늘 나 쫌 죽였는데? 크으으~~!! 사진 제대로 찍혔나?

자기 자신에게 대만족해서 웃통 벗어 던지고 이불 확 젖혔다가 깜
짝 놀란다.

정수민 (잠들었다가 눈 비비며) 우웅... 늦게 들어왔네?
박민환 너 여기서 뭐 해? (저도 모르게 언성 높아졌다가 입 막는)
정수민 (행복해 보인다) 얼른 들어와.
박민환 (기가 막혀서) 나 오늘 강지원한테 청혼했어. 바로 옆방이고.
정수민 (요염하게 웃는다) 그러니까 더 짜릿한 거지. 싫어?
박민환 ...너 기분 되게 좋아 보인다?
정수민 지원이가 날 위해 물에 뛰어들었거든.
　　　　자! 이제 오빠가 날 기쁘게 해줄 차례야! (손 내밀면)

어이없지만 그 자극이 싫지 않은 민환이 자기의 손을 얹는 데서.

씬11. 지혁 별장_거실(밤)

INSERT. 새벽 4시를 가리키는 벽시계

9씬 그대로 창을 등진 채 꼼짝 않고 앉아있는 지원.
창에서 새어 들어온 푸른 불빛에 실루엣 아로새겨진다.
무슨 생각을 하는지 눈만 깜빡이는 표정 서늘한데.
2층에서 누가 내려오는 소리 들려 보면, 지혁이고.

유지혁   괜찮은 거예요?
강지원   (손가락 세우며) 쉿!

지혁, 조용히 다가가서 서면.

강지원   뛰어들었어요.
유지혁   (살짝 인상)
강지원   수민이, 미끄러져서 물에 빠진 거 아니에요.
          뛰어들었어요. 수영을 못하는 앤데요.

씬12. 지혁 별장_민환 방(밤)

쿨쿨 자고 있는 민환의 팔을 베고 있는 수민, (눈 뜨고 있다) 몸을 일으킨다.
옷 챙겨 입고, 민환 한 번 내려다보는 알 수 없는 표정 위로.

강지원(E) 나는 어쩌면 정수민을 전혀 모르고 있었나 봐요.

씬13. 지혁 별장_거실(밤)

강지원   나는 그냥 쉽게 생각했어요.
          박민환은 쓰레기고, 정수민은 내 걸 탐내고...
          그러니까 그 두 사람을 결혼시키고 나는 행복해지면 된다고...
유지혁   맞아요.
강지원   (아냐!) 날 끌고 내려가려고 했어요. 내 팔을 잡아서, 끌었어요.
          착각이 아니에요. 웃고 있었어.
          헛걸 본 걸까요? 차라리 그랬으면 좋겠어.
          하지만 분명히— 죽어도 상관없다고 생각한 거 같았어요.
          죽으려고— 물속에서— 나도 같이 죽으면 다른 건 상관없는 것처럼—.

지원 겁에 질려 점점 흥분,
담요를 움켜쥔 손에 힘 들어가 비틀어 쥐며 숨 가쁘면,
지혁, 손을 뻗어 지원의 손등 꽉 잡는다. (진정시키려는 의도/정신
차려!)
살짝 멈칫하는 지원.
그러면 지혁, 겁먹은 짐승을 달래듯 (5부 39씬과 비슷한 느낌)
지원의 뺨을 감싸고 끌어당겨 살짝 안는데..
처음에는 진정시키려는 의도 분명했지만
다음 순간 살짝 지혁과 지원의 눈빛이 바뀌며
두 사람 모두 서로를 좀 더 안을까 손가락 끝이 달싹인 순간...!!
2층에서 들리는 발소리!
놀라는 지원과 지혁의 표정에서,

CUT TO. 2층에서 내려오는 계단 쪽

2층에서 희연 반쯤 수면 상태로 좀비처럼 내려와 지원혁이 있던 자리를 본다.

CUT TO. 소파 쪽
방금까지 지원혁 앉아있던 곳 텅 비어있고.
그대로 주방으로 간 희연이 물 내려 마시는 소리(OFF),
다시 올라가는 소리(OFF) 들리고 나면
카메라 소파테이블과 소파 사이로 움직인다.
지혁(아래), 지원(위)에서 지혁이 지원의 머리 당겨 안고(안 보이려고)
두 사람 모두 살짝 숨 몰아쉬는 중. 심장소리..
인기척 완전히 사라지고 나면,
지혁, 지원을 놓아주면서 시선 마주치고.
당황한 지원, 손끝에 힘이 들어가며 몸 일으키는데.
팔목을 잡는 지혁의 손.
시선 다시 한번 마주치면,
지혁이 무슨 이야기를 하나— 드디어 하나— 긴장 높아지다가.

유지혁 난... (하다가 삼키고) ...보여주고 싶은 게 있어요.

씬14. 선착장(밤)

요트에 올라탄 지혁, 망설이고 있는 지원에게 손을 내민다.
그 손에 의지해 올라타면.

강지원 어딜 가는 거예요?
유지혁 아무 데도 안 가요. (조종석으로 가며) 내 조종면허는 xxx-xxxx-xx 예요.
강지원 (보면)

유지혁 걱정하지 않아도 된다는 얘기야. (시동 걸면)

씬15. 강 위(밤)

앵커 내려놓은 채 강 한복판에 멈춰 선 요트의 선수,
지원 앉아서 수평선 보고 있다.
살짝 환해지기 시작한 사위, 붉게 물들어 있는 수평선에 일출이 곧 인 듯.
그때 뒤에서 샴페인과 잔 가지고 온 지혁이 옆에 나란히 앉고.
샴페인 잔 건네주고, 따라주고, 자기 잔에도 따르며.

유지혁 내가 지금 뭐 하는 건가... 머리가 복잡해질 때면 여기에 왔었어요.
강지원 (보면)
유지혁 가만히 머리를 비우고 있다 보면 다시 한 걸음 뗄 힘이 생겼어.
　　　　(지원 본다) 사람은 어차피 내일을 몰라요.
　　　　하지만 우린 모르는 사람들 중 가장 많이 알고 있잖아요.
　　　　겁먹을 것 없어요. 지금 강지원 씨는 발전한 거야.
　　　　26년간 함께한 상대의 몰랐던 면을 발견했잖아.
강지원 (느낌!!)
유지혁 정수민이 이전에는 한 번도 보이지 않은 모습을 보였다면,
　　　　지금의 강지원은 그렇게 만만하지 않다는 뜻이죠.
강지원 (깨달음!!)
유지혁 잘하고 있어, 아주. (건배하자는 시늉하면)
강지원 (지혁의 잔에 쨍! 하며 드디어 살짝 웃는다)
유지혁 생일 축하해요.
강지원 (망설이다가) 프러포즈, 고마워요.
유지혁 (알아줬구나)
강지원 (환하게 웃으며) 완벽한 첫 번째 생일이었어요.

환하게 웃는 지원과 그것만으로 보상받은 지혁의 미소.
지원의 왼손 잠깐 잡히는데 반지 끼고 있지 않다.
태양이 솟아오르기 시작하면 두 사람 같은 방향을 바라보기 시작하는데,
역광에서.. 일출을 보는 지혁을 보는 지원에서.
(그동안 적당한 거리에서 받아주고 이런 감정이 있을 수도 있구나
정도였던 지원이 처음으로 지혁을 남자로 느끼는 순간)

TITLE. 내 남편과 결혼해줘

씬16. 회사 1층 로비(낮)

INSERT. U&K 본사 전경
힘찬 발걸음으로 출근하던 지원, 저쪽에서 출근카드 찾는 수민 발
견하는데.

여직1   어? 강 대리님! 안녕하세요!
강지원   (정수민 들어라—) 안녕하세요!

CUT TO.
출근카드 찍으려던 수민, 지원의 목소리에 돌아보고.
(뒤로 엘리베이터 홀에 지혁 서 있는 모습)

CUT TO.
지원, 일부러 반지 낀 왼손으로 머리 넘기면서 보여준다.

여직1   어머! 어머! 이거 뭐예요? 강 대리님 서얼~마!!
강지원   네, 약혼했어요. (반지 보여주며) 약! 혼! 반! 지!
남직1   헐, 대박!! 이거 1캐럿 아니에요? 박 대리님 한방 있네!!

이야기하면서 출근카드 찍고 엘리베이터 홀로 들어가는데 수민은
없다.
한쪽 구석에 숨어서 보고 있는 수민의 표정.
서 있던 지혁과 마주치면서 인사하는 것까지.

씬17. 엘리베이터 안(낮)

사람들 가득 차 있고 맨 뒤에 지혁, 그 앞쪽으로 지원 서 있다.
그러는데 3층 문 열리고 몇 명이 더 타면,
사람들 뒤로 밀리며 지원의 등이 지혁에게 살짝 닿고.
지원, 깜짝 놀라 살짝 웅크리며 불편한데
지원의 팔목을 확 잡는 지혁, 두 사람의 얼굴 위로 번쩍!

FLASH CUT. 지혁 별장, 거실에서 숨느라 서로 포개졌을 때

다음 순간 지원을 옆으로 당기는 지혁. (편한 자리/벽에 기댈 수 있게)
손은 바로 놓지만 한 번 잡았던 포지션 그대로라
잡고 있지 않다뿐이지 손바닥 애매하게 마주 닿아 있는 상태인 채.
(지혁은 가만히, 지원은 꼼지락)

남직1 어우, 나도 프러포즈하고 싶다. (지원에게) 박 대리님처럼은 자신 없
어요.
강지원 (손바닥 살짝 닿아 있는 거 계속 꼼지락) 아하하… 그쵸… 그건 어
렵죠…

지원, 지혁 보는데 아무 표정 없으면 괜히 나 혼자 의식하는 건가.

씬18. 16층 엘리베이터 홀(낮)

엘리베이터 문 열리고 직원들 잡담하며 우르르 사무실로 들어가면,
맨 뒤에 나란히 나오는 지혁과 지원.

강지원   (눈치 보는데)
유지혁   (아무렇지도 않게) 옆을 거라며 그렇게 동네방네 알려도 돼요?
강지원   (괜히 나 혼자 의식한 거 맞구나) 옆을 거니까 하는 거예요.
다 밝혀지면 박민환 사회생활은 조질 테니까. 난 만만치 않고 발전
했거든요.
아, 혹시 주말에 시간 있으시면 유한백화점에 구경 오실래요?
박민환을 탈탈 털 예정이거든요.
유지혁   아쉽지만 그날은 일본 출장이라.
강지원   아아~~ 박민환 표정 볼만할 텐데. 진짜 큰 구경 놓치시는 거예요.

지원 예쁘게 웃고 인사하고 들어가면.
그 뒤에서 손 한 번 쥐었다 펴는 지혁까지. (=지혁이 가장 의식하고 있
었음)

씬19. 16층 사무실(낮)

책상 위에 너덜너덜해진 결혼사진(맨 뒤쪽에 붙여놓고 떼지 않은
느낌)
그 외에는 전부 연지 독사진, 주란과 같이 찍은 사진 등등.
주란, 바쁘게 타이핑해서 프린트 버튼 누르고 일어나 탕비실 쪽으로.

씬20. 탕비실(낮)

박민환   상견례는 주말에 대충 해야지.

　　　　　엄마가 문화센터 요리 교실을 다녀서 어차피 시간도 애매해.

정수민   좋은 거 먹는 거 아냐? 나도 사줘.

박민환   으이구, 욕심쟁이!

민환이 수민의 코끝 튕기려는데 프린터 돌아가기 시작하면 1차 놀라. 아 씨, 프린터네.. 하는데 주란이 들어오면 2차 놀라. (누가 봐도 불륜 커플)

양주란   (눈치 없음) 진짜 강 대리가 복이 많다. 둘이 또 뭔가 서프라이즈 계획해?

민환/수민   (아하하)

유희연   (들어오면서) 그 정도는 해줘야죠~~ 이제 남은 건 상견례인데...

　　　　　(얄밉게) 그때도 전설의 레전드 찍어주시겠죠? 박.대.리.님?

양주란   (웃으면서 프린트 챙기고) 이야~~ 내가 다 기대되네. (나가고)

강지원   (들어오며) 민환 씨가 어련히 알아서 해줄까... 안 그래도 나 기대 중이야.

박민환   뭐, 뭘 해주는 건데?

유희연   좋은 남자들은 상견례 하기 전에 옷 좌라라락 빼주고,

　　　　　구두 사주고 가방 사주고, 아시죠? 아, 맞다!

　　　　　구두는 사주면 도망간다니까. (수민에게) 절친이 사줘도 좋겠다!

민환/수민   (표정 썩)

강지원   (보고 일부러) 아아? 좀 기대되기도 하네??

희연, '그죠? 그죠? 나 소문내야겠다아~~' 하는데(mute)
애매하게 서 있는 민환(표정 썩), 수민(눈 마주치면 배시시)을 보는
지원에서.

씬21. 지원 원룸(밤)

거실에서 뭔가 열심히 적으며(여기선 안 보이지만 이사 계획) 전화
도 하는 지원.
그때 띵똥(E) 하고 벨 울려서 나가보면,

씬22. 지원 원룸 현관 안(밤)

지원 도어홀에 눈 갖다 댄다.

INSERT. 도어홀 통해 보이는 수민에서 연결.

씬23. 지원 원룸(밤)

정수민　(눈치) 이것만 주고 갈게.

지원, 유한백화점 봉투 한참 보다가 열어보면 빨간 하이힐이다!!

FLASH CUT. 1부 22씬, 수민과 민환이 있는 방의 불빛이 새어 나오는
데 앞에 널브러져 있는 빨간 하이힐!

에서 연결.

씬24. 백화점_지원 회상(낮)

안경지원이 예쁜 수민의 손에 이끌려 구두 매장으로 간다.

정수민　(빨간 하이힐을 가리키며) 이거! 이거 이쁘지?

나 사줘!! 생일 선물로 사줘!!

씬25. 지원 원룸(밤)

정수민   이건 생일 선물이야.
         어, 그리고... 결혼 선물은 다른 거 해주고 싶은데 괜찮아?
강지원   (보는데)
정수민   너 결혼해야 하는데 요리 못하잖아. 유한백화점 문화센터 주말 요
         리클래스가 괜찮대. 내가 끊어줄게. 같이 다니자.
강지원   유한백화점 요리...클래스?

         FLASH CUT. 해영빌라,
         자옥이 '유한백화점' 봉투를 내려놓고 요리해서 싸온 밀폐용기를
         꺼낸다. (그중 하나에는 '눈과 입으로 먹는 엘레강스 간편 건강식'
         포스터로 둘둘 말아져 있고)

강지원(E) 김자옥 여사가 다니던 곳이다!!

         지원, 새삼스럽게 수민을 본다.

강지원(E) 전에는 이런 일 없었어.
         내가 달라져서 정수민도 발전하는 건가.
정수민   (눈치) 싫어?
강지원   ...아니, 좋아. 고마워.
정수민   내가 고맙지. 나 정말 너한테 미안해. 기회 줘서 고마워.
         실망 안 시킬 거야. 나 진짜 네가 의지할 수 있는 반쪽이 될 거니까.

         서로 다른 생각을 품은 채 화해한 것처럼 웃는 두 사람에서.

CUT TO.

수민이 가고 혼자 남은 지원, 무표정으로 앞에 놓인 빨간 하이힐을
보고 있다가

강지원(E) 나는 연기에는 소질이 없는 게 분명해요. 너무 힘들거든.
빤히 알면서도 미끼를 문 척 속아줘야 하는 게.

힘들다, 의 느낌으로 고개 숙이지만,
입꼬리 올라가면서 다음 순간 웃음이 터진다.

강지원(E) 너무 좋아. 나쁜 놈들이 적당히 못되고 말면 복수하기도 애매하잖아.
그런데 포기하지 않고 끈질기게 못돼 처먹어줘서 고마워. 너무 고
마워.

절대로 지지 않겠다는 결심으로 이 꽉 깨무는 데까지.

씬26. 백화점 문화센터(낮)

INSERT. 문화센터 입구에 붙여놓은 '유한백화점 문화센터 스페셜
요리클래스 : 눈과 입으로 먹는 엘레강스 간편 건강식' 포스터

지원과 수민, 문화센터 통유리에 붙여놓은 시간표 보고 있다.
그 뒤로 쓰윽 스쳐 지나가 리셉션으로 가는 사람 자옥이다!!

CUT TO. 리셉션

김자옥 나 지난주에 주차비 냈어. 내가 여기 문화센터를 몇 년째 다니는데!
리셉션직원 그, 그럴 리가 없는데요. (컴퓨터 두들) 성함과 차량번호 알려주시겠

어요?

김자옥 (데스크 탕탕 두드리며) 김! 자! 옥! xx거xxxx!

리셉션직원 (두드려보고) 고객님, 지난주에 6시간 넘게 주차하셨어요.
죄송하지만 저희는 수업 2시간만 해드려서 정책상 백화점 상품 구매
하셔야...

김자옥 아니, 주차공간 그게 꼴랑 몇 평이나 한다고 생색이야 생색이??
그동안은 한 번도 안 냈는데 왜 새삼 주차비를 내라는 거야!!!

자옥 목소리 너무 커서 상관 뛰어오고 난리.

CUT TO. 입구
그 모습 보고 있는 지원(지친다..)과 수민(꿍꿍이)의 각자 다른 표
정까지.

씬27. 요리클래스(낮)

지원과 수민이 앞자리에서 짐 풀고 있는데 테이블 위로 자옥의 가
방 척!

김자옥 여긴 내 자리예요! (자기 가방으로 지원 가방 쭉 밀어)

지원, 이럴 줄 알았다 살짝 웃지만 이하 시침 뚝 떼고.

강지원 다 같이 돈 내고 듣는데 내 자리 네 자리가 어딨어요? 자율 좌석제
라던데요.

정수민 (됐다! 씨익)

김자옥 이 아가씨가? 어른이 그렇다고 하면 그런 거지! 저리 가! 저리 가!!

정수민 (자옥에게 꾸벅꾸벅) 정해진 건 지켜야지이~~ 우리가 이쪽으로 가

자, 응?

수민에게 지원이 끌려가면, (옆자리나 뒷자리로)
자옥 "저 아가씨는 뭘 좀 아네. 하여튼 예의범절 없는 것들은..." 하는 데서.

씬28. 16층 사무실(낮)

사람 없는 사무실에서 주란 고군분투 중이다.
서류 잔뜩 쌓여서 쓰러질 듯 위태롭고, 다 마신 빈 커피 컵도 쌓여 있고,
이것저것 넘겨보다 타이핑하다 중얼중얼.

양주란 개발팀 물량은 문제없고... 조마트 시식평가 잘됐고... (타이핑+확인)
홍보 시안 수정안은... (아? 하고 서류 뒤져보고) 있다!
(옆으로 밀치며) 농장 평가표는 어됐지?

정신없이 찾다가 뭔가 와르르 떨어지고 영 불안한데.
전화 울리기 시작하면. (액정, 연지아빠)

양주란 (전화 받자마자) 나 지금 정신없으니까...
이연지(E) 엄마아아아아아아!!

씬29. 16층 사무실/주란 집_분할화면(낮)

이연지 엄마, 일요일인데 어디 가써어?? 나 배고파아아...
양주란 (눈 휘둥그레) 연지야!! 너 어떻게 전화했어?? 아빠는? 아빠는 어됐

는데??

이연지 아빠?? 바빠. 배고파아... 언제 와아???

양주란 아빠가 왜 바빠? 아빠 집에 없어? 밥 안 먹었어??

씬30. U&K 본사 앞(낮)

서류 끌어안고 위태롭게 뛰어나온 주란, 택시 잡아 올라타고.

씬31. 거리 한복판(낮)

차가 너무 막혀서 꼼짝도 하지 않는다.

양주란 기사님, 빨리요. 5살짜리 애가 집에 혼자 있어요.

기사님 아유, 우째요. 내가 서울 시내 주말 꽉 막힌 길을 뺄 재주가 있어야지.

조바심 난 주란, 핸드폰에 '연지아빠' 눌러서 영상통화 연결하면.
울고 있던 연지가 귀에 대고 받는다.

양주란 연지야, 이거 영상통화야. 내려놓고 엄마 봐. 울지 말고 엄마 봐.

이연지 우웅... 엄마... 엄마아아아아아아!! (대성통곡)

주란 조바심 바짝 나는데,
우르릉쿵쿵- 할리데이비슨 류의 오토바이 배기음과 함께
앞으로 진입하던 할리데이비슨 한 대 주란이 앉은 창 바로 옆에 선다.
주란의 시선으로 찬란한 햇살을 후광으로 헬멧 아래 보이는 눈, 코,
입에서,

양주란   (연지를 향해) 연지야, 엄마 가. 지금 바로 가. 기다려!!!

비장하고 단단한 결심으로 창문 열고,

양주란   실장님! 살려주세요!!!!!!

놀라 돌아보는 석준.

씬32. 거리 일각(낮)

석준의 뒤에 탄 주란, 시원하게 거리를 달리는데.
주란은 아무 생각 없지만, 석준, 자기 허리에 감긴 주란의 손 살짝
의식.

씬33. 주란 아파트 앞(낮)

오토바이 멈춰 서면 바쁘게 내린 주란,

양주란   감사합니다!! 감사합니다!!

꾸벅대며 정신없이 뛰어 들어가다가 안고 있던 서류 한 장 팔락 날
아서 떨어지고.
'저.. 칠칠이..' 하는 느낌으로 보고 있던 석준 내려서 그 서류 집어드
는 데까지.

씬34. 주란 아파트(낮)

오토로크 소리(E)와 함께 뛰어 들어온 주란,
러닝셔츠 차림으로 연지(울어서 얼굴 땟국물 줄줄) 입에 라면 먹이
는 재원 발견.

양주란 너... 너... 어디 갔었어??

이재원 내가 노냐!!! 일 좀 보고 온 거지!!!!

양주란 니가 주말에 무슨 일을. ...라면??
(가서 그릇 뺏는나) 애를 라면 먹이면 어떻게 해??

이재원 왔네. (애 놓고 냄비 라면 후루룩 지가 먹) 애 밥 좀 먹여라.
이렇게 일찍 올걸 왜 주말에 출근하고 난리람? (TV 보며 낄낄대기
시작)

엄마아.. 하면서 달려드는 연지 안아주던 주란
위에 통증 느끼고 누르며 인상 찡그리는 데까지.

씬35. 요리클래스(낮)

칠판에 설명 가득 써 있고 시연 끝낸 강사(30초/남)가 돌아가면서
봐 주는 중.

김자옥 (뒤돌아 당근을 찹찹 써는 수민 보고) 젊은 아가씨가 손이 빠르고
깔끔하네.

정수민 전 요리 좋아하거든요.

김자옥 저쪽 아가씨는... (떼잉...)

강지원 (당근을 느리게 또각~ 또각~)

김자옥 저렇게 느려서야 어디 식구들 끼니나 챙기겠어?
저... 저... 저 속도면 내일도 못 먹어. 내일모레 아침에나 먹겠네.

강지원 (혼잣말하듯) 내일모레 아침 만드는 건데.

김자옥	뭐, 뭐?
강지원	(방긋!) 아~ 제 남자 친구가 요리를 잘해서요. 이틀 정도는 해준댔어요.
김자옥	허... 나 때는 남자가 주방에 들어오는 거 상상도 못 했어.
강지원	지금은 그때가 아니니까요.
정수민	(씨익)
김자옥	으아니, 이 아가씨가 어느 집안으로 시집갈지 아주우~~
강사(OFF)	자옥 님~ 다 하셨어요?
김자옥	(돌변!) 오홍홍!! 썬생니임~~!!

갑작스러운 자옥의 콧소리에 먹던 당근 목에 걸릴 뻔한 지원,
돌아보면 강사의 스타일링이나 느낌 민환과 어딘가 비슷?(민환이 점만 붙여도?)

강지원(E)	와... 김자옥 여사 아들 사랑은 유구한 역사가 있었구나.

기가 막혀 보는데 자옥과 눈이 마주치면 웃지도 않고 홱 고개 돌려버리고.

김자옥(E)	(헐!! 짜증 나서 지원 향해 눈 흘기며) 저게 왜 이렇게 눈에 거슬리지?
김자옥	(들으라고) 선생니임~~ 요리도 못하는 여자들이 어떻게 한번 남자 홀리려고 센터에 와서 물을 흐리는 거 조심하셔야 돼요오~~~

CUT TO.
완성된 샌드위치가 각자의 테이블에 놓여 있다.

강사	세상에! 지원 님!! 어떻게 이렇게 예쁘게 만드셨어요?

다들 오잉? 하고 놀라 기웃대는 와중에 드러나는 지원의 샌드위치,

푸드 스타일리스트가 손댄 건가 싶을 정도로 완벽 찬란 비주얼!!
자옥, 수민 밀쳐내고 보는데 믿어지지 않아!!! 열받아 지원 노려보면.
위풍 도도한 지원의 얼굴에서.

강지원(E) 확실히 진짜 이때는 요리를 못했었지만.

씬36. 해영빌라 주방_지원 회상(낮)

안경지원이 칼질하고 있다. 손가락에는 온통 대일밴드 붙이고 있고,
옆에는 사과, 배, 무, 당근, 아보카도, 파, 마늘 등
칼질이 필요한 과일, 채소 산더미처럼 쌓여 있다.
옆에서 허리에 손 없은 자옥의 표독스러운 표정에서.

강지원(E) 하드 트레이닝, 감사합니다.

씬37. 요리클래스(낮)

자옥, 지원의 샌드위치를 보는데 괜히 기분 상한다.

김자옥(E) 딱 내 맘에 드는 솜씨잖아? 저렇게 싸가지 없는 애가??
김자옥 음식이 보기만 좋으면 뭐 해? 라페가 은근히 맛을 내기 어렵...

자옥, 달려들어서 남은 지원의 라페 손으로 집어 먹었다가 멈춘다!!

김자옥 이 맛... (손에 들고 있던 라페 툭 떨어진다) 어떻게 선생님과 똑같지?
강지원(E) (입술 사알짝 올라가며) 여기서 배워서 알려주셨으니까요, 김자옥
여사님.

강지원   (환하게 생긋) 맛있으시다니 다행이에요!!

예쁘게 웃는 지원과 맘에 안 들어서 부들부들 콧김 슝슝 뿜는 자옥.
그리고 완벽한 모양의 샌드위치를 보면서 뭔가 석연찮은 느낌의
수민까지.

씬38. 백화점 문화센터 내 카페 앞(낮)

지원과 수민 커피 주문 후 기다리는 중.

정수민   요리 언제 배웠어?
강지원   뭘 배워. 그냥 한 거지. 모양 예쁘게 하려고 느리게 했어.
정수민   (그 정도가 아니었는데...) 난 당근라페라는 건 오늘 처음 들었는데...
강지원   (어떻게 하지...) 음, 옛날에 아빠가 알려줬어.
정수민   (살짝 불편한 표정) 아부지, 참 좋은 분이셨지.
           (커피 나오면 얼른 받아들며) 가자! 우리 쇼핑도 좀 할... (돌아서
           다가 멈칫)

민환 다가오다가 지원과 수민 발견하고 역시 멈칫!! (정수민이 왜
여기 있어??!)

강지원   민환 씨가 상견례 때 입을 옷 사준대. 같이 쇼핑할래?
정수민   (뭐어? 뭘 사준다고 했어??)
박민환   (세상 어색하게 다가온다) 어어... 수민 씨도 있는 줄 몰랐네.

셋이 서 있는데 너무나 뗸뗸한 분위기다.
민환은 여친과 바람 상대가 같이 있어서/수민은 지원 쇼핑시켜주
겠다고 한 게 분해서.

지원은 '이것들, 잘 논다...' 하는 기분으로 구경.

강지원   (일부러 민환 팔짱 끼며 수민 자극) 자기야, 어머님 아버님 언제 뵌 댔지?

박민환   어어... 날짜 자, 잡아봐야지... (눈치)

정수민   (민환 잠깐 노려봤다가) 나 먼저 가야겠다. 약속 있어.
민환 씨도 오는 줄 알았으면 다른 약속 안 잡았을 건데. 아쉬워요~~!!

강지원   (도망치는구나!) 그래? 약속이 있어?

정수민   우리 데이트는 다음에 하자. 내가 크게 쏠게.
생일 선물~ 결혼 선물~~ 다음엔 내 생명의 은인에게 쏘는 거야~~!!

강지원   알았어. (일부러 민환 팔에 매달리며) 우리 둘이 데이트도 좋지, 뭐. 그치이?

박민환   하하... 하... 하!!!

민환, 지원과 수민의 눈치 보느라 진땀 뻘뻘인데.

정수민   (지원 팔 꽉 잡으면서) 나 진짜 너 때문에 산 거야.

지원, 밀리지는 않지만 살짝 섬뜩..
수민이 여유롭게 생글생글 웃고 민환에게는 시선도 안 주고 돌아서면, 지지 않겠다 입술 꽉 깨무는 데서.

씬39. 비행기 비즈니스석(낮)

지혁, 앉아서 책 보고 있는데 승무원이 면세품 책자로 구매 의사 물어본다.
고개 저었다가 문득 책자 제일 앞에 '오땅띠끄 목걸이(다이아 가득)' 사진 보고.

유지혁　아, 잠깐!!

승무원　(미소로 면세품 책자 넘겨주면)

유지혁　이 목걸이...

FLASH CUT. 강지원 "저한테는 가장 기본 중의 기본, 도금으로 사 줬거든요. 많이 신경 썼네. 전 좀 더 쉬웠나 봐요?" (8부 9씬)

지혁의 표정에서.
(민환이 사준 지원의 목걸이 도금(다이아 없음) /민환이 사준 수민 의 목걸이 다이아 하나 박혀있음 /지혁이 여기서 사는 목걸이 다이 아 다 박혀있음)

씬40. 백화점 부띠그 층(낮)

박민환　왜 수민 씨 있다고 말을 안 해?

강지원　왜? 우리 늘 수민이랑 같이 다녔잖아.

박민환　그, 그건 그렇지만. ...둘이 싸운 거 아니었어?

강지원　우리 사이에 싸우는 거야, 뭐.
　　　　　(방긋) 괜찮아. 곧 익숙해질 거야. 둘 다 뻔뻔하잖아.

박민환　(잘 못 든) 뭐?

강지원　둘 다 친하니까 곧 익숙해질 거라고. 나하고 결혼하면 항상 셋일 거잖아?

박민환　그, 그렇지. 너네 둘은 자매 같은 사이니까.
　　　　　능력 있는 남자들은 자매를 다 데리고 사... 아, 아니, (입 찰싹!)

강지원　(개생크!) 자, 상견례 대비 쇼핑이나 해볼까?
　　　　　어머니 눈 높으시다며? 수준 맞춰드려야지!!

박민환　어? 어어... 그, 그치!!

CUT TO.

지원, 샤넬 클래식백(1부 24씬 수민이 가방) 번쩍 들어 보인다.

강지원	이거!!
박민환	헐... 야, 이, 이건... 너무 비...
셀러	신혼부부이신가요? 예물로 딱 좋은 스테디예요.
강지원	아직 못 봤지만 저희 어머니가 되~~게 눈이 높으시대요.
셀러	눈이 높으시다면 며느님이 이 정도 가지고 있으셔야 할 것 같아요.
박민환	(얼굴 썩)
강지원	(민환 팔짱) 어머니뿐 아니에요. 우리가 U&K 사내커플인데 다들 부러워하잖아요. 예랑이가 뭘 사줄지 기대들 엄청 해서 부담스러울 정도라니까요?

민환의 표정 위로.

FLASH CUT. 22씬 유희연 "좋은 남자들은 상견례 하기 전에 옷 쫘라라락 빼주고 구두 사주고 가방 사주고"
유희연(E) "전설의 레전드~ 레전드~ 레전드~~"가 울리는 데서.

강지원(E)	(힐끗 보며) 자존심이 육체를 지배하는 인간이니까...
박민환	(허세) 후... 다들 뭘 기대하고 그러는지. 남자라면 당연한걸. 쪽팔리면 안 되니까아!!! 다!!!! 사!!!!!

지원이 씨익 웃는 데서 연결.

씬41. 백화점 쇼핑 몽타주(낮)

신나는 BGM과 함께 경쾌한 걸음걸이의 지원이 샤넬 쇼핑백을 들고 있는 데서 시작.

컷, 컷, 컷, 점점 늘어나는 오땅띠끄의 쇼핑백들.

그때마다 옷도 좀 바뀌고, 구두, 목걸이, 귀걸이, 팔찌 바뀌고.

그 뒤에서 점점 다크서클이 내려앉는 민환으로 연결하여.

씬42. 백화점 인근 카페(낮)

민환 영혼이 털려 앉아있다.

박민환   다 사란다고 진짜… 다 살 줄이야…

쌓여 있는 명품쇼핑백 보고 손가락으로 돈 계산해보다가 으허어억!

카운터에서 주문 중인 지원을 노려보는데.

CUT TO. 주문 카운터

지원, 샤넬백 만지작..

강지원   (쓸쓸한 미소로 중얼) 싫다고 했었지.

서버   (자기한테 한 말인 줄) 네?

강지원   아니에요, 딱 여기서 싫다고 했었던 게 생각이 나서요.

생긋 웃는 지원에게서 연결.

CUT TO. 지원 회상(같은 커피숍)

안경지원   난 비싼 거 필요 없어. 어머님 눈에 들게 깔끔하게 하고 갈게.

박민환   야야! 너 또 거지처럼 인터넷에서 산 옷 입고 그럴 거잖아!!

내가 얘기했지? 우리 엄마 되게 눈 높아!!

엄마가 너 맘에 안 들어하면 우리 결혼 못 한다!

안경지원이 '으이구~ 그래~~ 나 잘할게' 하고 웃으며 고개 끄덕끄덕하는 데서.

CUT TO. 현재

강지원(E) 내 카드를 쓸 정도로 형편 안 좋은 사람 돈 쓰기 싫었어.
　　　　　왜 그랬지. 왜 그게 맞다고 생각했지. 내가 아니면 딴 년이 가질 건데.
　　　　　(가방 어루만지며) 이까짓 게 뭐라고...
서버 　커피 두 잔 나왔습니다~

지원, 서버에게 상냥하게 인사하고! 가방 딱 메고!
커피 들고 착착 걸어가서.

CUT TO. 민환 자리

강지원 　(일부러 약 올리려고) 민환 씨, 이거 정말 예쁘지? 정말 맘에 들어!!
　　　　　나 이제야 민환 씨와 어머님, 아버님의 격에 맞는 사람이 된 거 같아.
　　　　　'가족'!이 생긴다는 건 정말 좋은 일이구나~~
박민환 　(썩...) 이야~~ 이쁘네!!! 여자는 남자 잘 만나고 볼 일이야!!!
강지원 　그러게. 좋은 남자 만나는 게 엄~~~청 중요해.
박민환 　(눈치 보다가) 야, 근데 그럼 상견례는 누가 식사비를 지불...

하는데 지원의 전화 울려서 보는데 '백은호'다.

강지원 　(안 받으려고 하면)
박민환 　(벌떡 일어나 옆에 앉아서 누구한테 전화 왔나 확인!) 백은호?
　　　　　그... 레스토랑 한다는 동창??

강지원	응.
박민환	(눈 번쩍해서 지원의 핸드폰 채가서 목소리 쫙~!) 여보세요??
강지원	(미쳤!!)

씬43. 백화점 인근 카페/카페2_분할화면(낮)

백은호	어? 강지원 씨 핸드폰 아닌가요?
박민환	안녕하세요, 박민환입니다. 지원이 남자 친구예요.
백은호	(당황) 어? 어어... 네, 아, 안녕하세요. 지원이 친구 백은홉니다.
박민환	지원이한테 말씀 많이 들었어요. 아주 훌~륭한 쉐프시라고요.
강지원	(뭐 하는 거야?? 내놔!!)
백은호	(당황) 아하하.. 감사합니다. 혹시 지원이하고 지금 통화 힘든가요?
박민환	(지원 밀어내고) 비싼, 아, 아니 고급 레스토랑이라고 들었는데 프렌치? 이탈리안??
강지원	(미쳤어!!!!!!!)
백은호	아하하, 퓨전입니다. 프렌치가 베이스이긴 해요.
박민환	아이구, 딱 좋네! 저희가 곧 상견례 예정이라서요. 문~득 지원이 친구가 하는 레스토랑에서 상견례가 가능하다면 이래저래 의미가 있지 않을까...
백은호	(눈 꿈뻑)
박민환	당연히 지인 할인... 뭐, 하하!! 다 그런 거 아니겠습니까!!!

경악하는 지원에서.

씬44. 레스토랑 베르테르 분당점(낮)

은호, 살짝 충격으로(=지원 결혼!) 전화 끊는다.

하예지 뭐라드노? 남친이랑 있드나?

백은호 (대답 않고 시무룩)

하예지 와 이카노? 바쁘다드나?

백은호 (아이 모르겠다 머리 긁적) 지원이하고는 이야기 못 했어.

어... 나중에 물어볼게.

하예지 뭐 한건데!!!

친구1 지원이 입장에서는 사과도 받기 싫을 수 있지.

하예지 우짜든 뭐라도 해야 하지 않겠나!!

사람 새끼라면 어떻게든 잘못한 건 갚아야 하는 기다!!

친구1 (어우, 지랄... 절레절레)

하예지 나, 인간 하예지! 정수민에게 속아뿐 건 내 일생일대의 실수다!! (이

아드득)

하는데 은호의 핸드폰으로 문자 온다.

[010-xxx-xxxx : 지원이 약혼자 박민환입니다. 상견례 날짜는 12월 초일 것 같

습니다. 잘 부탁드립니다~]

백은호 (씁쓸) 뭐 곧 결혼할 거 같으니까 축의금이나 크게 해.

하는데 바로 강지원에게 전화 오면 벌떡!!!

씬45. 카페2/거리 일각_분할화면(낮)

강지원 은호야! 미안해!!

백은호 (다른 쪽으로 이동하며) 아니다. 결혼 축하한다.

강지원 민환 씨 말은 신경 쓸 거 없어. 내가 알아서 처리할 테니까.

백은호 (멈춘다. 잠깐 생각하다가) 내가 해줄게.

강지원 은...

백은호 (속상하지만 웃어주자!) 니가 내 첫사랑 아이가. 하게 해도.
지원이 니 가족 되는 사람들인데 스페셜하게 접대한다, 내.

웃고 있지만 쓸쓸한 은호의 표정과 난감한 지원까지.

씬46. 유일병원 VIP실(밤)

한일이 누워 있으면, 지혁이 단정하게 들어와 문을 닫는다.
똑-똑- 링거 떨어지는 소리, 모니터의 심박음 심각하게 들리고.
덤덤하게 지혁이 와서 의자 끌어당겨 앉으면.

유한일 (눈 감은 채) 하나밖에 없는 할애비가 병원에 입원했다는데 느릿느릿!
내 성질이 급했으면 기다리는 중에 죽었어. (일어나 앉으며)

유지혁 (부축하며) 10년 후에도 넘치게 건강하세요.

유한일 뭐야??

유지혁 일본에서 들어오자마자 날아온 거예요.

유한일 (보다가) 정리는 잘 됐고?

유지혁 유라잖아요. 짧게 만났어요.

유한일 (떼잉~~~) 많이 컸지? 그만한 애 없다.

유지혁 (할많하않)

유한일 강지원인지 뭔지 하는 직원애보다는 몇백 배 낫다.

유지혁 할아버지!! 그 사람은 그냥 놔두세요. 저하고 상관없는 사람이고,
앞으로도...

유한일 (겹쳐서) 어떻게 그냥 둬!

유지혁 (겹쳐서) 이건 그냥 제 감정의 문제예요.

유한일 (겹쳐서) 천하의 모지리 같은 놈이 임자 있는 여자에게 마음이 있다며
가문 대 가문의 약속을 깨고 싶다고 하더니 별장에 요트에 불꽃놀이
에 회사 사람들 재촉해 드론까지 띄웠다는데 어떻게 너 혼자 감정의

문제야?!?!

유지혁　(미치겠...) 제가 하는 모든 일이 할아버지 귀에 들어가는 건가요??

유한일　당연하지!!!!!!

유지혁　(표정)

유한일　넌 너 혼자 몸이 아니야! U&K의 10년, 20년, 30년... 60만 명이 넘는 U&K 식솔들을 지키고 끌고 나갈 놈이 병신천치 같은 사랑춤을 추고 자빠졌...

유지혁　(생각도 못 한 말에 움찔해서 한일 본다)

유한일　(지혁 반응이 대단해 역시 움찔) ...왜?

유지혁　(표정)

FLASH CUT. 4부 47씬 사고 당시 날아오르는 지혁의 차.

씬47. U&K 회사 앞_회상(낮)

검은 옷 입은 직원들 도열한 사이로 지혁의 운구 차량들 지나간다.

씬48. 가족납골당_회상(낮)

지혁의 부모님, 어린 지혁, 희연, 한일 사진 많은 납골당에
지혁의 유골함 들어가고 문 닫힌다.
아이처럼 엉엉 우는 한일과 희연,
금란(여기선 얼굴 안 보여도)이 한일 부축하고 있고 한 발 뒤의 석준.

유지혁(E)　생각보다 많은 걸 놓치고 있었다.

씬49. 유일병원 VIP실(밤)

유한일 뭐야?

유지혁 (하는데 한일의 손 잡는다)

유한일 (보면)

유지혁(E) 할아버지, 많이 우셨겠구나.

유지혁 제가... 잘 할게요. 걱정하지 마세요.

지혁, 뭐라고 하지--- 망설이다가 한일 안으며.

유지혁 죄송해요.

한 번도 본 적 없는 지혁의 행동이 의아하다 못해 무서워진 한일의
표정까지.

씬50. 지원 원룸(밤)

티비 보면서 웃고 있던 지원, 문득 밖을 보면 보름달 하나 가득.
이쁘다~ 하고 일어나 베란다 창문을 여는데
아래에 익숙한 지혁의 차 보이면 갸웃.

씬51. 지혁 차 안/지원 원룸 앞 골목(밤)

지혁, 불 켜진 지원의 창 보다가 시트에 기대 눈 감았는데 똑똑- (E)
깜짝 놀라 몸 일으키면 조수석 창문 쪽에서 기웃대고 있는 사람, 지
원이다.

강지원   부장님? (안에 안 보여서 기웃) 부장님 차 맞는데... 부장님?

지혁, 잠깐 차 옆에서 기웃대는 귀여운 지원 모습 보다가 창문 내리면.
문 열고 타는 지원.
(지혁, 조수석에 두었던 오땅띠끄 쇼핑백 집어 뒷좌석에 던지기)

강지원   여기서 뭐 하세요?
유지혁   아... (뭐라고 하지...) 저쪽에 회사 물류창고가 있어요. 거기 갔다가...
강지원   (아? 그런가... 싶어서 물류창고 쪽 보는데)
유지혁   거짓말이야. 지원 씨 보고 싶어서 왔어요.
강지원   (살짝 당황) 무슨 일 있으세요?
유지혁   전에 내가 되고 싶은 게 있냐고 물은 적 있죠?
강지원   (보면)
유지혁   난... 되고 싶은 걸 생각한 적이 없어요. 태어났을 때부터 뭘 해야 할지 정해져 있었거든. U&K를 위해 공부하고, 노력했어요.
강지원   (표정)

FLASH CUT. 유지혁 "나는... 땅이 되고 싶었어요." (7부 56씬)

강지원   지금은 되고 싶은 게 있잖아요.
유지혁   (한참 보다가) 없어요. 그건 될 수 없는 거였어.
강지원   ...그럼 작은 것부터 시작하면 어때요? 지금, 당장 하고 싶은 거.
유지혁   (보면)
강지원   저도 처음에 왔을 때는 뭘 해야 할지 머릿속이 깜깜했어요.
도망도 가야 할 거 같고, 돈도 벌어야 할 거 같고, 정수민하고 박민환도 꼴보기 싫고. 근데 일단 당하지 말자... 고 마음 먹고 제육볶음을 엎어 줬거든요?

FLASH CUT. 수민의 발을 걸어 제육볶음을 민환에게 엎는 지원 (2

부 15씬)

강지원 그리고 나니까 좀 더 보였어요. 두 사람을 결혼시켜야 하는 건 과정이
고 나는 행복해져야 하는구나ㅡ 하고 싶은 것도 하고, 좋은 친구도 만
나고...

유지혁 (내내 빤히 보고 있다가 불쑥) 손잡고 싶어요.

강지원 (잘못 들었나? 멈칫)

유지혁 (손 내밀며) 손잡아도 돼요?

지원, 동공 흔들리다가 천천히 지혁의 손에 자신의 손 포갠다.
그 손 꽉 잡는 지혁, 깍지 끼고, 엄지로 지원의 손등 쓸고..
놓아준다.

유지혁 들어가요.

하고는 뒤에 던져두었던 오땅띠끄 쇼핑백 물끄러미 바라본다.

유지혁 정수민과 박민환을 결혼시키고 지원 씨는 행복해집시다.

지원의 표정에서.

씬52. 해영빌라 전경(낮)

우당탕쿵탕!! 뭔가 떨어지는 어마어마한 소리!!

씬53. 해영빌라(낮)

철중, 자옥에게 등짝 후드려 맞으면서 안방에서 거실로 도주!!

김자옥 인간아~~ 인간아~~ 고르다 다 엎었네!! 그냥 골라주는 거 입지!!!!
(넥타이 흔들며) 이게 비싼 거야! 비싼 거!! 오땅띠끄!!

박철중 아, 비싸면 뭐 해?? 색도 구리고 모양도 제비 같아!!

김자옥 (쫓아다니며) 안목도 없는 눈까리 확 파버릴까!!

박민환 (방에서 나오는데 늘어진 난닝구에 하품~~) 아, 뭐 벌써 난리야.
미리 가서 기다리려고?

김자옥 미쳤니? 30분은 늦게 갈 거다. 내 금쪽같은 아들을 얻으려면 기다려야지!
볼 것도 없는 년한테 빼앗기는 것도 열받아 죽겠는데!

박민환 (으이그!!) 나 집 해주는 거 맞지? 보러 다녀? 예산 얼마야?

그러면서 민환 핸드폰 열어 봤는데.
[지원친구 정수민 : 나 오빠네 집 앞이야, 내려와.]
하면 펄쩍 뛰어 일어나서.

씬54. 해영빌라 앞 골목(낮)

민환 나오면 시야가 트여있지 않은 골목길에서 손 까딱 부르는 수민.
침 꿀꺽 누가 볼까 두리번거리며 민환이 다가간다.

박민환 너 뭐 하냐!! 여기 왜 왔어??

정수민 오늘 상견례지?

박민환 (서늘한데)

정수민 쫄지 마. (귀엽다는 듯 뺨 톡톡) 오빤 내 거라는 거 아니까.

수민, 검지로 민환의 가슴 위를 누른다.

그리고 손가락으로 한 걸음 한 걸음 섹시하게 아래로 내려가면..

박민환 (수민 손 잡으며) 뭐 하는 거야?

정수민 내 거 잘 있나 확인하는데?

도발적인 수민의 미소.

박민환 나, 10분쯤은 있는데.

정수민 10분 안에 끝낼 생각 없는데. 늦어, 가서 강지원을 부모님에게 소개시키시라고요. (엉덩이 툭툭 치고 가려고 하면)

민환, 이 꽉 깨물고 수민의 손을 잡아 두리번거리다가 차 키 삐빅 여는 데까지.

씬55. 레스토랑 베르테르 분당점 룸 앞(낮)

깔끔한 방에 마련된 테이블을 정성 들여 세팅하는 은호.

꼬마쉐프 제가 한다니까요. 저 안 믿으시는 거예요?

백은호 응.

꼬마쉐프 (경악+충격)

백은호 (웃으며) 중요한 자리라 그래.

세팅 바라보면서 아련한 은호의 표정 위로. (이하 첫사랑 느낌)

FLASH CUT. 고등학교 때의 안경지원. (은호 시선)

FLASH CUT. 3부 33씬 고슬정에서 예지들과 싸우는 지원. (은호 시선)

FLASH CUT. 7부 41씬 회사에 와서 기다릴 때 뛰어오는 지원. (은호 시선)

쌉쌀하게 미소 지은 은호, 꼬마쉐프 어깨 한 번 치고 문 닫고 주방으로 간다.

꼬마쉐프 (은호 뒷모습 보며) 뭐여... 왜 저렇게 짠해...
(시계 본다) 근데 왜 아무도 안 오지?

하는데 헐레벌떡 뛰어들어오는 민환, 문 벌컥 열면서.

박민환 어어, 미안! 30분이나 기다렸...

했는데 아무도 없으면 오잉??

CUT TO.

박민환 야야, 넌 어디야? 늦으면 어떡해? ...어! 엄마! 아빠! 다 와 있지!
얘가 정신이 없어서 오늘이 얼마나 중요한 날인지 몰라??
강지원(F) 문 앞이야.

하는데 문 열리고 자옥과 철중 들어오면,

박민환 넌 뭐 하다가?!?! (아? 엄빠네?) 아, 지금 왔어? 우리 지원이는 아직...
강지원(OFF) 늦은 줄 알았더니 딱 맞춘 거였나 봐요?

돌아서 있는 민환이 가장 먼저 지원 발견하고 눈 휘둥그레...
문 앞에 서 있던 자옥과 철중도 천천히 돌아서면서 경악!!!!
쫙 붙는 검은 나시티에 가죽 치마, 망사스타킹, 화려한 모피코트를 걸치고 센언니 스모키 화장을 한 지원이 위풍당당하게 걸어온다.

강지원   아유, 더워! (옷 팔락이는데 클리비지 보이고!)

자옥/철중   (경악!!)

강지원   (생긋) 어머님, 아버님, 처음 뵙겠습니다.

박민환   너... 너...!!!

강지원   (자옥 보고) 어? 안녕하세요? 어머, 민환 씨 어머니세요?

자옥의 얼굴 위로.

FLASH CUT. 35씬, 37씬 요리클래스에서 시큰둥하던 지원의 표정들.

자옥의 얼굴 마구마구 일그러지는데,
그러거나 말거나 생긋 웃는 지원의 예쁜 모습에서.

씬56. 레스토랑 베르테르 분당점 룸(낮)

음식 서빙되는 동안 방글방글 웃고 있는 지원.
서버 나가면 방 안의 분위기 매우 어색하다.

김자옥   부모님이 두 분 다 일찍 돌아가셨다더니...
(위아래로) 가정교육이 많이... 모자랐네?

강지원   아녜요. 아빠가 23살 때 돌아가셨는데요. 가정교육은 충~~분히 받
았습니다.

김자옥   (퍽이나? 하면서 물 마시는데)

박민환   (눈치 보며 같이 물 마시는데)

강지원   엄마는 14살 때 집 나가서서 영향 못 받긴 했는데.
잘됐죠, 뭐. 바람나서 나가신 거라.

자옥/민환 (동시 뿜!!)

강지원　　어머?? (냅킨 챙겨서 민환만 주기)

김자옥　　(자연스럽게 손 내밀었다가 빡!!) 우리 민환이가 어떤 아가씨를 데려오나 궁금했는데... (민환 노려보며 아드득) 대단한 아가씰 데려왔네.

박민환　　아, 엄마 지원이 괜찮은 애야. 얼마나 착한데?
　　　　　　엄마 손 물 안 묻히게 해줄 거야, 얘가!!!!

김자옥　　(지원 클리비지 남사스럽다... 가리란 시늉) 으이이이~~~

박민환　　(성질난다) 너 내가 사준 건 어쩌고 이런 걸 입고 왔어?

김자옥　　뭐? 네가 옷을 사줬어어?

박민환　　(합!! 말실수!!)

강지원　　수민이가 사준 구두(빨간 구두)를 신으려고 하다 보니까...
　　　　　　대신 가방(들어 보이며)은 들고 왔어.

김자옥　　(가방도오오??)

박민환　　(자옥 시선 느끼고)

강지원　　어머님~ 우리 민환 씨 이렇게 잘 키워주셔서 감사합니다.
　　　　　　저 이제 가족 된다고 머리부터 발끝까지 다 사주고 꾸며주고, 정말 다정해요.

김자옥　　나는 첫 월급 탔다고 빨간 내복 하나 얻어 입은 것밖에 없는데...

강지원　　어머! 진~짜요오? 너무 했다아아~~

자옥, 민환 잡아먹을 듯 노려보고
민환은 아주 곤란한 데서.

씬57. 지혁의 집 거실(낮)

지혁, 서류에 도장 찍는다.

이석준	(공적인 어조) 이제 부장님에게 무슨 일이 있든 고양이는 신탁자에
	의해 이 빌라에서 적절한 케어를 받을 겁니다.
유지혁	감사합니다.
이석준	(서류 챙기면서 팡이 힐끗) 어디 가? 갑자기 고양이에 대한 신탁은 왜...
유지혁	내가 어떻게 될지 모르는 일이잖아요.
이석준	(사적인 어조) 별로 고양이 안 좋아하잖아.
유지혁	쟤는 좋아해요. ...아, 그리고 하나 더 부탁이 있는데,

매우 의아한 석준과 덤덤한 지혁의 표정에서.

CUT TO.
석준은 가고 혼자 남은 지혁이 멀찌감치 널브러져 있는 팡이 보고.

유지혁	잘하고 있을까?

팡이, 지혁 잠깐 보다가 쓱 일어나서 어디론가 간다.
지혁도 일어나서 방에 들어가려고 하는데 뒤에서 툭 하는 소리 들
려 돌아보면.
팡이, 지혁이 산 목걸이 물고 와서 내려놨다.

유지혁	(빡!) 너 이걸 어디서 찾아와가지고!!

하고 뺏으려는데 얼른 물고 도망치는 팡이.
적당한 거리를 두고 대치 상황.
지혁, 한숨으로 보다가 돌아서서 주방으로 들어가 캔을 꺼내 툭 따고.
돌아보면 팡이, 목걸이 내려놓고 얌전히 앉아있다.

유지혁	(캔 내려놓고 목걸이 집어 들고) 넌 내 맘 하나도 모르지.
팡이	냐옹~~~

유지혁   괜찮아, 이쁘다. (팡이 머리 쓰담) 끝까지 지켜줄게.

지혁이 시계를 보는 데서 연결.

씬58. 레스토랑 베르테르 분당점 룸(낮)

자옥, 표정 관리는 안 되지만 나온 것 중 고기류 탁탁 덜어서 민환의 접시로. (지원 줄 생각은 안 함)

김자옥   내가 솔직한 사람이라 그냥 말하는데... (민환에게도 눈을 흘김) 난 아가씨 맘에 안 들어. 한 번도 내 식구로 아가씨 같은 스타일 생각 안 해봤어.

강지원   (묵묵.. 한 척)

김자옥   집안에 어른이 없었으니 못 배웠겠지. 그거야 지금부터 배울 마음만 있으면 돼. 그럴 생각 있지???!?!

강지원   그럼요, 어머님.

김자옥   (못마땅하지만 일단 대답은 했으니) 나 꽉 막힌 사람 아니야. 요즘이야 남녀구별 있나 다 똑같이 귀한 자식인데. (반전) 하지만!!! 그건 사회생활 이야기고!! 집안에서는 다르지.

민환/철중   (끄덕끄덕)

강지원   (경청.. 하는 척)

김자옥   가정생활은 뭐니뭐니 해도 여자 하기 나름이야.
남자 잘 먹이고 깔끔하게 집 안 유지하고 애 잘 키우고.

강지원   네, 어머님 저 잘할 수 있어요.

김자옥   남자가 주방 들어가고 그러면 기운이 떨어져.
아니라고 지랄들 해싸도 그건 세계적으로 통하는 엄중한 사실이야!!

강지원   (끄덕) 네. 안 그래도 민환 씨 해주려고 요리도 배운걸요.

김자옥   아침은 꼭 먹여 보내야 돼.

빵이니 시리얼같이 말도 안 되는 음식 말고 국이나 찌개 끓여서 꼭 밥으로.

강지원 (맞습니다~ 맞고요~ *끄덕끄덕*)

박민환 (행복)

김자옥 아이는 셋이나 넷쯤... 가능한 많이 낳아야지.

강지원 저도 그게 좋을 거 같아요. 제가 형제자매 없는 게 서운했거든요.

김자옥 그건 마음에 드네. 그럼 내가 시간 잡아 연락할 테니 나하고 병원에 가! (철중에게) 요즘은 상태 안 좋은 자궁이 그렇게 많다네요. 내가 한번 보고 의사 이야기도 들어봐야지.
(지원에게) 자알~~ 관리했으면 뭐 싫을 이유 없잖아? 이 김에 건강 검진도 하는 거고.

강지원 (고개 숙이고 묵묵.. 한 척 샤우팅할 기운 모으기 시작)

김자옥 내가 그동안 조상님 뵐 면목이 없어서 늘 마음에 걸렸는데 새사람 들어오는 김에 제사도 부활할까 싶어. 홍동백서 조율이서...
내가 다 가르쳐 줄 테니까 걱정은 말고. 그저 명심, 또 명심할 건 어른은 정성으로 모시고 남편은 귀하게 섬기고 아이들을 바르게 키운다!!
사회생활에서야 네가 할 일 똑 부러지게 하는 거 난 찬성이니.

강지원 (공격 시작!) 어? 제가 사회생활을 왜 해요, 어머님?

민환/자옥 (또잉?)

박민환 야... 너 무슨 소리야? 회사 그만둔다고?

강지원 일하고 싶긴 한데... 어머님 말씀 들으니까 그건 내 욕심 같아.

김자옥 아니아니, 요즘 애 키우는 데 드는 돈이 얼만데 집에서 놀 생각을 하는 거야?

강지원 놀긴요. 어머님 아버님 정성으로 모시고 민환 씨 귀하게 섬기면서 아이를 바르게 키우려면 하루 24시간이 부족할 거 같은데요. 어유, 요즘은 아이한테 들어가는 시간도 만만치 않대요. ...아, 맞다! 홍동백서 조율이서가 아니라 홍동백서 조율이시예요.

김자옥 뭐? 뭐?

강지원 혼자서도 매해 아버지 제사 지내서 잘 알아요. 제사에 거부감도 없고요.

박철중 아가씨 혼자? 아버지 제사를? 그건 경우가 아닌데.

김자옥 그, 그치!!! 부모에게 배운 게 없으니 경우를 알 리가 있나! 가정교육
은 티가 나게 돼 있어. 아가씨, 법도가 그렇지 않아. 쯧쯔... 딸은 부모
님 제사 모시는 거 아니야. 아버지도 딸 둔 죄인이다~~ 생각하고 이해
하실 거야.

지원, 자옥 빤히 처다본다. (눈치 못 챈 자옥은 사설 길고)
지난 10년간 고생했던 생각이 물밀듯이 올라와 분.노.충.천!

강지원 ...제가 이해 못 하겠는데요, 아.줌.마.

일동 ?!!

김자옥 아줌마아아??

강지원 아줌마 판사예요? 뭔데 우리 아버지를 맘대로 죄인 만들어요??

박민환 야, 너 미쳤어??

박철중 이, 이런 경우 없는 일이...!!

김자옥 당신은 가만있어! 아줌마아? 야! 너 말 다 했어?

강지원 (일어남) 나 이 결혼 안 할 거예요. 그럼 아줌마 맞잖아요?
그렇게 살지 마요. 아줌마 아들 그렇게 안 잘났어요.
잘났다 쳐도 자기 아들 귀하면 남의 딸 귀한 줄도 알아야지...
그리고 박씨 집안? 아줌마도 김씨 아니에요?
남의 성씨에 대한 자부심, 뭐예요 진짜?

박민환 야! 이게 진짜...

강지원 비켜!! (확 밀치면)

민환, 예상 못 하고 고꾸라져 나뒹군다.
놀라 눈 휘둥그레지고 입 쩍 벌어지는 자옥과 철중.
그러거나 말거나 지원, 위풍당당하게 민환 넘어가 문 열고.

씬59. 레스토랑 베르테르 분당점 주방/룸 앞(낮)

#베르테르 주방

메인디쉬 정성으로 마무리한 은호, 잠깐 아련하게 쳐다보다가 뚜껑
덮고 든다.

애써 다운되는 마음 붙잡고 디쉬 들고 나가는데. (꼬마쉐프 따라붙고)

#베르테르 룸 앞

은호의 시선으로, 상견례 룸 문 열리며 지원 걸크러쉬 느낌으로(슬로
우) 나온다.

헤어스타일, 화장, 옷차림에 어? 하고 멈춰 서는 은호(와 꼬마쉐프).

은호를 못 본 지원은 시원하게 워킹해 멀어지고,

이어 룸에서 민환 튀어나와 지원 쫓아가면.

은호, 디쉬를 꼬마쉐프에게 맡기고 쫓아가고.

이어서 화가 잔뜩 난 자옥과 철중도.

씬60. 레스토랑 베르테르 분당점 앞(낮)

지원, 걸어가는데 뒤에서 낚아채 붙잡는 민환.

박민환 야! 너 뭐 하는 거야?

강지원 뭐 하긴. 너랑 헤어지지.

벌써부터 마음 불편한데 어떻게 결혼해?

박민환 너? 너어?? 와... 이게 진짜 막가네.

강지원 넌 야! 너! 하면서 난 안 돼? 되게 웃기는 애네.

지원, 민환의 손 탁 털어내고 돌아서면.

등 뒤에서 민환의 표정 심상치 않게 험상궂어진다. (1부 느낌대로)

저 멀리 뛰어나오는 은호 보이고,
뒤이어서 자옥과 철중, 은호를 팍 밀어내고 뛰어나오고.
민환, 이를 악물고 폭력적으로 손 뻗어서 지원 낚아채려는 순간!

강지원 이야아아아아압!

FLASH CUT. 유도장
유지혁 "덩치 차이가 있는 여자가 남자를 집어 던진다는 건 실제로 쉽지 않아요. 그러니까 상대가 전혀 예측 못 한 순간에, 한 번에 해야 해요."
고개를 끄덕인 지원이 지혁의 손목을 낚아채고 몸을 돌리는 순간과 겹쳐져서.

지원이 손을 뻗어 민환의 손목을 낚아채고 몸 돌리면서
우아하고 멋있게 (5부 37씬의 지혁과 비슷한 자세로) 민환을 부우우웅 엎어치는 데까지!

박민환 어... 어.... 어......???!?!?!?!?

완벽한 호를 그리면서 넘어가는 민환과
멀리서 보고 있던 은호, 자옥, 철중이 놀라 입이 쩌억~~!!
아름답게 엎어친 지원이 의기양양하게(민환의 폭력 극뽁~)
고개 드는 싱그러운 얼굴, 찬란한 햇살에서.

fin.

10부

아빠, 왜 몰랐을까요.

살아있다는 건 웃을 일이 참 많은 거였어요.

씬1. 9부 엔딩에서(낮)

환불용 상견례 차림의 지원, 베르테르를 배경으로 근사하게 워킹해 온다.

박민환 (붙잡으며) 야! 너 뭐 하는 거야?
강지원 뭐 하긴. 너랑 헤어지지.

지원, 민환의 손 탁 털어내고 돌아서면.
민환, 이를 악물고 폭력적으로 손 뻗어서 지원 낚아채려는 순간!

강지원 이야아아아아압!

완벽한 호를 그리면서 넘어가는 민환과
아름답게 엎어친 지원이 의기양양하게(민환의 폭력 극뽁~)
고개 드는 싱그러운 얼굴, 찬란한 햇살에서.

씬2. 해영빌라(낮)

민환이 윗도리 확 팽개치고 자기 방문 열고 들어가려고 하는데
빠악-----!! 뒤통수 후려치는 자옥.

박민환　아, 엄마아아아아아!!!!
김자옥　어디서 잘못하고 지가 더 승질이 난 척이야? 애기 때나 하던 짓을!!
박철중　(슬금슬금 안방으로 도망)
박민환　(발악!) 아 뭐! 내가 뭐!! (팔팔) 내가 뭐어어어어어!!
김자옥　이게 뭘 잘했다고!! 어디 버르장머리라고는 약에 쓰려도 없는 애를
　　　　데려와?!

자옥이 민환의 등짝 마구 후려치고, 민환은 도망치고, 그래도 붙잡
아 후려치고.

박민환　아, 원래 멍충하니 말 잘 듣는 애라고!!
　　　　요즘 귀신이 들렸나 이게 미쳐갖구!!
김자옥　어이구!!! 여자한테 얻어맞은 놈이 주둥이는 살아가지고!!
　　　　하나를 보면 열을 알아! 가정교육 얘기를 내가 그렇게~~~~ 했는데
　　　　엄마 말 안 듣더니만 이 사달을!! 이 사달으으으을!!!

씬3. 해영빌라 앞(낮)

민환 머리 다 쥐어뜯기고 셔츠도 엉망인 채로 굴러서 도망 나온다.

박민환　아 씨!! 엄마는 알지도 못하면서!!
　　　　걔가 돌아있는 게 왜 내 탓이야아아아아!!

열받아서 몸부림치고 벽 치려다가 아, 그럼 아프겠다 하고 취소!

박민환   (짜증!!!) 강지원 이걸 그냥!!

씬4. 지원 원룸 현관 앞(낮)

콰쾅쾅! 띵동띵동띵동!! 민환 일 칠 듯 위협적으로 문 두드리고 있다.

박민환   야! 강지원! 당장 나와!! 이렇게 넘어갈 수 있을 거라고 생각 안 했지? 내가 봐주니까 네가 주제 파악 못 하고 까부는데... 야! 문 안 열어? 당장 열...

문 열리려고 하는 데서.

씬5. 지원 새집(낮)

지원(아직 상견례 차림 그대로)이 문을 연다.
두루마리 휴지, 세제 등 잔뜩 들고 서 있는 지혁.
(꽃다발 어머어마 커서 등 뒤로 보이는 상황)

유지혁   (지원 옷차림+화장 보고 오?! o.O??)
강지원   (웃는데)
유희연   안녕하... 혁? 은인님? 이 빠숑은 또 무엇인가요? 저 잘못한 거 있어요? 혼나나요? (팔짱 끼고 들어가며) 뭔가 야하게 혼날 거 같은데~~
강지원   환불할 게 좀 있어서.
유지혁   (뒤에서 지원 보는 표정)
유희연   오우, TPO 완벽하시다으~ 성공?
강지원   (웃으며) 성공!
유지혁   (둘이 꺅꺅거리는 거 보고 피식, 두루마리 휴지+세제 내려놓고 있

으면)

강지원   (돌아본다)

유희연   아니, 뭐 봉투만 준비했다잖아요.

유지혁   (품에서 두둑한 봉투 꺼내 내려놓는다)

유희연   할아버지 손녀 용돈 주는 거야 뭐야... 센스 어디 갔어...

그래서 제가 이사집에는 두루마리 휴지, 세제라고 알려줬어요.

...꽃은 뭔지 모르겠네?

강지원   (지혁에게 다가가면)

유지혁   (꽃 준다)

강지원   저 꽃 좋아해요.

지원 꽃 들고 환하게 웃는데 햇살에 화이트아웃.

씬6. 지원 원룸 현관 앞(낮)

연결하여 찬란한 역광 속에서 서서히 드러나는 어마어마한 키와

덩치,

울룩불룩한 근육에 화려한 문신남!

박민환   헉!! (뒷걸음질 치다 넘어질 뻔하는데)

문신남   누가 교양 없게 남의 집에서 이렇게 큰 소리야아아아?!! (화통 삶아 먹)

박민환   아, 여, 여긴... (당황+두리번으로 호수 확인) 마, 맞는데? 가, 강지...

문신남   뭐!!! 말 똑바로 못해??

박민환   (자세 바로!) 아, 넵!! 그... 여기가 (공손) 제 여자 친구 집이라고 생각

했는데요...

문신남   여자 친구? 전 세입자가 여자긴 했는데...

박민환   네에에에에?????

문신남   (위아래로 훑) 꼬라지를 보아하니 여자가 왜 도망갔는지 알겠구만!!

황당무계한 민환의 표정에서.

씬7. 지원 원룸 앞 골목(낮)

연결되어 넋이 완전히 나간 민환의 표정에서,
바람이 불어 골목에서 누군가 버린 비닐봉지 날아와 얼굴에 퍽!!!

박민환   (비닐봉지 내팽개치며) 으아아아아아아아!! 으아!! 으아!! 으아!!!!!

비닐봉지 밟으며 난리난리 치는데.

CUT TO.
옛날 지원 집 베란다 창 열리며,

문신남   주택가에서 어떤 교양 없는 놈이 이렇게 소리를 질러어어어어어!!!

하고 내려다보면,

CUT TO. 민환의 서 있던 곳
민환 차 빠르게 튀튀튀 하는 모습에서.

씬8. 민환의 차 안(낮)

민환 운전하면서 블루투스로 미친 듯이 지원에게 전화.

씬9. 지원 새집 거실(낮)

테이블에 올려놓은 핸드폰 '박민환' 이름으로 울리는 거 보는 지원,
(지원은 편한 옷 갈아입은/커다란 하얀 셔츠에 청바지 정도?)
지혁과 잠깐 눈 마주치지만 이내 전화 무시하고 짐 정리하기 시작.

유희연 (집 안 돌아보면서 자기가 더 몽글) 신혼집 사이즈로 딱이다!
        으아니, 근데 왜 월세예요? 박 대리님이 남자는 자가라며 큰소리쳤었
        는데.

강지원 (이야기해야 하는데)

유희연 (지혁 못 듣게) 은인님, 오빠 놈한테 월세 주신다면서요? 넣지 마세요.
        (속닥) 몰라요. 통장 따윈 안 들여다보거든요. 어차피 저 살라고 비워
        둔 데였고요.

강지원 (웃으며) 그건 그거고 이건 이거지.

유희연 아니, 다른 데도 빈집 많은데 왜 여기야... 불편하게 지랑 한 건물...
        에휴, (절레절레) 센스 증말... (휴지랑 세제 챙기며) 이건 다용도실이죠?

강지원 응~ 고마워!! (책 무더기 든다)

유희연 (잔뜩 들고 사라지면)

유지혁 (가서 지원이 든 책 쓱 뺏어 들고 돌아서며) 괜찮겠어요? (책 꽂기 시작)

강지원 (쫓아가며) 월세요?

유지혁 아니, (핸드폰 쪽으로 턱짓)

강지원 괜찮게 만들어야죠. (나란히 서서 높은 곳에 책 꽂으려 발돋움)

지혁이 쓰윽 팔 뻗어 도와주는데 그러다가 손 닿으면 바로 떼고 돌아
선다.
지원 살짝 의아하지만?
아무렇지도 않게 돌아섰지만, 지혁 살짝 긴장+지원 의식..
그 모습 보고 있던 희연은 본 적 없는 오빠의 표정에 마음 눈치채고.

씬10. 지원 새집 엘리베이터 앞(밤)

INSERT. 지원혁 집 전경 위로

강지원(E) "안녕히 가세요! 희연 씨도 안녕!"

방긋방긋 웃고 있던 남매, 문 닫히는 소리(E)와 함께 무뚝뚝.

유지혁   가. (엘리베이터 버튼 누르고 문 열리면 올라타는데)
유희연   (따라 올라타는)
유지혁   (뭐야? 왜 올라타?)

엘리베이터 문 닫히고.

씬11. 엘리베이터 안(밤)

유희연   (핸드폰 하면서) 암만 오빠가 인생 자기 뜻대로 살 수 없는 자리에서
　　　　태어났다고 해도 21세기에 비즈니스 결혼은 좀 아니라고 생각했거든.
　　　　그래서 오유라랑 파혼한다고 했을 때도 드디어 사람 됐네 했고. ...혹
　　　　시 다른 이유 있나?

지혁 쳐다보지도 않다가 엘리베이터 문 열리면 내려버리고, 희연 쫓
아가고.

씬12. 지혁의 집 거실(밤)

지혁이 옷 대충 풀어 젖히며 거실 가로지르는 동안
희연 졸졸 뒤쫓아가면서.

유희연   혹시나, 만약에, 어... 그러니까... 오빠가 나한테 아주~ 중요한 사람

한테 딴맘을 먹고 있다면...

유지혁   (딱 멈춰서 돌아서며) 걱정하는 게 뭐야? 내가 강지원을 어떻게 할까 봐?
유희연   (기세에 눌려) 뭘 어떻게 해? 이제 결혼할 건데...
유지혁   그럼 됐네. 집에 가. (돌아서서 방으로 들어가 문 쾅 닫으면)
유희연   (혼자 남아서 심란해하면)
유지혁   (다시 문 연다) 나는 강지원 씨랑 아무 사이도 아니고 아무것도 안 할
          거야.
          좋은 사람이니 도와주고 싶긴 해. ...천둥벌거숭이 같은 널 귀여워해
          주는 것도 고맙고. 됐어?
유희연   (끄덕끄덕)
유지혁   (살짝 누그러져서) 가. (지혁 다시 문 닫으면)
유희연   하지만 그런 표정은 처음 봤는데... (아닌가?)

CUT TO. 지혁의 방
지혁, 문 등지고 한숨 한 번 쉬고 자기 손(지원이 손잡았던, 방금은 지
원이 손과 닿았을 때 떼었던) 한 번 보고 쥐었다가 펴는 데까지.

씬13. 16층 사무실(낮)

INSERT. U&K 본사 전경

살기등등한 민환 거칠게 들어와 가방 쾅 내려놓는다. (주변에서 뭐야
뭐야)
지원 자리 비어있으면 머리 쓸어올리고 한숨 내쉬고 뭔 일 있다 티 팍팍!

양주란   (놀라) 박 대리, 무슨 일이야?

하는데 지원 들어오면,

박민환 (돌아보고 너 잘 걸렸다) 야, 이씨 (너... 하려고 손가락질하는데)

철썩!! 하고 지원 있는 힘을 다해 민환의 뺨을 갈긴다!!
출근한 직원들 전부 놀라 벌떡! 입틀막!!

박민환 (헐??) 너... 너... 이게 진짜 돌...

하는데 또 철썩!! 또 철썩!!
이번에는 살짝 약하지만 한 번 되게 맞은 민환이 찌질하게 움찔해서 말 멈추고.
민환이 또 말하려고 입 벌리면 무표정으로 또 찰싹!! 찰싹!! 찰싹!!
선빵에 기죽고, 이어지는 잽에 정신을 못 차린 민환이 주춤주춤 뒤로 물러나다가.

박민환 이게 때린 데 또 때려어??!! (하고 손 치켜드는데)

지혁, 뒤쪽에서 민환의 손목 움켜잡아 꺾어 아프게!!

박민환 아아! 아아! 아아아아악!!! (짜증!!)
유지혁 두 사람 다 그만해요.
박민환 내가 맞을 땐 가만있더니! 왜! 왜애 맨날! 공평하지 못하게에에!!
강지원 ...공평 좋아해서 딴 년에게도 사랑을 골고루 나눠줬나 보다??

폭탄 투하에 쥐죽은 듯 조용해지는 사무실-

양주란 (눈치 보다가 얼른 지원에게 다가가) 강 대리, 일단 나랑 나가자.
강지원 잠깐만요. 바람피우면서 사람 감쪽같이 속인 새끼한테 할 말은 해야죠.

CUT TO.

수민 들어오다가 멈칫!

CUT TO.
민환, 수민에게 가만있으라고 눈짓하고.
지원, 곁눈으로 수민 들어오는 거 보고.

강지원   (여자 속옷 가방 속에서 꺼내 던진다) 이거 누구 거니? 네 차에 있던데.

민환의 아차, 하는 표정 위로.

FLASH CUT. 9부 54씬 상견례 날의 옷차림, 조수석의 민환과 그 위에 올라타 있는 수민에서.

박민환   아 씨, 너 누가 남의 차를 함부로 뒤지래?!?!

인정!! 보고 있던 직원들 사이로 허어억?? 경악 퍼지고.
(+수군수군 : 저거 쓰레기 생키 아니야? 뭐야, 차에서 다른 여자 속옷 나온 거야?)
수민, 내 건가?? 놀라 기웃+몸 더듬 해보다가 의아하다. 내 거 아닌데??
이것은 함정!
지원, 고개 숙인 채 (보이지 않게) 걸려들었다! 입꼬리 올렸다가.

강지원   (고개 들며) 씨발!! 바람핀 새끼가 어디서 날 욕해애애!!

시원하게 일갈을 날리며 지원이 프러포즈 반지를 던지면,
공중을 포물선 그리며 날아가는 반지.
떨어지면서 와장창 깨지는 데까지.

TITLE. 내 남편과 결혼해줘

씬14. U&K 회사 내 몽타주(낮)

#로비에서 직원들 모여서 속닥속닥 CUT!

여직1   박민환 대박쓰! 강지원 두고 바람폈대! 그것도 카...(섹스!!!)!!!!!

#여직원 휴게실에서 직원들 속닥속닥 CUT!

씬15. 인사과 사무실(낮)

인사과 직원들 타이핑 다다다다 하는데 그 위로 빠르게.
[마케팅1팀 7년 커플 깨짐. 남자 바람핌. 차에서 속옷 나옴!!]
[간 커. 프러포즈 개 크게 했다더니 반지도 짭퉁 다이아!!]
[여자는 누군지 안 나옴?]
하는데, 쾅! 하고 석준이 테이블 한 번 두드리면 고요--.
그 상태에서 똑똑, 하고 노크 소리와 함께 문 열리고 경욱 고개 빼꼼~~

김경욱   안녕하십니까? 제가 오늘부터 출근하라는 명을 받고 왔...(??) 는데??

분위기 왜 이래? 싶은 경욱이 눈치 보는 데까지.

씬16. 회사 옥상(낮)

머리를 감싸 쥐고 쭈그리고 있는 민환.

박민환   그래서 엄마 앞에서 그 난리를 친 거구나. 강지원, 진짜 완전히 돌아
가지구... 어떻게 하지. 아우... 얌전한 애들이 돌면 무섭다더니...

정수민	(짜증)
박민환	(벌떡!) 야!!! 넌 팬티 관리 하나 못해서 지금 이게 무슨 난리야??
정수민	(거리 벌리지만 기죽지는 말고) 소리 지르지 마. 그거 내 거 아니야.
박민환	지금 내가 소리를 안 지를... (알아들었다) 뭐? 네 거 아니라고?
	차에서 한 건 너뿐... 아, 아니, 그날 차에서...
	니 거가 아니면 그게 왜 내 차에... 아니, 뭐 이런 개같은 상황이...
정수민	어떻게 된 거야? 그 속옷은 대체 누구 거야?
박민환	시발!! 뭔 개소리야!! 니 팬티가 아니면 누구 거냐고!!!!!!!

씬17. 여직원 휴게실(낮)

지원 덤덤하게 차 마시는 위로.

강지원(E)	미끼를 물 줄 알았지, 박민환.
	정수민 거는 아니지만, 특별히 네 취향으로 골랐어.
양주란	자기야... 괜찮아?? (지원 손등 꼭) 어떡하니... 이게 뭔 일이라니...

하는데 전화 울려서 보면 '백은호'다.

강지원	(받아서) 은호야, 내가 나중에 전화할게. 응... (끊)
유희연	(보면)
강지원	내 동창 알지? 상견례를 은호네 가게에서 했어.
	망하는 거 다 봤지, 뭐. 걱정됐나 봐.
유희연	어제요? 헐... 다 알고 상견례를 하신 거예요? (깨달음!) 그래서 옷차림이??
강지원	(쓴웃음)
양주란	(울상) 우리한테라도 말하지... 혼자서 얼마나 속 끓었을 거야...
	설마 상대가 누군지도 알아?

지원의 표정에서.

씬18. 회사 옥상(낮)

박민환 그리고 보니 말이 안 되네. 어제 강지원이 차에 탄 적이 없는데 속옷을 어떻게 찾았을 거야? 뭐야, 이거? 어디서 꼬인 거야? (당장 따지러 가는데)

정수민 (잡는다) 속옷 어디서 찾았냐고 따지게? 어차피 넌 바람핀 놈이야.

박민환 (맞...) 으아아아! 으아아!! 돌아버리겠네!!

정수민 소리 좀 지르지 마. 넌 사랑에 빠진 거뿐이야! 잘한 짓은 아니지만 그럴 수도 있지! 사람 맘은 원래 변해. 안 그러게 지가 더 매력적이게 행동하든가!

CUT TO. 옥상 일각
벽 뒤쪽으로 기대서 듣고 있던 지혁의 서늘한 표정에서.

씬19. 16층 엘리베이터 홀(낮)

지원이 사무실로 들어가려고 하는데 경욱과 남직1 나오다가 발견.

김경욱 (불쾌 맥스) 이야~~ 이게 누구신가??
회사 일은 혼자 다 하시는 더 그뤠이티스트 강지원 대리 아니신가??

강지원 (표정 있게 인사 꾸벅)

남직1 아이, 과장님... (끌고 엘베 타며) 아이, 새로 시작하는 좋은 나알~~

경욱, 남직1이 잡고 있으니까 찌질하게 들어가는 지원 발로 차려는 시늉.

김경욱 어유, 뻗때가 저러니 남자가 못 버티고 딴 여잘 만나지. 남자는요... 여자 하기 나름이거든. 원래 여우는 만나도 곰은 못 만나는 게 남자야.

하는데 땡 소리와 함께 옆의 엘리베이터 문 열리며 지혁 나온다.

김경욱 진짜 답답하다, 답답해. 여자들도 사회생활을 하려면 군필 해야 돼. 체계를 모르니 위아래도 없이 지만 잘난 줄 아는 거야.
유지혁 (내리다가 빡)
김경욱 아니면 차라리 예쁜 정수민 씨처럼 애교나 있든지! 어? 부장님!!! (인사)
유지혁 (표정 감추고) 정수민 씨, 옥상에 있던데요.
김경욱 아? 네!!! 하하하!!! 가서 인사해야겠구먼요!! (남직 어깨 툭, 담배나?)

서늘한 표정의 지혁까지.

씬20. 회사 옥상(낮)

엘리베이터 문 열리고 내려서 들어오는 경욱과 남직1,

김경욱 내가 강지원이 때문에 불안장애 약을 다 먹었어. 심장이 쿵쾅쿵쾅...
남직1 아이, 수민 씨는 어딨지? (하는데)

경욱의 시야에 수민이 민환의 양 뺨 감싸고 눈 마주치며 정신교육 중!!!!

정수민 결혼했다가도 이혼하는 세상이야. 그냥 오빠 맘 가는 대로 한 거야. 눈치 보지 마. 우리가 흔들리면 안 돼.
박민환 (빤히 보다가 뿌리치며) 야... 착각했나 본데. 넌 결혼 상대는 아니야. 강지원이야 한국대 출신에 모은 돈도 꽤 있고 생활력도 강하고... 넌 얼굴 반반한 거 말고 뭐 있어?

정수민   (뭐라고?)

박민환   너하고 잔 건... 아, 그래, 인정! 솔직히 좋아.
        근데 현실적으로 내가 20대도 아니고 너하고...

        수민, 눈이 확 돌아버리려는 순간,

김경욱(OFF)   느어어어어 이 개새끼이이이이이!!

        놀라 돌아보는 수민환, 다음 순간 경욱 온몸으로 민환에게 덤벼들며
        난장판!!
        민환을 향해 파운딩 날리는(별로 충격 없어도) 경욱이 울부짖는 위로.

김경욱   우리 수민이를!! 우리 수민이르으으을!!

        FLASH CUT. 2부 35씬 인서트 훔측했던 경욱의 상상씬 더더욱 빠르
        게.. 그 끝은 와장창!!!

여직1(E)   대에에박!! 다이나믹 U&K!!!!!!!

씬21. U&K 회사 내 몽타주(낮)

#로비에서 직원들 모여서 속닥속닥

여직1   그러니까 박민환하고 바람핀 여자가 정수민이라는 거지? 강지원 베프!!

        하는데 지원, 지나가면. 다들 합죽이처럼 눈치만.
        지원은 모르는 척하는데 팔짱 끼고 지나가면서 희연과 주란만 눈 흘
        기고.

#여직원 휴게실에서 직원들 입이 딱 벌어져 속닥속닥

다가오던 수민, 입술만 깨물고 그냥 지나가 버리는 위로.

[00푸드 불륜 버뮤다급 삼각관계로 인터넷에 게시되는 글.

다들 경악하는 가운데 댓글 천 개가 넘으며 마구마구 퍼지는 데서.

씬22. 지원 새집(밤)

지원, U&K 불륜썰이 SNS와 MODU 사이트의 결시친 방들에 댓글 만 선인 거 보고 있는데 '반쪽'으로부터 전화 온다. 끊길 때까지 가만히 보고 있으면, 문자.

[반쪽 : 지원아, 이사했어?]

[반쪽 : 이야기 좀 해야 할 거 같아서 나 지금 너희 집에 왔는데ㅜㅜ 너 설마 사람들 말 믿는 거 아니지? 너는 나 믿어야 하잖아.]

지원의 표정 싸늘해서 핸드폰 엎어버리는 데까지.

씬23. 조마트 식품코너(낮)

8부 33씬 U&K 밀키트 행사했던 장소에 '이우식품 밀키트 시식행사' 중이다.

(시식평가는 아니고 쿵짝쿵짝 시끄럽고 유쾌한 느낌)

강지원 이우식품 밀키트 행사를 줬네요.

(서류 확인) 이럴 거면 우리도 부스 하나 넣었어야 하는 거 아니에요?

양주란 (두리번) 우리 제품은 어디에 진열되어 있는 거지? 안 보여.

강지원 조마트 시식평가 결과가 꽤 좋아서 선두진열되어 있을 거라고 생각했

는데... (서류 넘겨보면)

INSERT. 조마트 시식평가 담당자 '박민환' '정수민'에서

강지원　담당자를 좀 만나봐야 할 거 같아요.

씬24. 16층 사무실(낮)

INSERT. 'U&K 버뮤다 박MH 파렴치한 행각 썰'/사진 포함

박민환, 모니터에 올라온 자기 이야기 손톱 잘근잘근 물면서 보고 있는데
쾅- 하면서 바로 옆에 서류 내리치면 깜짝!! (이 와중에도 잽싸게 화면 내리고)

양주란　어떻게 이런 사고를 칠 수 있어? 아니, 사고는 쳤다 치고 이걸 덮어??

박민환　(놀라서 벌떡) 왜... 왜요?

양주란　조마트, 알러지 고지 미비로 난리 났었다며? 이걸 왜 보고도 안 하고...

박민환　그, 그걸 어떻게... (자기도 모르게 수민 보면)

정수민　(모르는 척)

강지원　(눈치채고)

양주란　(흥분!) 조마트 측에는 사과는커녕 오히려 큰소리치고!!! 그쪽 직원 실수??

박민환　그, 그건 맞아요. (죽겠다) 우리가 둘 다 잠깐 자리를 비운 틈에 마트 직원이 멋대로 시식행사를 시작해 버려서...

양주란　둘 다? 왜 둘 다 자리를 비워?!?!

강지원　(서류 확인하는 척) 담당이 박민환 대리와... 정수민 사원이었네?

순간 싸해지는 분위기. 조그맣게 웅성웅성 '설마?' '뭐가 설마야.. 어마나지..'

유희연   (일하는 척하면서) 개새끼가...
양주란   개새끼네...
정수민   아니에요! 무슨 생각들을 하시는 거예요? (하다가 지원보고 움찔) 지
          원아...
강지원   (싸늘하게 노려보다가 누구에게랄 것 없이) 고객분은 박민환 대리님
          이 수습한 모양이지만 보고를 누락한 건 문제가 될 겁니다.

          영혼 털려 10년은 늙은 민환의 얼굴 위로.
          퍼져나가는 SNS와 회사 인트라넷 게시물 '조마트 개새끼 사건 3줄 요
          약' '진짜 개 아니냐 때와 장소 못 가리는 거.' '개는 귀엽기라도 하지'
          '조마트개새끼들썰= 개한테 실례되는 제목/개 비하를 멈춰주세요. 조
          마트박정새끼썰 GOOD' 등등에서 연결.

씬25. 인사과 회의실(낮)

          사무적인 표정의 석준, 탁 하고 엔터 친 후 노트북 자기 쪽으로 돌린다.

이석준   지금 회사 이메일로도 마케팅1팀 상황이 공유되고 있어요. 일단 '박민
          환' '박 대리' '버뮤다 박' 등 금지어로 설정해 놓았습니다. ...'빤스 박'도요.
박민환   그, 그러면 어떻게 되는 거죠?
이석준   금지어로 지정된 단어가 들어간 회사 내 메일은 전송되지 않고
          메신저 송출도 정지됩니다.
박민환   (안심) 일단 회사 내에서라도 입에 오르내리는 건 피할 수 있겠군요.
이석준   다만 이 보호 조치는 박 대리님이 부서 이동을 받아들이셨을 때만 유
          효합니다.
박민환   부서 이동이요???
이석준   네, 최근 마케팅1팀 상황을 고려해 업무 효율을 위해 필요할 것 같더
          군요.

박민환 하, 하지만 그렇게 되면 밀키트에서도 빠지고 또... 새로 시작해야 하는... 데...

이석준 (그러니까)

박민환 (머리 쥐어뜯지만 결국) ...받아들이겠습니다.

석준이 자판을 두드리고 엔터 탁, 치는 데서 연결.

CUT TO.

김경욱 말도 안 돼!!! 회사가 체계가 있는데 제가 대리고 양주란이 과장이라뇨?

이석준 양 대리님은 공회전할 가능성이 있었던 밀키트 프로젝트를 훌륭히 진행시키고 있습니다. 회사 입장에서는 귀한 인재죠. 반면 김경욱 님은 관련 사건 외에도 업무 역량, 근태, 성인지 감수성에 관한 동료 간 평가가 매우 아쉬워요.

김경욱 으아니, 회사에선 성인물을 본 적이 없는데 무슨...

이석준 (개싫) 이건 통곱니다. 못 받아들이신다는 건 사직 의사로 받아들여도 될까요?

경욱, 동공지진인 데서 석준이 자판 두드리고 엔터 탁.

CUT TO.

이석준 상황상 아무래도 정직원 전환은 어렵네요.

정수민 (표정)

이석준 (서류 확인) 계약 날짜는 남았지만 회사 측에서 상황을 특별히 배려해 오늘까지 출근하시는 걸로 처리할까 하는데. 동의하시나요?

수민, 분해서 손 부들부들 떨리면 꽉 잡아 안 떨려고.

씬26. 16층 사무실 엘리베이터 홀(낮)

수민 갑자기 모든 것이 무너져 어떻게 해야 할지 모르는 상태로 엘리베이터에서 내리는데, 사무실 쪽에서 목소리 들리면 멈칫.

남직1(OFF)   옥상에서 김 과장이 박민환 팬 거 보면! ...삼각관계였던 거지. 김 과장이 우리 이쁜 수민 씨~~ 수민 씨~~ 할 때부터 느낌 있었잖아.

여직1(OFF)   우와... 여자는 비위가 센 순으로 팔자가 핀다더니. 아니지, 비위만 좋고 팔자는 꼬았네??

크크크크, 완전 웃음거리, 놀림거리가 되어버린 상황에 입술 꽉 깨물고.

씬27. 여직원 휴게실 침대방(낮)

구석에 쭈그리고 앉아 전화하던 수민, 통화연결 안 돼서 핸드폰 내리면 '내 반쪽'이라고 액정에 떠 있다. 손 바들바들 떨리고.
침 꿀꺽 삼키고 SNS와 'MODU 결시친 방'에 자기 이야기 돌고 있는 거 찾아보다..
[m2331 : 솔까 여자가 맘먹고 꼬시면 남자는 못 버틴다. 사랑 잃고 친구 잃은 여자는 무슨 죄냐.]
[내가 널 : 지 절친 남친과 뒹군 애가 정신병자지. 절친이 불쌍]
[L5V2 : U&K 지인피셜, 같은 연놈들이 조마트에서 사고 쳤다고 함. 인성이 빻으면 일도 못한다는 건 사이언스]
(실제로 수민환 욕 반반인데 수민에게 확대되어 보이는 건 자기 욕)

정수민   왜 다들 나만... 지들이 뭔데... 지들이 뭘 안다구...
지원이는... 나하고 지원이는...

수민, 핸드폰을 열어 지원과 대화창을 연다. 수민이 일방적으로 보낸 문자들만 있고 지원의 답 없고. 그러면 핸드폰 다시 SNS 열어서 댓글 쓰려다가 멈칫.
뭔가 생각하다가 옆에 있는 펜과 노트 꺼내 손편지 쓰기 시작하는 표정에서.

씬28. 16층 사무실(낮)

경욱, 모든 게 주란 탓이기나 한 듯 노려보면서 자기 짐 팍팍 싼다.
주란은 괜히 눈치 보면서 정리하다가 위통 느껴서 꾸욱 누르고.

김경욱　에이 씨... 네가 자리 바꿔놔!!! (짜증 난다는 듯 나가버리면)
양주란　(꾸벅꾸벅)

지원, 주란의 팔 잡으면서 신경 쓰지 말라고, 너 짱이라고 힘주면,
그런 지원 보면서 더 복잡해지는 주란에서 연결.

씬29. 회사 지하 물품창고(낮)

고민 가득한 얼굴의 주란,
서성이다가 한쪽 구석의 박스에 주저앉아 머리 뜯는다.

INSERT. 바깥 복도에서 뚜벅, 하고 다가오는 구둣발

INSERT. '지하 물품창고' 명패 달린 문 여는 석준의 손

문 열리면 주란 놀라 구석의 박스 뒤로 숨는데.

들어온 석준, 창고 불이 켜져 있으면 살짝 인상 찌푸리고,
숨어있던 주란은 석준이라는 걸 알고 나가기 어려워진다.
석준 문 닫고 넥타이 늦추고 안주머니에서 뭔가 꺼내면. (은색으로 반짝)

양주란   (담배인 줄 알고 튀어나가며) 여기서 담배 피우시면 안 돼요!!!!

석준 놀라 손에 들고 있던 담배 모양의 초콜릿 떨어뜨리면,
데굴데굴 굴러 주란의 발치까지.

양주란   아? (집어들어 보고) 초콜릿... 이네.
이석준   여기서 뭐 하는 겁니까.
양주란   여긴... 어... 여긴 원래 제가 조용히 혼자 생각하고 싶을 때 오는 곳인
데요...
이석준   회사는 일하는 곳이지 생각하는 곳이 아닐 건데?
양주란   지금 혼자 조용히 생각하러 오신 거 아니에요?
직접 창고에 물품 가지러 올 스타일 아니신데.
이석준   (초콜릿 까먹으며) 또 아는 척...
양주란   ...죄송합니다.

머리 긁적이는 주란 위로.

양주란(E)   실장님은 상대에게 맘을 쓸수록 차갑게 말이 나오는 타입 아니에요?

FLASH CUT. 7부 12씬 연결.
이팝나무 꽃이 잔뜩 피어있는 인재개발원의 길에서 마주 보고 선 석
준과 주란.
이석준 "사람 파악 빠른 척 섣부르게 아는 척하는 사람... 개인적으로
는 정말 싫어하는 타입이에요."

석준, 주란이 머쓱해하는 모습 옆눈으로 본다. (=사실 주란 말 맞음)

이석준 과장 승진해서 신나는 얼굴은 아니군요.
양주란 (불편)
이석준 김경욱 과장 때문이라면 신경 쓰지 마요.
        실적상 양 대리는 벌써 과장을 달았어야 했어요.
양주란 (고민하다가) ...그 실적에 이번 밀키트 건이 컸겠죠?
이석준 (초콜릿 까먹으면서 김경욱을 신경 쓰는 중이 아닌가?)
양주란 이거, 강지원 대리 프로젝트예요. 아이디어부터 기획, 진행까지.
        만약 이걸로 누군가 과장을 달아야 한다면 그건 강 대리죠.
이석준 (뭐 이렇게 정직하고 실속 없는 사람이 있나...)
양주란 아, 말하니까 마음 편하다!! (꾸벅) 인사 결정에 참고 부탁드립니다.

주란, 석준을 지나쳐 총총 나가려고 하는데.

이석준 (초콜릿 까먹으며, 돌아보지는 말고) 김경욱도 양 대리 기획안으로 과
        장 단 거 아닌가?
양주란 (놀라 돌아보면)
이석준 손해 보고 사는 타입이네.
양주란 (잠깐 보다가) 사람 파악 빠른 척 섣부르게 아는 척하는 사람...
이석준 (살짝 놀라(=자기 대사 기억함) 돌아본다)
양주란 개인적으로는 좋아해요. 그 말이 맞으면요.
        (웃으면서) 맞습니다. 호구고요. 호구가 제일 마음 편해요!!!!

주란 나가면 혼자 남은 석준의 표정까지.

씬30. 가정집 거실(낮)

INSERT. 가족사진, 8부 39씬의 아저씨 손님/부인 손님/딸(20대 초)

부인 손님 TV 보면서 빨래 개고 있다가 전화 오면 받는데.

딸(F) 엄마, 전에 아빠 조마트에서 알러지 때문에 죽을 뻔한 거 뭐 사과받고 잘 넘어갔다고 안 했어? 돈 받았어?

부인손님 응? 뭐 실수라고 하니까 넘어갔지. 병원비 내주고, 돈은 아니고 위로 금이라고 우리 장본 거 내줬을걸? 그거 다 망그라져서 먹지도 못했잖아...

딸이 뭔가 말하는 소리 웅웅- 들리면 부인 손님 얼굴 점점 화가 오르는 데서.

씬31. 여직원 휴게실 침대방(낮)

침대에 앉아(다른 직원들과 격리) 손잡고 주란, 지원에게 사실대로 말하는 중.

강지원 뭐 하러 인사과에 그런 말씀까지 하셨어요?
우린 같이 일한 거고 전 주란 대리님이 승진하시는 데 아무 불만도 없어요.

양주란 찜찜한 건 싫어. 내가 리더인 것도 내내 불편했어. 이 프로젝트는 자기 거야. 미안해. 한참 전에, 김 과장님이 자기 배제하자고 했을 때 바로잡았어야 했어.

강지원 (표정)

양주란 같이 일하면서 알았어. 자기가 얼마나 좋은 사람인지, 좋은 사람하고 일하니까 일이 얼마나 재미있는지. (웃으며 양손 잡는다) 인사과에서 어떻게 결정 내릴지는 모르겠지만 나에게 자기는 쫌 짱이야.

강지원 (양손 꽉 잡으며) 저에게 대리님은 쫌 많이 짱이에요!

유희연 (침대 방 앞에 뛰어와서) 양 대리님! 강 대리님!

지원/주란 (보면)

유희연 1층에 내려가 보셔야 할 거 같은데요.

INSERT. 쓰다 만 손편지 구겨져 버려 있는 휴지통

씬32. 회사 1층 로비(낮)

엘리베이터에서 내린 지원, 주란, 희연 후다닥 뛰어나가는데
멀리서 아저씨 손님, 부인 손님이 '강지원이 누구냐고!!' 큰소리 내는
거 들린다.
보면 경비와 리셉션 직원 흥분해 난동부리는 두 사람 막느라 고군분투.

아저씨손님 그러니까 강지원이 누구길래 (핸드폰 SNS 화면 보이며) 이런 이야기
를 하는지, 뭘 알고 떠드는 건지 확인해야겠다니까?!?!

부인손님 마케팅1팀 직원이라고 당당히 실명까지 깠을 때는 자신 있는 거 아냐?
왜 이렇게 사람을 막아서??

지원/주란 (이게 무슨 소리지?)

강지원 (앞으로 나서며) 안녕하세요, 제가 마케팅1팀 강지원 대리입니다.

CUT TO.
사람들 없는 틈(로비로 몰려)에 자기 짐 챙겨 나가던 수민 엘리베이터
에서 내리는데.

CUT TO.
부인 손님, 지원에게 다가가 뺨 세게 갈긴다! 철썩!!!!
놀라는 주란, 희연, 직원들.. 멀리 수민과 뛰어왔던 민환, 경욱까지!

부인손님 뭐? 우리가 공짜 좋아해서 보상 바라고 죽는시늉을 해?
야! 알러지가 장난인 줄 알아? 제대로 일 못한 거 그냥 덮어줬더니...
우리 남편 죽을 뻔했어!! 죽을 뻔했다고!!!!!!!!!!

정수민 (놀랐다! 저들이 쫓아올지는 예상 못 한)

강지원 (역시 놀랐지만 침착하게) 제가... 그... 그 핸드폰 좀 잠깐 볼 수 있을
까요?

지원, 핸드폰 받아서 보는 표정 위로.
핸드폰 화면, SNS 떠 있는데 계정명은 KANG J.W / U&K푸드 마케팅
1팀 대리 강지원, 지원의 필체로 쓴 자필편지.

강지원(E) 안녕하세요, 어떻게 보면 U&K 스캔들의 가장 중요한 관련자인 강지
원입니다. 떨리니까 간단히 쓰겠습니다.

정수민(E) 먼저 삼각관계에 대한 이야기는 와전된 부분이 있습니다.
제가 결혼을 생각했던 남자가 친구에게 빠진 건 사실입니다. 다만 제
친구는

FLASH CUT. 여직원 휴게실 침대방에서 열심히 편지 쓰는 수민.

정수민(E) 그 마음에 응하지 않았습니다. 마음 상하지 않았다면 거짓말이고, 워
낙 매력적인 친구다 보니 피할 수 없는 일이었다 받아들이려고 노력
중입니다. 저에게 너무나 소중한 평생 친구였고 지금도 그러니까요.

지원, 기가 막힌 표정으로 자필편지 스크롤. (편지에는 눈물 자국도
있기)

강지원 조마트 건은 공짜를 좋아하고 보상을 얻으려는 전형적인 블랙컨슈머
케이스입니다. 시식 음식을 제대로 확인도 하지 않고 먹는다는 건 알
러지가 심한 사람이라면 있을 수 없는 일 아닌가요? 죄도 없는 친구를

비난하시니 제가 고통스럽습니다.

부인손님 도대체 무슨 생각을 하면 이따위 글을 올려? 어?

강지원 무슨 생각을 한 건지 확인해드릴게요.

아저씨손님 뭐??

강지원 (아저씨, 부인 하나하나 보면서) 이건 제가 쓴 글이 아니에요.
하지만 누가 썼는지 정확히 알 거 같네요. 제 글씨체 맞거든요.

한쪽에서 보고 있던 수민, 안 좋은 예감에 몸 돌려 도망치려고 하는데.

강지원 제 친.구.가 저와 글씨체가 똑같아서 말이죠.
(돌아보다 정수민 발견!) 정수민! 거기 서!

일동 (시선 수민에게 쫙!!!!)

정수민 (망했!!)

박민환 (이거, 분위기가...)

강지원 (사람들 헤치고 성큼성큼 다가가 수민의 팔 낚아채면)

정수민 (팔 밀쳐내려고 애쓰며) 지, 지원아... (한 번만 봐줘)

강지원 내 이름 앞세워 넌 잘못 없다, 넌 좋은 사람이다... 선동질하기 좋아하
는 건 알았는데 이번에는 그냥 못 넘어가. 네가 한 일 네가 수습해.

지원, 수민을 질질 끌고 와서 손님 부부 앞으로 밀면,
오버해서 쓰러지며 팔 짚는 수민.. 어떡하지, 대책이 안 서는데.

강지원 (수민 가방 뒤지기 시작)

정수민 뭐 하는 거야? 하지 마!! (막는데)

강지원 (밀쳐내고 핸드폰 꺼내서) 네가 날 아는 만큼 나도 널 안다는 걸 잊지 마.

지원, 수민의 핸드폰 패턴을 풀어 SNS에 들어가면 편지 올린 계정 접
속되어있다!

강지원　(핸드폰 들고 가 부인에게 건네주며) 사과는 받아야 할 사람한테 받으
　　　　세요.

부인손님　(핸드폰 확인하고 동공지진, 어떻게 해...) 어? 이건... 그럼 왜 강지원
　　　　이라는 이름으로...

아저씨손님　(부인에게) 여보, 그때 그 여자잖아! 박 대리라는 남자랑 같이 있던 여자!

박민환　(민환 깜짝)

주변 시선 수민환 힐끔대며 웅성웅성(목소리(E) 뭐야? 주작이야? / 지가
친구 남친 뺏고 친구 계정 만들어서 자기변호 한 거네! 지 이름으로 하
면 아무도 안 믿을 거니까!)
지원, 수민이 간절하게 쳐다보지만 외면해버린다.
그러면 멘붕.. 무너지는 수민의 표정 위로.
누군가 찰칵, 핸드폰으로 사진까지 찍는 소리까지 들리면.

정수민　(정신 차림. 표정 변해서 무릎 제대로 꿇는다) 죄송합니다!!
　　　　상황이... 너무 극단적으로 안 좋은 쪽으로만 흘러가서 제 변명을 한다
　　　　고 한 게 선을 넘었어요. 두 분을 욕할 의도는 없었어요. 당연히 불쾌하
　　　　실 건데 거기까지는 생각 못 했어요. 다 제 잘못이에요. (땅에 이마 대며
　　　　과하게)

아저씨/부인　(지원에게) 아, 아가씨... 미, 미안해요. (수민 보며 짜증)
　　　　아... 이게, 참...

강지원　(수민 엎드려 있는 모습 뭔가 불길) ...괜찮습니다.

지원, 사죄하는 수민 불편하게 보다가 돌아서는데.

정수민　미쳐버릴 거 같았어요. 그러면 안 되는 건 알지만, 감정 기복도 너무
　　　　심하고.
　　　　제가 나쁜 년이지만, 이러다가... 안 좋은 생각을 하게 될 거 같아서...

지원, 멈춰 서서 돌아본다.
수민과 눈이 마주친다.

정수민 지원아, 미안해. 그래도 나 용서해주면 안 돼? 나 지금 너 없으면 안 돼.

수민 무릎으로 지원에게 기어가 손을 내민다.
저도 모르게 흠칫해 물러나는 지원, 하지만..

정수민 (지원의 손목 붙잡는다) 나, 임신했어.

일동 경악!!!
지원 역시 숨 들이마시고.
순간 아주 짧게 수민의 얼굴 위로 승리감 스쳐 가지만
이내 사라지고 그저 어쩔 줄 모르는 눈물 그렁그렁.
서 있는 지원과 무릎 꿇은 채 지원 손목 잡은 수민을 보다가 다리 풀려
주저앉는 민환에서.

씬33. 포장마차(밤)

민환 고주망태가 되어서 소주를 마시고 있다.

박민환 자아아, 보자! 박민환...은 나고!!
강지원은 미쳐꼬! 정수미이이..인은 도라꼬!!! 회사 생활... 망해꼬!!
체면... 뭉개져꼬!! 주식... 돈... 엄꼬!! 와우?? 마이라이프 빵꼬똥꼬~~~!!!

하는데 핸드폰 문자 계속 울려서 보면 전부 다 대출상환 독촉 문자.
[4444-4444 독사캐시 대출상환 안내] [1444-2444 살모사금융 독촉장]
[1234-0987 너주거머니 계좌번호 444-4-044-411818 입금요망]

씬34. 거리 일각(밤)

민환, 완전히 술에 취해서 비틀비틀 노래했다가 자빠졌다가 굴렀다가
사람들 쑥덕대든 말든 시비도 걸었다가(무섭지 않고 하찮게)

박민환   왜요?? 내가 결혼할 여친 친구 임신시킨 놈 같아요??

했다가 근육질 남자가 '뭐야??' 하면 도망도 갔다가 하찮은 막장의 끝
을 달리는데,
골목에 들어가다가 확 자빠져 대자로 눕는다.
일어날 의지도 없어 그대로 눈 깜빡깜빡하다가 잠드는데
마지막 깜빡임 이전에 누가 내려다보는 느낌 있는 데서.

씬35. 창고(밤)

빵 봉투 쓴 아래로 민환(러닝 차림) 눈 깜빡깜빡, 의자에 묶여서 이거
무슨 상황인가..
저벅저벅 발소리. 야구 배트에 못 탕- 탕- 내려치는 소리.
봉투 안에서 숨 가쁘다가 봉투 확 벗겨지면.
눈에 들어오는 살풍경한 창고 안의 풍경,
앞에는 양아치처럼 차려입은(지금과는 다르게 금목걸이, 급히 그린
문신, 동석은/본 적 있어서/헤어스타일로 얼굴 반 너머 가리거나 모자)
동석 쭈그리고 앉아 보고 있고, 그 뒤에서는 신우가 배트에 못 박고 있다.

박민환   느... 너희들 뭐야! 이, 이거!! 뭐야!!

조동석   느이들? 남의 돈 쓰고 안 갚는 분이라 그런지 아아주 초면부터 하대시네?
(퉤! 침 뱉고 신우에게) 내가 좀 어려보이나 부다?

김신우   동안이지, 너.

신우, 못 잘 박혔나 보는데 배트 살벌 무시.

박민환   아, 아니, 대, 대한민국 치안에... 이, 이런... 시, 식이면...

조동석   (눈 부라리면)

박민환   크, 큰일 나십니다, 형님들. 어 어디서 오셨어요? 독사머니? 살모사금융?

조동석   하이고, 독사머니에서도 돈을 쓰셨어요?
(신우에게) 그 형님들은 치는 게 아니라 자른다고 안 했어?
(묶여있는 박민환 팔) 요기. (정강이) 요기.

박민환   (소오오름!)

조동석   (잔인한 척 오버 미소) 우린 그렇게 무서운 사람은 아니고요.

동석이 신우에게 턱짓하면,
신우, 무자비한 기세로 배트 들고 다가가는데..!!
(전체적으로 동석도 신우도 위협될 만한 액션만 하고 털끝도 안 건드
립니다)

박민환   (눈 질끈!) 으아아아아아아아아악!!!!!!! 잠깐만요!! 형님들 드릴게요!!
드릴게요!!

진땀 뻘뻘 나며 숨 몰아쉬던 민환 눈 간신히 뜰까 말까..

조동석   돈 없다며. 전화 다 씹고 피해 다닐 때는 언제고 이제 돈 있어?

박민환   저는 없는데 부모님은 좀 다르시거든요. 제가 결혼만 하면 나올 돈이
있어요! 집 한 채 해주신댔으니까 그걸 딱 받아서 브아로 갚겠습니다!!

조동석   하여간 꼭 죽을똥 말똥해야 돈이 생겨. 결혼 언제 하는데?

김신우	(뒤에서 위협적으로 팡팡 타이어 친다)
박민환	바로요!! 결혼할 여자... 아니, 임신한 여자가 있어서 바로 해야 합니다!!

씬36. 해영빌라 앞 골목(밤)

구두 한쪽만 있는 민환, 벗겨진 셔츠랑 넥타이, 겉옷들 다 움켜 안고
질주!!

씬37. 창고 앞 봉고 차량(밤)

지혁, 앉아서 (지원이 준) 타이레놀 하나 까먹는다.
동석과 신우(운전석), 추워서 손 비비며 소품 챙겨서 올라타면.

김신우	가게에서 기다리시지 뭐 하러 여기까지 오셨어요?
유지혁	내가 하기로 한 일은 끝까지 봐야지. ...잘 했어?
조동석	아시잖아요. 형님이 잡아주지 않으셨으면 저 불곰파에 스카우트 돼서 지금 교도소에 복역 중일 수 있었다는 거. (허세허세!)
유지혁	(피식) 허튼소리 하지 마. 이상한 거 시켜서 미안해.
김신우	형님, 필요하신 일은 뭐든 시키셔도 돼요.
조동석	쟤 그때 그 치킨 가지고 찾아갔던 집 그놈이죠? (눈치) 무슨 일이에요, 형님? 저놈 빚이 많은 모양이던데...

지혁, 씩 웃고 동석 머리 한 번 문지르면 신우 차 출발시키고.
차창에 기대 창밖 보던 지혁의 위로.

| 유지혁(E) | 매트 위에 올라갔을 때는 두 가지만 생각하는 거예요. 나는 싸우기로 했다— 나는 이길 것이다-- |

유지혁 (눈 감으며 조그맣게 중얼) 강지원은 행복해진다--

씬38. 해영빌라 앞(밤)

숨 몰아쉬면서 문 열려던 민환, 아차! 하고 옷 입기 시작.

씬39. 해영빌라 거실(밤)

박민환 (아무렇지 않은 척) 다녀왔습니다.

민환 쓰윽, 방으로 들어가려다가 돌아보면,
자옥과 철중, 과일 먹으면서 TV 드라마 보고 있다.

박민환 엄마. 나 결혼하면 집 해준다고 했던 거 지금 주면 안 돼?
김자옥 이제 애나 낳아야 해줄까 말까야. 나한테는 빨간 내복밖에 안 해준 새끼 뭐가 이쁘다고 집을 해줘?
박민환 아, 농담이 아니고!! (달려가서 무릎 꿇고 매달린다) 엄마, 나 진짜 급해서 그래. 응? 엄마 아들 믿잖아. 엄마 아들 사랑하잖아. 나! 박민환이! 엄마 아들!

하면 자옥 표정 표독스러워지면서 치켜 올라가는 손!

씬40. 해영빌라 전경(밤)

등짝 후려치는 빡! 빡! 빡! 빡! 소리에 맞춰 민환 비명 악! 악! 악! 아악! 따릭! 하고 문 열고 도망치는 소리에서 문 쾅- 닫히는 소리까지. ("엄마 미워!!!!")

김자옥(E) 야, 이노무 시키가 이 밤중에 어딜가아??

씬41. 수민 원룸(밤)

수민의 집 꽝 열리고 민환 호기롭게 들어왔다가 멈칫.
불 다 꺼져 있고, 작은 조명 하나만 켜진 채 구석에 수민 쪼그리고 앉아있다.

박민환 (아무도 없나 했다가 발견하고 깜짝 놀라서) 뜨와이씨!! 너 왜 그러고 있어?!
정수민 (쭈그리고 앉아 아무 말 안 하면)
박민환 야아? (다가가서 앞에 앉아서 얘 자나? 손 뻗는) 너 왜 이러고 있냐고.
정수민 얼굴 반반한 것 말고는 볼 것도 없는 애 집에 웬일이야?

민환, 살짝 쫄아서 괜히 옆에 물건들 툭툭 건든다.

박민환 너... 넌 어... 왜 나한테 임신했다는 말을 안 하냐아...
정수민 (확 떠밀고 일어나서 침대로) 임신하면 뭐가 좀 달라져?
박민환 (아씨!! 하지만 일단 참고) 내가 말이 좀 심했지? 츠암... 그게 아닌데 내가, 남자가 다 그렇지 뭐. 응? (잽싸게 다가가 침대에 걸터앉아 수민을 향해 손 뻗으면)
정수민 (탁 쳐내고) 좀 달라지나 보네. 강지원은 아니던데.
나랑 이야기하려고도 안 해. 내가 임신했다는데도.
박민환 멍충아~~ 넌 똑똑한 거 같다가 이상한 데서 허술하더라.
니 애가 내 앤데 충격받았겠지. 걔가 날 얼마나 좋아했냐.
정수민 그래? (생각하는데)

FLASH CUT. 32씬 정수민 시점으로 "나 임신했어." 의 순간 지원의 표정.

박민환 당연하지. 걔가 독해서 티 안 내는데 난 알지. 너도 알잖아?
속은 여려가지고 너하고 나 사이 아는 순간부터 상처받고 전전긍긍...
게다가 네가 임신까지 했다는데 걔 속이 지금 속이겠어??

정수민 (표정)

씬42. 레스토랑 베르테르 분당점(밤)

정수민(E) 그럴까?

지원, 희연, 주란 샴페인으로 짱~~!!!

양주란 조상신이 도왔다, 강 대리. 진짜 아무것도 모르고 결혼했으면 어쩔 뻔
했어어!!

유희연 쓰레기는 쓰레기통에!! 근데 웃긴 게 아무래도 쓰레기통이랑 쓰레기
랑 서로 싫어하는 거 같아요. 임신이라고 할 때 박민환 얼굴 보셨어요?

강지원(E) (술 홀짝 마시면서) 임신이라니. 정수민 도대체...

강지원 (조그맣게) 박민환은 무정자증일 텐데.

양주란 응? 뭐라고?

강지원 (방긋) 뭐가 어찌 됐든 잘 됐다고요. 다 밝혀지니까 속이 다 후련해요.

하는데 은호가 음식 트레이 밀고 와서 지원의 앞쪽으로 내려놓으며.

백은호 (주란, 희연에게) 음식은 괜찮으세요? (지원 보며) ...필요한 거 음나?

지원이 '괜찮다'고 대답하면서 서로 바라보는 모습 보는 희연의 표정
에서.

씬43. 수민 원룸(밤)

수민, 자기가 지원을 잡았던 손 내려다본다.

정수민 나는 그래도 지원이가 결국엔 내 편을 들어줄 거라고 생각했거든. 화
가 나서 내 문자 씹고 못 본 척하는 거야 그럴 수 있지만, 사람들이 그
렇게 나한테 심하게 대하면 내 편 들어줄 줄 알았단 말야. 항상 그랬
는데... 좀 이상해도, 아닌 거 같아도, 화가 났더라도 결국 다 용서해
주고 이해해줬는데...

박민환 (눈치 보다 잽싸게) 이제 너한테는 내가 그런 사람이 되어야 할 때 아
닐까?

정수민 (보면)

박민환 너도 강지원한테서는 졸업해! 둘이 연애하냐?
우리 둘 다 강지원 놓자. 우리만 생각하자고.

정수민 우...리?

민환, 일어서서 불 켜면 어둠 속에 있던 수민 눈부셔..

박민환 ...우리, 결혼할까? 내가 너한테 모진 말도 하면서 정 떼려고도 해봤
는데 결국 너인 거 같아. 우리는 오늘보다는...

FLASH CUT. 8부 47씬 민환이 지원에게 결혼하자고 할 때와 목소리,
장면 겹치면서. "우리는 오늘보다는..."

박민환 내일이 더 좋은 가족이 될 거야. 약속할게.

정수민 가...족?

수민환의 표정 위로 운명이 확실히 움직이고 있다는 느낌의 BGM이
흐르며.

씬44. 지혁 본가 한일 서재(밤)

한일이 천천히 서류 넘겨보고 있다.

유한일   그러니까 강지원이라는 아이는 문제가 없었고 그 약혼자와 친구가 문제다?

이석준   네. 하지만 다행히 문제직원이 임신 중이라는 말에 고객이 이해해줘서 상황 일단락되었습니다. 관련 직원들 인사처분도 끝났고. 밀키트 기획 건도 조사결과 강지원 대리의 주장이 맞습니다. 기획안 가로채기야 흔한 일이니까요.

유한일   흠... 전부 다 우연이고 강지원이는 피해자다. ...지혁이는?

이석준   강지원 씨에게 관심을 가지고 있는 건 확실합니다.
        얼마 전엔 희연이가 쓰던 집으로 이사도 시켰고요.

유한일   (표정)

이석준   다만, 애매한 부분은 있습니다. 조동석, 김신우 같은 학교 후배에게도 집을 마련해주고 가지고 계신 건물에 치킨집을 내주셨으니까요.

유한일   정 많은 놈! 무뚝뚝한 얼굴을 해가지고. 그럼 아직 남녀로서의 뭔가는 없다?

이석준   적어도 지금은 그렇습니다.

유한일   (생각하다가) 내가 봐야겠어. 강지원, 이번 주말에 한번 이 집으로 부르지.

한일의 엄한 얼굴에서.

씬45. 지혁 본가 앞(낮)

INSERT. 한일의 집 전경

차가 멈춰 서고 운전석에서 내린 석준,
뒷좌석 문 열려고 하는데 지원이 먼저 열고 내린다.
석준이 인사하고 벨 누르는 동안 지원은 고급스러운 주택가와 커다란
문 한번 보고.

씬46. 지혁본가 한일 서재(낮)

한일, 소파에 앉지 않고 책상에 앉은 채 서류를 보고 있다. (지원 세워
둔 채)
똑딱똑딱- 시계 소리 예민해지고 매우 불편하지만,
자세 바로 하고 흐트러지지 않는 지원.

유한일   (고개 들고) 최근 힘든 일이 많았다고 들었는데.
강지원   (미소) 일어나야만 하는 일은 힘들어도 그냥 부딪치기로 했습니다.
유한일   (어라? 얘 봐라?) 강지원 대리와 힘든 사람들이 많나 보군.
강지원   수가 많지는 않은데, (미소) 센 사람들일 때가 많습니다.
유한일   (흥미가 생겼다) 나도 포함인가.
강지원   그렇다고 생각합니다.
유한일   그럼 어떻게 할 생각이지?
강지원   잘못한 게 없나 돌이켜 반성해보고 더 낫게 바꿀 수 있는 부분은 바꾸고...
유한일   (본다)
강지원   아닌 부분은 그냥 그런가 보다 하겠습니다.

편하게 웃는 지원 보는 한일에서.

씬47. 지혁본가 복도(낮)

지혁 다급하게 뛰어온다.

씬48. 지혁본가 한일 서재(낮)

지혁이 문을 벌컥 열어젖히면 소파에 한일과 지원 앉아서 차 마시는 중,
지원은 웃고 있다가 놀라서 보면.

유한일　(무섭) 노크도 안 하고 문을 쾅쾅 열어젖히고! 손님 놀라시겠다!!

지혁, 의외로 분위기가 나쁘지 않아 당황스러워 두 사람 보는 데서.

씬49. 지혁본가 정원(낮)

강지원　할아버님은 별말씀 안 하셨어요. 걱정하지 마세요.
유지혁　다신 이런 일 없도록 할게요. 미안해요.
강지원　왜 부장님이 미안하세요? 회장님을 이렇게 가까이 뵙다니 신기하긴
　　　　해요.
　　　　생각보다 어려운 분은 아니시네요.
유지혁　어려운 분이실걸요.
강지원　그냥 솔직하게 이야기했어요. 상사가 내 기획안을 가로채더라도 그냥
　　　　넘어갔어야 했나 싶은 적도 있었지만 지금은 후회 안 한다고요.
　　　　내가 제일 잘할 수 있는 게 맞으니까.
유지혁　할아버지가 좋아할 만한 대답이군요.
강지원　그리고 사생활은... (쓴웃음) 어...
유지혁　(보면)
강지원　회장님이 먼저 그러시던데요. (한일 흉내) 똥 밟았다고 발을 나무랄
　　　　수 있나!

지원 웃으면, 지혁도 웃고.

씬50. 카페 일각(낮)

수민, 우아하게 커피 마시면서
노트북으로 MODU 사이트 중고나라에 접속해서 게시물 쓰는 중이다.
[lovelysm : 두 줄 뜬 임신테스트기와 초음파 사진 삽니다!]

정수민   가족... 새로운 시작...

엔터를 누르는 위험한 수민의 표정까지.

씬51. 지혁본가 뒷마당->사격장(낮)

유지혁   이제 곧 박민환과 정수민은 결혼할 거 같으니, 지원 씨도 새로 시작해
야죠.
그때 그 동창이라는 사람하고는 계속 연락해요? 첫사랑.
강지원   (살짝 선 긋나?) 어, 뭐... 아직은... 결혼한다는 소식이 들려야 안심이
니까.
유지혁   할 거예요. 안 하면 돈 나올 데가 없는 상황이니까.
강지원   (뭔가 좀 이상) 무슨 말이에요?
유지혁   박민환의 재정 상황을 체크했어요. 주식 신용도 그렇고 사채도 꽤 썼
더라고요. 상환 압박도 심할 거고. 그런데 이미 퇴직금도 정산했고 이
번 사태로 평사원으로 강등됐으니 감봉조치도 있었을 거고...
강지원   그걸 왜 체크하신 거예요? 아니, 어떻게 체크하신 거예요?
유지혁   ...전에 그랬죠? 난 옳은 일만 하는 사람이었다고. 아니에요.
할아버지는 아시던데. 내가, 원하는 게 없었을 뿐이라고.

두 사람의 뒤쪽으로 사격장 보이면. (여기까지 걸어온 상황)

유지혁   (사격장 가리키며) 총, 쏴 볼래요?

지혁이 먼저 앞서서 사격장 쪽으로 가서 준비하면 (총 점검)
그 모습 보던 지원 쫓아가는 위로.

유지혁(E)   난 해야 하는 일이 많은 사람이었어요. 그럴 때마다 와서 방아쇠를 당
겼어. 총알은 이미 날아갔다 ― 돌이킬 수 없다 ― 그냥 하자-- 생각하
고 나면 싫은 일도 할 수 있거든.

지혁, 지원에게 가까이 오라고 손짓하는 위로.

유지혁(E)   하지만 지금은 원하는 걸 참기가 너무 어려워.

지혁, 지원에게 가까이 오라고 손짓한다.
지원이 다가가면 안전 고글 씌워주고 자세 잡으며 총 잡는 법 알려주고.
등 뒤에서 자세 잡아주면서.

유지혁   난 할 수 있는 일이 꽤 많은 사람이에요. 달라진 건 지금은 강지원 씨
에게 도움이 되는 일'도' 하고 있다는 것뿐이에요.
강지원   (긴장된 표정)
유지혁   꽉 잡고 나한테 몸을 지지해요.

지혁, 지원이 걸고 있는 방아쇠에 손 같이 걸어서.

유지혁   아!

피젼(그릇)이 날면, 방아쇠를 당기는 지혁.

반동 있고.

공중에서 산산조각 나는 그릇에서.

씬52. 지원 새집_주방(낮)

INSERT. 켜져 있는 TV에 TVN 2013년 크리스마스(25일) 프로그램 방영 중

TV 소리 줄인 지원이 주방으로 가서 해초샐러드 패키지 뜯어 물에 넣는다.

CUT TO.
밥 푸고 불려놓은 해초를 꺼내 해초비빔밥 만들어 테이블에 놓고.
(+정갈한 반찬)

유희연 와아!! 은인님, 솜씨 짱!! 되게 쓱쓱 간편하게 한 상 차리시네요.
강지원 (앉으며) 나 요리엔 재능 없어. 이 패키지가 좀 쉬워.
　　　　희연 씨는 집에서 아무것도 안 해 먹어?
유희연 혼자 사니 매일 배달음식이죠. (비비며) 잘 먹겠습니다!!
강지원 (쓱쓱 비비면서) 안 돼. 건강하게 먹어야지.
　　　　난 위를 다 버린 적이 있어서 가능한 집밥 먹으려고.
유희연 (크게 떠서 입에 넣고) 맛있어요!! 완벽카십니다. 저와 결혼해주시겠어요??
강지원 (웃으면서 먹으면서) 전 결혼 생각 없는데요.
유희연 허... 안 돼요. 맘이 없다 해도 전 남친이 먼저 딴 놈이랑 좋아 지내면 진 거 같아서 짜증 난다고요. 빨리! 먼저! 더! 행복해져야 해요.
　　　　어떤 남자 좋아하세요? 얼굴 보시나?? 몸??
강지원 (표정에서)

FLASH CUT. 지혁과 함께 클레이사격 하면서 백허그 자세였을 때의 지원 느낌-

지원, 순간 물컵 떨어뜨릴 뻔하는데
거실 쪽에서 지원이 핸드폰 울리기 시작한다.
희연, 지원에게 밥 먹으라는 시늉하고 총총 핸드폰 가지러.

유희연   (핸드폰 액정 확인하고 오면서) 백은호라는 분인데요?
강지원   어어? 어어... 그냥 둬. 나중에 전화해야지.
유희연   왜요? 받으세요, 기냥. 크리스마스에 오는 잘생긴 남자 전화는 다 받는 거예요. (희연 통화버튼 눌러버리면)

거침없는 희연의 행동에 지원 입 떡 벌어져서 '여보세요?' 하는 은호 목소리 새어 나오는 전화 바라보는 데까지.

씬53. 지원 새집 앞(낮)

INSERT. 크리스마스 장식이 되어 있는 실외조경

은호의 차 들어오는데 운전 미숙해서 방지턱 날 듯이 통과.
들어오는 길 잘못 들었다가 후진해서 제대로 진입하면.
막 정문에서 나오던 지원과 희연, 차 발견하고 손 흔든다.

백은호   (차 세우고 내리면서) 아, 안녕! 기다렸나? (희연 보고) 아, 안녕하세요...
강지원   왔어??
유희연   오우? 방금(방지턱에서) 차 날아가는 줄?
백은호   (하하! 머리 긁적) 운전을 자주 안 해서... 그때 운전하고 오늘이 처음이에요.

유희연	헐... 정말요?
강지원	(보면) 그때?
유희연	전에 오빠 놈이 가게에서 술 마시고 뻗었을 때 태워다 주셨거든요. 진짜 처음 있는 일이라 당황했는데 절 살려주셨죠.
강지원	부장님이... 술을 마시고 뻗어? (은호에게) 그것도 너네 가게에서?
백은호	(표정)

FLASH CUT. 8부 31씬 유지혁 "거기에서 강지원만 왼손으로 쓴 한 줄이라면, 어떨 거 같아요?"

백은호	자주 온다.
유희연	입맛이 고오급이라서 그래요. 너무 맛있잖아요.
백은호	(말 돌리기!) 어, 어디 갈까?? 뭐 하고 싶어?

CUT TO.

지원, 은호 차에 타 있다. 희연은 밖에.

강지원	같이 노는 줄 알았더니...
유희연	대리님, 제가 정말 크리스마스에 저녁 약속도 없는 애로 보이세요??

희연, 차 지붕 탕탕 두드리며 '오라이!! 오라이!! 재미있게 놀고 오세요!!' 하면 차 출발하는 데서.

씬54. 지혁의 집 거실(낮)

희연, 소파에 매우 방만하게 늘어져 누워 있다.

유희연	내가 바로 크리스마스에 약속이 없는 애지!!! 이야~~~ 선남선녀더라.

희연이 돌아보면, 지혁이 1인 소파에서 아이스크림 통째로 퍼먹고 있다.

유희연 (살짝 눈치 보다) 아이스크림을 먹다니 웬일로 인간 같아? 나도 줘.

지혁, 무시하고 아이스크림(플라스틱 통)만 먹는데.

유희연 (눈치) 왜애? 그 동창 괜찮은 남자 같으면 은인님하고 이어주라며?
나 짱 잘하고 왔는데 여기 온도 왜 이래? 난방 안 켰어?
유지혁 (아이스크림 퍼먹으며) 괜찮은 남자 같아?
유희연 응. 재미는 살짝 없을 수 있지만 편해. 쉽고, 안정적이고. 은인님, 강
한 척하는데 은근히 불안 많잖아. 무엇보다 눈빛이 하트 뿅뿅이야.

이 꽉 깨문 지혁,
희연 한 번 노려보다가(절대 안 줄 듯) 벌떡 일어나서 아이스크림 들
고 주방으로.

유희연 ...왜 말과 행동이 다른 거야? 야! 은인님하고 아무 사이도 아니고 아
무것도 안 할 거라며. 행복했으면 좋겠으니까 빨리 좋은 남자 소개시
켜 주라더니?

하는데 주방 쪽에서 쾅- 빠직- 하는 엄청난 소리 들리고,
희연의 눈앞에 반으로 쪼갠 아이스크림 통 불쑥 내밀어진다. (숟가락
꽂혀있기)

유희연 (받긴 받았는데) 이걸... 어... 이렇게, 어...

말없이 남은 반 통의 아이스크림을 퍼먹다가(스트레스)
멈추고 고개 드는 지혁의 심란+고통받는데.

유희연   (눈치 없이 아이스크림 먹으며) 은인님, 얼른 좋은 남자 만나야지. 집에서 가족과 함께 보내는 크리스마스에 대한 판타지가 있는 거 같더라. 반짝반짝 전구에 크리스마스트리 아래에 선물, 케이크, 오르골, 산타모자, 양말...

씬55. 아이스링크(낮)

크리스마스 느낌이 물씬 풍기는 아이스링크,
벤치에 앉은 지원 앞에 무릎 꿇고 앉아 스케이트 신겨주는 은호.

강지원   나 스케이트 잘 못 타. 한두 번 타봤나...
백은호   나도 잘 못 타. 근데 예쁘잖아. (미소)

지원, 그 말에 주변 둘러보는데 반짝반짝 크리스마스 느낌과 행복해 보이는 커플들.

은호팬1(OFF)   저기... 백은호 쉐프님 아니세요? 베르테르으!!
강지원   (어?)
백은호   (늘 있는 일) 아, 네.
은호팬1,2   꺄아악! 완전 팬이에요. 헐... 슈트빨 미쳤!! 저 기억 못 하세요? 베르테르도 진짜 여러 번 갔잖아요. 사진 한 번만 찍어주시면 안 돼요? 사인도요!!
백은호   (예의+매너) 죄송합니다. 지금은...
강지원   괜찮아. 기다릴게.
백은호   (보면)
강지원   (괜찮다고 미소)

CUT TO.

그새 몇 명 더 붙은 팬들과 은호가 사진 찍어주고 사인해주는 어른스
럽고 멋진 모습 신기+낯설게 보던 지원, 조심조심 링크 안으로 먼저
들어선다.
지원의 시선으로 링크 안, 커플들과 행복한 가족들의 모습 평화로운데.

강지원　둘만 결혼하면, 나도 이렇게 살 수 있는 건가...

하는 순간, 옆을 지나가는 남자가 지원의 어깨를 치고 지나가면 균형
잃고 허부작!
그러면 샥(E) 하는 얼음 갈리는 소리와 함께 다가온 은호,
지원의 등을 가볍게 받치며 잡아준다.
회전.. 반짝반짝 왕자님 같은 은호와 지원의 시선 마주치는 데서.

CUT TO.
링크에서 즐거운 시간을 보내는 지원과 은호의 몽타주 컷.
은호가 뒤로 가면서 지원의 손을 잡아서 끌어주기도 하고
지원이 쪼그리고 앉아서 손 내밀고 있으면 끌기도 하고,
잡아주다 넘어지고, 같이 넘어지면 웃고 그 연결에서.

CUT TO.
지원, 링크의 벽 붙잡고 잠깐 숨 돌리면서 살짝 추워하면.

백은호　좀 춥지? 목도리 갖다줄게! 여기 있어!
강지원　어? 괜찮...

하는데 은호 벌써 부지런히 쌩~~ 멀어진다.
어쩔 수 없어, 웃으며 은호 뒷모습 보는데
그 옆으로 지혁처럼 보이는 키 큰 남자의 뒷모습.
어? 싫었지만 뒤돌아본 순간 다른 사람이고, 여자 친구랑 왔고. (지원

혁과 비슷한 느낌)

다른 사람이지만 여자 친구에게 장난치고 투닥이는 모습에 겹쳐져서,

CUT TO. 지원의 상상

두 커플이 지원혁으로 바뀌어서 투닥대고, 웃고, 서로 마주 보고...

CUT TO.

지원, 키 큰 커플 멍하니 보는 모습 살짝 떨어진 데서 은호가 보고 있다.
은호의 시선으로도 커플남 뒷모습은 딱 지혁이라 지원 생각 알 수 있어
입술 한 번 꾹 다물고 다가가서 목도리 둘러주고.

백은호   신기한 거 보여줄까?

은호, 빽으로 거리 벌려서 비장하게 손 딱 펴고 지그재그로 한 발 스케
이팅 타기 시작하면, (엄청난 기술이라기보다 일반인의 장기 정도인
데 비장해서 귀엽게)

백은호   (발 바꾸며) 요래... (발 바꿔서) 요래...
강지원   (놀라서) 다쳐!

..라고 지원이 말하는 순간 은호 돌아보다가 그대로 미끄러져서 엉덩
방아!!
뿌왁!! 하는 엄청난 소리와 함께 주변 사람들 놀란 시선으로 세게 넘
어진 거 알겠는데.

강지원   (놀라 대자로 누워 있는 은호의 곁으로, 무릎 꿇고) 괜찮아?
백은호   봤나? 잠깐이지만 됐지? 잘하지?

하면 어이도 없고 귀엽기도 해서 웃음 터지는 지원과

지원이 웃으니 만족한 은호 웃는 위로.

강지원(E) 아빠, 왜 몰랐을까요.

살아있다는 건 웃을 일이 참 많은 거였어요.

씬56. 지원 새집 앞(밤)

은호가 뻘쭘하게 서서 괜히 발로 바닥 비비고 있다.

백은호 크리스마스 같은 날은 저녁이 대목이라 가봐야 한다. 미안...

강지원 미안은 무슨, 내가 미안해야지. 낮 시간 빼줘서 고마워.

백은호 아, 아이아이다! 내... 내는 오늘 너무 좋았다. (침이 마르는데)

너 속상한 거 좀 풀어졌으면 다행이고... 또... 다, 다음에는...

강지원 (고민하다가) 은호야.

백은호 (보면)

강지원 너 진짜 좋은 친구야.

백은호 (느낌)

강지원(E) 내가 다시 가질 수 있었던 기회 중 가장 좋은 것 중의 하나가 너야.

강지원 다시 널 볼 수 있어서 너무나 좋았어.

FLASH CUT. 4부 27씬 백은호 "다신 내 아는 척하지 마라!"

강지원(E) 오해가 아니라...

FLASH CUT. 3부 44씬 백은호 "나는 니 좋아했다고!!!!!"

강지원(E) 진짜인 너를 만날 수 있어서...

강지원   고마워. 나도 너한테 꼭 좋은 친구가 될게.

은호, 고개 숙인다. 그리고 잠깐 생각. 느낌은 있었지만..
다시 고개 들어 지원 봤을 때는 신경 쓰이지 않게 웃으며.

백은호   내도... 고맙다. 내 첫사랑, 진짜 멋있다.

고개 끄덕이고 3부 엔딩과는 다른 의미로 악수하자고 손 내밀면,
보다가 천천히 그 손 잡는 지원.
마주 본 두 사람에서.

씬57. 지원 새집 근처 길(밤)

은호, 걷다가 멈춰 서고 지원 새집 돌아본다.

백은호   니한테 왼손으로 쓴 한 줄은 내가 아닌갑네.

아련하게 지원 새집 쳐다보던 은호,
살짝 웃고(받아들인다는 의미로) 가볍게 걷기 시작하는 데까지.

씬58. 지원 새집 정원 일각(밤)

은호를 보낸 지원, 한동안 하얀 숨을 토해내며 서성인다.
바람이 불면 옷깃을 여미고 까만 하늘에 서 있는 가로등도 보는데,

씬59. 지원 새집 정문 앞(밤)

지원 들어가려는데 옆에서 에치! 하고 기침 소리 들려서 보면,
지혁 서 있다. (귀도 코도 빨개서/두 사람 다 밖에서 오래 서 있었음)

강지원　　부장님?? 왜 여기... 어... 왜 집에 안 들어가시고요??

유지혁　　바람...을 좀 쐬러 나왔다가... 지금 들어가는 중이에요.

강지원　　되게 추운데 바람을 오래 쐬셨나 봐요. (너 귀랑 코랑 빨개)

유지혁　　(작게 콜록)

씬60. 지원 새집 엘리베이터 안(밤)

고급 빌라의 엘리베이터에 나란히. (살짝 어색+불편+거리)
그러는데 지원의 집 층에서 문 열리면.
지원, 바로 내리지 말고 잠깐 지혁 빤히 보고 있다.
할 말 있는 표정으로 입술만 달싹달싹 제대로 눈도 못 맞추면서 지혁
이 딴청 부리면,

강지원　　...쉬세요. (내리는데)

지혁, 뭔가 할 말 있는 표정으로 입술만 달싹달싹 말 못 꺼내다가
결국 엘리베이터 문 닫히기 시작하면, 잡는데.

강지원　　(먼저) 저 하고 싶은 말 있는데.

유지혁　　(어?)

강지원　　잠깐 들어오실래요? 아니면 제가 부장님 댁으로 올라갈까요?

지원의 눈동자에서 연결.

씬61. 지혁의 집 거실(밤)

지원의 눈동자에 색색이 예쁜 크리스마스 전구가 비추는 데서--
크리스마스 장식이 완벽하게 되어 있는 아늑한 느낌의 조명에 담긴 거실.
알알이 예쁜 전구와 크리스마스트리, 트리 아래에는 선물상자가 가득. 산타모자와 양말. 작은 오르골에서 예쁜 크리스마스 음악 흘러나온다.

유지혁 ... 메리 크리스마스.

지원, 돌아본다.

강지원 내가 이야기 좀 하자고 안 했으면 어쩌려고 했어요?
유지혁 내가 이야기 좀 하자고 했겠지.

지혁은 세팅을 하면서도 내내 갈등이 심했고, 지금도 어색.
하지만 해주고 싶은 마음이 이겨버렸고.

강지원 오늘 은호와 데이트했거든요. 내 첫사랑이요. 날 좋아한다고 했고.
유지혁 ... 들었어요. 거기 오래 서 있었거든. 왜 거절했어요? 괜찮은 사람이던데.
강지원 내가 좋아했던 애답게, 너무 괜찮은 애죠.
그런데 내 마음이... 좀 다르더라고요.

지원, 지혁에게 조심스럽게 다가간다.

강지원 제가 부장님께 솔직하게 해달라고 말한 거 기억하세요?

FLASH CUT. 7부 51씬 강지원 "가끔 부장님한테 솔직하게 이야기하게 해주세요."

강지원   전 제 마음에 솔직해 본 적이 없어요. 근데— 해보고 싶어요.

유지혁   (표정)

강지원   은호와 있으면서 계속 다른 사람이 생각났어요.
내가 안다고 생각했지만 전혀 몰랐고,
아마 지금도 모르는 게 더 많은 사람이요.
그럼에도 불구하고 나만 알고 있고
나를 가장 많이 알고 있는 사람.

지원과 지혁의 거리 완전히 가깝다.

강지원   지금 이 세상에서 같은 시간대를 살고 있는 건 우리뿐이잖아요.

지원, 조심스럽게 까치발을 해서 지혁의 입술에 입을 맞추고 떨어지면,
잠깐 망설였던 지혁, 결국 못 이기고 끌어안으며 깊이 키스한다.
격렬해지는 키스에서 지혁이 자신의 셔츠 단추를 푸는 데까지,
끝까지 갈 것 같은 느낌에서.

fin.

11부

내가 버린 쓰레기,

알뜰살뜰 주운 거 축하해.

씬1. 지혁의 집 거실(밤)

형형색색의 크리스마스 장식의 거실에서 흘러나오는 오르골 음악 소리—

강지원　제가 부장님께 솔직하게 이야기하게 해달라고 말한 거 기억하세요?

FLASH CUT. 7부 51씬 강지원 "가끔 부장님한테 솔직하게 이야기하게 해주세요."

강지원　전 제 마음에 솔직해 본 적이 없어요. 근데— 해보고 싶어요.
유지혁　(표정)
강지원　은호와 있으면서 계속 다른 사람이 생각났어요.
　　　　　내가 안다고 생각했지만 전혀 몰랐고,
　　　　　아마 지금도 모르는 게 더 많은 사람이요.
　　　　　그럼에도 불구하고 나만 알고 있고
　　　　　나를 가장 많이 알고 있는 사람.

지원과 지혁의 거리 완전히 가깝다.

강지원　지금 이 세상에서 같은 시간대를 살고 있는 건 우리뿐이잖아요.

지원, 조심스럽게 까치발을 해서 지혁의 입술에 입을 맞추고 떨어지면,
잠깐 망설였던 지혁, 결국 못 이기고 끌어안으며 깊이 키스한다.
격렬해지는 키스에서 우당탕쿵탕— 하는 지혁의 표정 위로.

FLASH CUT. 4부 47씬 날아오르는 지혁의 차(회상)

지혁의 갈등— 인상 찌푸려지지만,
지원이 지혁의 뺨을 감싸고 셔츠 단추를 풀면 다시 격렬해지는 키스,
그 위로.

유희연(E)　은인님, 얼른 좋은 남자 만나야지. 집에서 가족과 함께 보내는 크리스
마스에 대한 판타지가 있는 거 같더라. 반짝반짝 전구에 크리스마스
트리 아래에 선물, 케이크, 오르골, 산타모자, 양말…

지혁이 지원을 위해 꾸며준 크리스마스 장식들.

FLASH CUT. 4부 47씬 날아오르는 지혁의 차(회상) 위로.
지혁(E) "원하는 걸 참기가 너무 어려워."
지혁(E) "강지원만 왼손으로 쓴 한 줄이라면…"
지원(E) "저는요, 부장님, 행복해질 거예요. 반드시…"
지원(E) "안정되고 싶어. 땅 위에 있고 싶어."

지혁의 감정 고조되고 지원의 어깨를 잡은 손에 힘이 들어가다가..

유지혁　(힘들게 밀어내면서) 안… 돼요.
강지원　(표정)
유지혁　나는, 사랑하기에 적합한 사람이 아니야.

강지원 씨는 행복해졌으면 좋겠으니까, 후회할 거야.

강지원 (이해하기 힘들다) …후회하지 않아요.

유지혁 (아프게) 내가.

지혁 지원의 손목을 잡아끌어 현관 밖으로 내보낸다.
문 닫는 마지막 순간까지 마주치는 두 사람의 시선.
흔들리는 지원의 눈빛과 고통과 인내로 얼룩진 지혁의 눈빛에서.

TITLE. 내 남편과 결혼해줘

씬2. 지원 새집 거실(낮)

아침 해가 뜨는데 거실 소파에서 불편하게 자고 있던 지원,
핸드폰 알람 울리기 시작하면 깜짝 놀라 눈뜬다.
밤새 머리 복잡해서 제대로 못 잔 기색 역력한 얼굴.
일단 핸드폰에 '유지혁 부장님' 메시지함으로 들어가는데 마지막 문자만.
한숨 내쉬는 피곤한 얼굴에서.

씬3. 16층 사무실(낮)

INSERT. U&K 본사 전경

출근한 지원, 책상에 가방 내려놓으며 비어있는 지혁의 자리 본다.
그러는데 뒤에서.

김경욱(OFF) 야아, 진짜 양주란 너 이러면 안 돼. 원래 과장이란 게 관리직
이야.

그 어떤 직원보다도 컴퓨터를 제일 먼저 켜야 한다고.

양주란　(막 들어오다가 뭐여... 싶지만 대응은 못 하고)

김경욱　그리고 말 안 하려고 했는데... 조마트 업무메일 보니까 '필요사항 있
　　　　으시면 언제든지 요청주세요.' ...아니, 요청하면 다 해줄 거야? 여자
　　　　들이 이래서 문제야. 이러는 거 너뿐 아니라 우리 팀 전체를 만만하게
　　　　만들거든.

양주란　(쓴웃음인 위로)

유희연(E)　어이털리네.

씬4. 여직원 휴게실(낮)

유희연　김 과.. 아니, 김 대리 지가 과장일 때는 단 한 번도 컴퓨터 먼저 켜는
　　　　꼴을 못 봤구만?

강지원　태도 한번 짚고 넘어가야 하지 않을까요?
　　　　이제 정식 발령도 났고 진짜 우리 팀 리더는 과장님인데요.

양주란　글쎄, 나도 진짜 어떻게 해야할지...

강지원　(코피코 가져오며) 팀 화합 차원에서도 서열 정리는 필요해요. 과장님
　　　　이 괜찮으시다고 해도 팀 충원됐을 때 들어올 새사람은 적응 힘들 거
　　　　예요.

심란해하던 주란 전화 오면 '잠깐만' 하고 일어서서 한쪽에서 받는다.

유희연　(소리 점점 줄어) 김경욱 뭘 믿고 기세등등하죠? 부끄러운 줄 모르고!!

희연 이야기하는 동안 지원 코피코 까먹는데
귀로는 주란 통화 듣고 있다. (희연 목소리 줄어들고 들리는 느낌 정도)

양주란(OFF)　　(재원과 통화 중) 말이 되는 소리를 해. 나 과장 달았어. 어떻

게 5시에 나가? 퇴근 시간이 6시... (소리 지른 듯) 아니, 내가 당신을 언제 무시했다고...

지원의 시선으로, 머리 아프고 피곤하고 힘들어하는 주란.
그 위로 회귀 전 안경지원의 모습이 겹쳐 보인다. 늘 쩔쩔맸던 바로 그 느낌.

유희연　이거 맛있어요? (손 뻗으며)
강지원　(얼른 정신 차리고) 응. 맛있어. 커피 같아.

지쳐서 다가온 주란이 책상 짚으며.

양주란　나도 하나만 줘, 정신 차리게. 아무래도 퇴근했다 다시 와야겠다.

희연 안됐다.. 깐 사탕 주란 입에 넣어주고,
지원도 안쓰럽게 보는 눈빛에서.

씬5. 회사 복도(낮)

걸어가면서,

강지원　친정 쪽 도움은 못 받으세요? 너무 힘들어 보여요.
양주란　에이, 연지아빠 집에 있는데 어떻게 엄마아빠 도움을 받아?
강지원　주란 과장님이 다 하시는 거 같아서요.
양주란　(망설이는데)
강지원　(뭔지 알고)
지원/주란 (거의 동시에) 남편 흠잡힐까 봐 그러시죠? / 그러면 연지아빠가 너무...
양주란　(놀라서 보다가 품!) 에효, 이렇게 속이 보이는구나.

강지원	저랑 똑같아서 그래요. 남편 욕 먹이기 싫... (아, 지금은 결혼 안 했지)
	물론 전 남자 친구였지만요. 근데— 결국 저만 욕먹더라고요.
양주란	(안쓰럽) 자기...
강지원	큰 걸 배웠어요. 배려도 총량이 있다는 거!
	나쁜 놈들은 배려해줘봤자 전혀 모르니까.

주란 생각하는 표정에서.

강지원(E) 이야기는 다 했어. 지금부터는 주란 과장님의 몫이다.

씬6. 16층 사무실(낮)

16층 사무실로 들어서는 지원, 주란.
지원 저도 모르게 다시 지혁의 자리 보는데 여전히 비어있고.

CUT TO. 사무실 몽타주 씬 (낮->밤)
지원 중심으로 지혁의 빈자리 앞을 왔다 갔다 저마다 업무 중.
해가 저물기 시작하면,

강지원	(비어있는 지혁 자리 보면서) 부장님 출근 안 하시는 거예요?
양주란	보고할 거 있어? 부장님 오늘 아프셔서 결근이래.
	된통 감기 걸리신 거 같던데. 요즘 춥긴 하잖아. 이런 일 없던 양반인데.

지원의 표정에서.

씬7. 지원 새집 주방(밤)

지원 왔다 갔다 바쁘게 죽을 끓이고 있다.
간을 보다가 문득.

씬8. 해영빌라 침실_회상(밤)

(지원의 시선으로) 감기로 코 빨간 민환 침대에서 한심하다는 표정으로 본다.

박민환　(귀찮) 야, 됐다는데 굳이~~ 굳이~~ 죽을 끓이는 이유가 뭐냐? 그거 나 위한 거 아냐. 자기만족이지. 난 죽 안 좋아한단 말야...

씬9. 지원 새집 주방(밤)

강지원　(소심해져서 국자 내려놓으며) 나 또 뭐 하니...

FLASH CUT. 1씬 유지혁 "난, 사랑하기에 적합한 사람이 아니야."

죽 안 끓여다 주기로 하고 불 끄는 지원의 표정에서 연결.

씬10. 지혁의 집 현관문 앞(밤)

지원, 손에는 죽 넣은 커다란 보온병 들고 있다.

강지원　나도 참 나다...

깊~~이 한숨 쉰 지원, 그냥 내려갈까 말까 망설이다가 벨 누르는데.

띵동~ 띵동~~ 답이 없다?

강지원 아, 집에 없나.

살짝 허탈해져 돌아서려는 순간!
쿵- 하고 뭔가 떨어지는 소리와 함께 (팡이가 뛰어오다 뭔가 떨어뜨림)
문 안쪽으로 박박 긁으며 야옹!! 야옹!! 거의 울부짖는 듯한 팡이 목소리.
캬아아앙!! 위태로운 느낌이면.

강지원 (놀라) 팡이야? 팡이야?

문 두드리면서 어떻게 하지.. 놀란 지원의 표정 위로,

FLASH CUT. 8부 49씬 유지혁 "20130419"

비밀번호 누르고 문 여는 데서.

씬11. 지혁의 집(밤)

지원이 문을 열고 들어가면 후다다 지혁 쪽으로 뛰는 팡이.
지원, 주방 근처에서 쓰러져 있는 지혁 발견하고 소스라쳐 달려든다.

강지원 부장님!!!!

커다란 지혁을 돌려 눕히려 팔을 잡아당기다가 주저앉는데.
그 서슬에 눈을 뜬 지혁, 열에 들뜨고 약에 취해서

유지혁 이야~~ 강지원이다... (눈 감으며) 이렇게 자꾸 보이면 안 되는데.

강지원   (상태 좀 이상하다) 부장님? (하고 이마 짚어보면 펄펄!) 세상에!!!

지원, 일어나려고 하는데 지혁은 그럴 생각 없고,
무거워서 끙끙.. 일단 밀어내려고 하면,

강지원   일어나세요! 병원에 가야 돼요!!
유지혁   의사 왔다 갔어. 약도 먹었고...

INSERT. 지원의 시선으로 지혁의 손등에 꽂혀 있는 링거 맞은 후의
스티커.

하는데, 지혁이 지원의 팔목 잡는다.

유지혁   아직도 불안해?
강지원   (부장님 많이 아프다!) 지금 상태 아주 안 좋으신...
유지혁   발밑이... 흔들려? 배를 타고 있는 기분이 사라져야 되는데...
강지원   (표정)

FLASH CUT. 5부 3씬 "배를 타고 있는 거 같아요. 분명히 발을 디디고
서 있는데 흔들려서 불안해. 안정되고 싶어. 땅 위에 있고 싶어."

유지혁   내가... 땅이 되어줄 수는 없지만...

FLASH CUT. 7부 엔딩 "나는... 땅이 되고 싶었어요."

깨달은 지원의 표정 위로.

유지혁(E) 안정적이고, 행복했으면 좋겠어. 좋은 사람이니까.

FLASH CUT. 빠르게, 5부 지원혁의 만남과 호숫가에서의 기억들.

강지원 (거의 멱살 잡다시피) 부장님이 그때 그 남자예요?!?!?!?!?!?!

유지혁 (정신없는 와중에도 좀 놀랐다가 웃음... 손 뻗어 뺨 감싸며) 너무해...
난 다시 만나자마자 알아봤는데... 계속, 좋아했는데...

지혁, 자신을 잡고 있는 지원의 손 떼어내 손바닥에 입 맞춘다.
지원의 흔들리는 눈빛 속에서,
손에서 입술 뗀 지혁 키스할 듯 지원의 뒤통수 잡아당기는 데까지.

씬12. 레스토랑 베르테르 분당점(밤)

주방에서 은호, 요리하다 말고 손 멈칫 감정 올라와 맘 흔들리는데.
꼬마쉐프 다가와서 은호의 귀에 대고 뭔가 속닥.

CUT TO. 베르테르의 바
지혁이 술 마시던 바로 그 자리에서 희연이 발 통통대며 칵테일 빨고
있다.

유희연 (나오는 은호 발견하고 손 번쩍) 안녕하세요오!!
백은호 오빠를 되게 닮았네요.
유희연 에엑? 제가요? 너무 심한 욕 아녜요? 너무해... 은인님 공략법 알려드리
려 왔는데. (가방 뒤적) 마침 뮤지컬 표 두 장이 생겨서 두 분 같이 가시
라고...
백은호 (안 그래도 감정 올라왔었는데) 아, 지원이는...

하는데 눈물 툭 떨어져 버리면,
희연 어? 어억? 어어억? 당황해서 어쩔 줄 몰라.

유희연   (남자 울린 느낌) 아니, 왜 이러세요??
백은호   이런, 괜찮을 줄 알았는데... (눈물 훔쳐내고 심호흡)
          (참자참자) 지원이한테 왼손으로 쓴 한 줄은 내, 내가 아니에요.
유희연   왼손으로 뭘... 쓰는데요?

하는데 다시 눈물 툭! 은호 이 악물고 다시 훔치면 어이없는 희연에서.

씬13. 지혁의 집 침실(밤->낮)

지원, 옆에 앉아 심란하게 자는 지혁 보고 있다.
땀에 젖은 이마 쓸어 넘겨주고. (협탁에 약 먹은 흔적도 있고)

CUT TO. 낮

INSERT. 지혁의 침실 창문에 태양이 가득 비춘다.
카메라 움직이면 지혁의 침대에서 살짝 거리를 둔 채 잠든 두 사람.
지원이 뒤척이다가 손으로 건드리면 지혁 눈 번쩍 뜨고.
몸 일으키다가 옆에서 자고 있는 지원 발견하면 당황.
처음에는 지혁, 지금 무슨 상황인가 머리 아픈데.

FLASH CUT. 11씬 지원의 손에 입 맞출 때. 키스할 듯 손 뻗어 당길 때.

다음 순간 알람 울리며 지원 벌떡 일어난다.

강지원   아?!

잠깐 여기가 어딘지 헷갈려 두리번거리다가 지혁 눈 뜬 거 보고.

강지원   괜찮아요? (이마 짚으며) 열은 내렸네. 다행이에요.

태연하게 시계 확인하고 '출근출근!' 하면서 일어나 나가려고 하면,

유지혁   (잡는다) 어제, 무슨 일 있었어요?
강지원   (당황한 듯) 설마... 어젯밤 일이 실수였다고 말하려는 건 아니죠?
유지혁   (충격이었다가 패닉) 아니, 그런... 그런 일은 없었어요.
　　　　그냥 나는 약에 취해 있었고, 강지원 씨가 보이는 게 꿈이라고 생각했고...
강지원   (놀렸다!) 다 기억하시네요, 뭐. (생긋 웃고 나가려고 하면)
유지혁   (황당... 했다가 정신 차려 쫓아가며) 어제 내가 뭐라고 말했어요?

씬14. 지혁의 집 거실(낮)

강지원   (가방 챙겨들면서) 되게 의외의 구석이 있는 거 알아요?
　　　　약에 취하면 반말해요.
유지혁   아, 미안해... (요... 하려는데)
강지원   내가 안정적이고 행복하면 좋겠다고 했어요.
유지혁   (별 얘기 안 했구나 살짝 안심하려는데)
강지원   내가 너무 좋은 사람이래요. 대학교 때 만났는데 부장님을 불편해하
　　　　는 거 같았대요. 그렇지만 다시 만나자마자 알아봤고...
유지혁   (헉! 해서 붙잡으면)
강지원   (마주 본 채) 날 계속 좋아했어요.
유지혁   (망했다)
강지원   내 땅이 되어주고 싶어요.
유지혁   지원 씨, 난...

지원, 천천히 지혁을 안는다.

강지원	기억 못 해서 미안해요. 아무것도 몰랐을 땐 불편한 사람이라고 생각 했을 수도 있겠지만, 이젠 아니에요.
유지혁	(안은 채 표정)
강지원	(안긴 채) 지금은 부장님이 얼마나 좋은 사람인지 알아요.

지혁, 심장 멈출 것 같다.
지원을 마주 안을 듯 손 천천히 움직이다가..

유지혁	(눈 질끈 감으며) 안...
강지원	(말 끊) 후회할지도 모르죠.
유지혁	(눈 뜬다/죽는다는 거 알고 있나?)
강지원	우린 아직 모르는 게 많으니까. 하지만 후회하더라도, 같이 후회해요. 그럼 괜찮을 거 같아.
유지혁	(죽는다는 이야기는 안 했구나 싶지만)
강지원	나 어제 부장님 마음을 알고 뭔가 기분이... 어... 이러려고 돌아왔나 싶었어요. 다시 누군가를 믿고, 좋아하고... 행복해도 될 거 같아요. 그래도 되는 거... 맞죠?

지원, 내뱉은 말이 부끄러워서 다시 안아 버리면,
지혁, 이래도 될까 싶은 마음을 완전히 지우지 못한 채로 지원을 꼭 끌어안는다.
남아 있던 크리스마스 장식들이 보이는데 그중 하나가 불안하게 부서져 있는 데까지.

씬15. 사내연애 몽타주 분할화면(낮)

#거리 일각(지원)
지혁의 차 멈춰 서면 내린 지원, 차창으로 바이바이.

#차 안(지혁)

지원을 내려준 지혁, 사이드미러로 지원의 모습 보며 주차장으로 진입

#회사 로비(지원)

숨길 수 없이 새어 나오는 웃음 자제하려 노력하며 걸어 들어온다.

#회사 지하주차장 엘리베이터(지혁)

엘리베이터 타고 16층 누르는데. (다른 직원들도 2명 정도)
1층 도착하면 문 열리고, 지원 서 있다가 눈 마주치면
두 사람(지혁은 살짝 불안 남아 있지만) 환하게 웃는 데까지.

씬16. 16층 사무실(낮)

업무의 한복판, 지원이 서류 확인하고 있는데 메신저 뜬다.
[유지혁 부장 : 담 주말에 뭐 해요?]
[강지원 : 우리요? 부장님 하고 싶은 거요.]

CUT TO. 지혁 자리
지혁, '우리'라고 쓴 지원의 메시지 보며 입 가린다. (좋아서, 좋아도
되나 싶어서)

CUT TO. 지원 자리
지원, 지혁의 반응 보다가 창 끄고 서류 챙겨 들고 일어서 나가는데.
마케팅3팀을 지나면 구석 자리에서 눈치 보던 민환이 일어나 쓱 따라
간다.

씬17. 16층 엘리베이터 홀(낮)

지원이 아래층으로 내려가는 버튼 누르는데.

박민환 야, 이야기 좀 해.

강지원 (돌아보지 않고) 여기서 해.

박민환 (한숨) 같이 일해야 하는데 네가 나 투명인간 취급하면 다들 불편해해.

강지원 본인 말고 누가 불편해? (돌아보며) 불편하기 싫으면 불편할 짓을 말
아야지.

민환 화 뻗치는데 마침 엘리베이터 문 열리고 석준 타 있으면 물러나고,
지원이 올라타면
아오, 열받아.. 혼자 구시렁대다가 돌아서는데 지혁 와 있다!
이래저래 맘 불편해서 피하며 더 열받아 핸드폰 꺼내는 데서.

씬18. 엘리베이터 안(낮)

지원의 핸드폰 계속 울려 열어보면 민환으로부터 카톡이 한 바닥 와
있다.
창에 들어가지도 않고 그냥 차단하는 지원, 석준의 시선 느끼면.

강지원 지가 급하면 찾아오겠죠. 회사 메신저도 있고요.

이석준 (확실히 강지원의 강단이 맘에 든다)

씬19. 청소 도구 보관실(낮)

문 쾅 걷어차고 들어온 민환 화를 못 참아 으아아아! 비품 괜히 발로
차고 성질!
지원 회귀 직후(2부) 끌고 와 입 맞추려 했던 그 지점에서.

FLASH CUT. 2부 8씬

강지원 "(민환 손 뿌리치고) 헤어지자고 한 건 날 대하는 태도가 예전
같지 않아서야. 솔직히 요즘 너무... (연기연기) 아, 몰라."
박민환 "어? (흐흐) 왜? 내 사랑이 식은 거 같아서 삐졌어?"
강지원 "난 남들이 보기에 부러운 연애를 하고 싶어."

박민환   (머리 쥐뜯) 도대체 뭐가 어디서부터 잘못된 거야!!

점점 몰리고 있는 민환, 살짝 폭력적으로 뭔가를 부수며 위험지수 업
되는 데까지.

씬20. 냉면집(밤)

물냉면 세 그릇이 덩그라니 놓인 식탁에서부터,
참하게 꾸민 수민과 민환, 나름 힘준 자옥이 앉아있다.

김자옥   (혼잣말인 척 다 들리게) 아니, 여자가 회사에만 있어? 그 나물에 그
밥으로 죽을 쑤더니 이제 나물을 데꾸 와... (정식으로) 솔직히 말할게
요. 나는 내 아들 이렇게 결혼시킬 거라고 생각을 못 했어. 그래도 한
국대 졸업이라 하니...
정수민   (그런 말 한 적 없는데! 민환 보면)
박민환   (흠흠) 어, 경영학과야. 머리도 좋고 일도 잘했어. 애 낳고 바로 복직
할 거고.
정수민   (기분 나쁘지만 이내 한술 더) 저 공부 좋아했어요, 어머니. 아들은 엄
마 머리 닮는다잖아요. 속상해 마세요. 저희 어머니도 저 이렇게 결혼
시킬 생각 안 하셨지만 제가 잘 말씀드렸어요. 오빠 많이 이뻐하세요.
김자옥   아버지가 부산에서 사업하셨다고 했나? 어머니는 교사시고?
정수민   네~ 전 저희 아버지가 돌아가시기 전까지는 가족끼리 엄청 오순도순

살았어요. 진짜 딱 저희 부모님처럼만 살고 싶어요. 두 분도 예쁘게 사랑하시면서 저도 헌신적으로 키워 주셨거든요.

김자옥　　요리 교실에서 보니 일머리는 있더만.

정수민　　(생글생글) 아직 많이 부족해요~ 어머님이 많이 가르쳐주세요.

김자옥　　원래 여자는 남자 잘 만나야 하는데 고르는 눈 있는 거 보면 머리는 좋네! (냉면 먹기 시작하며) 아들이 엄마 머리 닮는 것도 맞는 소리고. 우리 민환이도 날 닮아서... (mute)

정수민　　(거짓말한 민환 때문에 자존심 상하지만 이내 생글생글)

박민환　　(한고비 넘어간 거 같긴 한데...)

씬21. 냉면집 앞(밤)

민환 손잡고 바이바이 하고 있던 수민, 자옥 탄 택시 떠나면 손 딱 놓으며.

정수민　　한국대? 왜 그런 거짓말을 해?

박민환　　널 위해 한 말이야. 강지원이 한국대였는데 너는 어디 지방에 들도 못한 대학교 나왔다고 하면 엄마가 참 좋아하겠다.

정수민　　새출발하자며 거짓말을 하면...

박민환　　(픽) 왜? 너네 엄마도 나 이뻐한다며? 언제 보셨길래 이뻐하시냐?

정수민　　(말문 막)

박민환　　(달래려고 얼른 다독) 예민해지지 말란 말이야. 좋은 게 좋은 거지. (시계 본다) 여튼 엄마는 통과한 거 같으니 조만간 상견례 날짜 잡아서 알려줄게. 그때 보자.

정수민　　어디 가?

민환, 멋있게 손 번쩍 들어 보이고 가버리고
수민 뭔가 불안감을 느끼지만.

씬22. 도로 일각(낮)

화창한 날, 도로를 달리는 지혁의 차.

INSERT. 부산행 이정표

씬23. 지혁의 차 안(낮)

강지원 식장을 잡았다고요?
유지혁 회사에는 알리지 않을 모양인 것 같지만... 음, 예식장 이름이 크라...
강지원 (겹치게) 크라운 예식장...
유지혁 (보면) 맞는 거 같아요.
강지원 나도 거기에서 결혼했거든요.
       (환한 미소로) 여자들이 꿈꿀 수 있는 최악의 장소죠!
유지혁 (미소)
강지원 진짜 끝났나 봐요.

하는데 지원의 핸드폰에 문자 울려서 확인.
[양주란 과장님 : 대박 사건! 엄마랑 아빠가 연지아빠 갈빗집으로 출근하라고 했어!!]
지원이 어? 하는 표정인 데서.

씬24. 주란 아파트(낮)

무릎 꿇고 있는 재원, 불만 가득하면서도 어쩔 줄 모르고 쩔쩔매고 있다.
(주란은 뒤에서 연지 안고 있고)

주란부 자네가 회사 그만뒀다고 했을 때 아무 말도 안 한 건, 요즘 세상이야

누가 바깥일을 하든 집안일을 하든 상관없다고 생각했기 때문이야. 그런데 회사는 내 딸이 다니고, 육아는 연지엄마가 하는데 살림은 자네 와이프가 하면 다 우리 주란이가 하는 거잖나?

이재원 저, 저도 회, 회사 다녀야죠. 가, 가장이 살림하고 육아하기는 좀...

주란부 그래~~서 내가 갈빗집으로 출근하라고 하는 거야.
우리 갈빗집이 커서 일이 많아. 불판도 닦아야 하고 설거짓거리도 산더미고 고기 받아오고 서빙에 청소에...

이재원 저, 저는 그런 일 할 사람이 아니라...

주란모 으아니! 자네 지금 말뽄새가 그게 뭔가?
그런 일 할 사람이 아니라니. 그럼 뭔 일을 할 사람인가?

주란부 살림과 육아인가?

이재원 (죽겠어서 주란에게 눈치 주는데)

양주란 (모르는 척)

주란부 딱 정해졌어. 아침에 일찍 일어나 주란이 회사 데려다주고 연지 데리고 갈빗집으로 와!! (주란모에게) 연지는 당신이 좀 보고.

이재원 (얼굴 썩)

주란부 (주란 보면서 천사의 얼굴) 공주님 크은~ 프로젝트 맡았다는 건 잘되고 있어어어? 승진도 해서 과장인데 부모된 도리로 우리가 한턱낼까아??

양주란 (웃참하려고 노력하지만 얼굴 피는 데서)

씬25. 바닷가 근처 언덕 공원 주차장(낮)

주차하고 내리면서 빵 터져서 웃는 지원혁.

유지혁 대단한 거 알죠? 양주란 대리, 아니 과장은 참는 게 더 편한 사람이에요. 그런 사람을 한 걸음 내딛게 한 거예요.

지원, 기분 좋게 웃으면.

씬26. 바닷가 근처 언덕 공원(낮)

바닷가 훤히 내려다보이는 언덕 위.
지원이 양팔 벌리고 크게 심호흡하고 신나서 돌아본다.

강지원 가슴이 확 트이지 않아요? 학교 다닐 때 힘들면 여기 왔어요. 멍하니
바다를 보고 있으면 좀 더 버틸 수 있는 힘이 생겼어.
행복한 상태로 여기 온 건 처음이에요.

유지혁 (하고 싶은 말 너무 많지만 웃는 지원이 너무 좋아서) ...좋네.

강지원 여긴, 낮도 좋지만 밤도 좋아요. 나중에 밤에도 같이 와요.

CUT TO.

언덕 공원 근처의 정구지 돼지국밥집,
뷰는 끝내주지만 허름하고 작고 가게 자체가 살짝 삐뚜름한 느낌까지?

강지원 와... 세상에... 이걸 다시 먹을 수 있다니!

유지혁 (두리번) 맛집이에요?

강지원 나한테는요. 몇 년 후에 없어지거든요. 이 길 다 허물고 개발해요.
(국밥에 정구지 팍팍 넣다가 피식) 기억나요? 나하고 국밥 먹자고 했
잖아요.

유지혁 (웃는다) 그때 나 용기 있었죠.

강지원 진짜 깜짝 놀랐어요. 국밥집이 그렇게 고급지고... 막...
어우, 다시 보니까 티 팍 났어요. 완전 도련님이구나.

유지혁 (국밥 말며) 전혀 아닌데요.

강지원 지금 말고 있는 그 모습에서 도련님의 향기가 납니다.
정구지 넣어야죠.

유지혁 (정구지가 뭔가... 하고 눈치 보다가 소금을 향해 손 움직이면)

강지원 (아니라는 의미로) 으응...

유지혁 (손을 양념장을 향해)

강지원 으으웅!

유지혁 (아... 어떡하지...)

강지원 (꺄르륵!) 부추예요. 그거 반찬 아니고 넣어 먹는 거거든요.
서울사람들은 정구지를 찌브 뭉는다 안 하나!! 꽉꽉 스가 무거야 하는데!

처음으로 진짜 밝게 웃는 지원과 그 모습이 좋은 지혁에서.
가게 앞의 바다로 연결하여.

씬27. 바닷가(낮)

노을진 시간. 지원과 지혁, 사람 없는 예쁜 바닷가를 천천히 걸으며
이야기한다.

강지원 부장님은 연애하실 때 오늘부터 우리 1일, 이런 거 하셨어요?

유지혁 (보면)

강지원 (왜?)

유지혁 언제까지 나는 부장님인 건가 싶어서.

강지원 ...음, 이사로 승진할 때까지?

유지혁 (헐...)

강지원 (웃으며) 뭐라고 부를까요? 다른 여자 친구들은 뭐라고 불렀어요?

지혁과 지원, 손은 서로 꽉 잡은 채로 어색하게 눈치만 본다.

유지혁 나는 오늘부터 1일 같은 건 할 필요 없었어요.
날 뭐라고 불렀는지도 기억 안 나요. 별로 상관없어서.

지혁, 걸음 멈추고 지원에게 살짝 입 맞추고 안는다.

유지혁   내가 아는 이름은 하나니까.
강지원 씨, 강지원 씨, 지원 씨, 강지원. 강지원...

지원, 지혁의 등 감싸안고.
노을이 지는 아름다운 바다를 배경으로 길게 키스하는 데서.

씬28. 16층 사무실(낮)

INSERT. U&K 본사 전경

민환, 아무 의욕 없는 표정으로 자판 두드리고 있는데
옆에서 남직1, 여직1 저거 봐 저거.. 하면서 1팀 쪽 가리키면 뭔가 하면서 보는데.

CUT TO. 주란 자리
경욱이 앉아있다. 책상 위에는 연지 사진 있는데 그립다는 듯 이것저것 들춰보고.
지원과 희연 굉장히 불편하지만 뭔가 말하기도 그런데.

새직원(남자/30대)   (자기 짐 민환 자리에 내려놓으며) 과장님, 안녕하세요! 김태형! 입니다!

태형이 꾸벅 인사하면 들어오던 주란 멈칫!

김경욱   (주란 가리키며) 과장은 저쪽! (주란에게) 어어? 왔어? (의자 뱅글뱅글) 이야~~ 이 의자가 주인을 알아보고 완전 딱! 엉덩이를 잡아주네!!
(일어나며) 양 대리, 아니, 양 과장! 곧 주인에게 반환해야 하니까 곱게 쓰고.

주란 얼굴 뭉개놓은 경욱이 희희낙락 (예전 주란의 자리로) 가는데.
혼란스러워하는 태형 얼굴 본 주란 고개 돌리다가 지원과 눈이 마주
치면.

양주란   김.대.리? 기획안은 왜 제출 안 해?

김경욱   (넘어질 뻔!) 뭐? 뭐뭐? 너 지금 뭐랬어??

양주란   김.대.리는 아이디어도 별론데 성실하지도 않으면 곤란하지.
아, 걱정 마. 메롱하진 않아. 그냥 좀 별로지.

김경욱   (부들부들) 너 지금 뭐 하는 거야?

양주란   그나저나 누구보다 위계질서 잘 알고 사회생활 잘하는 사람이 이젠
과장도 아닌데 여기 앉는 건 안 불편한가 봐? 김.대.리. 기준을 알아야
맞출 텐데.

김경욱   ...왜... 반말을 흐고(이 꽉 물) 그르십느꽈...

양주란   과장한테 반말하길래 그래도 되는 줄 알았지요.
아무래도 직급이 있는데 난 존대하고 김 대리는 반말하는 건 이상해서.
어쩔래요? 상호 존대하실래요? 아니면 편하게 반말할까?

완전히 떡이 된 경욱의 표정에서 연결.

씬29. 회사 옥상(낮)

경욱의 머리카락, 바람에 애처롭게 날린다.
그 앞에 쓱 내밀어지는 담배, 옆을 보면 민환이고.

김경욱   (말없이 담배 받으면)

박민환   (자기도 담배 하나 들고)

김경욱   역시 남자 놈들밖에 없어. 기집애들은 당최...

박민환   기집애들 때문에 남자의 의리가 부러지는 경우는 없죠. (담배 무는데)

김경욱	(한숨) 그래, 박 대리도 기집애들 때문에 엿 된 거지.
	근데 뭐... (눈치) 정수민이 임신이라는 건 맞는 소문이야?
박민환	(얼른) 아니죠, 당연히! 어우~~ 여자들 무서워요, 무서워!
김경욱	그래애? (민환 어깨 툭툭) 이따 한잔 어때? 사우나도 가고!
박민환	아? 오늘 양 과장님 갈빗집에서 한턱 쏘... (눈치)
김경욱	(거기 갈 거야?)
박민환	(태세 전환) ...는 것도 전 못 가거든요. 집에 일이 좀 있어서...

씬30. 공주님 갈비집(밤)

'대한민국 최고의 기업 U&K푸드의 마케팅 총아 양주란 과장 되다!!'
플래카드 앞에서 민환이 어마어마한 기술을 선보이며 술을 만다.
완벽한 퍼포먼스로 술 딱딱딱 났는데, 반응 살짝 떨떠름..(민환의 사회적 현주소)

양주란	와... 대.다.나다... 최고... 최고... 자자, 다들 한잔하자!

민환, 어깨 축 늘어져서 자리에 앉으면
각자 민환이 타 놓은 술 갖다 먹으며 왁자지껄해진다.
자리에 있는 건 전부는 아니지만 1팀 2팀 3팀, 유지혁까지. (10명 이내)

주란부	(산더미같이 쌓은 고기 가지고 들어오며) 최고의 마케팅팀을 위한 최고의 소를 준비했습니다!! 특수부위까지 풀~~로 나오니 속도 조절 잘하시고요오~~
일동	(호웅!) 양주란! 양주란! 양주란! 양주란!
주란부	(인사) 우리 공주님, 잘 부탁드립니다!! 공주님 만쉐! 만쉐! 만쉐에!!
일동	(호웅!) 양주란! 공주님! 양주란! 공주님!
양주란	아빠아! 공주님이라고 하지 마아!!

껄껄 웃는 주란부와 어쩔 줄 몰라 하면서도 행복한 주란의 모습을 보는 지원.
주란부 위로 현모 웃는 모습 겹쳐 보이면 살짝 울컥하는데.
지혁, 눈치채고 테이블 아래로 지원의 손가락을 살짝 건드려 위로한다.
이어지는 주란부, 주란모의 음료 서비스와 신난 직원들의 먹방들 위로.

강지원(E) 제가 간절히 원했던 게 이거 같아요, 아빠. 혼자가 아닌 거.
단단하게 땅을 딛고 서서, 어떤 파도에도 흔들리지 않는 거.
되게 쉬운 일이었어요. 내 편이 하나만 있으면 되는 거였어.
이제 된 거 같아요. 정말... 됐어...

아무것도 모르는 지원, 살짝 그렇게서 환하게 웃는 데까지.

씬31. 공주님 갈비집 앞 주차장(밤)

차에서 석준 내린다.
갈빗집으로 들어가려다가 잠깐 멈춰서 망설이는데.
뒤쪽에서 재원과 바람녀 나오는 거 보인다. 재원이 입술에 묻은 립스틱 닦고 있고 여자는 옷매무새 정리해서 누가 봐도 뭘 했는지 보이는데.

양주란 (재원에게) 여보, 어디 갔었어?? 와서 인사... (하다가) 어!! 실장님!!
이석준 (여보?)

씬32. 공주님 갈비집(밤)

이재원 (앞치마 좀 부끄러워서) 하하! 저... 그... 집사람 잘 부탁드립니다!

건성건성 재원이 꾸벅꾸벅 인사하고 잽싸게 피해 버리면,
모두의 시선 석준 앉은 자리로.. 대체로 '저 사람이 왜 여기에?'의 느낌.
석준은 덤덤하게 고기만 먹고 있고.

유희연	(주란 옆구리 쿡) 실장님은 여기 어떻게 오신 거예요?
양주란	내가 초대했는데? 나 과장 된 거 실장님이 믿어주셔서잖아.
	(해맑게 술병 들고 석준에게로)
유희연	(지혁 보면)
유지혁	(금시초문이다. 절레절레)
유희연	...초대한다고 여길 온다고? 저 아저씨가?

지혁 역시 동감.
마주 앉은 무표정한 석준과 반갑기만 한 주란까지.

씬33. 공주님 갈비집 한켠(밤)

민환, 짜증으로 성큼성큼 걸어 나가며.
(재원이 미리 있던 상황)

박민환	에이, 시부랄, 진짜 못해 먹겠네!
이재원	(거의 동시에 앞치마 내팽개치며) 못해 먹겠네!!

둘 다 움찔!! 서로 한 번 보고 운명의 교차 느낌으로 서로 피해 반대
방향으로.
민환의 핸드폰 띠링 울려서 확인해 보면.
[김경욱 대리님 : 담에 한번 남자들만의 시간을 갖자구!]
사우나에서 경욱이 타월 두르고 엄지척하고 있는 사진 이어지면.

씬34. 수민환 결혼준비 몽타주(낮)

#아파트 앞(낮)

박민환　절대 회사엔 알리지 않을 거야.

김자옥　(뭐래? 하고 중개사와 인사) 안녕하세요. 여기 집이 잘 나왔다는 거죠?

공인중개사 네네, 급하게 구하시면 좋은 전세 없는데 다행히 딱 있어요.

박민환　전세? 엄마! 집 사준다며?!

김자옥　2년은 살아. 그럼 해줄게!

정수민　(천사처럼 웃고만)

공인중개사 부부가 복이 많으시네...

하하호호 웃으며 수민, 자옥과 중개사 들어가면 묘~~한 표정의 민환에서.
(민환은 매매면 대출받아 사채빚을 갚을 생각이었습니다)

#여행사(낮)
동남아 신혼여행 브로슈어 보고 있는 수민환, 자옥.

김자옥　(탁 덮으면서) 아이, 애 있는데 비행기 타는 거 안 좋다!!
한국 좋은 데 많아!!

수민 표정 살짝 어두워지고.

#금은방(낮)
허름한 금은방 앞장서서 자옥, 민환 들어가면.
2단계로 표정 어두워지는 수민.

#크라운 예식장 상담실(낮)

딱 봐도 유치 대충인 예식장 상담실에 메이크업과 드레스 견본 사진철, (전부 과하게)
민환은 관심 없어 소파에 기대 핸드폰 하고 있고,
자옥이 이것저것 척척 손가락질하고 있으면 표정 썩는 수민.

씬35. 수민 원룸(밤)

청첩장(유치뽕짝 60년대 느낌/2014년 2월 9일) 홱 던지면서.

정수민   이게 뭐야!! 요즘 누가 청첩장을 이런 걸 골라? 어머님 왜 이러시는 거야?
박민환   (누워서 핸드폰 중) 글케 말해.
         앞에서는 암말 못 하고 헤헤 웃기만 하면서 왜 나한테 난리야?
정수민   (기가 막힌다) 내가 어떻게 말해? 오빠가 해야지!

민환, 온통 못마땅한 표정으로 수민에게서 등 돌려버리고 핸드폰만 하면.
수민 입술 꽉 깨물면서 청첩장 움켜쥐는데.

씬36. 16층 사무실(낮)

지원 일하다가 핸드폰으로 '정수민'으로부터 문자 들어와서 확인해보면, '모바일 청첩장'이다. 느낌 있어서 눌러보면.
35씬의 유치뽕짝은 아니고 직접 하나만 만든 느낌의 화이트 청첩장.
[스쳐갈 수도 있었을 인연이 결실을 맺었습니다.
지친 피곤을 서로에게 기대어 쉴 수 있는 사이가 되고자 합니다.
응원 부탁드립니다.]

강지원   오, 드디어!!

완전 극복한 지원은 그냥 재미있는 유머의 느낌으로 지혁에게 전송.

CUT TO. 지혁 자리
지혁, 핸드폰 확인해서 청첩장 보고는 표정.
청첩장 첨부해서 메일 쓰는데 수신인이 '인사과'.

CUT TO. 사무실 전경(다른 날/옷차림 변경 필요)
직원들 머리 위로 메일이 도착했다는 표시가 뜬다.
지원, 주란, 경욱, 희연, 여직1/남직1/남직2 클릭해보는 컷컷에서. (점점 빠르게)

INSERT. 발신자 인사팀 '사내소식' 〈마케팅 3팀 박민환 사원 결혼〉
그 아래로 수민이 지원에게 보냈던 청첩장 붙어있다.

다들 입 떡 벌어져서 웅성웅성 민환 쪽 힐끔거리면,
시큰둥하던 민환 뭐야? 하고 메일 클릭하는데.
메일과 청첩장 공포 영화의 한 장면처럼 쿵- 쿵- 쿵- 확대되면서
장중하고 비극적인 음악과 함께 민환 벌떡 일어나고.
다들 버러지 보는 표정으로 쑥덕쑥덕 민환을 보고,
특히 경욱 극혐으로 노려보는 가운데.

씬37. 인사과 사무실(낮)

문 쾅 열리면서 거친 숨의 민환 뛰어들어와 곧장 석준에게로.

박민환   메일 도대체 왜 보낸 겁니까? 누구 맘대로 회사 공지로...

이석준 (보지도 않고) 어느 부서의 누구시죠? (인사과 직원에게 시선 주면)

인사과직원1 (살짝 일어나면서) 마케팅 3팀 박민환 사원 결혼 공지메일 나갔습니다.

이석준 (확인하는 척) 결혼하시는 거 아닌가요?

박민환 하는데!!!!!

이석준 (뭐가 문제냐는 표정) 원래 직원이 결혼하면 공지하고 축하금을 전달하게 되어있습니다. 팀 차원에서도 결혼식 참여 독려차 연차지급할 예정이고. 신혼여행도 가실 거 아닌가요? 휴가처리 해야…

박민환 (답답한데) 맞는데에에에!!

이석준 (왜 그러는지 모르겠다는 엄격한 표정이면)

박민환 내가 말 안 했잖아요!! 공지 때려달라고 한 적도 없고, 또, 뭐!! 아 씨!!

인사과직원1 (여전히 살짝 일어나서) 아마 강지원 대리와 파혼하고 그 친구와 결혼하는 문제 때문에 곤란하신 것 같습니다.

이석준 (아?)

인사과직원1 좀… 그러니까요.

박민환 (인사과 직원1이 제일 싫어!!!)

어떻게 해도 괴로운 민환 얼굴까지.

씬38. 엘리베이터 안(낮)

석준이 내려가고 있는데 16층에서 멈춰 서더니 지혁 올라탄다.
나란히 앞을 보고 있다가.

이석준 강지원 씨를 좋아하는 건 알겠어.

유지혁 (표정)

이석준 그렇다고 해도 박민환과 정수민에게 관여할 타입이라는 생각은 안 들거든.
　　　　　인간 말종이더라도 너하고 상관없잖아.

유지혁 지원 씨하고 상관있으면 나하고도 있어요.

지혁은 여전히 앞을 보고 있지만, 석준 고개 돌려 지혁 옆모습 보는 데까지.

씬39. 지혁본가_한일 서재(밤)

한일이 바닷가에서 데이트하는 지원과 지혁의 사진들을 보고 있다.

유한일 (지혁이) 웃고 있군.
이석준 본 적 없는 얼굴이라 뭉클해지던데요.
유한일 이 실장이? (대수롭지 않게 웃는) 별일이군.
이석준 정말... 다시 봤습니다.
유한일 (응?)
이석준 회장님 뜻은 알지만 저는 지혁이가 재미없었습니다.
원하는 것도 없고 감정도 누르기만 하고...
어차피 다 가졌으니 제가 굳이 필요한 것도 아니었고요. 그런데 이번에...
유한일 (본다)
이석준 좀, 살아있는 사람 같아 보여서요. 처음으로.

씬40. 지혁의 집 거실(밤)

TV 틀어놓고 커다란 거실 소파에서 맥주+간식+뒹굴뒹굴 중이다.

강지원 (벌떡) 세상에!! 청첩장... 지혁 씨가 보낸 거였군요.
유지혁 (끌어당겨 다시 옆에 앉히면서) 꼴 보기 싫어서. 유치한 짓이었어요.
인정.

지원, 자기 때문에 지혁이 화를 내는 게 귀엽기도 하고 웃기기도 해서
다시 품에 안기는데 지혁의 파란 하트 보이면 손가락으로 만지작..
지혁도 지원의 손가락 만지작..

강지원 이런 거 진짜 신기해요.

유지혁 뭐가?

강지원 내 편인 거. 내 일에, 나보다 더 화내주는 거.

유지혁 (아무 말 안 하고 손끝만 만지작) 응...

강지원 ...무슨 생각해요?

유지혁 (야한 생각) 키스하고 싶다는 생각.

강지원 뭐야아...

유지혁 사실 그보다 더한...

순간, 지원 어색! 뚝딱대며 도망치려고 하면,
지혁 쫓아와 당겨 꽉 안는다.
지원의 시선으로 파란 하트 보이고, 눈 감으면서 안정감 느끼는 데까지.

씬41. 해영빌라 거실(밤)

민환이 수민을 향해 핸드폰 집어 던진다.

정수민 악!! (피하고)

김자옥 (수민 감싼다) 너 이 새끼 뭐 하는 짓이야??? 임신한 애한테!!!!!!

박민환 쟤가 뭘 했는지 모르면서 엄마는 편들지 마!!
    너 이거 뭐야?? 이 청첩장 네가 회사로 보냈어???

정수민 회사? (민환의 핸드폰 집어들어 본다) 어? 이거... (지원한테만 보냈는데)

박민환 회사 공지로 떴어!!!

정수민 (뭐?)

박민환	너랑 나랑 결혼하는 거 이제 세상이 다 안다고!!
	내가 인간 새끼야?? 이제 회사를 어떻게 다녀?!?!? 아아아아아악!!!!!!!
수민/자옥	(귀 따가워서 막았다가)
박민환	(열받아서 숨 헐떡이면)
정수민	다녀. 왜 못 다녀? 나랑 결혼하는 게 뭐 그렇게 큰 흠이라고!
박민환	(뭐?)
김자옥	내 말이!! 남녀 사이가 다 그렇지 난 또 무슨 난리 났다고.
	결혼하는데 축의금 회수도 다 해야지!
박민환	(내가 분명 안 알리겠다고 했는데에?? 와... 이 여자 둘!!)
정수민	(배 만진다) 오빠 이제 혼자 아냐. 우리 장군이 생각도 해야지.
박민환	와... 이게 진짜... 넌 장군인지 똥군인지 생각해서
	내 앞길을 다 막... (자옥에게 머리 빡! 맞고) 악!!!!
김자옥	(민환 대가리 후려쳤다) 이 새끼가 어디서 우리 장손한테 똥군이래?
박민환	아 왜 때려!! 엄마는 지금 내가 얼마나 힘든데 날 때려!!!

민환 거실에 드러누워 발버둥 친다.
고개 절레절레 저은 자옥, 수민 데리고 방으로 들어가서..

씬42. 해영빌라 안방(밤)

수민 다독여주면서.

김자옥	남자들은 다 애다. 저러다 맘 풀리면 아무 일도 없다 할 거니 넌 아~~
	무 신경 쓰지 말고 건~강한 애기 낳을 생각만 하면 되는 거야.
정수민	(행복+이해심 맥스) 욱하는 성격인 거 알아요.
김자옥	(옆에 두었던 헤드폰 꺼내며) 자고 갈래?
정수민	아, 아니요. 집에 가야죠. (헤드폰 뭐지?)
김자옥	(수민의 귀에 씌워 주며) 이게 태교에 그렇~게 좋단다.

애기 두뇌 발달에 최고라니까 다 듣고 가라, 그럼.

INSERT. 연결된 CD플레이어(전축?)의 화면 보는데 재생시간 3시간 5분!!

수민, 입 떡 벌어지면서 벌써 지치지만
자옥의 인자하고 자애로운 눈빛에 약해지면서 마지못해 웃는 위로.

정수민(E) 강지원, 너는 혼자잖아. 나도 없으니까 이제 진짜 혼자잖아.

씬43. 지혁의 집 거실(밤)

지혁의 품에서 잠들었던 지원, 협탁에 올려놓았던 핸드폰 진동 소리에 눈뜨고.
조심스럽게 몸 빼서 핸드폰 본다.
[유희연 : 가만히 생각해봤는데요, 저 이 결혼식 갈래요. 1,000원 내고 세 그릇 먹고 오겠습니다.]
지원, 웃으면서 답장.
[강지원 : 응, 나도 가려고.]
[유희연 : ㅋㅋㅋㅋㅋㅋㅋ]
[양주란 : 연지아빠는 벌써 한 달 가까이 삐져 있어ㅋㅋㅋ 냅둘라고.]
[양주란 : 강 대리 말대로 엄마아빠 도움 청하길 정말 잘했어. 나 살 거 같아.]
[강지원 : (엄지척 이모티콘)]
지원 핸드폰 흐뭇하게 보는데.

유지혁 (잠결에) 살고... 싶어.

지원, 뭔 소린지 모르고 뺨 한 번 쓸어주는 데까지.

씬44. 시간 경과 몽타주

#현모의 수목장(낮)

지원과 지혁 손잡고 인사하는 중.

지원이 수민과의 사진 있었던 자리에 두 사람의 사진 건다.

그 뒤에서 지혁은, 현모의 사진 보면서 살짝 표정 복잡..

#지혁의 집 소파(밤)

앉아있는 지혁의 무릎 벤 지원, 두 사람 감자튀김 먹으면서 무한도전 보고 있다.

#16층 사무실(낮)

서로 아무렇지도 않은 척 스쳐 지나가지만 저도 모르게 슬쩍 웃음은 나고.

씬45. 지원 새집 방(낮)

지원이 바쁘게 움직인다. 드라이하고, 화장하고, 옷 갈아입고.

마지막으로 최종 점검 느낌으로 거울 보고 크게 심호흡하는데 띵똥~(E)

씬46. 지원 새집 거실(낮)

풀착장의 지혁이 들어오면.

강지원 나도 준비 다 끝났어요, 금방...

유지혁 (붙잡아서 자기 보게 하고, 목걸이 케이스 연다)

강지원 어? 이거...

지혁이 9부 39씬에서 산 목걸이. (반짝반짝)

유지혁 강지원은 최고를 가질 가치가 있으니까.

지혁이 목걸이 꺼내 지원에게 걸어준다.
두 사람 미소 짓는 얼굴에서 탁상달력 클로즈업.
(2월 9일/정수민 박민환 축 결혼!)

씬47. 지원 새집 앞(낮)

풀착장의 지원(특히 가방은 민환이 사준 걸로) 나온다.
지혁이 문 열어주면 올라타는 데까지.

씬48. 결혼식장 신부대기실(낮)

INSERT. 초라한 예식장 외경

유치한 신부대기실에서 수민, 혼자 앉아있다.
문양은 화려하지만 뜯어져 있거나 오염된 벽지들,
장식된 조화들도 먼지 앉아있는 거 다 보여 마뜩잖고.
수민, 들고 있던 부케를 내려놓고 옆에 내려놓은 가방에서 팩트 꺼내
본다.

정수민 괜찮아. 예뻐. 결혼하는 거야. 가족이 생기는 거야. 내가... 이긴 거야.

하는데 화려하게 입은(붉은색 계열 한복) 자옥이 들어온다.

정수민   (얼른 배 살짝 내밀며) 어머니 저 배 나온 거 티 안 나죠?

김자옥   (무시~) 안 나아지. 거 때문에 이렇게 서둘러 식 올리는데.
          네 친구들은 왜 안 오니. 시간 제대로 이야기한 거 맞지?

사진사   (따라 들어오면서) 아, 친정어머니 오셨군요! 사진 한번 찍을까요?

정수민   시어머니세요.

사진사   (어? 하고 강렬한 붉은 옷 보면)

김자옥   내가 붉은 옷이 잘 받아서. (한복 맘에 든다) 아유~~ 정말 색 곱지 않니??

자옥, 자기 옷매무새 가다듬고 수민 다 가리게 옆에 앉는다. (자기 한
복 풍성하게)

사진사   아? 웨딩드레스를 좀... (헬퍼가 없는 거야? 여긴? 두리번)

김자옥   그냥 찍어요. 얘가 배가 안 나온 편이긴 해도 사진으로 남겨서 좋을
          건 없지.

사진사   아, 네네. (일단 찍는데)

김자옥   너네 친정어머니는 언제 오신다니?

고용엄마(OFF)   아이고, 사부인~~ 늦었습니다아~~

우아하고 고상한 분홍한복 입은 고용엄마 인자하게 미소 지으며 들어
오고.

김자옥   아이고, 사부인 차가 많이 막혔나 보네요오~!!!

고용엄마   그러게요. 부산에만 살아서 서울 교통상황에 놀랐어요.
          (수민에게 다가가며) 우리 수민이 너무 예쁘다~!! 엄마가 늦어서 미안~~

고용엄마의 인자한 얼굴에서 연결.

CUT TO. 자옥, 사진사 나가고 수민과 고용엄마만 남은.

정수민 왜 이렇게 늦었어요? 미리 와서 기다리라고 했잖아요!

고용엄마 아이고, 미안해요. 진짜 차가 막혔어. 이 앞에서 사고가 나 가지고.

정수민 (짜증) 제대로 기억하는 거죠? 아빠는 돌아가셨고 엄마는 초등학교 교사고...

고용엄마 그럼그럼, 사업하셨고 재산 꽤나 남겨줘서 내 노후는 문제없고.

정수민 친구는요? 30만 원 입금했어요. 11명 데리고 왔죠?

고용엄마 원래 인당 3만 원이야. 내가 서비스로 한 명 더 데리고 오려고 했는데, 요 아래 다른 결혼식이 생겨서.

정수민 그걸 지금 말하면 어떡해요? (짜증 복받치는 거 누르느라 한숨)

고용엄마 (다독) 좋은 날 인상 찌푸리지 말아요. 내가 최근 본 신부 중 가장 이쁘네.

수민, 조바심 가득한 표정에서 연결.

씬49. 결혼식장 홀(낮)

민환의 얼굴 썩어서 그냥 하하 웃으면서 인사하고 있다.
(대부분 자옥, 철중 나이대의 손님)

박민환 와 주셔서 감사합니다. 잘 지내셨죠?

유상종 (쓱 다가와 실실) 야~~ 결국 하네? 죽어도 결혼감은 아니라더니.

박민환 (누가 들을라) 야이씨, 쉿!! (인상 팍) 왜 너만 왔어? 다른 새끼들은?

유상종 윤경이 성질 알잖냐. 바람핀 놈 결혼식 못 온다고 지랄지랄~~ 그 바람에 여자애들은 안 온대고. 종찬이는 출장 갔대. 용구는 피로연 때나 온대구.

박민환 피로연 같은 소리하고 자빠졌네.

안 그래도 짜증 나 죽겠는 민환 인상 팍팍 구겨지는데

멀리서 광채가 나는 느낌 들어 보면서 점점 입 벌어지는 위로.

유상종(OFF)   오우, 쟤네들 뭐냐? 신부측 친구들인가??

카메라 돌아가면 초라한 예식장과 어울리지 않는 지원과 지혁(손은
잡지 말고)
모델처럼 워킹(슬로우)해 들어오고 있다.
지혁, 민환에게는 살짝 묵례만 하고 싹 스쳐 지나가 곧장 축의금 내는
곳으로.

강지원   결혼 축하해. (봉투 내밀며) 이건, 따로 보는 게 나을 거 같아서.
박민환   어? 어어? 와, 왔구나. (얼떨결에 받아 안주머니에 넣으며) 고, 고맙다.
이, 이쁘네. 바, 밥 먹고 갈 거지?

하는데 눈에 들어오는 지원의 목걸이!
설마?? 지혁을 노려본다. 심장 박동 업! 호흡 업!

박민환   야... 너... 그거...

지원, 말 끝나기도 전에 생긋 웃고,
다가온 지혁과 신부대기실 쪽으로 가면.

유상종(OFF)   야, 저 여자 어디서 봤다 했더니 설마 네 전 여친이야?
강지원? 뭐야? 왜 여신이야?? 근데 저 남자 뭐야?
너 환승한 게 아니라 환승 당한 거였냐??

민환, 지원을 내려다보는 지혁의 옆모습과 목걸이 번갈아 쿵쿵쿵!!
분노 치밀어 올라 숨 몰아쉬다가 안주머니에 넣었던 봉투 꺼내 보는데.

INSERT. 소액심판청구 소장 사본(민환이 지원에게 빌린 돈)

유상종(OFF)　　　　이건 또 뭐냐... 너 고소당했냐? 돈 꾼 적 있어?

와그작 구기는 민환의 사나운 표정까지.

씬50. 결혼식장 신부대기실(낮)

진행요원　곧 입장하실게요.
정수민　(그때까지도 혼자 앉아있다가 애써 괜찮은 척) 네에!

밝게 대답하고 입술 깨물면,
안쓰러운 느낌에 진행요원 다가와 일어나 드레스 수습하도록 도와준다.

정수민　괜찮아요, (하고 고개 들었는데)

신부대기실 앞에 지원 서 있다.

정수민　(살짝 굳었다가 이내 아무렇지도 않게) 왜 이렇게 늦었어.

진행요원, '아, 드디어 친구가 왔구나!!' 좋은 얼굴로 꾸벅꾸벅 인사하
고 나가면,
또각 들어와 등 뒤로 문 닫는 지원.

정수민　안 오는 줄 알고 걱정했잖아.

애써 웃는 수민의 모습 보는 지원, 그 위로 과거 자신의 결혼식 때 모
습이 겹친다.

FLASH CUT. 수민과 같은 드레스, 화장, 왕관에 부케를 들고 있는 안경지원.

강지원　(조그맣게 중얼) 내 부케는 네가 받았었는데.

정수민　응? (잘못 듣고) 에이~ 그건 아니지. 어머님 아버님이 네 얼굴 다 아시는데.

강지원　그건 그렇네. (충분히 기분 나쁘게) 드레스, 잘 어울린다.

정수민　(열받) 으응, 그렇지? 어머님이 골라주셨어. 어른들 취향이라 내 맘엔 살짝 아쉽지만 어떡해? 딸이라고 생각하고 대해주시는데.

강지원　(픅! 하고 진짜 터져버린 지원) 아, 다행이다. 너하고는 잘 맞나 봐.

정수민　(진 느낌이다. 이 꽉 물!) 사진! 사진 찍을까?
　　　　　(다시 앉으려) 사진사 좀 불러봐.

강지원　아니, 사진까지 찍을 필요는 없을 것 같고.

정수민　(서늘한 기분 들어 지원 보는데)

지원, 또각또각 수민을 향해 똑바로 걸어간다.
드레스 바닥에 깔려 있어서 다가가기 힘든데 밟고 바짝 붙어서 귓가에 속삭이기.

강지원　내가 버린 쓰레기, 알뜰살뜰 주운 거 축하해. 다신 보지 말자.

몸 떼고 물러난 지원, 매고 온 가방 툭 던진다.
수민의 눈동자 미친 듯이 흔들리는데.

강지원　이거 박민환이 사준 거야. 이제 네 거지.
　　　　　필요한 날이 오면 써. 들고 다니든, 아니면... 팔든.
　　　　　지원 한껏 예쁘게 웃어주는 데까지.

씬51. 결혼식장 홀(낮)

닫힌 식장 문 앞에 서 있는 수민, 생각 많다.

정수민(E) 버린 쓰레기라고? 박민환을 버렸어?

FLASH CUT. 35씬. 수민의 집에서 누워 핸드폰만 하던 민환

FLASH CUT. 41씬. 민환의 집에서 수민에게 핸드폰 던지는 민환

정수민(E) 아냐. 그럴 리가 없어! 내가 뺏은 거야.

FLASH CUT. 8부 14씬 강지원 "나 곧 민환 씨랑 결혼할 거 같아. 그럼 가족이 생기는데 계속 너한테 매여있을 수 없잖아. 이해해줘."

문 넘어 결혼행진곡이 들린다.

진행요원 (괜찮냐고 확인하는 의미로) 지금 이제 들어가실 거에요.
정수민 네. (고개 빳빳이 들고, 허리 세우고 자세 반듯!)
정수민(E) 내가 뺏은 거야. 강지원 것이었던 남자, 가족... 전부 다 이제 내 거야. 내가... 이긴 거야! 이제 새로, 시작하는 거야!!

식장의 문 열리고.

씬52. 결혼식장(낮)

불행 속으로 행진하는 수민의 모습 바라보는 지원의 시선으로.
자기 자신이 걸었던 그 모습과 겹쳐진다.

FLASH CUT. 수민이 철중의 손을 잡고 버진로드를 걷는 모습(현재)

FLASH CUT. 지원이 철중의 손을 잡고 버진로드를 걷는 모습(회상)

FLASH CUT. 민환이 딱딱한 표정으로 나오다가 지원 한 번 노려보고 수민의 손을 잡는 모습(현재)

FLASH CUT. 민환이 딱딱한 표정으로 지원의 손을 잡는 모습(회상)

FLASH CUT. 자옥이 울지도 않으면서 옷고름으로 눈물 훔치는 척(현재)

FLASH CUT. 자옥이 울지도 않으면서 옷고름으로 눈물 훔치는 척(회상)

지원, 저도 모르게 입술 꽉 깨물면서 손에 힘 들어가는데.
그러다가 지혁 눈 마주치면, 그것만으로도 위안.

CUT TO.
식이 끝나고 가족사진 촬영 중이다.
지혁, 지원, 희연 순으로 앉아있는데 지원, 고용엄마의 얼굴 보면서 갸웃.

유희연	정수민, 엄마랑 너무 안 닮은 거 아니에요? 완전 친탁했나부네.
강지원	맞긴 한데... (다시 고용엄마 보고 갸웃. 확실히 수민의 엄마 아닌 듯)
유지혁	(지원의 기색 보다가) 아는 얼굴이 아니군요.
강지원	(끄덕) 학교 다닐 때 보고 안 보긴 했지만 그냥 너무 다른 사람이에요.
유희연	(얼굴 썩) 스얼마~~ 요즘 하객 고용 많이 한다던데 엄마를??
강지원(E)	하지만 내 기억이 맞다면 수민이네 어머니는 살아계실 텐데.

혼주석에서 빈 아빠의 자리를 보는 지원의 복잡한 표정에서,
희연 옆쪽으로 은호가 쓱~ 들어와 앉고.

유희연   어엇!!

강지원   은호야!! 어떻게 왔어??

유지혁   (어색하게 눈인사)

백은호   (어색하게 눈인사하며) 정수민이 청첩장 보냈어.

강지원   (실소)

백은호   문제는... 내가 그걸 예지한테 보여줬는데... (매우 곤란한 표정)

지원/희연 왜? / 왜요?

하는 순간, 가족 촬영 끝나고 사진사 "자, 이제 신랑 신부 친구분들, 지인분들 나오세요!!" 하면 앞쪽에서 기다리던 하객 알바들 일어나고 지원도 일어나고.

유지혁   진짜 찍어요?

강지원   저들의 결혼사진에 내 얼굴을 박아줘야죠.

지혁, 납득으로 일어나는데.

하예지(OFF)   (단전에 힘을 모아 복식호흡으로) 즈암까안!! 신부 눈알친구
             출도오옹이오~~!!

※이하 '눈알친구' 대사는 '으'알친구 느낌으로 얼핏 잘못 들으면 상스럽게.
하객들의 시선 집중. 어른들은 기절초풍, 엄마들은 아이들 눈 가리고.
예지와 친구1,2. 진한 화장 클럽 복장으로 버진로드를 위풍당당하게
워킹하기 시작.

백은호   (눈 뜨고 볼 수 없어 눈 가리고) 저러고 와버렸어.

강지원   (입 떡)

유지혁   (눈 돌리고)

유희연   (맘에 들어!!)

백은호　(지원 살짝 잡아당겨 귓속말로) 너한테 미안하다고 대신 복수해주는 거래.

지혁과 희연, 은호의 손이 붙잡고 있는 지원의 팔 보고 있다.
지혁은 싫어서. 희연은 은호가 괜찮나 신경 쓰이는데,
단상 쪽에서 '와하하하하!' 하는 장군 웃음소리 들리고.

CUT TO.

하예지　와하하하하! 제가 우리 수미이 웅알친구 중의 좌측 웅알입니더!!(자옥에게 악수)

김자옥　(질색)

박철중　이, 이건 경우가 아... (손을 내젓는데)

친구1　(그 손을 잡으며) 저는 오른쪽 웅알이에요. (깜찍)

김자옥　아니, 어디서 이런 상스러운... (수민을 질색하는 표정으로 노려보고)

하예지　상스럽다뇨오? 무슨 생각하시는 거예요?
(손가락 눈알로) 눈.알.친구요. 눈에 넣어도 안 아픈 친구라는 따뜻한 의미인데... 뭐야? 상스러운 생각하신 거 아니~시~죠오?

친구2　제가 콥니다. 오른쪽 웅알, 왼쪽 웅알, 코... (하객 알바들과도 악수)

고용엄마 당황하고, 자옥과 철중은 붉으락푸르락..

하예지　(정수민에게 다가가 쩌렁쩌렁) 부케 누가 받노. 내가 받아주까?
강지원이 암만 네 반쪽이라케도 양심이 있지 친구 남자 뺏아놓고 우예 부케 받으라 카겠노!!

하객들　(웅성웅성)

정수민　너 지금... 하아... 너 지금 뭐 하는 거야?

김자옥　으아니, 이 아가씨가 지금 여기가 어느 집안 결혼식인지 알아?

하예지　여친 친구 년이랑 붙어먹는 개생퀴를 낳고 키운 집안인 건 아는데 뭐 더 알아야 할 게 있으면 배우고예!!

자옥, 열받아서 황소처럼 예지를 향해 덤비려다가
한복 자락에 걸려 앞으로 넘어지면서 사진사 치면.

FLASH CUT. 찰칵! 소리와 함께 수민환, 하객알바, 예지들.

FLASH CUT. 찰칵! 소리와 함께 수민환, 예지들, 예지들 잡으러 가는
자옥.

FLASH CUT. 찰칵! 소리와 함께 경비원들에게 끌려나가는 예지들 위로.
하예지(E) "뷔페는 먹고 가도 됩니꺼? 국수면 안 먹을끼고예!!"

FLASH CUT. 찰칵! 소리와 함께 끌려나가던 예지들 지원을 향해 사죄
의 표정이고 그 모습 지원이 보는 데서. (멀리서)

씬53. 결혼식장 앞 거리 일각(낮)

유지혁 대단한 친구들을 뒀군요.
강지원 나한테 못되게 굴 때도 대단했어요.

　　　　지원, 마냥 통쾌하지만은 않은 표정으로 보면.
　　　　은호와 희연도 눈치 보고.

유지혁 피곤하죠? 집에 가요.
강지원 (억지로 미소) 그럴까요?
백은호 (지혁 보는데)

FLASH CUT. 8부 31씬 유지혁 "그쪽이 더 자격 있습니다."

유지혁　(다른 태도) 오늘은 피곤하니 못다 한 이야기가 있다면 나중에 하죠.

지혁이 그래도 되지? 하는 표정으로 지원 보면.

강지원　(끄덕) 은호야, 내가 나중에 다시 연락할게. 희연 씨도.
백은호　으응, 알았다. 내 연락할게.
유희연　엇? 밥 안 먹어요? 저 1,000원 내고 식권 받았는데!!

희연이는 징징대든 말든 지혁이 지원 에스코트해서 주차장 쪽으로 가면

백은호　(그 뒷모습 보면서) 결심했나 보네.

은호, 지혁이 (과하지 않게) 지원의 허리 뒤쪽에 손 살짝 감고 있는 거
보고 있는데.
옆에서 희연이 톡톡 팔을 친다.

유희연　괜찮아요? 저 밥 먹고 갈까 하는데 같이 드실래요?
백은호　(보다가) ...어, 여기 말고 밖에서 먹어도 괜찮으면 제가 사죠.
유희연　당~근빠다와따조타지용! ...아? 긍데 주란 과장님도 오신다고 했는데??

씬54. U&K 본사 지하창고(낮)

석준, 초콜릿 꺼내 들며 창고 문을 열었는데 흑흑 우는 소리 들린다.

CUT TO.
박스 위에 앉아서 울고 있는 주란의 앞에 서는 석준.

이석준　여기 다시는 오지 말라고... (하다가 멈칫)

주란, 고개 들었는데 얼굴에 온통 화장 번져있다.
결혼식 가려는 차림과 화장.

이석준　(아이고...) 주말인데 여기서 뭐 하는 거예요?
양주란　갈 데가 없었어요. 집은... 연지가 있고. 또 아직 맘이 정리가 안 돼서...
이석준　(표정)
양주란　저... (눈 비비면 더 최악) 바빠서... 검진 결과를... (흑흑) 계속 못 들었어요.
결국 전화로 들었는데... (복받쳐 끅끅대면)
이석준　(짜증) 울지 말고 말해요. (돌아선다) 아니, 말하지 말고 그냥 여기서 나... (가세요, 라고 하려고 했는데)
양주란　저... 위암이래요.

석준 놀라 돌아보는데.
주란, 윗배를 움켜쥐면서 앞으로 쓰러지면 받아서 안는 석준의 표정까지.

씬55. 지혁의 차 안(낮)

지원 살짝 생각 많은 표정으로 창밖을 보고 있는데
블루투스를 통해 '오유라'에게서 전화 들어온다.
살짝 지원의 눈치를 살피고 거절 누른 지혁, 말없이 음악을 켜고.
음악 속에서 지원 눈을 감으면,

FLASH CUT. 회귀 전후 수민환과 함께 노는 컷들 (3부 15씬/7부 37씬 ~40씬)

강지원　...안녕.

지원, 눈 감은 채 손가락으로 지혁이 사준 목걸이를 만지작거리다가
눈 뜨고.

강지원　(지혁 본다) 나 뭐 사야 하는데... 백화점 들렀다 가도 돼요?
유지혁　(말없이 차선 바꾸며) 뭐 사야 하는데요?
강지원　속옷.
유지혁　(브레이크 밟아서 덜컹) 아, 미안.

지혁이 당황해서 동공 흔들리면.

강지원　목걸이 준 거 그런 의미 아니에요? 난... 그런 줄 알고.
유지혁　(핸들 꽉 잡는다) 절대! 절대 그런 거 아니에요.
　　　　　도대체 무슨... 어떻게 그런 생각을!! 그건 한참 전에 사둔 거고,
　　　　　오늘 같은 날 최고로 뭔가... 최고로... 굉장히...
강지원　(웃는다) 지혁 씨, 되게 놀리고 싶은 타입인 거 알아요?
유지혁　모르죠. 생전 처음 듣는데. 지원 씨만 아는 내 모습 같은데.
강지원　이런 거 좋다. 그쵸? (지혁의 오른손 잡는다)
　　　　　나는, 다시 쌓고 있어요. 인생을.
유지혁　(자기도 모르게 자꾸 지원 쪽 힐끔거리게 되는데)
강지원　그래도 속옷은 살 거예요.

지혁, 지원이 잡고 있는 오른손은 움직이지 못하고
왼손으로 입 막았다가 다시 핸들 잡았다가..
행복한 두 사람의 모습에서.

씬56. 지원 새집 앞(낮)

들어오는 지혁의 차량 정차하고 내리는 지원혁.
쇼핑백 잔뜩 꺼낸 지혁, 모두 지원에게 건네면서.

유지혁   최소 30분은 있다가 올라와요.

강지원   나도 30분 더 걸려요.

유지혁   ...날 죽일 셈이에요? 그런 말 하지 말아요.

강지원   내가 뭘...???

지원, 안절부절못하는 지혁이 귀엽고 좋아서.
발돋움에 뺨 붙잡고 입 맞춘다.

강지원   이제 다 끝났어요. 우리 행복해져요.

지원이 손 떼려고 하면 얼른 지혁이 다시 잡아서 키스하고.
그러다가 쇼핑백 떨어뜨리고.
두 사람 키득키득, 시작하는 연인들의 최고의 순간을 누리는데.
손잡고 돌아서는 두 사람, 막 걸음 떼려는 순간.
근처에 서 있던 차의 뒷좌석 문 열리고
예쁜 다리 먼저 빠져나오고 단정하게 유라가 내린다.
멈추는 지혁, 굳는 표정.
무슨 상황인지 전혀 알 수 없는 지원, 지혁을 올려다보고.
옷매무새 가다듬은 유라가 또각또각 다가오면.
지혁, 잡고 있던 지원의 손을 더 꽉 잡으며.

유지혁   지원 씨...

강지원   (무슨 상황인지 모르겠는데)

오유라   (다가와서 지혁에게) 잠깐 이야기 좀 하려고 왔는데 불편한 상황이네.
(지원에게) 안녕하세요? 유지혁 씨 약혼녀예요. 아, 전 약혼녀인가?
(지혁 보면서) 일방적으로 파혼당했거든요.

여자가 있어서 그렇다는 말은 못 들었지만.

자신이 던진 폭탄에 만족하는 유라와.
입술 깨문 채 유라를 보는 지혁,
너무나 놀라 그런 지혁을 올려다보는 지원에서.

fin.

12부

나 누가 내 거에 손대는 거 싫어해.

씬1. 지원 부산 옛집_회상(낮)

INSERT. 지원의 집에서 보이는 바닷가, 하늘에서

강지원(E) 나는 늘 나쁜 패를 뽑았다.

쿠루룩 쿠루룩 오래된 용달차 시동 안 걸리는 소리 들리는 위로.

중딩지원(E)　　　엄마 데꼬 온나! 암만 싸웠어도 남펜이 먼저 손 내밀어야 안 되나!

카메라 움직여 지원의 집 앞, 현모 용달차 시동 걸려고 노력 중이다가 걸리면!!

강현모　　됐다! (하다가 기침+남루) 뭐 필요한 거 음나? 아빠가 다 해준다!
중딩지원　　엄... (마나 데리고 오라꼬! 하려다가 계기판 보는데)

INSERT. 현모의 용달차 계기판, 70만 킬로가 훌쩍 넘어있다.

중딩지원의 시선으로, 늘어난 러닝, 꼬질꼬질한 옷에 숭숭 비어있는 관리 안 된 헤어, 주름살, 거뭇이 묻어있는 손가락까지 홀애비 티가 제대로 나는 현모의 모습.

강지원(E) 성실했지만 생계에 허덕였던 아빠는 늘 안타깝고... 슬펐다.

중딩지원 (말자...) 차나 한 대 뽑아라! 아가 100살 묵은 할배 기침 소리를 낸다!

강현모 (핸들 귀 막는 척) 아 듣는다!! 정 없이롱 그카는 거 아이다.

중딩지원 위험할까 봐 그라지...

강현모 이 아가 내를 위험하게 안 한다! 인자 내 없으문 니 혼잔데...

중딩지원 (피식) ...운전 조심해라. 밤에 오나?

강현모 새벽에 온다. 문단속 잘하고 자래이!!

현모, 1부 20씬 택시기사처럼 창밖으로 손 흔들며 멀어지면,

중딩지원 (한숨) 이 째깐한 집에 훔쳐갈 끼 뭐 있다꼬.

씬2. 부산 집 근처 슈퍼 앞길_회상(낮)

사복으로 갈아입은 중딩지원, 슈퍼에서 빵하고 우유를 사서 계산하고 돌아서는데
등 뒤에서 슈퍼주인녀(50대), 친구(50대).

슈퍼주인녀 자는 그래도 인물이 있다, 즈그 엄마 닮아가.

주인녀친구 도망간 엄마 닮아 뭐 할끼고? 강씨가 씰데 없이 여자 얼굴 뜯어물라카다가 아만 불쌍하게 만들었다 안 카나!

중딩 지원, 사춘기의 예민함으로 수치심으로 달아올라 뛰기 시작하는 위로.

강지원(E) 엄마가 도망간 불쌍한 아이. 옆집 숟가락 개수까지 알고 있는 작은 동네에서 심심풀이로 씹어대던 이야기는 한참 감수성 예민했던 사춘기의 생채기였다.

빗방울 떨어지기 시작.

씬3. 부산 동네 일각_회상(밤)

비가 오고 있다.
중딩지원, 후드 쓴 채 우산 쓰고 만화책 몇 권 든 봉지 들고 가는데
멀리 현모 우산도 없이 가고 있으면,

중딩지원 새벽에 온닥카더니 어딜 가노...
감기 기운 있드만 우산도 안 썼네... (아빠 쪽으로)

씬4. 부산 동네 일각_회상(밤)

현모 우두커니 서 있는 뒷모습에서 보이는 희숙(38살)과 만식(얼굴 잘 안 보여도).
희숙, 중산층 느낌의 주택(2층 집) 현관 앞에서 열쇠 찾는 중.
만식이 다정하게 우산 들어주며 비 안 맞게 희숙 어깨 끌어당기고, 두 사람 웃고.
열심히 사는 보기 좋은 중산층 부부의 느낌인데,

중딩지원 아... (빠!! 하려고 부르려다가 엄마 발견!)

행복해 보이는 희숙의 표정.

지원, 충격으로 얼어붙으며 들고 있던 우산 떨어뜨려 나뒹군다.
희숙/만식 집 안으로 들어가 버린 후에도
비 맞고 서 있던 현모, 문득 돌아보면 중딩지원은 없고 우산만..

씬5. 바닷가 근처 언덕 공원 길_회상(밤)

중딩지원, 울면서 뛰다가.

씬6. 바닷가 근처 언덕 공원_회상(밤)

..넘어진다. 고개 드는 순간 공원의 뷰 눈에 들어오고.
커다란 달이 비추고 있는 탁 트인 바다 보다가 울음 터지면서 엉엉 우
는 위로.

강지원(E) 버티려면 그냥 이런 생도 있다고 받아들여야 했다.
유난히도 가진 것 없는 인생도 있다고,
하필 내가 그런 사람이며, 아니어야 할 이유도 없다고.

씬7. 부산 집 근처 슈퍼_회상(낮)

중딩지원, 빵이랑 우유 계산하려고 가방 뒤적이다가 지갑 없으면 당
황하는데.

슈퍼주인녀 지갑 잊어뿟나? 하이고야~~ 엄마가 집 나가뿌니 이래 티가 나네.
중딩지원 (모멸)
슈퍼주인녀 느그 엄마가 그럴수록 니는 행실 똑띠해야 딴소리 안 나온다, 알제?

중딩수민(OFF)　　　오지랖은 안 산 거 아니에요?

　　　　　　자기가 하고 싶은 말이었다! 하고 돌아보면,
　　　　　　역광으로 수민 반짝반짝 예쁜 얼굴.
　　　　　　(꾸밈없이 찐 중딩 느낌의 안경중딩지원과 대비)

중딩수민　이거 네 거야?
강지원(E)　그러니까 뭐든 좋았다. 손 뻗으면 닿는다는 느낌이 간절해서...

씬8. 7부 39씬 플래시컷_회상(낮)

　　　　　　민환이 촌스러운 지원 확 당겨주면 안경지원 표정.

강지원(E)　그게 땅인지 늪인지 가릴 겨를이 없었다.

씬9. 회귀 전 몽타주(낮)

　　　　　　#1부 23씬 수민환 바람피우는 모습 보는 지원

　　　　　　#1부 24씬 살해당하는 지원

강지원(E)　...하지만,

씬10. 회귀 몽타주(낮)

　　　　　　#1부 27씬 회사에서 자기 자신이 회귀했다는 사실을 깨닫는 순간

강지원(E) 다시 주어진 기회에서 그러지 않겠다고 생각했다.

#2부 27씬 주란과 옥상에서 이야기하는 컷

#3부 30씬 희연이 메이크업을 해주며 콩냥대는 컷

#6부 48씬 옥상에서 지혁과 함께 회귀했음을 깨닫는 컷

#9부 15씬 지혁과 함께 별장에서 일출을 보는 컷

강지원(E) 나는 싸울 것이고 발전할 것이며 누구보다 행복해질 예정이었다.

씬11. 바닷가 근처 언덕 공원_과거(낮)

11부 26씬의 지원혁, 손잡고 바다 보는 모습 위로.

강지원(E) 늘 나쁜 패를 뽑는 인생 같은 게 있을 리가 있나.

씬12. 지원 새집 앞_과거(낮)

강지원　　이제 다 끝났어요. 우리 행복해져요.

두 사람 키득키득, 시작하는 연인들의 최고의 순간을 누리는 위로.

강지원(E) 이번에야말로 좋은 패를 뽑았고 행복해지는 거라고 믿었다.

CUT TO.

(좋은 패도 행복도) 아니다.. 라는 느낌으로 유라의 얼굴 C.U.에서.

오유라　(지혁에게) 이야기 좀 하려고 계속 전화했는데 안 받더라.
　　　　　나중에 다시 올까 했는데 하도 연락 안 되니까,
　　　　　약속이라도 잡고 가고 싶었어.
유지혁　너... (유라랑 이야기하기를 포기) 지원 씨, 이건... 설명할게요. 할 수
　　　　　있어.

　　　지원, 혼란스러운데 핸드폰 울리기 시작해 일단 확인, '유희연'이면 거
　　　절 누르고.

유지혁　들어가요. 일단 들어가서, 천천히 설명하게...
강지원　약혼녀가 있었어요? 파혼... 했고?
유지혁　(입술 깨물면)
강지원　나 때문에?
유지혁　아니에요.
강지원　하... 내가 정수민이었네? 남의 남자를 빼앗았어.

　　　지원, 한참 동안 지혁을 보다가 유라 한 번 돌아보고 돌아선다.
　　　지혁, 잡으려고 하면.

강지원　하지 마요! (상처로 보고 다시 돌아서서)
강지원(E)　아니었다. 나는 여전히 나쁜 패만 뽑는다.

　　　지혁, 절망으로 지원 뒷모습 보다가 욱해서 유라 보고,
　　　유라는 아주 살짝 웃는 데서
　　　다시 지원, 흔들리는 몸과 마음 꽉 잡은 채 최대한 꼿꼿하게 걸어가는
　　　모습까지.

TITLE. 내 남편과 결혼해줘

씬13. 지원 새집 거실(낮)

들어오자마자 지원, 그대로 주저앉는다.
살짝 토할 것 같아 숨 고르는데
다시 희연으로부터 전화 울리기 시작하고.

강지원 (떨리는 목소리) 어... 희연 씨, 나 지금...

유희연(F) 대리님, 어떡해요... 저 지금... (숨소리) 양 과장님이 안 오셔서 전화
해 봤어요...

강지원 (뭔가 심상찮음을 느끼고)

유희연(F) 어떡해요... 양 과장님 위암이시래요...

숨 들이마시는 지원, 심장박동 올라가며 눈앞이 하얗게 번진다.

강지원 (핸드폰 떨어뜨리며) 왜...

오유라(E) 그래서 인생이 어려워요. 한 치 앞을 모르잖아요.

씬14. 지혁본가_한일 서재(밤)

오유라 (찻잔 내려놓으며) 어렸을 땐 이만큼 나이 먹으면 다 알 줄 알았는데.

유한일 잘하고 있어. 얼마 전 사고 터졌을 때 사내신문에 게재한 칼럼 봤다.

FLASH CUT. 7부 29씬 한일이 보고 있던 사내신문의 컷(당시는 사진
까지 보여주진 않았습니다.) 제대로 보이면서 유라의 사진까지.

유한일　직원들 흔들리지 않을 수 있는 적절한 대처였어. 자랑스러웠지.

　　　　우리 직원 뒤처리를 맡긴 것 같아서 미안했고.

오유라　식구나 다름없는데 당연하죠. 아버지가 늘 말씀하셨어요. 제가 U&K

　　　　식구인 걸 잊지 말라고요. 한 번도 U&K 일이 남 일이라고 생각한 적

　　　　없어요.

유한일　강철이가 복이 많아. 자식 농사를 너무 잘 지었어.

오유라　으응~ 그러려면 지혁이랑 파혼하지 말았어야 하는데... (웃지만 언중

　　　　유골)

유한일　(표정, 살짝 흥미진진/기본적으로 유라에게 호감)

오유라　어른들 등쌀에 약혼하긴 했지만 지혁이 너무 무뚝뚝하고... 남자로 좋

　　　　아한 적 없었거든요. 그래서 파혼하라고 하셨을 때 얼른 '네!!' 했는데,

　　　　멋있어졌더라고요. (웃는) 무슨 일이 있었던 거예요?

유한일　(껄껄) 원래 인물은 있었지! 지가 영 관심이 없더니 요즘 좀 꾸미더구나.

오유라　그래서...

유한일　(유라가 왜 왔는지 다 알고 있는 표정.)

오유라　저 한국에 좀 길게 있으려고요, 그래도 되죠? 할아버지도 자주 뵙고요.

유한일　(만족+의미심장) 그러자꾸나.

오유라　(야망 철철)

씬15. 스위트룸(밤)

　　　　남비서 지원혁의 사진 건네준다.

　　　　(지혁이가 파혼을 선언한 9부 이후 지혁의 달라진 모습 보고 조사 시

　　　　작한 사진들 :

　　　　지원 상견례 엎어치기/ 지혁 꽃집에서 집들이 꽃 고르기/ 지원혁 함께

　　　　새집으로 들어가기/ 유도장에서 지원혁, 동석, 신우/ 수민환의 결혼식

　　　　컷들)

오유라	내 남친과 절친이 결혼하면 어떤 기분일까?
	(지원혁이 행복해 보이는 사진 보다가) 새 남친이 재벌 3세면 쌩큐인가?
남비서	(표정)
오유라	(사랑스럽게 웃으며) 드라마 같다, 그치?

씬16. 유일병원 앞 거리 일각(낮)

INSERT. 암센터 간판

지원, 핸들에 얼굴 묻고 있다가 창백한 주란이 문 열고 타는 소리에 고개 든다. (경차)

양주란	(힘들지만 애서 밝은 척) 나 정말 이 차 타도 되는 거야?
강지원	그럼요~ 안전하고 편하게 모시겠습니다~ (차 출발시켰다가 브레이크 잘못 밟아 덜컹! 하면)
양주란	(깜짝 놀랐다) 암이 아니라 차 사고로 죽을 거 같아서 그렇지.
	나 때문에 갑자기 차를 사니까... 장롱면허 몇 년 차라고?
강지원	10년이요. 걱정 마세요. (다부지게 다시 출발) 과장님은 안 죽어요, 절대로요.

씬17. 지원의 차 안(낮)

강지원	의사가 뭐래요?
양주란	쉽진 않다나 봐. 수술도 엄청 밀려 있어서 많이 기다려야 한대.
	(애써) 그래도 요즘은 의술이 진짜 좋아져서...

괜찮은 척하려는데 자꾸 복받친다. 안 울려고 노력하다가.

양주란 이게 싫어. 자기가 옆에 있으니까 내가 약해지잖아.
　　　　　혼자 있으면 참을 수 있는데.

　　　　　지원, 입술 꽉 깨물고 같이 울 것 같은 감정 누르며 차 갓길에 대고.

강지원 (주란 손 잡는다) 혼자 있으면 참으니까 쫓아다니는 거예요.
　　　　　몸이 약한데 맘이 어떻게 강해요. 우세요. 저한테 기대서 우셔도 돼요.
　　　　　아니, 우셔야 돼요.
양주란 왜 그래... 자기, 왜 이렇게 나한테 잘해주니...

　　　　　지원, 말도 제대로 못 하고 우는 주란 끌어안는 표정 위로.

강지원(E) 나 때문이야. 내 운명이 과장님한테 간 거야.
　　　　　하지만 왜... 박민환과 결혼으로 끝나는 게 아닌 거야?

　　　　　혼란스러운 지원의 눈동자에서 연결.

씬18. 경기도 교외 인근 펜션(낮)

　　　　　짜증이 치솟아 있는 수민의 눈동자로 연결.
　　　　　민환이 펜션 침대에 누워서 핸드폰(주식) 중이다.

　　　　　INSERT. '경기도 가풍대로 123-21' 도로명 주소

　　　　　고급 펜션도 아니고 황토방 느낌, 여자들의 꿈은 확실히 아닌 장소인데.

박민환 야야... 그만 노려 봐. 여기가 싫으면 엄마한테 제주도라도 간다고 했
　　　　　어야지.

정수민	내가 어떻게 그런 말을 해? 오빠가 중간 역할을 해야지.
박민환	왜? 난 엄마 말이 맞는 거 같은데. 임산부들 비행기 타는 거 이해 못 하겠더라. 태교 여행이니 뭐니 그거 다 배부른 소리야... (문득 낄낄) 임신했으니 배부른 거 맞네.
정수민	(열받지만 잘해보려) 그래, 여행이 중요한 건 아니지. 오빠, 우리 진짜 잘 살아보자. (뽀뽀 쪽 하고 팔 쓰다듬으며) 오빠 이제 우리 집 가장이구~~
박민환	(팔 툭 밀어내며) 왜 내가 가장이야? 강지원은 그런 얘기 안 했어.
정수민	(표정)
박민환	(다정하게 당근라이팅 시동!) 수민이는 다 좋은데, 결혼을 모르네. 결혼이 'ㄱ'자로 시작하지? 또 'ㄱ'자로 시작하는 게 뭘까?
정수민	(표정)
박민환	'각자'. 결혼은 각자 알아서 할 일을 할 때 잘 굴러가는 거야.
정수민	뭐?
박민환	너 청첩장 찍을 때부터 맘에 안 든다... 어머니는 왜 저러시냐... 신혼여행은 왜 이런 데냐 나한테 불평불만 많은 거 '각자' 정신이 없어서 그래. 나 봐. 결혼식장에서 네 친구들이 그 염병을 떨어도 너한테 뭐라고 하디?
정수민	청첩장 회사에 돌았다고 나한테 핸드폰 던졌잖아?
박민환	(버럭) 아 씨! 그거랑 이거랑 같아?!?!

수민, 놀라 움찔하는데.
민환의 핸드폰 울리기 시작한다. '유상종'이면 받으며 밖으로.
불안한 표정으로 그 뒷모습 보는 수민의 얼굴 위로.

FLASH CUT. 11부 50씬 강지원(E) "내가 버린 쓰레기, 알뜰살뜰 주운 거 축하해."

| 정수민 | (강렬한 인지부조화) ...아니야. |

씬19. 펜션 앞(낮)

유상종(F) 이야~~ 기 싸움 완승이네! 결혼 생활이 평탄하겠어!

박민환 (전화 중) 며칠째 거들떠도 안 보니까 초조해하지.
솔까 강지원 친구니까 좀 끌려다녔던 거지 마누라 됐는데 뭐가 재밌냐?

유상종(F) 얼씨구? 마누라라는 소리가 자연스럽게 나온다?
전 여친 여신 돼서 딴 새끼 만나는 거 같다고 징징 짜더니.

박민환 야, 이 자식아! 너는 말을...

열받는 민환의 얼굴 위로.

FLASH CUT. 11부 49씬 지혁이 준 목걸이 하고 있는 지원과 지혁의 모습.

박민환 아 뭐 찝찝한 게 있어!! 하여튼 그래!!!
그보다 전세는?? 나갔지?? 내가 빨리 빠질 집 골랐는데.

유상종(F) 응. 방금 돈 네 계좌로 넣었어. 근데 어머님께 전세 사기당했다고 하면 돼?
어머님이 넘어가신다 쳐도 니 마누라는 시댁살이하자면 난리 안 치겠냐?

박민환 하나밖에 없는 아들 죽이겠어?? 마누라야 지가 해온 집도 아닌데 어쩌려고.
오케이, 입금 확이인~~! 나 바로 빚잔치 시작한다이!!!

전화 끊은 민환, 독사머니, 살모사금융, 빈털털캐피털 등에 송금하고 돌아서는데.

정수민 방금 그거... 무슨 말이야?

박민환 (억!) 아 뜨아!! 넌 애가 음침하게 소리도 없이 와서 엿들어?

정수민 무슨 말이냐고! 내가 해온 집도 아닌데 어쩌냐니!

딱 걸린 민환의 난감한 표정과 안 좋은 예감에 바들바들 떨리는 수민에서.

씬20. 16층 사무실(낮)

INSERT. U&K 본사 전경

희연 전화 받고 있는데 표정 좋지 않다.
(슬쩍 뒤로 비추는 태형도 뭔가 난감한 메일에 답하는 듯 머리 북북!!)

김경욱　왜애? 유희연 사. 원. 님, 존경하는 양 과장님이랑 강 대리님이 진행하는 프로젝트가 뭐 맘대로 안 되나?

유희연　(뭔가 심상치 않은 느낌으로 경욱 보는데)

김경욱　(태형 어깨 툭) 태형쓰~! 안되는 프로젝트에 매달릴 필요 없는디~!

경욱이 담배 피러 가자는 시늉하고 태형만 데리고 나가면,
혼자 남은 희연이 지원과 주란의 빈자리를 보는 데서.

씬21. U&K 본사 1층 로비(낮)

지원, 바쁘게 뛰어 들어오다가 나가는 경욱, 태형과 마주친다.

김경욱　(시계 보고) 1시 54분! 이야~~ 3일 휴가에 알뜰하게 반차까지 쓰고 이 시간에 들어오네? 일에 철두철미한 척하면서 개인 시간은 차암 알뜰하게 써어?

강지원　(썩소로 대충 인사하고 스쳐 지나가다가 문득) 김 대리님?

김경욱　(대. 리. 때문에 빡쳐 이빨 꽉 깨물고 돌아본다) 으응? 강 대리이?

강지원 근무 중에 담배 피러 멀리 가시나 하고요. 양 과장님 자리 비우서서 밀키트 건 대리님이 도와주셔야 하는데 자료도 계속 안 보시는 거 같고.

김경욱 아아, 그거? (꿍꿍이) 안 봐도 되니까 안 보는 거 아닐까? ...올라가 봐.

경욱의 자신만만한 표정에
불안해지는 지원까지.

씬22. 16층 사무실(낮)

강지원 쉐프들이 다 계약을 거절했다고? 갑자기 왜? (메일 확인해보며) 이광민 쉐프는 왜 이래? 출시가 코앞인데 연기해야 할 거 같다니?

유희연 제품이 자기의 퀄리티를 못 맞췄다는데 이제 와서 말도 안 되고... 뭔가 있는 거 같아요. (조그맣게) 김대갈, 아니 김 대리가 정치질은 좀 하잖아요. 인맥도 있고. 뒤에서 뭔가 한 거 같은데...

강지원 (주란의 빈자리 본다. 순식간에 안 좋은 일이 몰리는 느낌이다)

유희연 주란 과장님은...

강지원 댁에 모셔다드리고 왔어. 휴직하셔야 할 거 같아.

지원과 희연, 각이 안 나오는 상황 속에서 입술만 꽉 깨물고 있는데.

유지혁 (부장실에서 나오며) 강 대리님? (같이 나가자는 시늉)

지원, 살짝 굳은 얼굴로 일어나면.
분위기 아는 희연 더 불편하고 난감하게 지혁과 지원 눈치 보게 되는데까지.

씬23. 빈 사무실(낮)

문 닫은 지혁, 블라인드 내리려고 하면.

강지원   그냥 두세요.

유지혁   (그냥 두고 살짝 화가 나서 돌아선다) 지금 내가 화낼 때는 아니지만--
(막상 얼굴 보니 조금 약해져서) 내 말은 들으려고 하지 않고 피해서
결국 회사에서 불러내게 만드는 건...

강지원   생각할 시간이 필요했어요.

유지혁   (표정)

강지원   오래 걸린 건 죄송해요. 혼란스러웠거든요. 다시 주어진 기회에서 전,
박민환과 정수민을 결혼시키면 된다고만 생각했어요. 거기에 부장님
은... 예상치 못한 선물, 같은 거였죠.

유지혁   (이 이야기의 끝이 해피엔딩은 아님을 짐작하고 일단 앉으며, 앉으라고.)
내가 결혼했다는 소리 들은 적 있어요?

강지원   (앉지 않음)

유지혁   원래도 몇 년 후에는 정리될 사이예요. 앞당긴 거뿐.
유라는 어렸을 때부터 집안끼리 알던 친구고,
연애 감정은 전혀 없었지만 결혼할 수는 있을 거라고 생각했었어요.
아니었고, 그래서 정리했고...

강지원   연애 감정은 없는데 결혼할 수는 있어요?

유지혁   그런 관계도 있어요.
나는 강지원 씨의 장례식을 보기 전까지 내 마음을 몰랐고,
그래서 다시 돌아오자마자 정리한 거야. 그게 전부예요.

지원, 말하며 목에 걸고 있던 지혁이 준 목걸이 습관으로 살짝 만진다.
지혁, 그걸 지원이 아직도 걸고 있다는 사실에 작은 희망을 품는데.

강지원   (너무 공격적이진 않지만) 너무 전형적인 변명 아니에요?
전에는 몰랐다. 이 감정이 진짜다. 진짜 사랑을 찾았다--

유지혁   (벌떡 일어나) 강지원 씨!

강지원 비난하는 거 아니에요. 내가 잘못된 꿈을 꾸고 있었다는 걸 깨달았을 뿐이죠.

유지혁 강지원 씨가 그랬어요!! 가족이 생기는 건 좋은 거라고.

그때... 그 호수에서.

FLASH CUT. 5부 3씬 강지원 "가족이 없다는 게 어떤 의민 줄 알아요?"

유지혁 나는 가족을 만들고 싶었고, 실수했어요.

강지원 ...내가, 그런 말을 했군요. (감정 누른다) 근데요, 부장님. 그렇다고 해도 안 돼요. 우리 엄마는요... 14살 된 나를 두고 집을 나갔어요.

유지혁 (멈칫)

강지원 사랑을 찾은 거였어요. 엄마, 우리 아빠를 좋아하진 않았대요. 그냥 아빠가 너무 좋아했고 날 가져서 결혼했대요. 그래서 나 때문에 14년을 참았대요.

...내가 고마워해야 해요? 엄마가 몇 년을 참았든 돌아서는 순간...

FLASH CUT. 4씬, 비 철철 맞으며 현모 뒷모습 보는 지원.

강지원 상처받는데...

지원의 손 가늘게 떨리고, 금방이라도 울 것 같은 표정.

강지원 나는... 어떤 관계든 일단 시작하면, 둘 다 동의하지 않은 이상 한 사람이 일방적으로 등 돌리고 가면 안 된다고 생각해요.

우는 모습 보이기 싫어 돌아서 나가려는데 지혁이 잡는다.
그 바람에 눈물 또로록 흘러내리는 채로 서로 마주 보게 되고.

유지혁 (우는 모습에 놀라고 더 이상 말 못 하고)

강지원 (민망+자존심 상)

지혁, 어쩔 수 없이 잡았던 손을 놓는다.

유지혁 올해 초에 존스 홉킨스에서 이현지 교수님을 우리 계열사 암 병동으로 모셨어요. 위암 전문의죠. 반년 넘게 공들였어요.

강지원 (어? 하고 보면)

유지혁 양주란 과상... 빠른 수술이 가능할 거예요.

지혁, 안주머니에서 지갑 꺼내 명함 지원에게 내민다.
두 사람 시선 마주친 데서 전화 진동 소리..

CUT TO.
지혁은 가고, 지원 혼자 남은 상태.
명함을 보며 혼란스러운데 전화 울리기 시작.

강지원 (모르는 번호인 거 확인하고 전화 받아서) 여보세요?

살짝 놀라는 지원의 눈동자에서 연결.

씬24. 호텔 고층 레스토랑(밤)

뷰가 좋은 호텔 레스토랑 프라이빗 룸에 앉아있는 유라의 눈동자로.
와인 한 모금 마시는데 뒤에서 문 열리는 소리 나면,

오유라 (돌아보지 말고) 뻔하고 식상한 건 딱 질색인데 나도 별수 없더라고요.
(일어나서 돌아보며) 와 줘서 고마워요.

지원 에스코트해 온 남비서 인사하고 나가면.

지원과 유라 서로 쳐다보는 데서.

CUT TO.

식사 서빙되어 있고 와인 잔도 채워져 있다.

지원, 유라가 차분하게 먹고 있는 모습 보다가.

강지원 　한 번쯤 이야기는 해야 하는 게 예의 같아서 왔어요.

　　　　하지만 신경 쓰실 건 전혀 없고...

오유라 　(먹으며) 그건 그쪽이 결정하는 게 아니지 않아요? 나는 신경 쓰이는데.

강지원 　...죄송합니다. 약혼상태인 건 몰랐고, 이제 더는 안 만날 생각이에요.

오유라 　살다 보면...

강지원 　(표정)

오유라 　우연히 사람을 칼로 찌르기도 해요. 그러고 나서 몰랐고, 이제 더는

　　　　안 찌를 거라고 한다고 끝나지는 않죠.

강지원 　(살짝 빡...) 어떻게 해드릴까요?

오유라 　(보면)

강지원 　좋아했어요. 그럴 생각은 아니었지만 좋아하게 됐어요.

　　　　그래서 잠깐... 행복한 꿈을 꾸기도 했죠.

　　　　하지만 몰랐던 사실을 알게 되었고, 그러자마자 정리했어요.

하다가 문득 뭔가 깨달은 얼굴 위로.

유지혁(E) 내 마음을 몰랐고, 그래서 다시 돌아오자마자 정리했어요.

강지원 　(표정)

오유라 　재미있는 말이네. 좋아하게 됐다는 거.

　　　　7년 사귄 남자 친구 있지 않았어요? 그 정도면 거의 부부나 다름없는

　　　　거 아닌가? 왜 갑자기 회사 상사가 좋아졌을까? 입사한 지 7년 만에?

강지원 　(설명 못 함)

오유라	지혁이가 U&K 후계자라서?
강지원	(이 악물) 그런 건 아니에요.
오유라	그럼 몰랐어요?
강지원	(표정)

FLASH CUT. 1부 37씬 TV 뉴스화면 속 승계 완료 유지혁과 앵커의 멘트 위로 강지원 "2023년은 꿈이 아니야. 난 부장님이 누군지 알아."

오유라	(너 걸렸어, 사랑스러운 웃음) 으흥~ 알고 있었네.
강지원	(대답 못 하고 일어난다) 해야 할 말은 다 했어요. 먼저 일어설...

유라, 차분한 얼굴로 천사처럼 먹고 있던 그릇을 엎는다.
놀라는 지원.
이어서 유라가 와인 잔마저 툭 밀어 쓰러뜨리면
넘어지며 그릇과 부딪혀 깨지는 와인 잔, 쏟아진 와인이 하얀 식탁보를 물들이고.
표정 변화는커녕 눈 깜빡도 안 하고 하는 행동에 당황한 지원 유라를 보는데.

오유라	내가 되게 싫어하는 게... 너 같은 애들이에요. 별것도 아닌데 고고해. 욕심부려놓고 아니래. 다 알면서 모른 척해.

유라 일어나서 지원 쪽으로 손가락 끝으로 톡톡 턱을 건드린다.

오유라	인생이 바뀔 수 있다는 거 모를 정도로 돌대가리는 아니잖아?

모멸감에 지원, 순간 주먹 꽉 쥐면 긴장감 — 설마 난투극? 싶은 분위기에서,

강지원   (손에 힘 풀며, 같은 사람은 되지 말자!) ... 진짜 뻔하네.

오유라   (이게?)

강지원   내가 되게 싫어하는 것도 너 같은 애들이에요.
　　　　　세상 사람들이 다 자기 같은 줄 알아.
　　　　　유지혁이 U&K 후계자인 게 너한테 중요하면 나도 그럴 거 같아요?
　　　　　나한테는 별로 안 중요했는데.

　　　　　지원이 이겼다. 유라 곧장 보고 또박또박.

강지원   내 인생은 유지혁 없이도 바뀌었거든.

　　　　　꼿꼿하게 유라를 스쳐 지나가 밖으로 나가면,
　　　　　유라, 하?? 하고 저게 만만치 않네.. 인상 찌푸려지고.

씬25. 호텔 엘리베이터 홀(밤)

　　　　　지원 화려한 호텔의 엘리베이터 홀 앞에서 두 주먹 꽉 쥔 채,
　　　　　번쩍번쩍한 엘리베이터 문에 비친 일그러진 자기 자신의 얼굴 보며
　　　　　심란 맥스..
　　　　　머릿속 너무 복잡한데 엘리베이터 문 열리며 연결.

씬26. 지혁의 집 현관(밤)

　　　　　엘리베이터 문 열리고 지혁 내린다.
　　　　　걸어오다가 문 앞에 있는 작은 상자 발견하고 집어 들어서 열면.
　　　　　지혁이 선물했던 목걸이.
　　　　　지혁의 입술 꽉 깨무는 데까지.

씬27. 지원의 새집_거실(밤)

지원 창가에 기대 밤하늘 보고 있는 감정으로.
눈 한 번 감았다가 다시 떴을 때는 감정을 뒤로하고 일어서며.

강지원   정신 차리자.

지원, 자리에 앉아 다이어리 펼친다. (1부부터 나왔던 것)

강지원(E) 정수민과 박민환을 결혼시키면 된다고 생각했는데 그게 끝이 아니었어.
암의 운명이 주란 과장님에게 갔다는 건...

지원의 얼굴 위로 빠르게,

FLASH CUT. 1부 23씬 해영빌라 수민환의 밀회 발견/1부 24씬 죽음의
순간.

씬28. 공주님 갈비집 실내(밤)

INSERT. 공주님 갈비집 전경

강지원(E) 설마...

주란부와 바람녀 카운터에서 마감 중인데 주란이 문을 열고 들어온다.

주란부   아아니, 집에서 쉬라니까 여긴 왜 왔어어어... 이 서방!! 이 서바앙!!
바람녀   언니!! (다가오는) 괜찮아요? 밥은?

티 하나도 안 내고 걱정하는 척하는 바람녀와 주란과의 투샷 위로.

강지원(E) 이제 어떻게 되는 거지...

씬29. 공주님 갈비집 실외(밤)

허둥지둥 뛰어나온 재원이 주차장 한쪽에 세워둔 차 끌고 오면,
주란부가 주란의 손 꼭 잡아 조수석 문 열고 태운다.
연지를 안은 주란모, 연신 아이 추켜올리며 엄마에게 손 흔들라고.

CUT TO. 석준의 차
근처 차 안, 석준이 마음 불편한 얼굴로 앉아 그 모습 보고 있다.
석준의 시선으로 보는 운전석의 재원 얼굴에서.

FLASH CUT. 11부 31씬, 석준 들어오다가 재원과 불륜녀 나오는 모습
봤을 때

FLASH CUT. 11부 54씬, 창고에서 울고 있는 주란 "저, 위암이래요."

이석준 지금 내가 뭐 하는 거지...

재원의 차 빠져나와 정차하고 있는 석준의 차를 스쳐 지나간다.
주란과 재원은 아무것도 모르고 둘이 이야기하고 있고,
석준은 주란을 보다가 고개 돌려 가게 입구 보는데,
가게에서 바람녀 나와서 재원 차 뒤꽁무니 보는 표정.
..을 보는 석준의 표정에서,

씬30. 엘리베이터 안(낮)

석준 타고 있는데 엘리베이터 문 열리며 지원 올라탄다.
나란히 앞을 본 채,

이석준 (최대한 대수롭지 않게) ...양주란 과장이 휴직계를 냈더군요.
강지원 아, 네.
이석준 얼마 전부터 유명한 위암 전문의가 유일병원에서 진료를 보기 시작했
어요.
내가 소개해줄 수 있을 거 같은데...
강지원 이현지 교수님이요? 어, 오늘 가 보시는 걸로 알아요. 소개... 받았거
든요.

살짝 위화감 느끼는 지원, 눈치 보는데 마침 16층에 도착하고 문이 열
린다.

강지원 (살짝 보다가 묵례하고 내리는데)
이석준 (뒤에서) 남편이 알아서 잘 케어해 주겠죠?

지원 어?? 싶어서 돌아서는 표정에서.

씬31. 16층 사무실(낮)

지원, 자리에 앉아 생각 많은 표정 위로.

강지원(E) 남편... 남편...
운명이 박민환과의 결혼이 아니라 남편과 관련이 있는 거라면...

FLASH CUT. 11부 4씬 주란이 재원과 통화하는 모습에서 자기 겹쳐봤던 때.

강지원 어디까지지. ...설마,

덜컥 겁이 나기 시작하는데 문자 들어와서 확인해보면.
[양주란 과장님 : 나 이현지 교수님 뵙고 왔어. 치료 일정도 잡았어!! 잘될 수도 있을 거 같아!!]
지원 얼굴 확 밝아졌지만,
[양주란 과장님 : 수술 일정도 금방 잡을 수 있대. 왜인지는 몰라도 늘 한 자리는 비워놓았대. 말도 안 되지 않아?? 이런 사람이??]
이내 움찔한 지원의 표정에서.

FLASH CUT. 23씬 유지혁 "위암 전문의죠. 반년 넘게 공들였어요."

FLASH CUT. 24씬 오유라 "인생이 바뀔 수 있다는 거 모를 정도로 돌대가리는 아니잖아?"

하면 표정 어두워져서 핸드폰 내려놓는다. 머리 아프고.

강지원 어떻게 해야 하지...

지원, 머릿속이 너무 복잡해 고개를 드는 순간 지혁과 눈이 마주친다. 얼른 고개 돌리면, 누군가와 통화 중인 경욱(눈 마주치면 '뭘 봐' 으르고). 비어있는 주란(과장)의 자리. 책상 위에 '컨택 가능 쉐프 제안서/유희연' 파일.

강지원(E) 생각해보면 뭐든 간단한 게 하나도 없다.
아주 작은 차이만으로도 뭔가 달라질 수도 있고 달라지지 않을 수도 있어.

지원의 표정 위로.

김자옥(E) (일갈) 뭐어어어야??? 저언세 사기이이이이이이이이이????

씬32. 해영빌라_민환본가 거실(낮)

민환과 수민이 무릎 꿇고 앉아있다. 등 뒤로는 이사 박스들 잔뜩 쌓여
있고.

김자옥   (일어나려) 내가 당장 그노무 부동산 머리카락을 쥐다!!!!
박민환   에헤이!! (다리에 매달) 엄마, 내가 다 이야기했어!! 다 해결했어!!
김자옥   (민환 머리 빡!) 해결하긴 뭘 해결해애??? 해결해서 여기서 무릎 꿇고
         있어?!
박민환   (아 씨) 곧 돈 나와. 전세4기라고 보기도 애매해. 한 2기? 3기?
김자옥   (빡빡빡!) 말을 정확히 해! 사기면 사기지 2기, 3기는 또 뭐야?

수민, 빡빡 얻어맞는 민환 보면서 당황스러운데.

강지원(E) 생각해보면 정수민은,
김자옥   (수민에게) 이건 사실 네 잘못이다! 남자들이 뭘 아니?? 이래서 집
         안엔 여자를 잘 들여야 한다고. 급하게 결정하는 게 아니었는데. 내가
         찝찝했어...

황당해하는 수민의 얼굴 위로.

강지원(E) 성격이 나하고 달라. 똑같이 박민환하고 결혼했다고 해도 나처럼 제

대로 말도 못 하고 당하고 살까?

절대 아니지! 의 느낌으로 수민 눈빛 바뀌더니 툭툭 털고 일어난다.

정수민 어머님도 말을 정확히 하세요. 어머님이 집 결정하시고 아들한테 돈
       줘서 계약하라고 하셨으면서 왜 제 탓하세요?

상상 못 했던 수민의 반격에 자옥(뭐? 뭐어?)과 민환 입 떡 벌어지는데.

정수민 애당초 집 사서 온다고 해놓고 전세인 것도 참았는데...
김자옥 엄머엄머 얘가... 애 가졌다고 오냐오냐했더니 아주... 몸만 오면서 뭘
       참아?
정수민 저 돈 있어요. 몸만 오라고 한 건 오빠예요. 지금 보니 이 집으로 들어...
박민환 (얼른 가서 수민 입 막으며) 야야!! 너 계약직이잖아!! 무슨 돈이 있어?
김자옥 뭐어? 계약직?????? 애 낳고 복직한다며??!?
박민환 (아차! 수민이 놓고 자옥 달래러) 복직하지이!! 쟨 능력 있는 계약직
       이거든!!
정수민 ...주식했어. 꽤 벌었단 말야.
박민환 (어? 진짜 돈이 있나 보네?)
정수민 이렇게 된 거 저도 안 신나요.
       결혼 과정도 맞춰드린 거였고 신혼여행 중에 오빠가 빚 있...(다는 걸 알)

하는데 민환과 눈 마주친다.
민환, 자옥의 뒤에서 제발 말하지 말아 달라고 눈빛, 손짓, 발짓 난리
나면.

정수민 (그래도 내 남편이니 꾹 참고) 뭐가 어쨌든 이제 오빠한테 손대지 마
       세요.
       우리 집 가장이고 장군이 아빠예요. 아니면, 장군이랑 저 나갈까요?

샤우팅 성향에도 불구하고 한마디도 입을 못 떼는 자옥과 승리의 수민에서.

씬33. 해영빌라_민환본가 방(낮)

민환이 쓰던 방에 박스 몇 개 쌓여있는 상황.

박민환   (책상 서랍에서 감춰둔 양주 꺼내 마신다) 야~ 결혼이라는 거 나쁘지 않네.
내 편도 생기고. (낄낄) 걱정 마. 엄마가 말야, 말이 좀 세서 그러지 쿨해. 애 낳으면 집 바로 해줄 거야. 저 성격에 애 울음소리 못 견디지.

정수민   (침대에 앉아 보다가) …애 없어.

박민환   (술 마시다가 뿜!) 컥!!! 커컥!! …뭐?? 그게 뭔 소리야??

하는데 문 벌컥 열리고 자옥 들어오면,
걸렸나?? 민환, 수민 둘 다 긴장--

김자옥   나 나갔다 올 테니까 그때까지 집안 싹 정리해놔!
어이구, 내 팔자야… 이 나이에 상전이 둘이나 생겼네…

자옥이 가슴을 치며 돌아나가면 가슴을 쓸어내리던 수민환의 눈 마주친다.

정수민   나… 유산했어.

씬34. 해영빌라_민환본가 거실(낮)

민환, 쌓여있는 박스들 북북 뜯고, 큰 짐도 들어 옮기는
집 정리 몽타주 위로.

정수민(E) (감정) 오빠가 나한테 핸드폰 던졌을 때, 그날부터 배가 아프더니...
많이 무서웠어. 어떻게 해야 좋을지도 몰랐고.
어머니 실망하실까 봐 말도 못 했어.

민환, 살짝 맘 안 좋아서 수민이 방 서랍장에 옷 개켜 넣고 있는 모습
본다.
그러다가 (중고나라에서 구매한) 초음파사진 발견한 수민이 사진 한
번 쓸고 서랍장 깊숙이 넣으면 잠깐 애틋하고 미안한 느낌이었다가..

박민환 (어? 뭔가 이상한데) 야, 근데 너 가풍 펜션에서도 장군이 때문에 한우
먹고 싶다고 했잖아! 그땐 애 없을 때 아냐?
정수민 오빠도 집 있다고 했는데 없는 거 아냐?

수민환의 시선 아무렇지도 않게, 하지만 막상막하의 막장 킹퀸으로
부딪친다.

씬35. 해영빌라_민환본가 앞(낮)

수민에게 진 민환 걸어 나오며 짜증스럽게 핸드폰 꺼내 상종에게 문자
[박민환 : 야, 저거 만만치가 않아! 짜증 나 죽겠다! 포장마차 한잔 고!]

씬36. 해영빌라_민환본가 거실(낮)

정리 안 된 집 안을 둘러보면서 불안.. 초조.. 입술만 깨물다가 핸드폰

꺼내서,
수민이 경욱의 번호를 찾아 문자 찍어 보내는 데까지.

씬37. 16층 사무실(낮->밤)

[수민번호 : 오빠, 어떻게 지내세요? 전 이제 발리에서 돌아와 시댁으로 들어왔어요.]

[수민번호 : 이러면 안 되는 거 알지만 오빠 생각이 났어요. 감사했었습니다.]

[수민번호 : 죄송해요...]

경욱, 울먹울먹 문자를 보다가 눈 찡해져서 울음 참는다.
뭔지는 몰라도 그 모습 거북스럽게 보던 희연,
업무 통화하느라 정신없는 지원 보고 안쓰럽..
그러는데 자리에서 나온 지혁,
자기도 모르게 지원 보다가 그 시선 희연에게 걸리고 아닌 척 밖으로
나간다.

김경욱   (얼른) 퇴근하세요? 조심히 들어가십쇼!!

다들 인사하면 지원도 일어나서 인사하고 앉지만
지혁이 나가기 직전 역시 자기도 모르게 뒷모습 한 번 더 보는 표정에서.

CUT TO. 밤
아무도 없는(3팀 쪽에 한두 명?) 사무실, 부분조명.
지원의 책상 위, 낮에 비해 자료들 훨씬 더 쌓여있고 먹은 코피코 껍
질 즐비해 어지럽다. 그런데도 힘들어 코피코 하나 더 까먹고 기지개
를 쭉 펴는데.

유희연   은인니임~~~ (등장 자체를 책상 아래에서 쓰윽!)

강지원	아이고 깜짝이야!! (그래도 희연 때문에 웃는) 아까 퇴근한 거 아니었어?
유희연	(편의점 봉투 흔들며) 은인님 생각나서...

씬38. 탕비실(밤)

유희연	지난 크리스마스 때 이후로 저도 건강하게 먹으려고 노력 중이거든요. (연어칩 뜯으며) 이거 단백질 함량 많은데 바삭바삭!! 요즘 제 최애예요.
강지원	(까놓은 연어칩 집어 먹으면) 오, 맛있네. (하나 더 먹으며) 근데 이거 왠지...
유희연	(눈치 보다가 반갑) 뭔가 생각나시쥬?? (맥주 짜잔!) 사실 이게 안주로 짱이거든요!!
강지원	(지쳤지만 웃으며) 완벽해!

희연, 지원이 맥주 따서 시원하게 들이켜는 모습 보다가.

유희연	사실... 이거 전부 다 오빠가 사줬어요. 은인님 필요할 거라고.
강지원	(풉!) 어?...

씬39. 주차장(밤)

지혁, 차에 기대 있다가 한숨 한 번 내쉬고 올라탄다.

씬40. 탕비실(밤)

유희연	지금 유지혁 씨가 안 어울리게 머뭇거리면서 눈치 보는 거... 유라 언니 때문이에요?

강지원   으응? 아... (어떻게 말해야 하나)

유희연   (맞구나!!) 요즘 할아버지 집에 드나들더라고요.
          근데요 은인님, 오빠가 파혼한 게 은인님 때문이든 아니면 지가 정신
          을 차린 거든 전 찬성이에요. 오빠가 약혼한 거... 사실은 저 때문이니
          까. 저한테 단단하게 디딜 수 있는 땅 같은 가족을 만들자고 했거든요.

씬41. 지혁의 차 안(밤)

          달리고 있는 지혁, 생각 많은 얼굴 위로.

유희연(E) 원래 오빠는 연애에 관심이 없었어요. 아니, 그냥 감정이 없다고 해야
          하나... 뭐든 꾹꾹 누르기만 하고 표현하지를 않아요. 로봇도 아니면서.

씬42. 지혁본가_정원(밤)

          지혁, 계단 올라오는데 한일과 함께 이야기하며 내려오던 유라와 딱
          마주친다.
          살짝 구겨지는 지혁의 표정에서.

유희연(E) 그래서 전 아직도 익숙하지 않아요.
          요즘 오빠 상태요... 되게 달라요. 글구...

유지혁   (한일에게 꾸벅 인사하고) 다녀왔습니다.
          유라는 이제 제가 에스코트할까요?

          CUT TO. 정원 일각

유지혁   뭐 하자는 거야?

오유라	계속 말하고 싶었는데 너 되게 변했어.
	그냥 안경 벗고 옷 센스만 좋아진 게 아냐. 남자 같아졌어.
유지혁	(빡...)
오유라	할아버님 뵈러 온 거야. 너하고 어찌 되었든 할아버님과 내 관계는 여전하니까.
유지혁	그것 참 신기하네. 갑자기 할아버지와 관계가 좋아졌어. 2월 7일에 귀국해서 9일, 12일, 13일... 5년 넘는 약혼 기간 중엔 없던 일인데.
오유라	이런 거. 세상 아무것도 관심 없고 일만 하던 도련님이 치밀해졌거든. 그 여자 때문이야?
유지혁	파혼하자는 거 받아들인 거 아니었어?
오유라	여자 있다는 소리를 듣기 전이지, 그건.

지혁 위기감 느끼고, 유라는 씩 웃는 데서.

유희연(E)	오유라는요... 말짱해 보이지만 세상에 다시 없을 도라이예요.

CUT TO.
유라 보낸 지혁, 혼자 천천히 걷는 지친 얼굴에서 연결.

씬43. 요가실_회상(낮)

명상과 요가를 할 수 있는 장소에 햇빛이 가득 쏟아지고,
유라가 능숙하고 아름다운 동작으로 움직인다.
<자막 : 2017년>
뚜벅뚜벅 구두를 신은 채로 들어오는 유지혁,
유라가 태연하게 자세 풀면.

유지혁	나가요.

멀리서 지키고 있던 유라의 경호원+남비서 인사하고 나가 문 완전히 닫힌 후,

들고 있던 파일 던지면 그 안에서 다친 여자의 사진과 치료 사진, 병원 서류 보이고.

(병원 서류의 날짜 2017년)

유지혁 언제까지 이럴 거야. 나하고 아무 사이도 아니라는 걸 알잖아!
오유라 네가 관심 없는 거지. 얘는 악수하는 표정이 달라.
        너랑 둘이 있으면 옷 벗겠던데?
유지혁 (진절머리 말 안 통한 게 한두 번이 아니다)

유라 일어나서 지혁에게 다가간다.

오유라 난 너 재미없어. 교과서 같은 인생 따분해. 근데 이런 표정일 땐 좀 귀엽단 말이지. 기억이 잘 안 나는데 어렸을 때 개미 밟아 죽이면 우는 타입이었나?

유라가 뺨 쓰다듬으려 하면 지혁이 그 손목 잡는데.

오유라 걔 잘못이야. 내 걸 왜 탐내? 나 누가 내 거에 손대는 거 싫어해.

흔들리는 지혁의 눈빛과 확신에 차 있는 유라의 눈빛에서.

씬44. 탕비실(밤)

강지원 그만해.

지원, 복잡한 얼굴로 희연 본다.

강지원	(일어나서 정리하며) 그런 얘기 듣고 싶지 않아.
유희연	은인님!
강지원	부장님 좋은 분인 거 알아. 그냥 난... (중얼) 정수민이랑 같은 사람은 될 수 없는 거야. (나가려는데)
유희연	저 오빠 친동생 아니에요!!

놀란 지원, 그대로 멈췄다가 돌아보면.

유희연	오빠 나하고 우리 엄마 때문에 엄청 상처받았어요. 그러니까 자기가 바람 같은 걸 필 수가 없다고요.

씬45. 지혁본가_거실(밤)

유라를 보낸 지혁 지쳐서 들어오는데,
파주댁이 새로 따라주는 차를 마시던 한일.

유한일	다시 봐도 유라는 괜찮은 아이야.
유지혁	파혼했는데 좋은 맘으로 뵈러 오는 거라고 생각하시는 건 아니죠?
유한일	그래서 괜찮다는 거다.
유지혁	(움찔)
유한일	U&K의 안주인이 될 만큼 욕심이 있지. 제 것에 대한 집착이 있는 애가 좋아. 남자는 여자를 잘 만나야 된다. 제 가정을 지키려면 독기도 필요하거든.
유지혁	네에, 그 말씀 하셨어요. 그래서 괜찮을 거라고 생각했죠.

지혁, 올라가려다가 문득.

유지혁	어머니 살아계실 때, 아버지가 차 여사를 만나는 건 어떠셨어요?

차 여사는 어머니보다 욕심, 독기... 이런 게 있는 편이셨나요?

유한일 (멈칫했다가 차 다시 마시고)

유지혁 (소파에 와 앉는다) 있는 편이시죠. (금란을 싫어하는 건 아니다. 그래서 말을 신중하게 골라) 전 차 여사가 좋았어요. 어린 맘에 늘 편찮으시던 어머니보다 더 의지했으니까. 나중에 희연이와 제 나이 차이가 5살밖에 나지 않는 건 이상하다는 걸 알 때까지요. 그리고 나서는 희연이도 불쌍하고... (나도...)

유한일 (표정)

유지혁 그래서 유라와 약혼하고 정말 못 견디겠다는 기분이 들었을 때도 참았어요.
절대로 아버지 같은 사람은 되지 않으려고 했어요.
그래도 되는 게 아니라는 사실을 안 건 끝까지 가봤을 땝니다. 그런데...

지혁, 고통으로 얼굴 가린다.
지원과 문제가 생긴 지금 이 상황이 너무나 힘들고 정리가 되지 않는다.

유지혁 제가... 어떻게 했어야 하는 걸까요. 너무 어려워요.

빗소리 들리기 시작하고.

씬46. U&K 본사 앞(밤)

지원 나오는데 비가 내리고 있다. 떨어지는 비 사이로 손을 내밀며.

강지원 어떡하지...

FLASH CUT. 5부 3씬 유지혁 "우리 엄마는 15년 전에 돌아가셨어요. 그러고 나서 새엄마가 생기고 동생도 생겼는데... 좋은 사람인데 기분이 이상해... 엄청 싫어."

강지원　기억나 버렸다.

씬47. 지혁본가_지혁 방(밤)

비가 오는데 지혁, 창밖 보고 있는 모습에서.

씬48. 스위트룸(밤)

유라, 야경을 보면서 와인 잔을 스월링. (테이블 위에 수민환 사진)

오유라　이 둘(수민과 민환)은 현재 여자 친구의 절친과 바람난 나쁜 놈, 절친
　　　　의 남자 친구와 결혼한 나쁜 년이다? 유지혁이 누군지 모르니까?
남비서　네.
오유라　멍청이들이네... 알려주고 어떻게 되는지 볼까?

유라, 천사처럼 웃는 데서.

씬49. 해영빌라_민환본가(낮)

수민, 엉망진창인 거실과 주방 본다.
민환, 철중 출근하면서 벗어 던진 추리닝은 뱀이 허물을 벗어놓은 듯
사람이 빠져나온 흔적 그대로 남아있고. 리모컨 위에 널브러진 속옷.
아침에 쓰고 소파 위에 던져놓은 수건. 거실 테이블 위에는 어제 먹다
그냥 둔 듯한 말라붙은 과일 그릇과 옆에는 이쑤시개. 바닥에 흐트러

진 과자 부스러기와 봉지, 식탁에는 아침 반쯤 먹다 만 그릇과 김치찌
개 국물 흘린 자국들이 그대로.
고개 돌려 수민환 방을 보면 거기는 거기대로 민환이 옷 고른 흔적+자
고 일어나 정리하지 않은 침구.

김자옥　(외출 준비한 채 안방 문 열고 나오며) 오늘 빨래 돌려야 돼. 빨래바구
　　　　니에 있는 것만 하지 말고 장롱 정리하면서 지난 것도 싹 해라.
정수민　(황당) 저 혼자요? 어디 가세요?
김자옥　내가 여성회관 간사잖니. 오찬 모임이 있어. ....아, 맞다!!

자옥, 클래식 튼다.

김자옥　혼자 있으니 편하게 들으면서 쉬엄쉬엄해.
　　　　아유, 진짜 호강하네. 복 터져 갖구...

자옥, 수민의 배 통통 두드리며 '하무이 나갔다 오께요 장군이~~' 하고
나가면.

CUT TO.
수민, 설거지.

CUT TO.
빨래바구니 엎어서 더러운 색깔 빨래 구분하다가 짜증 올라오기 시작.

CUT TO.
장롱에 누런 이불 꺼내려다가 우르르 쏟아지는 이불에 깔리고 짜증
폭발!!

정수민　이게 맞아?!?!?!?!

하는데 떙동--- 하고 벨 소리 들리면 돌아보는 데서,

CUT TO.
수민 흐트러진 지원혁, 한일 사진과 주주명단 아연해서 보고 있다.
(사진 온 봉투 위에 [From your friend]라고 쓰여 있기/인서트만)

정수민   이게 뭐야... 설마 그럼 진짜...

FLASH CUT. 1부 69씬 강지원 "나 쓰레기 버려야 하는데 네가 좀 해줄래?"

FLASH CUT. 11부 50씬 강지원 "내가 버린 쓰레기, 알뜰살뜰 주운 거 축하해."

정수민   나한테 박민환을 버리고 돈 많은 남자로 갈아탄 거야??

수민, 뭘 하려고 했지만 아직도 엉망진창인 집 안 둘러본다. 어질어질.

정수민   아니야... 아니야... 내가 뺏은 거야. 내가... 내가... 아아아악!!

수민, 순간의 분을 이기지 못하고 소리 지르며 사진과 주주명단 확 쓸 어버리는데,
옆에 두었던 그릇 날아가서 바닥에 세워두었던 수민환 결혼사진에 꽂 히고.

씬50. 해영빌라_민환본가 거실(밤)

민환, 깨진 결혼사진 등 엉망진창인 거실 어이없이 보고 있다.

박민환	집이 왜 이래?!

김자옥	왜 나한테 물어?? 니 마누라가 지금 집 다 때려 부수고 문 잠그고 들어 가서 안 나오는데!

한숨+피곤해서 문 앞으로 가서 문고리 돌리고 노크하면서.

박민환	오빠 힘들게 일하고 들어왔는데 너 뭐 하냐아...
	(나름 달래려고) 문 열어봐. 오빠랑 얘기해.

문 열리면 불도 안 켜고 있던 수민, 무섭도록 가라앉아 있는 표정.

씬51. 해영빌라_민환본가 방(밤)

수민이 받았던 사진들 민환이 보고 있다. (정리 안 된 박스 그대로)

박민환	(한숨) 와... 진짜 키만 멀대 같은 쪼다 새끼가 탯줄 잘 타고 태어나서...
	와... 진짜 엄마아빠는 노력 안 하고 뭐 이렇게 거지같이... 내 팔자야...
	내가 진짜 쪼끔만 서포트해 주면 훨훨 날 수 있는 사람이거든.

정수민	(기가 찬) 지금 유지혁 부러워하는 거야?
	강지원이 너 나한테 버린 거라니까?

박민환	아 씨! 그래서 이제 와서 뭐 어쩌라고!!

정수민	와... 내가 그냥 쓰레기를 주운 게 아니네. 자존심도 없는 쓰레기를 주 웠어.

박민환	하? 진짜 이게 보자보자 하니까...

정수민	자존심만 없는 게 아니라 대가리도 없어. 너 빚 다 갚았어?

박민환	(놀라 엄마 눈치+입 막으려) 야야! 엄마 들어어!!

정수민	(뿌리치고) 얼마 남았는데? 1억이면 돼?

박민환	(어?)

정수민 위자료는 받아야 할 거 아냐. 왜 걔만 좋은 걸 다 가져??

박민환 와 씨, 정신세계... 얘가 주겠냐?

정수민 주게 만들어야지. 난 강지원의 모든 걸 알고 있거든.
　　　　　걔가 모르는 것까지도.

씬52. 해영빌라_부엌 구석(낮)

수민, 쪼그리고 앉아서 핸드폰 액정 껐다 켰다 하다가 통화버튼 누른다.
저장되지 않은 번호로 통화 연결되면.

배희숙(F) 하이고 이게 누고? 잘 지냈나. 진짜... 오랜...(만)

정수민 (말 끊) 요즘 돈 때문에 힘들다면서요?

위험한 수민의 눈빛에서.

씬53. U&K 본사 1층 엘리베이터 홀(낮)

INSERT. U&K 본사 전경

출근한 사람들 쭉 줄 서 있는 와중에 지원과 희연 포함.
엘리베이터 문 열리면 그 안에는 지혁, 석준 외 몇 명.
줄 선 대로 올라타는데 지원과 희연 딱 앞에서 줄 끊기는 바람에 못 타고.
지원과 지혁이 눈 할 말 많지만 할 수 없어 이색하게 마주친다.
그 상태로 엘리베이터 문 닫히면.

유희연 (눈치) 저... 오늘 퇴근하고 한잔하실래요?

강지원 (그냥 아니다, 괜찮다, 의 의미로 웃는 데서)

씬54. 엘리베이터 안(낮)

이석준   (눈치) 오늘 끝나고 한잔하시겠습니까. (사람들 있으니까 존대)

유지혁   ...제가 아는 곳으로 가면요.

씬55. 레스토랑 베르테르 분당점(밤)

지혁과 석준, 들어가다가 자기가 늘 마시던 그 자리에서 희연 발견한다. (이미 술 취한 상태+엎드려)

백은호(OFF)   남매 두 분이 다 단골이어서 좋네요. (진짜 좋다는 뜻 아님. 사복 차림.)
(석준 발견) 못 보던 분도 계시는군요. 안녕하세요.

이석준   (묵례)

유지혁   ...일 끝났어요?

백은호   (희연 가리키며) 나하고 약속이었거든요.
잠깐 기다리라고 했더니 취해버렸어요. (다가가서 톡톡) 유희연 씨??

유희연   예스! 쉐프!! (홀쩍) 우짜죠. 은인님이 나한테 정 떨어졌어요.

백은호   (지혁 눈치 슬쩍 보고 앞에 앉아) 그렇지 않다니까.

유희연   오빠도 내가 싫을 거야. 나 때문에 약혼했는데 그래서 두 사람이 안 되는 게 말이 돼요?? 사실 난 처음 만들어질 때부터 타이밍이 안 좋... 읍!! (석준이 옆자리로 가 입 막았다/바둥바둥)

유지혁   애 여기 자주 와요?

백은호   얼마 전부터요. (석준에게) 놔주세요. 이미 다 들었으니까. (지혁에게) 그쪽이 약혼자 있는데 지원이를 좋아했고, 그래서 헤어졌다면서요. 약혼한 거 자체가 자기한테 탄탄한 가족을 만들어주고 싶었던 거라며 자책하고 있어요.

유지혁   (보면)

백은호 네, 이복동생인 거 압니다. U&K 오너 일가인 것도.

석준, 희연 봐주고 일어서면
지혁, 한숨 쉬며 비어있는 옆 테이블 밀어 희연 좌석 옆에 붙이고 의자
갖다가 멀찌감치/희연 대각선 한 칸 띄우고/ 앉는다. (석준이 의자 가
지고 오고)

백은호 화 안 내는군요.
유지혁 이미 다 얘기해 버렸다는데 왜 화를 내요. 바꿀 수도 없는데.
이석준 (지혁 앞자리/희연과 한 칸 띄고 앉으며) 원래 사람은 앞으로 올 일이
아니라 지나가서 바꿀 수 없는 일 때문에 화가 나긴 하지.
유지혁 (느낌 있는데)
유희연 난 왜 태어났을까요... (훌쩍) 오빠, 미안해...

사이사이 둔 채 멀지도 가깝지도 않게 앉은 네 사람.
서로 술잔 채워주고, (지혁은 따로 탄산수 주문해도)
바텐더 불러 안주 챙기고, 희연이 먹고 있던 술 뭔가 보고.
세 사람의 브로맨스 생기는 느낌 위로.

강지원(E) 우리는 왜 태어났을까요...
왜... 지나가서 바꿀 수 없는 일 때문에 이렇게 힘들까요.

씬56. 지원 새집 거실(밤)

소파에서 책+서류 보다 깜빡 잠들었던 지원, 악몽 꾸듯이 뒤척이는 위로.

정수민(E) 나 이겨 먹으니까 좋아? (8부 14씬)
정수민(E) 우리, 반쪽이잖아. 이렇게 끝낼 수 있는 사이 아니잖아. (8부 30씬)

숨 몰아쉬며 뒤척대다 핸드폰 진동 울리기 시작하면 눈 번쩍!!
울리는 핸드폰 보는데 그 순간 진동 멈추고.
불길한 예감에 천천히 손 뻗는 동안 문자가 띠릭 들어온다.
[모르는 번호 : 지원아, 통화가 안 되네. 어떻게 지내노. 우연히 니 소식을 듣게 됐다.
엄마다.]
지원, 눈동자 마구 흔들리며 핸드폰 떨어뜨리는 데까지.

씬57. 서울 번화가 일각 커피숍(낮)

INSERT. 주말 서울 번화가 느낌의 거리

지원, 창가에 앉아서 물 한 모금 마신다.
떨고 있는 느낌은 아니고 살짝 불안하기는 하다가
창밖에서 지나가는 커플들, 모녀, 삼인 가족들 시야에 들어오면 유심
히 보는데.

배희숙(56세)   (떨리는 목소리) 지원아...
강지원   (자기도 모르게 벌떡!!)

CUT TO.
커피 앞에 놓고 앉은 희숙,
전형적인 엄마라기보다 요즘 MZ세대들의 엄마 느낌. 젊고, 관리했고,
잘 꾸몄다.
(부잣집 사모님 느낌은 아니고, 나쁘고 욕심 많은 느낌이라기보다 라
이트하게/배희숙은 심한 사투리 아니라 살짝 억양만 있습니다)

배희숙   (울음 참는) 잘 컸네. 정말, 잘 컸어. (절대 안 울 거야)
강지원   엄마는 여전히 예쁘네요. 우리 동네에서 제일 예뻤던 거, 기억나요.

배희숙 (피식) 이제는 늙었지 뭐. 세월 가는 거 어쩔 수 없더라.

니도 예쁘다. 내를 닮은 거 같아서 다행...

강지원 (표정)

배희숙 이제 와서 이야기지만 내 니네 아빠 많이 안 좋아했다.

강지원 (솔직하게 나오는 데서 의외)

배희숙 어렸고, 힘들었는데 내 마이 좋아해주는 남자니까 좋아할 수 있을 거라 생각했지. 그땐 다 그랬어. 그르케 결혼해따.

강지원 (표정)

배희숙 그래서 니도 안 이뻤다. (혼란) 아니, 이뻤지. 내 새낀데 와 안 이쁘노. 근데... 미안타. 엄마가 철이 없었다. 어른이 아니었는데 니를 낳아가. 그래도 마이 보고 싶었다.

강지원 그런데 왜 한 번도 안 찾아왔어요?

아빠는 그렇다 처도 나는 보러올 수 있잖아.

배희숙 찾아갔었다. 못 만나게 한 거지. 느그 아빠 니 얼마나 끔찍해하는지 모르나?

강지원 (몰랐다) 네? 아빠가요??

배희숙 니한테 좋은 아빤 거 안다. 착하지. 하지만 고집도 세고 막... 섬세한 사람은 아니었잖아. 엄마도 힘들었다. 지금 니 찾아온 것도, 아빠가 죽었다는 소리를 들으니까 용기 낼 수 있었던 거야.

강지원 (창밖을 보다가...) 아빠가 그런 건 몰랐어요. 맞아요. 아빠가... 완벽한 사람은 아니었죠. 있는 힘을 다해 날 사랑해줬는데도 엄마가 필요했으니까.

배희숙 (표정)

강지원 엄마가 없어서 난 늘 사랑이 고팠어요. 혼자인 거 같았거든요.

아니, 혼자였거든요. 그래서...

FLASH CUT. 7씬 지원이 수민을 바라보는 모습 위로

강지원(E) "잘못된 사람에게 애착을 가졌어요."

FLASH CUT. 3부 15씬 민환이 이마 퉁퉁 두드리면 기분 어정쩡하게 웃는 위로

강지원(E) "내 감정을 제대로 표현하지 못했어요."

강지원 아니, 내 감정도 잘 몰랐어요.

배희숙 (눈물 글썽글썽) 미안타. 다 엄마 때문이다. 엄마가 모자라서 니를 힘들게 했다. 우째 보상해야 하노… 우째 보상해야 하노… (감정 과잉은 아니고)

지원이 마치 희숙의 진의를 보고 싶은 듯 가만히 보는 데서.

씬58. 커피숍 앞(낮)

지원과 희숙 같이 나온다.
지원이 덤덤하게 인사하고 돌아서면,
그 뒤로 희숙 뭔가 말하고 싶은 듯 계속 머뭇거리는데.

강지원 (멈춰 서서 돌아선다) 엄마, 내일 뭐 하세요?

배희숙 으응?

강지원 시간 괜찮으시면 저하고 데이트하실래요?

씬59. 모녀 데이트 몽타주(낮)

#거리 일각
희숙 기다리고 있으면 차 끌고 와서 엄마 태우는 지원

#차 안

살짝 어색하게 대화 나누는 모녀

#스티커 사진기 안

스티커 사진 찍는 컷컷, 처음에는 어색하다가 점점 둘 다 신나고

씬60. 백화점 앞(밤)

희숙, 쇼핑백 잔뜩 들고 걸으면서 기분 좋다.

강지원 좋으세요?

배희숙 하모 좋지이... 딸 잘 둬서 이런 호강도 해보고.
   재벌 남자 만나는 딸은 역시 배포가 뭐가 달라도 다... (하다가 말실수
   했다!)

강지원 (태연/이미 알고 있는 느낌으로) 역시 그래서였구나. 그쵸, 뭐.
   좋은 대학 들어가도 대기업 합격해도 연락 안 왔었는데.

배희숙 아, 아니... 지원아, 방금 내 말은...

강지원 지혁 씨 얘기하는 거라면 안 사귀어요. 헤어졌어요.

배희숙 뭐어? 도대체 왜?? 아니, 니 지금 엄마한테 거짓말하는 거지?? 왜 그랬노??

강지원 (웃는다) 왜냐니? 엄만 왜 도망갔는데요?

배희숙 (빡)

강지원 이상하다고 생각했지. 그래도 혹시나... 혹시나 그 맘을 못 버렸어, 멍
   청하게.
   정수민한테 들었어요? ...아냐. 대답 필요 없어요.

배희숙 다 알고 있었나? 그럼 왜 이런... (들고 있는 쇼핑백 본다)

강지원 (쓸쓸하다) 한번 해보고 싶어서.
   엄마하고 데이트, 사랑받는 딸, 효도, 행복한 모녀... 그런 거 해보고
   싶어서.

배희숙 (표정)

강지원   해봤으니 됐어요. 조심히 내려가세요. (희숙 한 번 눈에 담고서 돌아서는데)

희숙, 여기서부터는 좋은 엄마인 척 가면 벗어던진다.

배희숙   (붙잡는) 그, 그럼... 니 돈 좀 있나.
           좋은 대학 나와가 일류기업 다니면 1억 정도는 있제...

강지원   (상처+질림)

배희숙   내 다시는 연락 안 한다. 내라고 버리고 간 딸 찾아오고 싶었겠나.
           니가 이해해야지 누가 또 엄마를 이해해주노.

강지원   (기가 찬) 나 돈 없어요. 엄마도 없고요.
           전에도 없었고, 앞으로도 없을 거예요. 엄마로 사는 것보다 여자로 사는 걸 택했으니 쭉 그렇게 사세요. 욕심부리지 말고.

지원, 돌아서서 또각또각 멀어지는 표정과 그 등 뒤로.

배희숙   (표정 일그러지며) 못된 년...

씬61. 호텔 마사지샵(밤)

유니폼 입은 직원에게 격식 있게 케어받고 있는 유라.
노크 소리 들리고 들어온 남비서가 귀에 뭔가 속삭이면. (희숙 건)

오유라   (살짝 짜증+귀찮음으로 일어나며) 그 수준이니 그러고 살겠지. (타월 팍 살짝 앙칼지게) 하여튼 직접 나서지 않으면 일이 제대로 되는 법이 없어.

성질부렸지만, 물러나 있는 직원과 눈 마주치면 아직까지는 웃으며

'미안' 느낌으로 손짓할 수 있는 여유+타고난 매너는 있다.

씬62. 해영빌라_민환본가 주차장(밤)

민환, 차 빼자마자 문자 와서 확인해 보면.
[유상종 : 야, 나 오늘 장모님 생신이다. 큰일 날 뻔! 못 나감. ㅂㅂ~~]
헐? 하고 민환 바로 통화버튼 누르는데 상종이 거절

박민환   아 씨!! 되는 일 (없!!)!!! (빡! 어우!!) 진짜 다 맘에 안 드네.

민환, 도로 차 넣으려 후진하다가 멈칫.
집 한 번 올려다보고.. 들어가기 싫어.

박민환   여자들... 질려... (절레절레)

에잇!! 어디라도 가자 다시 기어 바꾸고 액셀 밟는데,
앞으로 가로막는 고급 세단. 사고 날 뻔?!?!

박민환   (홧김에 문 벌컥 열고 나가) 무슨 운전을 이따위로 해?
돈 처바른 차 타고 다니면 다야아아아아??

하는데 뒷좌석 창문 내려가면서,

오유라   (생긋 웃는다) 박민환 씨?

유라 예쁘다. 새삼 비싼 차도 눈에 들어오고.
급격한 관심으로 어엇? 싶어서 눈 깜빡깜빡하는 민환.

씬63. 거리 일각(밤)

지원, 서럽게 울면서 걸어간다.
지치고 힘들고 자꾸 발 헛짚다가 넘어져서 손으로 땅 짚고 눈물 뚝뚝
인데.

유지혁(E) 매트에 올라갔을 때는요.
내 상처도 상대의 상처도 확인하면 안 돼요.
두 가지만 생각하는 거예요.
나는 싸우기로 했다- 이길 것이다-

고개 드는 표정에서 연결.

씬64. 한국대 유도장 근처길(밤)

지원이 옷 여미고 유도장으로 올라가는 중

씬65. 한국대 유도장 복도 쪽 문(밤)

문 앞, 들어가려는데 안에서 소리 들리면 들어가지 말고 살짝 살펴보
는데.

씬66. 한국대 유도장(밤)

지혁과 동석이 한참 대련 중이다.
지혁이 동석을 배대뒤치기로 확 넘기고 또 누르는 식으로 절대적으로

지혁이 우세.

그러다가 갑자기 지혁, 지원이 복도 쪽에서 보고 있는 거 발견하고,

짧게 집중력이 산만해진 순간 동석에게 넘어가고 만다.

조동석   으아아아아아아아!! 넘겼다!!! 넘겼어!!! 오늘 처음으로 드디어!!!!

역쉬 국대상비군!!! 태권도!!! 싸랑있네에!!! 으어어어어어!!!

아이고오~~ 왜 하필 신우 자식 없는 날!! 이걸 봤어야 그 자식이 날 존경...

유지혁   (말뚝!) 그래, 너 이겼다. 이제 가. (빨리 보내려고)

조동석   (환호+세리머니 하다가) 어? 네? 저 집에 가요? 갑자기?

유지혁   응. 너 잘하네. 빨리 가.

조동석   아니, 뭐 이렇게 이긴 사람 서운하게 암치도 않아?

(생각) 너무 분해서 혼자 연습하려고 나 막 집에 보내는 거구나??

지혁이 문 쪽으로 고개 돌리면, 지원 놀라 쪽 들어가는데.

씬67. 한국대 유도장 앞(밤)

지원, 돌아 내려가는 중.

씬68. 한국대 유도장(밤)

..인 줄 알았지만 돌아온 지원, 운 기색이 역력한 얼굴.

지원혁, 잠깐 뗀뗀어색한 분위기로 서로를 보고 있다가.

유지혁   넘겨볼래요?

지원 고개 끄덕이고 다가가면 지혁 손 내밀고,

그 손 지원이 잡고. (여기서부터 옷 갈아입었다 치고 짠! 유도복)

#대련 몽타주
처음엔 둘 다 경직+불편.
지원이 알고 있는 모든 유도기술을 동원해 지혁 넘겨보려고 하는데
안 넘어가고.
그게 귀여워 지혁이 픽 웃으면 지원 권투로 배 가격하면서 분위기 풀
어지기 시작.
지원이 지혁 넘기고.
지혁이 누르고 있는데 지원 빠져나오려고 바둥바둥 대는 컷.
반대로 지원이 누르고 있으면 지혁은 가볍게 거의 들고 일어나다시피.
결국 땀에 젖고 옷 흐트러진 채로 대자로 눕기까지.

강지원   (숨 몰아쉬다가 일어나며) 감사합니다.

하는데 지혁, 지원의 손목 잡아당긴다.
지혁의 위로 넘어지는 지원,
지혁, 그대로 몸 돌려 키스하고 지원도 응하고 그대로 키스 깊어지지만,
밀어낸 지원이 도망치려고 하면.

유지혁   (잡아서) 강지원 씨가 도망가면 난 쫓아가서 못 잡아요. 가지마, 제발.
(뭔가 더 설명하고 싶지만 못하고 절실) …제발.

지원의 표정에서.

CUT TO. 유도장 앞
지원 울면서 뛰어나오는 데서 연결.

씬69. 수목장(낮→밤)

웃고 있는 현모의 사진과 11부 44씬에 지원혁 사진 걸어놓은 모습 아래에서
지원 엉엉 울고 있다.

강지원 아빠, 내가 어떻게 해야 해? 이제 똑똑하게 잘 할 수 있을 줄 알았는데... 난 그냥 멍충이인가 봐. 다 망쳤어. 내게 소중한 사람들도 다치게 하고... 어떻게 해야 할지 모르겠어. 미안해. 아빠, 바보 같아서 미안해. 행복해지려고 했는데 못 할 거 같아. 왜 이렇게 어렵지. 왜 난 다 어렵지...

CUT TO. 밤
지원 나무 앞에서 무릎 꿇은 채. 눈물은 그쳐있다.
일어나서 현모 사진 한 번 보고,
지혁과 찍은 사진 한 번 보고 돌아서서 걸어 나오는 위로.

강지원(E) 나는 늘 나쁜 패만 뽑았다.

씬70. 수목장 주차장(밤)

지원, 눈 한 번 비비고 (좀 부어있어서) 시동 건다.
기어 잘못 넣어서 후진할 뻔했다가 다시 기어 넣는 운전 미숙 와중에.

강지원(E) 생각해보면 당연하다. 요령 없고 서툰데 고집만 세고.

지원 차 나가고 나면 조금 떨어진 채 세워져 있던 검은 차 따라 나가고.
(여기서는 위협인 듯 보이지만 유라의 성향을 아는 지혁이 붙인 신우입니다.)

씬71. 지원 경차/덤프트럭(밤)

#지원 경차
지원 핸들 붙잡고 운전 열심인데.
하도 울어서 자꾸 눈 침침불편 비비게 된다.

강지원(E) 그냥 이런 생도 있는 거다.
유난히도 융통성이 없어서.
다들 그러고 살지 않아도 나는 안 되고...

#덤프트럭
사람 없는 거리 일각에 세워져 있는 덤프트럭,
(기사 얼굴은 보이지 않음/여기서는 정만식인 거 모르게)
핸드폰 울리기 시작하면 전화 받는다.

정만식 알겠어요. 3분... 이요.

서툰 느낌은 아니지만 프로 킬러도 아닌 느낌으로 손 여러 번 쥐었다
폈다 긴장 풀고,
시동 걸고 위협적으로 출발.

#지원 경차
위기 상황 모르고 운전하는 지원의 얼굴.

강지원 그럴 수 있다. 나는 그래도 괜찮다. 그런데...

지원이 잠깐 눈 비빌 때 달려오는 덤프트럭!
놀란 지원 대처 못 하고 그대로 얼어붙는데.

강지원(E) 그런데...

지원이 눈 감는 순간,
쾅--- 하면서 달려온 지혁의 세단이 지원의 경차 대신 덤프트럭에 받
힌다!
놀란 지원 그 안의 지혁 얼굴 보면서..

강지원(E) 이 사람은 어떻게 해야 할까?

fin.

13부

좋아해요. 좋아해요. 정말, 좋아해요.

그러니까... 미안해요.

씬1. 12부 62씬 해영빌라_민환본가 주차장(밤)

뒷좌석 창문 내려간 상태에서,

오유라   (생긋 웃는다) 박민환 씨?

유라 예쁘다. 새삼 비싼 차도 눈에 들어오고.
급격한 관심으로 어엇? 싶어서 눈 깜빡깜빡하는 민환.

씬2. 유라의 차 안(밤)

민환, 상석에 앉은 유라 힐끔거린다.
차 안의 고급스러운 느낌과 유라의 스타일링 보다가
룸미러를 통해 남비서와 눈이 마주치면 움찔!

오유라   실물이 훨씬 낫네요.
박민환   하하! 다들 제가 실물이 더 낫다고 하더라고요.
           (하다가 문득) ...근데 어디서 뵀던가요? 낯이 좀 익은 거 같기도 하고오~

오유라   본 적은 없고 중간에 걸친 관계는 좀 있어요.

강지원이 내 약혼자를 뺏어갔거든.

유지혁, 알죠? 내가 보낸 사진 봤을 거잖아.

박민환   (표정)

씬3. 해영빌라_민환본가 거실/고속버스터미널/차 안 분할화면(밤)

#분할화면(거실/고속버스터미널)

빨래 개던 중 전화 받아서 통화 중인 수민.

정수민   빡대가리예요? 돈 얘기를 바로 하면 어떻게 해요?

좋은 엄마인 척하다가 살살 긁어서 받아내야지!

배희숙   안 그랬겠어? 선을 딱 긋는데 어떻게 해?

얼굴에 대고 따박따박... 보통 아닌 년이야.

정수민   (빡!) 딱 잡아떼야지! 그 수준이니까 그 모양 그 꼴로 살지!!

하는데 전화 들어와서 보면 '민환 오빠'다. 희숙의 전화 확 끊어버리고.

#분할화면(거실/차 안)

박민환   너 유지혁 사진들 어디서 났어?

정수민   빨리도 묻는다. 알아서 뭐 하려고? 이 시간에 어디야?

박민환   봉투에 받았어? 봉투 위에 뭐라고 써 있는데?

정수민   ...그걸 오빠가 어떻게 알아?

씬4. 유라의 차 안(밤)

INSERT. 민환의 핸드폰으로 전송된 봉투 위의 'From your friend'

박민환   (핸드폰 끄면서) 차 세워요.
남비서   (룸미러 통해 유라 보면)
오유라   (표정)
박민환   (유라 위아래로) 부잣집 아가씨가 남자 뺏기고 열받으셨나 본데...
         요즘 새우들 머리 좋아요. 고래 싸움에 끼어들어봤자 등 터지는 거 알아.

씬5. 거리 일각(밤)

         유라 차 서면 내리는 민환, 미련 없이 손 인사 하고 걸어가는데.
         차에서 내린 유라 등 뒤에서.

오유라   너 같은 생각하는 인간들은 평생 새우로 사는 거야. 넌 특히 민물새우네.
         바다가 얼마나 넓은지 알아볼 생각도 안 하는 한 입 거리!

         뭐 이씨? 하고 민환 번개처럼 유라를 차에 밀어붙인다.
         남비서 튀어나오려고 하는데 눈으로 막는 유라.

오유라   그럼 평생 그렇게 살아.
         찌질찌질... 인생 왜 이렇게 지긋지긋하고 나는 되는 일이 없나 한탄
         하면서.
박민환   말조심해. 금수저 물고 태어난 주둥이라 새우 무서운 줄 모르나 본데...
         새우도 물면 피는 나. (새우는 안 뭅니다)

         바람 불어와 유라의 머리카락 민환의 손을 스치고,
         가로등에 비친 유라의 속눈썹, 반짝이는 귀걸이, 턱에서 목 라인.
         유라, 민환의 시선 느끼고 아주 살짝 입꼬리 올라간다.

오유라	(손 뻗어서 민환 턱 살짝 만지며/달래는) 물면 피 나는 정도가 아니라 고래를 때려잡는 새우가 되자는 거야.
	눈 한번 딱 감아서 인생이 바뀌는 게 강지원뿐이겠어?
박민환	왜 그런 기회가 나한테 오는데?
오유라	내가 화가 나서. 내 남자 꼬여낸 여자가 잘 먹고 잘사는 거 억울해.
	나 정도 되면 억울한 거 못 참거든.
박민환	(손 떼고 한 걸음 물러선다. 상황 살피는 표정)
오유라	나는 화 풀고, 운 좋으면 U&K도 손에 넣고.
	그쪽은 배신한 여자 벌주고, 월급으론 꿈도 꾸지 못할 인생으로 갈아 타고.
박민환	뭘 어떻게 하면 그렇게 돼?
오유라	(민환 뺨 톡톡) 그건... 새우가 단단히 맘먹고 오면 말해줄게요.

민환, 살짝 마음 복잡해져서 보고 있으면.
다가온 남비서 차 문 열어주고 유라 올라탄다.
돌아선 남비서 무표정하게 민환에게 명함을 내미는데.

INSERT. 남비서가 내민 명함, 아무 이름도 직함도 없이 덜렁 번호만.

그걸 보는 민환의 표정에서.

씬6. 16층 사무실(낮)

INSERT. U&K 본사 전경

민환, 탕비실에서 회의실 쪽 본다.
민환의 시선으로 지혁+마케팅1팀 회의 중. ('대체 쉐프' 관련 화면 떠 있고)

민환의 표정 지금까지와는 달리 진지+심각/흑화 시작

씬7. 엘리베이터 안(낮)

지원 통화하면서 혼자 탄다.

강지원 쉐프님이 미국 출장이시라고요? 아아... 물론 맞출 수 있습니다.
시간만 주시면 그때 대기하고 있을게요.

통화하면서 엘리베이터 문 닫히는데 아슬아슬하게 타는 민환, 문 닫히고.

강지원 (뭐지? 싶지만 통화해야) 아, 회사로요? 물론 가능합니다.
그런데 혹시 보내드린 기획안은 확인해 보셨을까요?

엘베 문 닫히자마자 지원의 핸드폰 확 밀쳐내고 벽으로 밀어붙이는 민환.
떨어져 나뒹구는 핸드폰.

강지원 뭐 하는 짓... (이야??)
박민환 이야~~ 너 생각보다 야망 있더라?
강지원 (보면)
박민환 유지혁 말야... 오너 일가인 거 어떻게 알고 갈아탈 궁리를 했어?
딱 보면 찌질찌질 티 하나도 안 나는데.
강지원 (어떻게 알았지? 싶지만) 너도 아는데 나야 예전에 알았지.
뭐든 내가 너보다 잘했잖아?
박민환 언제부터냐?
강지원 질린다, 진짜. (뿌리치려고 하지만 안 되고)

박민환 (쾅- 한 번 더 밀치며) 그 자식이 프러포즈한다고 나섰을 때만 해도 분명 짝사랑이었거든? 그러니까 그건 그 자식의 큰 그림인 거지. 회사 복지라고 했을 때 의심했어야 하는데... 거기서 눈 맞은 거 맞지? 그래서 상견례 때 그 난리 치고 회사에서 팬티쇼하고 사람 우습게 만들고... 흐음~~ 요건 딱딱 맞아떨어지는데... (사이/충분한 위험) 넌 도대체 언제부터 딴맘을 먹은 거야?

꼼짝할 수 없이 움켜쥔 힘에 위협을 느끼는 지원, 잠깐 무서워 움츠러들지만 이내.

강지원 진짜... (이 꽉 악물고) ...입냄새 나서 뭐라고 하는지 하나도 안 들리네!! (낭심 가격!!)
박민환 어억??!?!?!

방금까지의 위협이 무색하게 기절초풍할 고통!! 무참히 앞으로 고꾸라지는 민환.
그 순간 엘리베이터 1층에 도착해 문 열리면,

씬8. 1층 엘리베이터 홀(낮)

강지원 (바닥에 떨어진 핸드폰 주워들고) 딱딱 맞아떨어지려면 하나 더 넣어야지.
네가 정수민이랑 놀아난 거. 그게 지금 이 상황의 시작 아냐?
안 그랬으면 아무 일도 안 일어났을 테니.

아직도 끙끙대는 민환 두고 지원 걸어가 버리면,
남겨진 민환, 고통 속에서도 표정 사나워지면서.

박민환   저게... 진짜...

씬9. U&K 로비(밤)

부분 부분만 조명이 켜있는 밤늦은 시간의 로비.
퇴근하는 지원, 혼자 나가려는데 어디선가 탁- 하는 인기척 소리 들린다.
주변 돌아봐도 아무도 없으면 뭐지..

씬10. U&K 본사 앞 거리(밤)

지원, 지나가는데 길 한쪽에 주차되어 있던 12부의 차량 뒤따라간다.
(지원은 보지 못하고/여기서 신우와 민환의 차량 동시에 미행 중이지
만 신우 차량만 보입니다. 둘 다 보여도 무방)

씬11. 지원의 새집 앞(밤)

지원, 들어오는데 뭔가 이상한 기미 느끼고 휙 돌아보면.
쓱 지나가는 고양이(치즈태비 말고).
아 괜히 왜 긴장하지? 하고 머쓱해서 가는데.

조동석(OFF)   누님!!
강지원   악!! (깜짝 놀랐다가) 동석 씨, 여기에 왜... 무슨 일이에요?
조동석   (머리 긁적) 이거... 어제 유도장에 두고 가서서... (착장에 따라 장신구
          중 하나+치킨 봉지 건네주며) 이건 저 가게에서 튀긴 거예요. 드세요.
강지원   아... 잃어버린 줄 알았어요. (치킨 받아서) 고마워요.
조동석   (빤히 보다가) 형님이 유도 계속하시래요. 불편해하실 수 있으니까 제

번호 알려드리라고 했어요. (치킨집 명함 주며) 어, 그리고 고양이도
편하게 보러 오시래요. 형님 거의 집에 안 계신다고. 집 비번이...

강지원 (민망) 알아요...

조동석 (눈치 보다가) 형님 되게 좋은 사람이에요.

강지원 (쓸쓸) 그것도, 알아요...

CUT TO.

동석과 지원 이야기하는 모습 한쪽에 차 세운 민환이 보고 있다.
민환의 시선으로 동석이 건네준 치킨 봉투에서 연결.

FLASH CUT. 3부 2씬 조동석 "아 뜨거 프라이드치킨, 아 매워 양념치킨,
아 짜다 간장치킨 시키셨죠?"

박민환 뭐야... 시발(삐리리) 어쩐지 뭔가 이상하다 했더니...

FLASH CUT. 10부 35씬 조동석 "하여간 꼭 죽을똥 말똥해야 돈이 생
겨. 결혼 언제 하는데?"

박민환 강지원 저게 완전 선 씨게 넘었네??? 와... 나 너무 순진하게 살았네.
(흑화!!) 너... 내가 꼭 후회하게 만든다.

씬12. 격투기 도장(밤)

슈트경호원의 안내를 받은 민환이 문 열고 들어서면,
탁탁- 치는 소리에서 링 위, 편한 옷으로 갈아입은 유라가 남비서에게
펀치 날리는 중. (남비서는 미트 착용/유라는 장난 아니게 주먹 날리는)
낯선 분위기에 민환이 주변 살펴보는 표정에서,
민환의 시선으로 제대로 땀 흘리며 펀치 날리는 유라의 모습.

본 적 없는 여자 스타일이고 충분히 매력적인 느낌,

이게 지금부터 민환이 접할 수 있는 세상이라는 유혹.

남비서에게 타격 있을 정도로 제대로 된 주먹 날린 유라 숨 한 번 토해내고,

오유라 올라올래?

박민환 아? (방금 유라 주먹 쓴 거 봤다!) 난 폭력은 별로라...

오유라 재미없는데... 7년 사귄 여친의 절친하고 바람피울 수는 있어도 직접적으로 주먹 날리는 건 못하는 거야?

박민환 (살짝 빡치지만) 이 나이를 먹으면 되는 일 안 되는 일은 구분할 수 있어.

오유라 (절레절레) 아직도~ 아직도~ 앞으로 우리가 할 일은 배짱 없으면 못 할 일이야.

링 위의 유라, 링 아래의 민환 시선 마주친다.

도발적으로 내려다보는 유라의 표정에

욱한 민환 셔츠 벗어 던지고 링 위로 올라가며.

박민환 근데... 돈이 많든 훈련을 했든 남녀가 주먹을 다투면
남자가 유리한 거 아닌가?

하는데 보면 남비서가 글러브 끼고 있다?

오유라 이 바닥 생리를 모르네. 뭐, 천천히 배우면 돼. 아예 생각 같은 걸 하지 않는 것도 좋겠다. 어차피 틀릴 거니까. (글러브 던진다)

박민환 (글러브 받아 안은 채 본다)

오유라 계속 그러고 있을 거야? (남비서에게) 파이트!

남비서 (자세 잡는데 프로급인 데서)

씬13. 민환 타작 몽타주 컷(밤)

민환 나름 자세 잡았지만, 남비서 잽/훅/어퍼컷에 나가떨어지는 컷/
컷/컷!

씬14. 격투기 도장(밤)

휙 돌아서 날아차기 한 남비서의 발차기에 날아가서 대자로 뻗은 민환.
땀범벅에 힘들어 죽겠는 와중에 옆에 와서 놀리듯 쪼그리고 앉는 유라.

박민환   (안 죽었음/악으로/깡으로) 발차기... 있어?
오유라   이기는 데 규칙은 없어.
박민환   (자존심+오기+근성) 그럼... 진작... 말해야지.
오유라   (벗은 민환의 가슴골 쓰윽~ 쓰다듬고) 이제 좀 맘에 드네. 같이 일할
만해.

유라, 일어나 링의 가장자리로 간다.
(남비서 뒤에서 가방 2개 가지고 오는 중)

오유라   강지원 명의로 부동산이 있어. 건물, 땅, 아파트... 800억 정도?
박민환   (놀라 상체 일으키며) 뭐? 걔가? 말도 안 돼!
오유라   (의미심장한 표정에서)

씬15. 고급 바(밤)

지혁과 석준 바에 나란히 앉아서 술 마시는 중이다. (지혁은 탄산수)
석준 서류봉투 하나 밀어주며. (봉투1은 지원관련서류 2는 유라와 딜

칠 것)

이석준 (봉투1 주며) 오늘 세금정리까지 끝냈어. 이제 강지원 씨는 자기도 모르게 대한민국에서 손꼽히는 부동산 부자가 됐지. 이래도 되는 건가?

유지혁 (봉투 옆으로) 되죠.

이석준 (봉투2 주며) 심지어 이건 더 문제야.
내가 이걸 회장님께 보고 안 해도 되는지 모르겠어.

유지혁 내가 뭐든 할 수 있다고 말한 건 실장님이에요.

이석준 (표정.. 하지만 납득+걱정) ...도대체 뭘 하려고 하는 거야?

유지혁 (표정)

이석준 내가 네 검진결과를 관리하고 있는 게 아니면 곧 죽나 보다 생각했을 거야.
고양이는 그렇다 치고 강지원 씨 뒤까지 다 준비해 놓는 건...
뭐 해? 강지원 씨하고는 헤어진 거 아냐?

유지혁 뭐... 내가 그러고 싶어서 하는 거죠. 나중에, 아주 나중에라도 잘 살길 바라서. ...어차피 내 거는 아니었던 사람이고.

이석준 대단한 사랑이군.

유지혁 (피식)

이석준 이제 법적으로 완벽하게 강지원 씨 거라 언제라도 확인해보면 걸릴 건데...
문제 삼으면, 네가 해결해라.

유지혁 화가 나서 나한테 뛰어올까요? (씩 웃는다) 그것도 괜찮네.

이석준 여자들은 뒤에서 지켜만 주는 남자 안 좋아해. 적극적으로 나서야지.

유지혁 양주란 과장 승진 축하파티에 참석하는 것 정도가 적극적인 거예요?

이석준 (웃는) 난 전기실이나 인사과 회식에도 참석한 적 없어.
더 적극적이면 불법이잖아.

서로가 한심해 킥킥댄 두 남자(둘 다 멋진 슈트 차림일수록 한심함 UP)
지혁이 탄산수 병 기울이면, 거기에 석준이 쨍..

씬16. 격투기 도장(밤)

남비서 가방 딱딱 두 개 다 여는데 둘 다 5만 원권 가득 차 있다.
놀란 민환, 유라 보면.

오유라   이걸로 놀라면 안 되지. 강지원이 죽으면 가질 건 적어도 100배가 넘는데.
와이프랑 강지원이 되게 재미있는 사이라는 거 알아?
자매 같은 게 아니라 진짜 자매라고 할 수 있던데.

(이어지는 유라의 말은 정수민 아빠와 강지원 엄마가 동거인이라는 내용)
민환의 표정, 처음에는 주의 깊게 듣다가 점점 깨닫는 표정,
끝에는 이건 안 죽이는 사람이 바보라는 느낌으로 웃는 데까지.

씬17. 지원 새집 거실(밤)

지원이 샤워하고 나오다가
거실 테이블 위에 올려두었던 11씬에 받아온 물건 보고 멈칫.

FLASH CUT. 7부 56씬 유지혁 "나는 땅이 되고 싶었어요."

FLASH CUT. 9부 51씬 강지원 "지금은 되고 싶은 게 있잖아요."
유지혁 "없어요. 그건 될 수 없는 거였어."

FLASH CUT. 11부 11씬 유지혁 "이렇게 자꾸 보이면 안 되는데"

FLASH CUT. 12부 12씬 유지혁 "이건… 설명할게요. 할 수 있어."

FLASH CUT. 12부 68씬 유지혁 "강지원 씨가 도망가면 난 쫓아가서 못 잡아요. 가지마, 제발."

머리 아프고 괴롭다가 문득 현모의 사진 액자 눈에 들어오면..

강지원　아빠, 이제는 잘 할 수 있을 줄 알았는데... 어떻게 해야 좋을지 모르겠어.

울지 않으려 입술 꽉 깨무는 데서.

씬18. 해영빌라_민환본가 거실(밤)

띠띠띠- 민환 가방 한 개 들고 들어서면 수민과 자옥 싸우는 중이다.
(민환의 얼굴엔 멍도 있고, 습포도 붙였고)

김자옥　배운 게 아무리 없어도 색깔 빨래 따로 빠는 걸 몰라?
정수민　전 원래 이렇게 했어요. 맘에 안 드시면 직접 하세요.
김자옥　아니, 애가 점점... 애 가졌다고 오냐오냐 했더니...
정수민　오냐오냐? 하루 종일 밥하고 설거지하고 빨래했는데 오냐오냐 안 했으면, 아? 어제 시킨 대청소 또 시키셨겠네!!

하는 모습, 지금의 민환이 보기엔 너무 하찮다.

박민환　(수민에게) 야야, 그만해. (자옥에게) 엄마도 그만해. 내가 혼낼 테니까.
김자옥　어머? 니 뭐 하고 다니는 거야? 얼굴 왜 이래?

씬19. 해영빌라_민환본가 방(밤)

박민환 넌 그냥 잘못했습니다 하고 넘어가면 될 걸 엄마랑 싸우고 자빠졌어?

정수민 내가 뭘 잘못해? 하루 종일 집안일하고 잔소리 듣고 그놈의 태교 태교 태교!!

  고문이 따로 없어. 회사는 퇴근이라도 있지...

박민환 (관심 없다. 그냥 수민 빤히 보면)

정수민 진짜 얼굴은 왜 그래? 이제 어디서 맞고 다녀?

박민환 너 나 안 믿어? 나한테 말 안 한 게 한둘이 아니더라?

정수민 (찔림) ...무슨 소리야?

박민환 (옆에 앉아서 손잡고) 강지원 엄마 불러다가 돈 뜯어내려다 실패했다며?

정수민 (놀라) 그걸 오빠가 어떻게 알아?

박민환 바보야! 그 사진을 보내준 사람이 암시한 건 엄마를 찾아 구걸하라는 게 아니야. 누군가 나한테 돈을 주길 바라는 건 2류거든. 1류는 돈이 나에게 올 수밖에 없게 만들어야지! 강지원한테 800억이 있다는데...

정수민 뭐?? 잠깐, 누가 사진을 보냈는지 알아?

  (혼란) 아, 아니, 강지원이 어떻게 800억이 있어?

박민환 유지혁이 해줬단다. 이야~~ 진짜 어나더레벨 아니냐?

충격받은 수민, 주먹에 힘이 절로 들어가고 숨이 찬다.
어질어질한 수민의 시야 위로.

FLASH CUT. 11부 52씬 결혼식장에서 피해망상적 느낌으로 수민의 시선으로 지원과 지혁 앉아있는 모습(11부에 없는 씬/촬영 필요), 눈 마주치는 순간 지원 승리의 미소

박민환 우린 고맙지.

정수민 (과호흡 올 것 같다가 겨우 정신 차려서 보면)

박민환 걔가 죽으면 하나밖에 없는 가족인 엄마가 모든 것을 갖는 거잖아.

정수민 (실망) 걔 죽을 때까지 기다려? 아니, 죽으면 그 엄마가 우리한테 돈을 줘?

박민환 (수민이 덥석 안고) 수민아, 수민아, 가여워라. 오빠한테 말 못 한 게

왜 이렇게 많아. (도닥도닥) 얼마나 마음고생을 했을 거야.

정수민 (짜증으로 밀쳐내면)

박민환 (아랑곳하지 않고 오히려 귀엽) 너... 아빠 살아 계시다며?

모든 것을 깨닫는 수민의 위로 무슨 일인가 일어날지 기대감 넘치는
BGM에서,
와장창 깨지는 소리(E)!

씬20. 부산 정만식 도너츠 가게(낮)

INSERT. 사이즈는 제법 큰 2013년도 유행 도너츠 가게(미스터도넛,
도넛플랜트 등) '뉴욕도너츠팩토리' 허세 가득 미국 느낌의 전경

험상궂게 생긴 사채업자1,2,3. 가게 집기 다 부수고 도넛 먹다 퉤! 뱉고.

사채1 아니, 슨생님. 남의 돈을 빌렸으며는 갚아야 될 거 아입니까. 우리도 먹
고살 끼라고 아침부터 밤까지 이래 뭐 빠지게 뺑이 치는데 슨생님은 여
고상~하이 앉아가 사장님 소리 들어가매 배째라카면 우짜자는 건데?

정만식 (쩔쩔매고 비는) 아니, 이번 달 안에는 꼭 어떻게서든 만들어줄 테니까...

사채1 사람이 신뢰 관계를 형성하려면 승의 표시는 해야 한다 안 하요.
다도 안 바라. 딱 1억만 넣어주면 또 기다리뿌지 우리가...

정만식 아아니이...

사채1 사람은 신장 하나만 있으면 살아요. 간도 절반만 있으면 다시 자란다
카드만!

소스라치는 만식, 무릎 꿇고 싹싹 빌며 애원 시작.
사채1이 발로 차도 매달리고.. 수민, 가게 밖에서 그 모습 한심하게 보
고 있는데.

CUT TO. (시간 경과)

난장판 된 가게 안으로 딸랑(E) 하며 들어서는 수민.

바닥에 주저앉아 있던 만식, 사채들이 다시 돌아온 줄 알고 식겁해 놀라 보는데.

정만식   뭐고? 수미이 니 여는 우째 왔노?

수민, 짜증으로 대답하지 않고
문 앞의 'open' 표시 'closed'로 바꾸며.

정수민   아빠랑 같이 사는 그 아줌마 어딨어?
정만식   어, 어데... (하면서 자기도 모르게 박스 쌓여있는 쪽 보는데)

의미심장한 BGM과 함께
박스 뒤에서 머리 하나 조심스럽게 함께 솟아오르는데,
희숙이다!!

씬21. 호텔 복도(밤)

지혁, 폭풍처럼 워킹--

씬22. 스위트룸(밤)

떵똥-(E) 소리와 함께 도어홀 밖의 지혁.
남비서 확인하고 어떡하지? 하고 묻는 느낌으로 유라 보는 데서,

CUT TO.

스위트룸 거실, 유라 테이블에 앉아있고 지혁은 서 있고.
지혁, 테이블 위에 서류봉투 하나 던지고,
유라가 손 뻗어 봉투 잡으면 못 가지고 가게 누르며.

유지혁　클라우드항공과 켈리트투어가 U&K에서 완벽하게 독립할 수 있을 주
식양도증서야. 온전히 네가 지배권을 행사할 수 있도록.

오유라　(봉투 놓고 뒤로 기댄다) 난 또 뭔가 했더니. 세기의 사랑을 이루는 대
가라면 소소하고, 받고 떨어지라는 의미라면 시시한데.

유지혁　너 나한테 관심 없었어. 이건 앞으로도 그렇게 살라는 뜻이야.

오유라　(일어나서 다가간다) 네가 나한테 관심 없었지. 하지만 약혼을 깰 생
각도 안 했고. 우린 아마 적당한 때에 결혼식을 올리고 서로 무관심하
게 하고 싶은 거 하면서 잘 살았을 거야.

하는데 방 쪽에서 쿵— 하는 소리 들린다.
지혁, 소리 나는 방향 보고, 유라 한 번 보고 성큼성큼 걸어 방 쪽으로.
문 확 열어젖혔는데..
침실 방, 사람 없고 조용하다.
지혁의 시선 방에 붙어있는 욕실로.
그리고 다가가서 욕실 문 열어젖히지만 역시 비어있으면,

오유라　(뒤에서 놀림) 이런 거 좋다. 꼭 약혼녀한테 딴 남자 있을까 봐 질투하
는 남자 같잖아? 나 남자가 안절부절못하는 거 좋아해.

유지혁　해볼래?

오유라　(뭘?)

유지혁　네 말대로 나 너한테 관심 없었어. 그래서 교육 잘 받은 재벌 3세 경영
인 놀이 하는 것도 냅뒀던 거야. 근데 해볼까? 서로 약점 파내고 괴롭
혀서 안절부절못하게 만드는 거.

오유라　(표정)

유지혁　네가 할 수 있는 건 나도 할 수 있단 걸 잊지 마. 아니, 더 잘하지 않을까?

지혁과 유라의 표정 첨예하게 부딪치는 데서.
지혁, 뚜벅뚜벅 걸어 다시 테이블로 가서 봉투 집어든다.

유지혁　　지금 네가 뭘 하고 있든 받고, 멈춰.

유라, 천천히 다가가 봉투를 받아든다.

오유라　　왜 내가 뭔가를 할 거라고 생각하는지 모르겠다. 이런 말들... 좀 상처야. (봉투 내려놓는다) 이런 거 없어도 난 아무것도 안 해. 그냥 파혼을 받아들인 게 실수라는 걸 알았고, 다시 돌이키고 싶은 것뿐이야.

유지혁　　(표정)

오유라　　맘껏 놀아. 사랑은 언젠가 끝나. 그러면 그때 나한테 돌아와.

천사 같은 유라의 표정에서 연결.

CUT TO.
화가 난 건지 웃는 건지 애매한 유라의 표정에서
침대 아래에 숨었던 민환 기어 나온다.

박민환　　뭐야? 어떻게 되는 거야? 방금 유지혁이었지? 걸렸어? 우리 멈춰야 해?

오유라　　(웃는다) 클라우드항공과 켈리트투어가 시총 얼마짜리인지 알아?

박민환　　(당연히 모름)

오유라　　(민환에게 다가가서 침대에 밀친다) 둘이 합쳐서 4조쯤?

박민환　　(눈 휘둥그레. 상상도 안 가는 금액이야)

오유라　　그걸 그냥 던지네. 열받게.

유라, 민환의 위에 올라타 뺨을 감싼다.

오유라　　강지원을 꼭 죽여줘. 뒤는 다 봐줄게.

당신은 평생 먹고 놀 돈을 손에 넣고, 나는 유지혁을 손에 넣어야지.
그리고 나한테 이따위 제안을 던진 걸 후회하게 갚아줄 거야.

유라가 민환에게 입 맞추고, 어깨를 움직이면..
민환의 시선으로 화려한 스위트룸의 내부,
돈 냄새에 욕심 맥스로 올라오는 표정에서.

씬23. 호텔복도(밤)

지혁, 21씬의 그 복도 고스란히 돌아오면서,
들고 있던 서류봉투 찢어 움켜쥐고 통화버튼 누른다.

유지혁　실장님, 알아봐 주셔야 하는 게 있어요.

씬24. 부산 정만식 도너츠 가게(밤)

수민, 들고 온 007가방 꺼내놓고(절반만 차 있다) 열고.

정수민　1억 5천이야. 급한 것만 막고 필요한 데 써.
　　　　일 끝나면 빚 다 갚아주고 평생 놀고먹을 돈 문제 없이 처리해줄 거니까.
정만식　(저도 모르게 가방에 손 뻗는데) 이, 이 돈이 어데서 났노?
정수민　(가방 확 닫고) 내 돈이겠어? 해준 것도 없으면서!
　　　　잘 들어요. 이거 두 사람 정도는 쥐도 새도 모르게 묻을 수 있는 사람
　　　　이 관련되어 있으니까. 시키는 대로 하면 이렇게 거지같이 사는 인생
　　　　끝이고…
　　　　…아니면 다 같이 죽는 거야.
만식/희숙 (서로 눈치 보면)

정수민 할 수 있어 없어?!!

씬25. 부산 거리 일각(밤)

수민 살짝 불안한 표정(만식을 믿지 않음) 걷다가 전화한다. '민환 오빠'

씬26. 스위트룸(밤)

박민환 어... 어... (유라에게 손가락으로 동그라미) 잘했어. 내 얘긴 안 했지? (사이) 그치. 아직 결혼한 것도 모르는데 괜히 복잡하게 말할 필요 없어. 일 끝나면 다시 볼 사이도 아니고. (사이) 아유, 뭘 해야 하는지 초 단위로 적어주는데 못 하겠냐...

전화하는 민환의 뒷모습 여유롭게 보고 있는 유라.

박민환 이야기는 잘됐대. 진행해볼게.
오유라 응, 잘해. (다가가서 뽀뽀 쪽) 믿을게.

민환, 듬직하게 유라 머리 한 번 쓰다듬고 엄지척해 보이고 나간다.
손 흔들던 유라 바로 가서 와인 따르면,
이어 다시 문 열리는 소리와 함께 남비서 들어와.

오유라 개를 길들일 때는 말야... 까불면 세게 패고, 말 잘 들으면 보상을 해주는 거야. 그럼 머릿속에 뭐든 해내겠다는 맘밖에 안 생기거든. 근데 아직도 모르겠는 거 하나는... 남자들은 같이 자는 여자는 경계를 안 하더라? 왜 그래?
남비서 (표정) ...이번 주말이 강지원 부친의 기일입니다.

오유라   아아 그럼 그날을 디데이로 잡으면 되겠다. 아빠 보러 갈 거 아냐?

여유로운 유라의 표정에서.

씬27. 수목장 주차장(낮)

INSERT. 수목장 전경
지원의 차, 수목장 주차장으로 들어가고 있다.

씬28. 지혁의 집_거실(밤)

막 샤워를 마친 지혁(가운+머리는 젖고) 급하게 다가가
울리고 있는 핸드폰의 '이석준 실장님' 이름 확인하고 통화버튼 누른다.

이석준(F) 유라가 움직인 흔적은 없어. 하지만 우리 실수한 거 같아. 강지원 씨
모친이 차명으로 경기도에 있는 중장비업체에서 덤프트럭을 렌트했어.
유지혁   그게 왜...
이석준(F) 강지원 씨가 죽으면 네가 돌려놓은 부동산은 모두 그 모친에게로 가
니까.

여기까지는 생각 못 했다. 지혁, 충격.. 설마.. 그리고 깨달음으로.

유지혁   (이 악물) 그 덤프트럭 지금 어딨어요?
이석준(F) 관제시스템의 GPS에 따르면 현재 424번 도로로 이동 중.

지혁의 표정 바뀌면서 전화 끊고, 바로 '강지원'에게로 전화하면서 다
시 방으로.

씬29. 수목장 주차장 12부 70씬 포함(밤)

지원, 핸드폰 보는데(2014년 3월 1일) 배터리 나가서 꺼진다. (12부에 없는 장면)
그러면 옆에 내려놓고 눈 한 번 비비고 (좀 부어있어서) 시동 걸고.
기어 잘못 넣어서 후진할 뻔했다가 다시 기어 넣고 나가면,
조금 떨어진 채 세워져 있던 검은 차로 카메라 움직인다(없는 장면)
비로소 보이는 검은 차량 운전자는 신우, 문자로 보고 중.
[유지혁 형님 : 누님 지금 별담은 수목장에서 출발하십니다.]
차량 지원 따라 나가는 데에서 커브 돌자마자 펑- 하면서 차 멈추고.

김신우   (내리면서) 이거 뭐야?

하는데 핸드폰 바로 울리기 시작한다.

씬30. 수목장 주차장/지혁 집 거실 분할화면(밤)

유지혁   강지원 잡아! 운전 못 하게 해!!
김신우   네? 네에? 혀, 형님... 수목장을 나오자마자 차가 퍼졌어요.
          누, 누님은 출발...
유지혁   (표정)

신우, 차에 타서 시동 걸려고 하지만 안 되고.

김신우   여, 여기서 나가면 424번 도로인데요... 여보세요? (끊김) 여보세요??

씬31. 지혁의 집_거실(밤)

옷 갈아입은 지혁 폭풍처럼 거실 가로지르는 위로.

유지혁(E) 안개 속을 걷는 것처럼 불분명했던 일들이 선명해질 때가 있다.

씬32. 거리 일각(밤)

지혁의 차, 미친 듯한 스피드로 달리고 있다.

유지혁(E) 나는 무엇 때문에 이 시간으로 다시 돌아왔을까.

운전하고 있는 지혁의 얼굴 위로.

FLASH CUT. 7부 9씬 유지혁 "알았다면 지켜주기라도 했겠죠."

FLASH CUT. 7부 9씬 유지혁 "그러니까 기회가 있다면, 확실히 잡을 겁니다."

FLASH CUT. 4부 47씬 사고의 순간, 날아오르는 지혁의 차 위로
강지원 "일어날 일은 일어나요."

유지혁(E) 함께할 수 없다면, 나는 왜 돌아온 걸까.

씬33. 지혁의 차 안(밤)

지혁, '강지원'에게 핸드폰 연결한다.
흐트러진 옷 사이로 파란 하트 보이고, 통화연결이 사서함으로 넘어
가면,

유지혁   ...지금부터 이렇게 하게 될 줄은 몰랐던 말을 할 겁니다. 강지원 씨...
나는 2023년에 죽었습니다.

FLASH CUT. 4부 47씬 날아오르는 지혁의 차 위로
유지혁 "교통사고였어요. 그리고 눈을 떴을 때는 2013년이었죠."

FLASH CUT. 2부 3씬 지혁의 시점으로 막 뛰어간 지혁이 엘리베이터
를 잡고 지원의 얼굴을 다시 본 순간
"그리고 살아있는 강지원 씨를 만나고..."

FLASH CUT. 4부 22씬 한강변에서 지원이 지혁을 보면서 웃는 위로
유지혁 "처음으로 행복해질 것 같다는 착각을 하고..."

FLASH CUT. 6부 48씬에서 서로 알게 되었을 때
유지혁 "하지만, 나는 당신을 끝까지 지킬 수가 없어... 언제 죽을지 모
르니까."

FLASH CUT. 7부 28씬 사격하는 얼굴 위로
유지혁 "그래서 당신 손을 잡으면 안 된다고 생각했지만."

FLASH CUT. 10부 61씬 지원이 먼저 키스할 때
"잠깐이라도 함께할 수 있다는 유혹을 뿌리치지 못했어요."

FLASH CUT. 11부 26씬 돼지국밥 / 11부 27씬 바닷가 데이트 / 11부
40씬 지혁의 집 거실 딩굴딩굴 위로
유지혁 "좋아해요. 좋아해요. 정말, 좋아해요. 그러니까... 미안해요."

씬34. 거리 일각(밤)

지원의 경차가 무방비한 느낌으로 뿔뿔 지나가고,
반대 방향에서는 덤프트럭이 액셀을 밟고 있다.
덤프트럭에 탄 만식, 단단히 결심한 표정으로 핸들 꽉 움켜쥐고 있다
가 방향 틀고.

CUT TO.
놀라는 지원 표정.

CUT TO.
지혁 핸들 꽉 쥐고 액셀을 밟고.

유지혁(E) 이러기 위해 왔으니 지킬 수 없을 거라는 생각은 하지 않지만...

CUT TO.
충돌의 순간! 놀란 지원을 보는 지혁에서..

유지혁(E) 이렇게 빠를 줄 알았으면 손잡지 않았을 건데.

CUT TO.
덤프트럭과 충돌한 지혁의 차 멈춰 서고,
지혁의 차 덕에 충돌하지 않은 지원, 차에서 내리다가 다리 후들거려
비틀거리면서 지혁의 차로 다가가는 위로.

유지혁(E) 제발 자책하지 않았으면. 일어날 일이 일어난 것뿐이니까.

피 흘리고 쓰러진 지혁과 흐트러진 옷 사이로 보이는 파란 하트에서.

TITLE. 내 남편과 결혼해줘

씬35. 유일병원 응급실(밤)

INSERT. 유일병원 전경

의식 잃은 지혁 실은 이동식 베드 빠르게 응급수술실을 향해 움직인다.
반쯤 넋이 나가 옆에서 쫓아 뛰던 지원이 의료진들에게 막혀 멈춰 서고.
베드 열린 문 안으로 사라지면 혼자 덩그러니 남는 얼굴에서..

CUT TO.
앞 씬과 연결 느낌으로 같은 복도,
혼자 남은 지원 핸드폰 충전기에서 핸드폰 빼고 켜면
지혁이 남긴 메시지 들어온다.

유지혁(F) ...그러니 안 좋은 일들은 까맣게 잊고 좋은 것만 기억하며 넘치게 행복하길.
나는 강지원 씨의 한순간에 함께할 수 있다는 걸로 충분했어요.

지원, 울지 않으려고 입 틀어막는데..

씬36. 호텔 일반방(밤)

희숙, 안절부절못하고 방 안을 서성이고 있다.

배희숙 (핸드폰 켰다 껐다) 와 이리 연락이 없노. 쾅 부딪치면 끝나는 거 아이가. 아까 연락 왔어야 안 하나. 와 연락이 없노.
정수민 (침대에 앉아 그 모습 혐오스럽게 보다가) 쾅 부딪치면 끝나는 게 아줌마 딸 인생인데 그건 걱정 안 되나 봐요?
배희숙 (움찔) 가스나, 말 참 몬때게 한다. 천륜보다 더 무서운 게 뭔지 아나?

돈이다. 돈은 천륜도 패륜으로 만들 수 있는 기거든.

정수민　웃기시네. 돈 봤으면 우리 아빠랑 안 살지. 겉멋만 들어서 입에 발린 말 늘어놓으면서 간도 쓸개도 다 빼줄 거 같지만 결국 아무것도 안 하는 사람인데.

배희숙　저저... 즈그 아빠에 대해 말하는 버르장머리 보소...

정수민　아빠가 날 얼마나 공주처럼 사랑하는 척했는지 알아요? 근데 생각해보면 실제로 해준 건 하나도 없어. 아줌마한테는 안 그래? 맨날 일은 벌이겠지만 되는 거 하나 없을걸? 아줌마가 수습이나 안 하면 다행이지.

배희숙　(표정)

정수민　하나 보네. (웃는다) 우리 엄마도 그랬거든.

하는데 호텔 문 쾅쾅쾅— 문 열면 만식 겁에 질려 허둥지둥 들어온다.

배희숙　(놀라) 니 꼴이 와 이랗노?

정수민　(극험+분노) 제대로 하는 거 하나도 없는 사람이니까.

씬37. 스위트룸(밤)

INSERT. 호텔 복도를 빠르게 걷는 남비서의 발

문 열리고 들어온 남비서,
소파에 민환은 앉아있고 무릎에 다리 올린 채 누워서 격투기 보고 있는 유라에게 다가간다. 표정 별로 안 좋으면 벌떡 일어나는 유라.

남비서　유지혁 부장이 끼어들어서 대신 사고를 당하고 유일병원으로 이송됐습니다.
운전자는 현장에서 바로 도망쳐서 찾고 있습니다.

오유라　유지혁이 왜 거기서 나와?

남비서	알아보는 중입니다. 죄송합니다.
박민환	(무슨 상황이지)
오유라	...진짜 좋겠다. 죄송하다고 말하면 끝이니까. 해결은 내가 하고.
남비서	(표정)
박민환	(눈치)
오유라	(잠깐 생각하고 판단 끝, 남비서에게) 그 여자랑 딸이 호텔에서 기다리고 있댔지? 운전자는 그쪽으로 갔을 거야. 그 근처에서부터 찾아.
남비서	(묵례하고 나가면)
오유라	(민환에게) 지금 당장 와이프 데리고 집으로 가. 아무 일도 없었던 거야. 내가 다시 연락할 때까지 아무 짓도 하지 마.
박민환	(표정)

씬38. 호텔 일반방(밤)

수민, 텅 빈 호텔방에서 베개 집어 던지고 컵 집어 던지고 미쳐 날뛰고 있다.
미친 듯이 소리 지르고, 머리 박고, 울고.. 완전히 돌아버렸는데.
문 벌컥 열리고 들어온 민환,
수민 혼자 난리 난 거 보고 어이가 없다가 잡아서.
(잡는 것도 수민 잘 잡혀주지 않아서 뒹굴고)

박민환	정신 차려!!! 왜 너 혼자 이러고 있어?!?
정수민	아빠가... 또 날 버렸어. 그 아줌마랑 도망갔어. 나는... 난... 죽일 거야. 다 죽일 거야.

그제야 민환의 시선으로 수민 얼굴 눈물범벅인 거 보인다.
할많하않 그냥 말없이 손 붙잡고 나가면서..

씬39. 호텔 복도(밤)

민환, 수민 손잡고 앞서서 빠르게 움직인다.

정수민 강지원 죽여버릴 거야. 내가 걔랑 뭐랑 달라? 항상 걔만 다 갖고...

박민환 (멈춰 서서 수민의 양팔 붙잡고) 정신 똑바로 차려!
그런 얘기 할 때가 아니야! 아직 안 끝났어!!!

정수민 뭐가 안 끝나?!?

박민환 그 여자가 우리 편이잖아!!!

정수민 (표정)

박민환 우리같이 뭣도 아닌 사람들은 모르는 세상이 있어. 일단 시키는 대로
해야지.
(다시 끌고 가면서) 뒤처리는 다 해준댔어. 계속 집에 있었다고 해.
혹시 경찰이 찾아와도 아빠가 뭐 하는지 잘 모른다고 딱 잡아떼고.

민환 앞서가는데 수민의 표정,
'유라'가 말하는 '뒤처리'에 대한 생각+의심으로 살짝 변하고.

씬40. 유일병원 응급수술실 앞(밤)

한일과 희연, 석준, 경호원1,2 들어온다.
원장 달려와 한일과 석준 맞이하고.
경호원1,2는 수술실 양쪽 문 앞에 자리 잡고.
착착- 진행되는 상황에 앉아있던 지원 어정쩡하게 일어나면.

유희연 (지원에게 달려가) 대리님, 괜찮으세요?

강지원 희연 씨...

지원, 원장의 이야기 듣고 있는 한일과 눈 마주치는데 똑바로 볼 수가
없다.
한일 표정 역시 (지원이) 노여운 듯..
그러다가 한일과 석준만 원장과 이동하는 데까지.

CUT TO.

유희연   (왔다 갔다 불안초조) 이거 너무 수술이 긴 거 아니에요?
           뭐 막… 수술하다 보니 더 안 좋아졌다 이런 거면 어떻게 해?
강지원   (표정)

FLASH CUT. 유지혁 "일어날 일이 일어난 것뿐이니까."

강지원   아니야!
유희연   (놀라)
강지원   그런 일은 안 일어나. 절대로.
           안 좋은 말은 아예 하지도 마.
유희연   (고개 끄덕)

지원, 다가가서 희연 안아준다.
그러는데 슈트남이 다가오면 한쪽에 서 있던 석준이 함께 계단참 쪽
으로 가고.
그 모습 본 지원, 희연 다독여 앉히고 그쪽으로.

씬41. 병원 계단참(밤)

석준과 슈트남 계단참에서 이야기하고 코너에서 지원이 듣고 있다.

이석준　사고 낸 운전자 이름은 정만식이야. 우리가 먼저 확보해야 해.

강지원　(표정)

이석준　경찰하고 통신사 협조 요청해서 배희숙 정보도 같이 확인해.
　　　　　정수민 혼자 벌인 일일 리가 없어. 박민환 동태 놓치지 말고 오유...

하다가 석준, 인기척 느끼고 지원 발견.

강지원　방금... 정수민이라고 했어요?

이석준　(난감)

강지원　(분노) 이게 그냥 사고가 아니었어요?

씬42. 수술실(밤)

수술 중인 지혁, 급박한 느낌으로 최선을 다하는 의료진들의 모습 위로.

강지원(E) 하지만 지금 정수민이든 박민환이든 날 죽여서 얻는 게 없어요.
　　　　　이렇게 큰 사고를 일으킬 수 있는 위인이나 되는지도 모르겠고...

이석준(E) 큰 사고를 일으킬 만한 사람이 뒤에 있을 거라고 생각하고 알아보는
　　　　　중이에요. 강지원 씨가 죽으면 그들이 얻는 건... 지혁이가 만들었고요.

창백한 지혁의 얼굴 위, 하얀 무영등에서.

이석준(E) 강지원 씨를 위해서였어요.

씬43. 유일병원 응급수술실 앞(밤)

지원 서 있다.

희연은 대기 의자에서 꾸벅꾸벅 졸고 있고 그 옆엔 석준 있고,
수술실로 의료진들 들락날락하는 동안(뭔가 위태로운 느낌으로)
꼼짝 않고 서 있는 지원의 얼굴에서.

강지원(E) 사람은 쉽게 안 변한다. 끝까지 가보고 돌아와 놓고도 나는 또 도망치려고 했어. 그리고 그 인간들은 지들이 필요하면 못 할 짓이 없어. 나는 복수한 게 아냐. 양 과장님한테 피해만 입히고 아무것도 못 했어. 그리고 부장님은...

하는데 수술 중 불 꺼지고,
지원의 긴장하는 얼굴!!

씬 43-1. 유일병원 VVIP 병실(밤)

얼굴, 목, 환자복 사이 드러난 어깨 등에 밴디지 붙어있고,
붙어있지 않은 부분에도 생채기, 상처, 말라붙은 핏자국 남아있다.
코에 산소줄, 모니터, 수액은 주렁주렁, 배액관(이건 이불 덮고 있을
거니 직접적으로 안 보여도 됩니다. 다만 침대 아래로 주렁주렁 달려
있는 편).

담당의 (인턴과 함께, iv에 직접 주사 한 대 찔러넣고 나서) 할 수 있는 건 다 했습니다. 사고에 비해 수습이 아주 잘 됐어요.

한일, 안도감에 다리 풀려 소파에 주저앉으면 챙기는 석준.
지원과 희연도 다행이다, 한숨을 내쉬는데.

담당의 하지만,
강지원 (표정)

담당의	(모니터 힐끗) 심전도 파형이 좋지 않습니다.
강지원	(표정)
유한일	그게 무슨 소리야!
담당의	심장 쪽은 손상이 없었습니다. 파형이 좋지 않을 이유가 없어요. 의식이 돌아오면 보겠습니다.

지원의 불안한 표정 위로.

유지혁(E) 나는 2023년에 죽었습니다. 교통사고였어요.

씬44. 해영빌라_민환본가 방(낮)

불안, 초조한 수민 손톱 깨물면서 노트북으로 검색한 유라 약력 보고 있다.

정수민	이 여자를 진짜 믿을 수 있어?
박민환	(쉿! 밖에 들릴까 봐+짜증) 또... 또... 안 믿으면 별수 있어?
정수민	왜 짜증을 내?
박민환	짜증 안 나게 생겼어? 너나 너네 아빠나 제대로 하는 거 하나 없고!! 근데도 난 아무 말 안 하는데 넌 나 긁잖아!! 네가 그러니까 강지원한테 안되는 거야. 걔 봐, 마음 딱 먹으니까 유지혁 꼬시고 딱 800억 받잖아.
정수민	(빡) 그치... 걔가 마음 딱 먹으니까 너를 나한테 딱 버렸지.

민환 이게?? 싶고 수민은 어쩌려고? 로 불꽃 튀는 위험한 동맹.
이번에 먼저 지는 건 수민이다.

정수민 난 그냥 경각심을 가지란 이야기야.

이런 사람들은 우리를 그냥 도구로만 사용할 거 같으니까.

민환, 사실 살짝 불안했던 터라 생각 많아지는 얼굴에서.

씬45. 해영빌라 인근 골목(낮)

민환, 초조하게 서성이며 전화한다. 신호음에서 전화 연결되면서.

오유라(F) (무심) 왜...
박민환 갑자기 생각난 건데... 앞으로 일을 이야기 좀 해야 하지 않을까?
오유라(F) (코웃음) 무슨 이야기를 해. 자긴 그냥 내가 시키는 대로 하는 거지.
박민환 그건 기분 나쁘지. 같은 배를 탄 처지에. 어디야? 지금 좀 만나.

씬46. 유일병원 VVIP실 복도(낮)

오유라 그 말은 나도 좀 기분 나쁘지.
자기가 해야 하는 일 제대로 못 한 거 수습하러 왔는데.

유라, 전화 끊어버리고 남비서에게 넘기고,
또각또각 병실을 향해 걸어간다. 문 앞에서 남비서가 노크해주고 문
열어주면.

씬47. 유일병원 VVIP실(낮)

유라 들어가면,
지혁의 옆에는 한일 앉아있고 서 있던 석준 살짝 인상 찌푸린다.

(현재 유라와의 관련 가능성은 석준만 알고 있습니다/증거 없음/추측 정도)
이어 석준이 탕비실 보고. 탕비실에서 물소리. 지원 있나— 싶은 느낌,

오유라 할아버지!

유라, 달려가서 한일의 옆에 자세 낮추고 손잡는.

오유라 너무 놀라서 달려왔어요. 괜찮으세요?
유한일 뭐 이 정신 나간 놈 사고 좀 났다고 여기까지 찾아와? 죽을 것도 아닌데.
오유라 맘에 없는 말씀은 하지도 마세요. (지혁 살피며) 수술은 잘 끝났다는 이야기 들었어요. (살짝 눈치) 도대체 갑자기 무슨 일이에요?
이석준 알아보고 있는 중입니다.
오유라 그냥 교통사고예요? 한밤에 외곽에는 왜 가지고...
이석준 알아보고 있는 중입니다.
오유라 (석준은 약간 불편, 안 먹히는구나 하고 한일에게) 많이 놀라셨죠? 저하고 같이 들어가세요. 지혁이 얼굴 봤으니 됐어요.
유한일 그러자꾸나. (한숨) 내가 너무 오래 살았지.

한일, 일어나면 유라 얼른 부축한다.
괜찮다— 밀어내고 나가는데 탕비실 문 열리면서,

유한일 아... (나오는 사람 보고)

여기서 지원/유라 다시 마주치는가 싶은 느낌에서
희연이 가습기 물통에 물 받아가지고 나오다가 유라 발견하고 멈칫.

유한일 희연이 본 지도 오래됐지? 인사해.
오유라 5년쯤 된 거 같은데 와... 진짜 많이 컸네요. 어른이에요, 이제.

유희연　크긴 그때 다 컸죠. (한일 눈치 보고) 언니도 진짜 안 변하네요.

오유라　맘 상했나 보네. 한식구였을 때 내가 너무 무심했지? (미소+가식) 오빠 의식 돌아오면 걸스나잇 한번 갖자. 가르쳐주고 싶은 게 많아.

유한일　아가는 안 들어가니?

유희연　전 대리니... (하는데 석준이 옆구리 쿡 찔러서) 억!

이석준　(표정)

유희연　(석준 보며 아파!!)

오유라　(눈치채고 탕비실 한 번 보고) 오빠 옆에 있고 싶나 봐요. 할아버지는 내가 모셔다드릴 테니 걱정 마.

CUT TO.

유희연　(옆구리 붙잡는다) 맹장 터지는 줄 알았네! 왜 그래요? 대리님 여기 있는 게 비밀이에요? (생각) 쓸데없는 오해는 안 받는 게 낫... 아니? 잘못한 것도 없는데!!!

이석준　(의자 등받침 잡고 한숨 돌린 다음 정신 차리고 탕비실 문 여는데)

INSERT. 탕비실 텅 비어있다. (그 위로 유희연(E) "가르치긴 지가 뭘 가르쳐. 도라이...도라이... 하여튼 세상에 지가 젤 잘났지.")

이석준　강지원 씨는 어디 갔어?

유희연　(도리도리) 화장실 간 거 아니에요?

씬48. 해영빌라_민환본가 방(밤)

수민, '민환 오빠'에게 전화 중이었다가 '지금 고객님이 전화를 받지 않사오니..' 신호음 나오면 답답.. 그때 다시 핸드폰 울리기 시작하면 짜증으로 받으려는데,

'반쪽!♥' 액정에 떠 있으면 눈 휘둥그레지는 데서.

씬49. 해영빌라 인근 골목(밤)

민환, 유라와 통화 후 좀 더 생각 많아졌고.

FLASH CUT. 10부 13씬 민환의 뺨 때리며 강지원 "바람핀 새끼가아..."

FLASH CUT. 12부 51씬 정수민 "자존심도 없는 쓰레기를..."

FLASH CUT. 41씬 오유라 "자긴 그냥 내가 시키는 대로..."

박민환   (짜증) 기집애들 독해가지고 사람을 아주...

민환, 당할 만큼 당했다-- 지금까지와는 다른 표정으로 성큼성큼 걸어 간다.

씬50. 해영빌라 인근 거리(밤)

민환 고개 들어 뭔가 보는데 멀리 보이는 허름한 건물 2층의 '권투 도 장/격투기 도장'

씬51. 해영빌라 인근 골목(밤)

수민 막 뛴다. 저 멀리 놀이터 보이고, 거기에 서 있는 지원도 보이면.

정수민(E) 나는 네가 죽어도 돼. 아니 죽었으면 좋겠어. 근데...

씬52. 해영빌라 인근 놀이터(밤)

정수민 (멈춰 서며 조그맣게) 왜 항상 난 너밖에 없지...

뒤돌아 서 있던 지원, 인기척 느끼고 돌아본다.

강지원 진짜 넌 날 그냥 못 두겠어?

마주 보는 두 사람에서.

CUT TO.

강지원 내가 계속 물어보고 싶었는데... 이제는 물어볼 수 있겠다.
어떻게 사람을 죽일 생각을 해? 돈 때문에?

정수민 (모르는 척) 무슨 소리야? 어디서 뭘 듣고 와서 그렇게 무서운 소릴 해?
너야말로 나한테 어떤 짓을 했는지 모르는 거야?

강지원 (표정)

정수민 (늘 그랬듯이 충분히 드라마틱하게) 나... 너 때문에 유산했어.

강지원 (미쳐버리겠다) 헛소리 마!! 거짓말 너무 지겨워!! 네가 무슨 유산을 해!!
박민환은 무정자증이야. 애당초 임신 같은 거 할 수 없다고!!

정수민 뭐? 무, 무슨 말이야. 나 진짜로 임신했었어.
초음파 사진도 있고, 애기 태동도 느꼈어. 근데 너 때문에...

강지원 아아아아아아아악!!! (가슴 터질 것 같다) 그만해!! 그놈의 거짓말,
제발 그만해!! (수민 양팔 잡고) 단 한 번이라도 좋으니까 사실대로 말
해봐.
도대체 너 뭐야? 나한테 왜 이래??

정수민   (지원 팔 팍 쳐서 뒤로 물러나며) 너야말로 왜 이래?

처음에는 진짜 겁먹었던 것 같은 수민, 고개 숙인다.
그리고 다시 고개 들었을 때는 완전히 다른 표정.

정수민   널 그냥 못 두겠냐고 물었던가? 응— 못 둬— 넌 행복해지면 안 되거든.
강지원   (드디어 정수민의 민낯을 보는 순간)
정수민   넌 몰랐을 거야. 우리 14살 때— 너네 엄마 바람나서 집 나갔을 때—
                   상대, 우리 아빠였어. 그것도 모르고 넌 마냥 해맑더라??
강지원   (놀라는 표정/사실은 얘도 알고 있었어? 지만)
정수민   그것 때문에 난...

씬53. 부산 중딩수민 집_수민 회상(낮)

중딩수민, 집 구석에 쪼그리고 앉아서 핸드폰 보고 있다.
'우리아빠♥'와의 대화를 보면 일방적으로 중딩수민이 보낸 것만.
[아빠 왜 집에 안 들어와? 엄마가 매일 밤 술 마시고 울고불고 난리야. 나 무서워.]
[아빠 전화 받아.]
[...]
[엄마가 아빠 집 나간 거래. 바람나서 나하고 엄마 버린 거래. 진짜 아니지?]
[뭐라도 좋으니 전화라도 한 번 해줘.]
[아빠가 나한테 어떻게 이래? 나 죽을래. 이럴 바엔 나 죽어버릴 거야.]
[엄마가 내 얼굴도 보기 싫대. 아빠 생각나서 싫대. 나도 데리고 가. 착하게 굴 테니
까 나도 데리고 가.]

하는데 밖에서 삐꺽- 문 열리는 소리 들리면 화들짝 놀라 긴장.. (명자
가 불편)

이명자 이 가스나가 가게 나와 일 좀 도우라카니까 뭐 한다꼬 집에 처박혀 있노?

방문 벌컥 열리고 보인 명자,
부산 자갈치 시장에서 힘들게 일하는 중이라 마르고, 지쳐있고..

중딩수민 공부해야지! (으... 싫어!) 생선 냄새!!!!
이명자 못된 가스나... 공부 같은 소리 하고 자빠짓나. (신발 벗어 뭐 들어갔는지 탁탁 내리치며) 느그 아빠 있을 때야 오냐오냐 해줬지만 내는 아이다. 정신 차리고 주제 파악해라. 아니면 느이 아빠한테 가든가. 내 니 꼴도 보기 싫다.

중딩수민의 표정에서 연결.

씬54. 12부 4씬 지원 회상 속 만식희숙 집 앞_수민 회상(낮)

엉엉 우는 중딩수민 만식에게 전화하면서 걷다가 멀리 만식 발견! 어??

정만식 (우리공주님♥으로부터 들어오는 콜 거절하며) 하이고, 지겨부라...
아가 즈그 엄마를 닮아서 집요한 게 말로 다 못한다.
중딩수민 (핸드폰 내리는 표정)
배희숙 볶아댄다꼬 데꼬올라 맘묵는 거 아니제? 그럼 내 딸래미도 데구 와서
니한테 버리고 도망가뿐다! (농담임 꺄르륵)
정만식 (그럴 생각 1도 없음) 뭐한다꼬?? 내 공주님은 희숙이 니 하나로 충분하다!

두 사람 꺄륵꺄륵 웃으며 멀어지면 멍하게 서 있는 중딩수민.

씬55. 부산 버스 안_수민 회상(낮)

중딩지원 앉아서 창밖 보고 있는데 그 옆에 서 있는 중딩수민.

정수민(E) 아빠의 새로운 공주님에게는 딸이 있다고 했다.
강지원. 나와 같은 학교 학생이었다.

중딩수민, 지원 옆 사람이 일어나면 그 자리에 앉는데.
지원이 창밖 보고 있는 사이 발밑에 놓아뒀던 가방에서 보이는 지갑
훔치고.

씬56. 부산 지원 집 근처 슈퍼 길_수민 회상(낮)

(12부 7씬) 중딩지원, 지갑 없으면 당황하는 모습을 중딩수민 밖에서
보고 있다.

슈퍼주인녀 지갑 잊어뿟나? 하이고야~~ 엄마가 집 나가뿌니 이래 티가 나네.
중딩지원 (모멸)
중딩수민 (표정)
슈퍼주인녀 느그 엄마가 그럴수록 니는 행실 똑띠해야 딴소리 안 나온다, 알제?
중딩수민 (들어가면서) 오지랖은 안 산 거 아니에요?

지원, 구세주라도 만난 듯 돌아보면 지갑 내밀며

중딩수민 이거 네 거야?

천사처럼 웃는 수민에서..

정수민(E) 그러니까 우리는 좋은 친구가 될 수도 있었을 거다.

씬57. 부산 지원 집 방_수민 회상(낮)

겨울, '으아! 추워!!' 우당탕쿵탕 중딩지원수민, 후다닥 방으로 들어온다.

중딩수민 (깔아놓은 이불 덮으며) 장판 켜! 얼어죽는다! ...어? 따뜻한데?

중딩지원 (난방기 보고 있다가) 글나? (다가와서 손 넣어보고) 아빠가 켜놨나부네!

강현모(OFF) (부엌에서 나오며) 친구 온다캐서 방 따뜻이 데워놨지!

중딩지원 아빠!!!

중딩수민 아, 안녕하세요!

강현모 하이고야~ 이쁘게 생겼네! (방문 밖에서 상 밀어 넣어주는) X세대 공주님들이 깜빡 죽는다카는 케키 사왔다! 얼라들이니까 우유랑 해서 꼭꼭 썹어무라.

상 위에는 치킨과 밥, 김치, 그리고 고급져 보이는 박스에 든 케이크와 우유 두 잔.
그 옆에 만 원짜리 두 장 있는데 둘 다 파란 하트 그려져 있다.

중딩지원 또또! (수민에게) 잠만 있어라. (나가면)

그제야 보이는 조잡하지만 겨울스러운 크리스마스 사진, 오나먼트(종이로 만들었어도)
지원이와 현모의 사진들(하나쯤은 희숙 포함) 위로 멀리
중딩지원 "달리지 말고 천천히 댕기라." / 현모 "공주님은 은제부터 이쁫나... 날때부터 이쁫제..." mute..
살림 자체는 수민 집과 다를 거 없지만 훨씬 따뜻해 보이는 채도를 가진 집 위로.

정수민(E) 나와 달리 너는 잃은 거 하나 없이 다 가졌다는 걸 내가 몰랐다면.

그러는데 중딩지원, 아빠 배웅하고 들어오면서 멋쩍어한다.

중딩지원 엄마 없다꼬 내 기죽을까 봐 요즘 더 한다. 신경 쓰지 마라.
정수민(E) 그때부터였다. 내가 너한테 신경 쓰게 된 게.
　　　　　너의 모든 것을 빼앗고 싶어진 게.

씬58. 해영빌라 인근 놀이터(밤)

정수민 (중얼) 왜 늘 넌 괜찮은데... 왜 늘 네 옆엔 좋은 것만 있는데...

지원, 처음에는 새로운 사실을 알게 된 것처럼 넋 나가 있다.
한 방 날렸다!! 의기양양해진 수민, 지원 코앞에 바짝 다가서서..

정수민 이제 알았어? 나 너 좋아한 적 한 번도 없어. 상황도 모르면서 맨날 헤
　　　　　헤거리고... 해맑은 건 죄야! 눈치도 없어가지고! 짜증 나게! (지원 가
　　　　　슴 확 떠밀고)
강지원 (떠밀려주는)
정수민 (기세등등+광기) 세상이 얼마나 힘든데!! 얼마나 지옥 같은데!!
　　　　　내가 이렇게 불행한데 넌 나보다 행복하면 안 되잖아?
강지원 (표정)
정수민 가르쳐줄게. 세상이 얼마나 불친절한지, 사는 게 얼마나 엿 같은지...

지원 고개 숙이면.
수민, 승리한 표정으로 그 옆을 스쳐 지나가는데 지원이 그 팔 딱! 잡
는다.
반전의 BGM과 함께 수민이 흠칫해서 돌아보면.

강지원 (고개 들며) 그걸 왜 네가 가르쳐?

정수민 (표정)

강지원 우리 엄마가 바람나서 집 나간 건 온 동네 소문났었고,

그 상대가 너네 아빠 건 아무도 몰랐는데... 넌 알고 있었다?

정수민 (뭐야 이 반응은)

강지원 그게 왜... (수민 팔 확 당겨서!) 거짓말해서 애들이 나 못살게 굴게 만
들고!! 내 거는 다 탐내고!! 평생 내 피 빨아먹을 이유가 돼??

정수민 (확 떠밀며) 잘났네 진짜! 너 그렇게 똑똑한 척하는 것도 꼴 보기 싫어!!
감정 없니? 나 안 불쌍해? 난 내가 불쌍해서 미치겠어!!

강지원 안 불쌍해!!!!!!!!!!!!!!!

정수민 (놀람)

강지원 하나도 안 불쌍해. 알았거든.

우리 엄마가 너네 아빠하고 바람나서 집 나간 거, 나도 알았거든.
난 다행이라고 생각했지. 사람들은 몰라서... 너는, 몰라서.

지원의 표정에서..

씬59. 학교 화단_지원 회상(낮)

중딩지원과 수민이 나란히 쪼그리고 앉아서 화단에 퍽퍽 모종삽질 중
이다.

중딩수민 어우, 이런 거 진짜 왜 해야 해? 우리 아빠가 살아있었으면 학교 쫓아
온다!

중딩지원 (바람난 거 알아서 눈치) 돌아가신 지 2년 됐댔나? 보고싶겠다...

중딩수민 응. 너무너무 보고 싶어. 우리 아빠가 정말 얼마나 날 사랑했는데...
(목장갑 빼서 손 빨간 거 보고) 으아!! 이거 손 어떻게 해!!!

중딩지원 에구!! (손 붙잡아서 호~ 호~ 해주고 안쓰러워.. 잘해주고 싶어.. 머리

쓰담) 남은 건 내가 할게. 좀 쉬어.

중딩지원, 얼른 수민의 몫 모종까지 챙겨오고
중딩수민, 만족스럽고..

씬60. 학교 앞_지원 회상(낮)

비 오고 있다. 주르륵 서 있던 아이들, 엄빠가 찾아와 하나둘씩 가고.
혼자 남아있는 중딩수민.
절대 기 안 죽으려 새초롬한 표정으로 가방 머리에 올리고 빗속으로
뛰어들어 가는데,
우산 펼쳐지며 수민의 머리 위 가려주고.
옆을 보면, 지원 멋있게 서 있고 두 사람의 눈 마주치고..
하지만 다음 순간 강풍 불어오면서 작고 힘없던 3단 우산 날아가버린
다!!!!

INSERT. 데굴데굴 굴러 멀리멀리 가버리는 우산.

입 쩍 벌어져서 서로 마주 봤던 중딩지원수민,
막 웃으면서 우산을 쫓아가고 넘어지고..
이어서 우산 포기하고 중딩지원수민 비 맞으며 손 꼭 잡고 뛰어가는
컷까지.
한창 예쁠 때를 함께했던 두 사람의 모습에서,

강지원(E) 잘해주고 싶었어. 같이 행복해지자고 생각했어.

씬61. 몽타주_지원 회상

#3부 33씬 학교에서 우유팩 맞는 고딩지원

#2부 41씬 고슬정 화장실에서 벌벌 떨고 있는 쭈구리지원

#1부 1씬 모든 희망을 잃었던 암환자지원

강지원(E) 내가 죽을 거같이 힘들 때도,
    아니, 죽는 그 순간까지도 네가 불행하길 바라지 않았어.

#1부 2씬 서로 마주 보는 지원수민, 빨간 하이힐.

강지원(E) 너라도 행복해서 다행이다.. 다행이다.. 다행이다...

씬62. 해영빌라 인근 놀이터(밤)

마주 본 두 사람, 지원은 슬프고 수민은 혼란스럽다.

정수민 생각해주는 척하지 마!! 유지혁이 재벌 3세니까 박민환을 나한테 버린 주제에!! 넌 항상 그랬어. 착한 척하면서 결국 좋은 건 다 가졌다고!!!
강지원 너 지금 이 꼴인 거? 자업자득이야. 그리고 아직 안 끝났어. 더 지옥이 기다리고 있을 거야. 내가 그렇게 만들 거거든.
정수민 (뭐?)
강지원 (세상에서 가장 예쁜 미소로) 기대해. 지금까지와는 완전히 다를 거니까.

지원, 돌아서는 순간 표정 무섭게 굳어서 멀어지며.

강지원(E) 절대로 도망치지 않겠어.
    기다려. 내 운명은 반드시 너에게 돌아가게 만들 테니까.

씬63. 거리 일각(밤)

지원, 생각 많은 표정으로 유일병원을 바라보고 있는 위로,

FLASH CUT. 유지혁(E) "강지원 씨가 도망가면 난 쫓아가서 못 잡아요. 가지마, 제발. 제발." (12부 68씬)

강지원(E) ...이렇게 죽으면 안 돼. 그건 정수민 박민환보다 더 나빠. 아무것도 말 안 해주고, 자기 멋대로 하다가 이렇게 죽는 건... 나한테 이렇게 하지 마. 일어날 일이 일어난다는 거... 내가 다 부숴버릴 거니 까. 운명 같은 거...

지원, 이 꽉 깨물고 손 그러쥐는데 핸드폰 울려서 확인해보면 '양주란 과장님'
[양주란 과장님 : 지원 씨, 오늘 퇴근하고 뭐 해? 혹시 좀 만날 수 있나?]
[강지원 : 과장님, 며칠만 있다가 연락드릴게요. 몸은 좀 괜찮으세요?]
[양주란 과장님 : 몸이 문제가 아니다, 내가 지금ㅋㅋ 알았어. 연락 줘^^]
지원, 뭔가 석연찮은 느낌에 인상 찌푸리고 통화버튼 누르는데.

양주란(F) 하하하... 바쁜데 뭐 전화씩이나. (하는데 목소리 울먹) 자기 목소리 들으니까 좋다. 뭐냐... 우리 저번 주에 안 만났냐.
강지원 무슨 일 있으세요??
양주란(F) 나... 이거 참... 흐흐흐, 말하기도 좀 그런데... 우리 남편 바람났어.

인상 찌푸리는 지원!!

FLASH CUT. 1부 23씬, 수민환 뒹굴 때

FLASH CUT. 1부 23씬, 지원이 두 사람이 한 침대에 있는 모습을 목격

했을 때

FLASH CUT. 1부 24씬, 지원에게 무섭게 다가드는 민환!

강지원(E)   운명 같은 거...

충격으로 숨 크게 토해내는 지원의 얼굴까지.

씬64. 병원 VVIP실(밤)

희연, 머리도 떡져서 대충 틀어 묶고 화장기도 평소 절반으로 지워졌고
완전히 지쳐 떨어져서 소파에 누워 불편하게 자고 있다.
(소파가 희연의 키보다 작으면 더 좋을 듯합니다)
조용한 병실,
지원, 지혁에게 다가가 복잡한 표정으로 모니터 (심장파형) 한 번 보
다가

강지원   (조그맣지만 단호하게) 눈떠요. 운명 같은 거... 내가 부숴버릴 거니까.

그리고 희연에게 다가가 조용히, 하지만 역시 단단한 표정으로 손대
서 깨운다.

강지원   희연 씨, 내가 있을 테니까 들어가서 편하게 자.
          힘든데 여기서 이러지 말고.

씬65. 공주님 갈비집(밤)

INSERT. 공주님 갈비집 전경에서 '24시간 야간영업중/포장가능' 팻말

앞에서 잠깐 차 세우고 머뭇거리는 석준,

이석준　...포장만, 할까.

하면서 들어가 차 세우고 내린다.
그러는데 11부 31씬 재원과 바람녀 나오던 방향에서 주란 입 가리고
후다닥 뛰어나와서 그대로 밖으로. (주란은 석준 못 보고)

이석준　저...

했다가 뭔가 이상해서 주란이 방금 튀어나온 방향으로 가는데.
석준의 얼굴 위로.

바람녀(E) 아유, 가게에서 이러지 말라니까... 못 살아 내가 진짜.
이재원(E) 집에선 아픈 와이프 눈치 가게에선 장인 눈치...
　　　　　(뽀뽀 소리 쪽! 쪽!) 이 맛도 없으면 어떻게 살아...

키득거리는 소리에서 석준이 빡친 표정까지.

씬66. 거리 일각(밤)

주란 막 뛰어가다가 넘어진다. 그러면 툭툭 털고 또 뛰다가 또 넘어지고
지금은 남편의 바람을 목격했지만 실감이 안 나 눈물도 안 나는 상황.
정신은 없어서 다시 넘어져서 신발 벗겨졌는데도 그냥 가려고 하는데.
옆에 석준의 차 와서 선다.

양주란   ...이석준 실장님?

석준 내려서 벗겨져 있는 신발 한심하게 보다가 주워와서 건네준다.

이석준   내가 제일 이해 안 가는 게... 남편 바람난 걸 알았으면 바로 가서 뺨을
          올려쳐야지. 급소를 발로 차고, 두 눈을 후벼 파고 머리통을 깨부술
          생각을 해야지 왜 도망을 쳐?

양주란   갑자기... 그게 무슨 말... (이 악문다) 어떻게 알았어요?

이석준   지금 내가 어떻게 알았는지가 중요해요?
          다시 돌아갈래요? 내 차 안에 골프채 있는데 빌려줘?

양주란   (있는 힘껏! 한 대 친다!) 실장님이 뭔데 그런 말을 해요?

이석준   (꿈쩍도 않고) 이 와중에도 실장님... 존댓말... 어떻게 자랐으면 이렇
          게 반듯해? (팔 잡는다) 내가 이렇게 막 나가는데도 제대로 화도 못 내
          니 그 새끼가 우습게 보고 장인 가게에서 까불지.

양주란   내가 화를 낼 수 있든 없든!!!!

이석준   (본다)

양주란   막 나가면 안 되는 거 아니에요? 우습게 보면 안 되는 거 아니에요?
          상대가 착하면... 같이 착하게 대해줘야 하는 거, 아니에요?
          잘해주고 기다리면 언젠가 정신 차리는 거... 아니었어요??

비로소 주란 울기 시작한다.

양주란   내가 아프다는데 아빠 눈치만 보고 지는 어떤 느낌도 없나 봐요.
          마지못해, 혼날까 봐 옆에만 있으면 지 할 일은 다 하는 줄 알아.
          관심 없는 걸 숨기려고도 안 해. 어떻게 이렇게 무관심해요??

이석준   (표정)

양주란   그래도 한때는 날 사랑했었는데... 어떻게 사람이 이렇게까지 변해요?

주란 터져서 주저앉아 엉엉 울면,

석준 위로의 의미로 말없이 머리만 툭툭 쓰다듬으며 한숨 쉬는 데서.

씬67. 거리 일각 벤치(밤)

주란은 벤치에 앉아있고, 석준 따뜻한 캔 뽑아와 건네주고 옆에 앉으면.

양주란 왜 이렇게 실장님한테는 한심한 장면을 들키는지 모르겠어요.

이석준 (내가 네 주변에) … 얼쩡거리니까.

양주란 네?

이석준 어떻게 하고 싶은지나 설명해봐요.
나 지금 많이 피곤해서 길게 이야기할 힘이 없어.

양주란 (보다가 살짝 서운) 암 걸린 직원이 길거리에서, 그것도 한밤에 남편
바람난 걸 알게 돼서 힘들어하면 좀 다정하게 말해줄 수 있지 않아요?

이석준 (안주머니에서 초콜릿 꺼내며) 본인이 말한 거 아닌가?
난 상대에게 맘을 쓸수록 말이 차갑게 나오는 타입이라고.

양주란 (보는데)

이석준 (껍질을 반쯤 간 초콜릿 내민다) 그러니까 짧게 이야기해봐요. 남편
이랑 이혼하고 싶어요? 아니면 다시는 바람 같은 거 못 피게 반쯤 죽
일까? 그런 새끼라도 데리고 살래요? … 원하는 대로 해줄 테니까 말
해요.

밤.. 조명.. 주란과 석준 두 사람의 시선이 마주친 데서.

씬68. 스위트룸(낮)

남비서 경찰 쪽하고는 현장 관리 미비로 주취자가 덤프트럭 탈취 중 일어난
사고로 정리했습니다. 정만식과 배희숙은 경기도에 있습니다. 곧 확

보하겠습니다.

오유라　너무 오래 걸린다. 걱정하느라 잠도 못 자겠는데...
　　　　(남비서에게 다가가 뺨 손으로 감싼다) 깔끔하게 처리해줘, 응?

남비서　...네.

미소 지은 유라 테이블에 앉아 펼쳐진 사진들 본다.
베르테르 CCTV캡처(12부 55씬)에 지혁/은호/석준/희연 함께 있는 사진,
그리고 은호의 프로필 사진까지.

씬69. 레스토랑 베르테르 분당점(밤)

사진에서 연결.. 은호가 주방에서 나와 지혁이 항상 앉는 자리 쪽으로
간다.

백은호　수석쉐프 백은호입니다. 식사는 어떠십니까. 하실 말씀이 있으시다고...

그제서야 보이는 손님의 얼굴, 유라다.
매너 있게, 급하지 않게 입에 넣은 음식 꼭꼭 씹어 삼키고

오유라　식사는 아주 좋고, 하고 싶은 말은...
　　　　(테이블웨어 매너 있게 내려놓고) 유지혁이랑 무슨 사이예요?

어리둥절한 은호의 표정과 의미심장하게 미소 짓는 유라에서.

씬70. 시간 경과 몽타주

#16층 사무실(낮)

민환, 비어있는 부장 자리와 희연/경욱/태형만 있는 1팀 자리 보는 의미심장한 표정.
(격투기 하고 있다는 의미로) 혹 한 번 날리고 가만있지 않겠다는 느낌 주고.

#해영빌라_민환본가 방(밤)
민환 자고 있으면,
자는 척하던 수민 조심스럽게 일어나서 민환의 핸드폰 열고 '오유라'
번호 확인하고 자기 핸드폰에 입력한다.

씬71. 유일병원 VVIP실(낮)

INSERT. 유일병원 전경

의사(/w 인턴), 팬라이트로 동공반응 살피고 허리 편다.
살짝 수심이 깃든 표정으로 심전도 파형 보고, 차트에 뭔가 적기 시작하면.
뒤에서 초조하게 보고 있던 지원,

강지원 왜 의식이 돌아오지 않는 거죠? 원래 이렇게 오래 걸리나요?
의사 사람마다 다릅니다. 수술은 잘 됐어요. 최선을 다하고 있습니다.

의사, 인사하고 가려고 하면 지원 잡아서.

강지원 이대로 눈을 안 뜰 수도 있어요?
의사 (심전도 파형 한 번 보고, 그렇다는 느낌으로) 사람마다... 다릅니다.

지원이 의사 팔 놓아주는 데서.

CUT TO.

강지원(E) 유지혁 씨의 운명이 교통사고로 죽는 거니까... 여기서 끝이라고?

지원, 표정 변한다.

강지원 (이 꽉물) 웃기지 마.

지혁, 커다랗게 붙어있던 밴디지는 작은 것으로 교체되었다. (혹은 메디폼)
드레싱된 아래로 약 바른 흔적이나 혈흔은 여전.

강지원 지지 마요!!!
내가 필요한 건 전부 다 해준다면서요.
난 이제 싸워야 하니까 내 옆에 있어. 당장 눈 떠요!!!

격하게 지혁의 침대를 내리치며 말했던 지원,
전혀 반응 없는 지혁에 절망--
다리 풀리며 주저앉는다.
불안으로 머리 감싸 쥐고, 다시 고개를 들어 지혁 물끄러미 보는 데서..

FLASH CUT. 9부 51씬 유지혁 "손잡고 싶어."

지원, 지혁의 손을 잡는다. 처음에는 그냥 덮는 정도, 그러다가 손에 깍지 끼고 꽉 잡아보는데도 지혁은 미동도 않고. (쇄골 쪽에 얼핏 보이는 파란 하트)
한숨— 강한 척하려고 하지만 불안하고, 무섭다.

강지원 나... 항상 혼자였어요.

엄마가 집을 나가고 아빠가 돌아가시고 나서는 쭉 그랬어요.
정수민 옆에 있고 박민환과 결혼하고 나서도... 죽는 그 날까지 그랬어요.
그래서 엄마가 집 나간 날을 세고, 아빠가 돌아가신 날을 셌어요.
근데 이제 그거 안 하려고요. 대신 유지혁 씨하고 같이 있는 날을 세고 싶어요. 그러니까 나 혼자 두지 마요. 내 옆에 있어요.

하는데도 조용--
지원, 울음 참으려 슬픈 숨 토해내고
말없이 핸드폰 조작해 지혁의 마지막 음성메시지 통화 물끄러미 보다가 통화버튼을 누른다.
[목소리 : 청취하신 메시지 1건 있습니다.]

유지혁(E) ...지금부터 이렇게 하게 될 줄은 몰랐던 말을 할 겁니다. 강지원 씨... 나는 2023년에 죽었습니다. 교통사고였어요. 그리고 눈을 떴을 때는...

지혁의 목소리 조그맣게 계속 나오는 데서..

FLASH CUT. 9부 51씬 유지혁 "정수민과 박민환을 결혼시키고 지원 씨는 행복해집시다."

FLASH CUT. 11부 1씬 강지원 "난 후회하지 않아요." / 유지혁 "내가."

FLASH CUT. 11부 43씬 유지혁 "살고... 싶어."

하는데 지혁의 목소리 마지막 파트로 접어든다.

유지혁(E) 좋아해요. 좋아해요. 정말, 좋아해요.
강지원 나도 좋아해요.

유지혁(E) 그러니까... 미안해요.

강지원 나도 미안해요. 나 혼자 두지 마요. 제발... 눈 좀 떠봐.

지원 우는데 지혁의 손가락 끝 움찔한다.
우느라 못 본 지원은 서러워 죽겠는데..

유지혁 ...제발 이 끔찍한 녹음 좀 멈춰줄래요?

지원, 놀라서 고개 들면 눈을 뜬 지혁과 시선 마주친다.
두 사람 한참을 보고 있다가
지혁 손 뻗어서 지원의 뺨 감싸며,

유지혁 사랑해요.

fin.

14부

항상 내 옆에 있어요. 뭘 하든, 뭘 하지 않든 내 옆에서 해.

씬1. 지혁의 집(낮)

오토로크 소리(E),
암슬링으로 오른팔을 고정/왼손으로는 목발 짚은 지혁과 지원 들어오고.
(지혁 상태 : 오른팔은 인대가 상해 있는 정도로 붕대 감고 암슬링으로 고정 중. 다리도 짚을 순 있지만 무리 안 주기 위해 목발)
집 안에서는 목발 짚을 수 없으니까 지원이 지혁 부축해주기. (지혁은 괜찮다고)
지혁이 앉아서 암슬링 풀려고 하면 지원, 질색하면서 못하게 하는데.

유지혁   괜찮아요. 의사들이 걱정이 많아 해놓은 거예요. 저런 것(목발)도 다 필요 없...
강지원   (말없이 엄격하게 옆구리 쪽 꾸욱 누르면)
유지혁   아악!!
강지원   선드리면 아프다는 건 전혀 괜찮은 게 아니에요. 공부 많이 한 의사들이 하고 있으라는 데는 다 이유가 있는 거지. 이제 참지 마요. 아무것도.
유지혁   (...끄덕)
강지원   (기특하다, 머리 쓰다듬어주고 일어나며) 배 안 고파요? 뭐 좀...
유지혁   (하는데 팔 잡아서 확 당겨 안고)

강지원　(당황) 어? 뭐 해요?

유지혁　안 참는 중이야. 그냥 잠깐만 이러고 있어요.

지원, 바둥거리다가 안긴 채 살짝 상기되면서 분위기 좋아지는데,
팡이가 눈에 들어온다!
멀찌감치서 꼬리 수납하고 앉아있는 팡이, 분노와 서운함 가득한 표정!!

강지원　(지혁 밀어내고) 팡이야!!

유지혁　으윽!

팡이　(서러워!) 냐아아아아아아아아아아아웅! (도망쳐버리면)

강지원　(놀라서 팡이에게 다가가다가 멈칫) 어떡해요!!
팡이 그동안 굶었을 텐데 물도 못 먹고. 밥 어딨어요? (주방으로 들어가려)

유지혁　먹었어요. 그것도 아주 잘 먹었을 거야.

강지원　(보면)

유지혁　내가 무슨 일이 있으면 바로 와서 챙겨주는 사람이 있어요. (다시 오란 시늉)

강지원　...혹시 모르니까 거기까지 대비해놨어요? (화난다) 나한테 건물이니 땅이니 준 것처럼? 나한텐 말도 안 하고 신우 씨한테 쫓아다니게 한 것처럼?

지혁이 놀라 일어서다가 다시 주저앉으며 신음하면,
지원, 더 놀라 다가가는데
지혁, 붙잡아서 안아 무릎에.. 꾀병이었다.
(이하 찰떡같이 붙어있습니다. 여기서부터 완벽한 화해.)

유지혁　마지막이라고 생각했을 때 너무나 후회했어요.
다시 기회가 주어졌는데도 또 솔직하지 못했던 거--

강지원　(지혁과 눈 마주치고) 유지혁 씨는 안 죽어요.

두 사람 한참 동안 눈 마주 보다가 지혁이 끄덕이면,

강지원 (지혁의 가슴에 얼굴 기대 안기며) 진작 믿지 않아서 미안해요...

유지혁 오유라는 만만하지 않아요. 내가 유라가 상상했던 이상이라는 걸 안 다음에도, 정리하는 데는 3년이 넘게 걸렸어. 클라우드항공과 켈리트 투어를 주고 나서야 마무리 짓고 승계 절차를 마무리 지었어요.

강지원 (한숨) 나 어떤 사람이 상상 이상이라는 거... 뭔지 알 것 같아요. (수민 환 생각..) 오랜 시간을 같이 보내면 좀 꺼림칙한 부분이 있어도 그걸 바로 보기 쉽지 않아요. 아니겠지.. 아니겠지... 하다가 끝까지 가고 나 서야 아는 거죠.

지혁, 지원 본인 이야기라는 거 알아서 어깨 감싸 단단하게 안아주고.

강지원 날 죽이고 싶은 당신의 전약혼자와
내가 죽으면 돈이 들어올 거라는 걸 안 내 전남친과 절친이 힘을 합쳤 네요.

지혁의 품에서 지원 천천히 안정을 찾고 눈을 감는다.
그대로 한참을 안고 있는 두 사람.

강지원 ...양 과장님 남편이 바람났대요.

유지혁 (표정)

강지원 내 운명이 양 과장님한테 넘어간 게 확실해요.
박민환과의 결혼이 조건이 아니었던 거예요.
뭔가 있어요. 그게 뭔지...(그동안 잠을 잘 못 자 피곤하다) 알아내야 해요. 과장님을 지켜주려면...

유지혁 (편하게 고쳐 안아주고)

강지원 유지혁 씨는 안 죽어요. 내가 그렇게 안 둬요.
다 해결할 테니 그냥 내 옆에만 있어줘요.

유지혁   (조심스럽게 이마에 입술 누르고) 같이 해결해요.

같이하면 되는구나.. 하고 눈 깜빡이는 지원,
조금 더 행복해지는 표정으로 지혁 품에 파고드는 데까지.
아직은 위태롭지만 행복한 느낌으로,
나른하게 하품하는 팡이에서.

TITLE. 내 남편과 결혼해줘

씬2. 공주님 갈비집 주차장(낮)

주란, 두리번거리다가 한쪽 구석에 주차되어 있는 재원 차 발견한다.

씬3. 재원의 차 안(낮)

눈치 보면서 뒷좌석이랑 글로브박스 뒤져보지만 별거 없으면 네비 켜
보는데.
[미사리 '금지된 사랑' 카페]/[양평 '두 번째 진짜 끝사랑' 레스토랑]
보면서 부들부들 숨 막힌 상황에 고깃집에서 재원과 바람녀 나온다.

씬4. 공주님 갈비집 정문(낮)

재원과 바람녀 살짝 거리 둔 채 희희낙락 차 쪽으로.

씬5. 재원의 차 안(낮)

깜짝 놀라서 머리 숙여 숨는 주란!
하지만, 재원과 바람녀 차 안쪽은 들여다보지도 않고
옆을 스쳐 지나가 늘 스킨십하던 공간으로 이동한다.
주란의 표정에서 두 사람의 웃음소리(E) 악몽 같고.
두 사람의 소리 멀어지면,
몸 일으킨 주란 멍~ 해서 숨 몰아쉬는데 눈에 들어오는 블랙박스.
SD카드 꺼내는 데까지.

씬6. 주란 아파트(낮)

주란, 노트북에 SD카드 넣고 녹음 중 하나 재생해본다.

이재원(E) 흐흐... 내가.. 와이프만 죽으면 진짜 호강시켜줄게.
바람녀(E) 아유, 우리 자기 진짜 마음 예뻐. 나 진짜 복이 많은 거 같아.

주란의 표정 흔들리기 시작.

이재원(E) 당연하지! 보험금 받고 슬픈 척 좀 하다가 고깃집 딱! 물려받으면...
(장사 진짜 잘되지 않냐? 장인 장모 죽고 나면 권리금 받고 팔기만 해도..)

무너지는 주란의 표정에서,

씬7. 지혁의 집 거실(낮)

지혁, 암슬링 하고 있어서 테이블에 서류 펼쳐놓고 보고 있다. (덤프 렌트 관련)
사진은 (항공 관련) 행사장에서의 유라, 누군가와 통화하는 남비서,

문 닫힌 도너츠 가게, 해영빌라 근처에서 장 봐 가지고 오는 수민/자옥, (자기가 등록한) 격투기 도장으로 들어가는 민환 등.

이석준 경찰은 주취자가 일으킨 사고로 파악하고 추적 중이야. 영원히 잡지 못하겠지.
오유라와 박민환, 정수민에게는 사람을 붙여뒀지만 보다시피 자기 할 일을 열심히 하는 중이고.

유지혁 (보면)

이석준 사고 나고 나서야 붙인 사람들이니까 알아낼 수 있는 게 없는 게 당연해. 뭔가 알고 있었다면 나한테는 먼저 상의했어야 대처할 수 있었단 뜻이야.

유지혁 실장님이 완전히 내 사람인지 확신하지 못했어요.

지혁, 불편하게 일어나려고 하면
석준, 자기도 모르게 얼른 부축하는데 그 김에 석준 한 번 꽉 끌어안는 지혁.
당황+의외의 석준에서.

유지혁 미안해요. (놔주면)

이석준 (살짝 불편+민망) 이래야 할 정도로 화가 났던 건 아니야.

유지혁 (웃으며 다시 앉는다)

이석준 (한숨 쉬고(=풀렸음)) 현재 남은 건 정만식과 배희숙의 행방이야. 인천 쪽으로 간 것까지 알았어. 오유라도 찾고 있는 것 같아.

유지혁 그렇겠죠. 누가 더 빠르게 찾냐의 문제겠군요.

이석준 그 팔은 언제까지 고정하고 있어야 하는 거야?

유지혁 강지원 씨가 그만하라고 할 때까지요. 이거 하고 있는 동안엔 챙겨주겠다고 했거든요. 오늘도 퇴근하면 바로 온다고 했어요.

이석준 강지원 씨 출근했어? ...음, 좀 짜증 나겠군.

뭐지? 하고 올려다보는 지혁의 표정에서.

씬8. 16층 사무실(낮)

썩어있는 지원의 표정으로.

김경욱 같은 대리지만 내가 과.장.직.무.대.리다 보니 관리자로서 하는 말인데...
      강 대리 툭하면 연차, 반차... 아주 오너 일가처럼 다닌다?

강지원 집에 일이 있었습니다. 죄송합니다.

김경욱 집에 이일? 여기 집 없는 사람 있어? 집에 일 없는 사람 있어??

줄줄 늘어진 경욱의 잔소리에서.

유희연 (혼잣말) 어우, 하필 사고 났을 때 인사결정이 날 게 뭐야?
      꼴 보기 싫은 인간이 운은 좋아.

김경욱 으이?? 아아주~~ 일이 쌓여있다 못해 태산을 이뤄 하늘이 높다 해도
      뫼인데...

양주란(OFF) 제가 좀 도와드릴까요?

모두 놀라 돌아보면 좀 초췌하긴 해도 웃고 있는 주란!

강지원 과장님!!

지원이 놀라 다가가 주란의 손잡으면,
희연과 태형, 여직1 등 마케팅 팀원들 아는 척하려고 다가오고.
(경욱(E) "야아? 나 누구랑 말하니? 어? 얼굴 좋아보이네? 온 김에 진
짜 일 좀 하고 가라아?") 지원과 주란, 희연 등 손잡고 이야기하는 모
습 보는 민환의 표정에서.

씬9. 회사 옥상/스위트룸/인천 모텔방(낮)

#회사 옥상

민환 넥타이 늦춘다. 답답하고, 불편하고.. 전화 들고 '오유라' 통화버튼 누르고.

#회상 옥상/스위트룸_분할화면

유라, 안경 쓰고 그냥 허울만 재벌 3세만은 아니라는 느낌으로 회의하다 전화 받는.

오유라   (살짝 짜증) 왜...

박민환   뭐 하는 거야? 왜 이렇게 연락이 없어?
　　　　　강지원 오늘 출근했어. 아무 일도 없었던 거 같다고!

유라, 펜 탁 놓고 일어서서 앉아있던 실장급들 나가라고. (남비서만 빼고)

박민환   뭐가 어떻게 돌아가는 거야?

오유라   유지혁이 퇴원했어. 그러니 출근했나 보지.
　　　　　내가 너한테 아무 일도 없었던 것처럼 있으랬지? 걔는 어떻게 할 거 같은데?

박민환   (표정)

오유라   싸우고 싶으면 달려가서 머리 쥐어뜯고 악 지르는 건 쉬워.
　　　　　참을 줄 알아야 거지처럼 안 사는 거야. (했다가 아직은 좀 달래야지)
　　　　　이따 체육관에 올래? 몸 좀 쓰면서 같이 이야기하면 괜찮을 거야.

#회사 옥상

전화 끊고 핸드폰 톡톡 두드리며 영 불안한 민환.

박민환   이 기지배, 말하는 게 영 맘에 안 들어.

#스위트룸

오유라   (표정 싹 변해서) 수준 안되는 인간들이랑 아예 엮이면 안 되는데...
         내 손 좀 덜 써보겠다고 하면 되는 게 없어.
남비서   정만식과 배희숙은 찾았습니다. 너무 무서워서 숨어버리려고 했다는
         군요.
오유라   알아서 잘 숨을 인간들이었으면 강지원은 벌써 죽었겠지. 통화 연결해.

남비서, 통화 연결해서 유라에게 전화 넘기면.

#스위트룸/인천 모텔방_분할화면

정만식   (굽신굽신) 아, 안녕하십니까. 정만식입니다.
배희숙   (전화기에 귀 대고 같이 들으려)
오유라   (침착+도도+다정) 찾느라 힘들었어요. 왜 도망을 가셨어요.
         우리 한배 탔잖아요.
정만식   아, 그, 그게... 선생님을 못 믿는 게 아니라 딸년을 믿을 수가 없어서...
오유라   그럼 지금부터는 저 믿으세요. 저 식구 저버리는 사람 아니에요.
         잠깐 중국에 가 계시는 게 어떨까요?
         상해 예뻐요. 근처 항주, 소주 다니시면서 물놀이도 하시고...
정만식   네네, 어이쿠... 저야 뭐 감사하죠.
오유라   배 타고 가실 때는 좀 고생이겠지만...

#스위트룸

오유라   (전화 끊고 남비서에게 넘겨주며) 밀항시켜. 그리고 새우 새끼들도 정
         리하고.

남비서   (묵례)

오유라   (표정)

씬10. 엘리베이터 안(낮)

민환, 엘리베이터 타고 내려오는데

문 열리고 지원, 주란, 희연 탄다.

마주치는 민환과 지원의 눈.

순간 민환은 움찔(=>뻔뻔), 지원은 경멸(=>결연) 지나가지만..

다음 순간 아무 일 없다는 듯 스쳐 지나가는 두 사람의 모습에서.

씬11. 여직원 휴게실(낮)

주란을 사이에 두고 지원과 희연, 휴게실의 소파 의자에 나란히 앉아
있다.

양주란   진짜 한심하지? 이 나이 먹고 불안초조할 때 갈 데가 없어서 회사 출
근이라니.

강지원   (손잡아준다) 회사에 친구가 있으니 온 거죠.

안 그래도 오늘 퇴근하고 가려고 했어요.

양주란   아냐. 나 오늘 저녁에 쳐들어가.

경찰에 신고했어. 간통죄로 엮어 넣으려고.

강지원(E)   아... 이때는 간통죄 폐지 전이었구나!

양주란   (실소) 그 인간, 나 병원에 입원만 하면 연지는 엄마한테 맡기고 걔 집
으로 끌어들이더라. 그래서 오늘 입원한다고 했지.

유희연   (경악)

강지원   (마음 복잡) 괜찮으시겠어요?

양주란   (글썽) 원랜 미친 인간들이 차에서 더러운 짓 하는 게 블랙박스에 다 잡혔는데 고장인지 화면이 안 나와. 경찰들은 음성만으로는 증거가 부족하다고 하고.

강지원   블랙박스가 화면이 안 나와요? (불길)

양주란   말도 안 되지. 진짜 이런 짓까지 하고 싶지 않은데...
          그래도 마음 굳게 먹고 오늘 도어락 고장 내고 나왔어. 제대로 덮칠 거야.

강지원   (뭔가 느낌 있는데!!)

INSERT. 경욱이 휴게실로 걸어오는 발!!

CUT TO.

김경욱   (휴게실 문 벌컥 열고) 이이... 모여서 수다만 떨려고 회사 나왔... (또잉?)

앞에 수다 떨던 모습은 간데없이 지원, 주란, 희연 모두 다른 자리에 앉아서 서류 보는 등 태연하게 일하는 중 (희연은 노트북 테이블 위에 놓고 하고)

강지원   주란 과장님이 아프시니까 좀 편한 자리에서 일하는 게 나을 거 같아서요. 도움받으면서 이 정도는 해야 할 것 같아서요. 무슨 문제 있으실까요?

경욱 표정 일그러져서 돌아서면,
등 뒤로 소소하게나마 고소해하는 지원, 주란, 희연의 얼굴.
그 와중에 뭔가 마음에 걸리는 지원이 결심하고,

강지원   과장님, 저도 오늘 가도 돼요??

씬12. 주란 아파트 앞/차 안(밤)

지원, 주란, 경찰1,2 차 안에 숨어서 지나가는 (쇼핑백 든) 바람녀 보고 있다.
지원의 시선으로 바람녀가 신은 빨간 하이힐 확대. 불길..
바람녀 현관으로 들어가면 넷 다 내리고.

경찰1　저분이 맞습니까?

양주란　맞아요.

경찰1　(시계 확인) 남편분은 들어가신 지 30분 됐어요. 10분 후 들어갑니다.

양주란　(긴장) 네네. 제가 도어락 건전지 빼놨어요. 바로 들어갈 수 있어요. 어, 또...

경찰2　(불안하게 어리바리 플래시 팍 터트리면)

양주란　(놀란다)

경찰1　증거를 남겨야 해서요. (경찰2에게 잘해 임마! 뒤통수 퍽!)

강지원　(주란 대신) 과정을 다시 한번 말씀해주시겠어요?

경찰1　들어가서 현장 잡고 증거 남기면 끝입니다. 그냥 저희 뒤만 따라오세요.

양주란　(불안)

강지원　(주란 부축한 채 표정)

씬13. 주란 아파트 현관 앞(밤)

경찰1, 조심스럽게 아까 건전지를 빼둔 도어락 돌린다.
그 모습 보는 지원 불안한 표정,
문 열리면 어지러운 신발장 사이로 뚜렷하게 보이는 빨간 하이힐에서 확신으로.

씬14. 주란 아파트 거실(밤)

경찰1, '쉿' 하고 들어가면 경찰2 따라 들어가는데,
지원, 주란을 잡는다.

양주란   어?

그 순간 화장실에서 물 내리는 소리!!
화장실 문 열리면서 바람녀 나오다가.

바람녀   당신들 뭐예요??!?!?

하는 순간 안방 문 열리며 1부에 나온 사탕통 들고 재원 등장한다.
순간 당황해 플래시 터트리는 경찰2! 엉망진창!!

이재원   (눈부셔서 사탕 떨어뜨리며) 어? 이게 뭐야??
(주란 보고) 어어? (경찰 보고) 어어어?

CUT TO.

바람녀   언니가 병원에 입원했다고 해서 반찬 좀 챙겨드리러 온 거예요.

INSERT. 식탁 위의 쇼핑백, 락앤락 꺼내놓았고.

바람녀   주제 님있나 봐요. 가게에서 자주 뵀더니 꼭 가족 같고 신경 쓰여서...
이재원   (주란에게) 별... 너 나 의심했냐? 내가 너네 갈빗집에서 일하니까 우
스워?
양주란   그, 그게... 너네들...

지원은 수작질이 뻔히 보이는데
경찰들은 난감한 기색 역력(아 씨, 이거 민원 들어오겠는데...)하고.

이재원	다들 나가요! (바람녀에게) 너도 가.
	다신 이런 거 가지고 오지 마. 사람 우스워진다.
바람녀	죄송합니다!! 죄송합니다!! (나가는)
경찰들	(주란 눈치 보다가 나가면)
강지원	(어떡하지...)
양주란	(한참 재원보다가 결연) 자기도 가. 내가 이야기해봐야지.

지원, 어떻게 해야 할지 돌아보면.
고장 난 도어락, 바람녀가 신는 빨간 하이힐, 바닥에 흐트러진 사탕들.
1부 해영빌라와의 데자뷔가 일렁일렁 어지러운데 유리 테이블 눈에
딱 들어온다!

FLASH CUT. 1부 24씬 지원, 유리 테이블 위로 쓰러지면서 산산조각

이재원	안 나가요?!?!
강지원	(결심!) 나가요. 근데 그 전에,

지원, 재원의 골프가방 발견하고 골프채 꺼내 든다.

이재원	히이이이익!!! 뭐 하는 거야??

지원, 마치 재원 한 대 치려는 듯 골프채 들고 성큼성큼 걸어오면!
주란도 놀라고 재원도 놀라고!
하지만 내려쳐진 골프채 유리 테이블을 산산조각!!

이재원	히이이익!! (얼굴 가리고)

양주란	(역시 눈 질끈!!)

한 번만이 아니라 여러 번, 기둥까지 야무지게 후려쳐서 부숴버리는 지원.

강지원	우리 언니 건드리면 용서 안 해요. 양심 있게 살아.
이재원	(이게?) 완전 도라이네 이거? 지금 뭐 하는 짓이야? 이거 다 청구할 거야!!
경찰들	(큰소리에 놀라 들어오면)
이재원	어이구? 마침 경찰도 대동하고 오셨더랬지? 아저씨들 이거 기물 파손 맞죠?
	(경찰에게 가서) 봐봐!! 저 여자가 이거 다 때려부수고...
양주란	그만해!!!!!!!!
이재원	(보는데)
양주란	너 진짜 뻔뻔하다. (또박또박 말하고 싶지만 부들부들) 지금 현장 안 잡혔다고 신나지? 아닌데? 너네 차에서 그짓꺼리한 거 나 다 알아. 나 죽으면 보험금 얼마 나오나 낄낄댔잖아!! 늬들이 사람이야??
이재원	(당황) 뭐? 뭐?
강지원	(표정)
양주란	연지도 타는 차에서 그러고 싶어?? 연지 보기 창피하지도 않아?? 나쁜 놈아!
이재원	(경찰 눈치 보다가 주란에게 다가가며) 얘, 얘가 뭐라는 거야? 증거도 없으면서 쌩사람 잡고 있네. 야, 너...!!!!!!

주란 다가온 재원 뺨 올려붙인다.
되게 얻어맞고 성질 난 재원 '이게?' 하고 (1부 민환처럼) 주란을 떠미는데,
생각보다 훨씬 강해서 1부 지원처럼 그대로 넘어가는 주란!! (SLOW)

FLASH CUT. 1부 24씬 지원이 넘어가는 순간.

어어? 하면서 주란 넘어가는데..

씬15. 주란 아파트 전경(밤)

주란의 비명 소리!!

씬16. 주란 아파트 거실(밤)

주란, 깨진 유리 테이블 위에 누워 있는데
머리 옆으로 지원이 깨부쉈던 테이블 기둥 잔해 흐트러져 있다.
지원이 깨부수지 않았다면 머리 부딪쳤을 수도 있는 상황!
재원은 놀라서 그냥 멍한데,
숨도 멈췄던 지원, 순간 눈 돌아서.

강지원 이 나쁜 새끼이이이이!!

지원이 달려들어 재원의 머리채를 휘어잡고.. 깨물고.. 쥐어패면.

이재원 으악! 으아아악! 이거!! 이거!!

경찰1은 지원 말리고 2는 주란을 챙기고,
'다쳐요, 다쳐!' 난리가 난 상황에서.

씬17. 경찰서(밤)

쥐어뜯긴 지원이 주란 손 꼭 잡고 앉아있다.

그러는데 뛰어 들어오는 지혁(암슬링+발은 살짝 절룩)과 석준.
뛰어와서 숨도 찬데, 지원, 주란 꼴 보고 황당하기 그지없고.
지원 민망하고..
주란은 지혁이 뛰어온 것에 당황, 달려와 지원 살피는 모습에 2차 당황,
마지막으로 석준과 시선 마주치는 데까지.

씬18. 주란부모 아파트 앞(밤)

강지원 (주란 양손 꼭 잡고) 내일 제가 퇴근하고 또 올게요.
그 전까지는 아무것도 하지 마세요.

지혁과 석준은 살짝 떨어져 차 세우고 둘이 따로 서 있다. (목소리는
들릴 만한 거리)

양주란 (고개 젓는) 고마워, 자기야. 하지만 내 일인데 알아서 할게.
오늘 밤엔 엄마아빠한테 이야기하고 내일은 집에 가려고. 하는 꼴 보
니 순순히 헤어질 수 없을 거 같아. 변호사 만나봐야지.

이석준 (표정)

강지원 안 돼요. 저 없을 때는 그 인간을 단둘이 만나면... 아니아니, 그냥 만
나지 마세요. 꼭 그래야 하면 어머니 아버지하고 같이, 아냐, 그냥 제
가 올게요.

양주란 무슨 말이야... 왜 이렇게 이상한 소리를 해?
아까 유리 테이블 부순 것도 그렇고... 자기 좀 이상해...

강지원 이상한 긴 알아요. 그래도 저 아니면 죽... 아니, 크게 다칠 뻔한 것도
맞잖아요. 한 번만 제 말 들어주시면 안 돼요?

이석준 내가 옆에 있을게요.

지원/주란 (돌아보는데)

이석준 (주란에게) 변호사 만난다면서요? (나 변호사!) 나하고 이야기해요.

주란, 당황해서 석준 보는데.

등 뒤에서 주란부모 '주란아...' 하고 연지 안고 나오면 돌아보는 데까지.

CUT TO. 차 앞

주란은 들어가고 남은 세 사람. 어색하고 불편하고.

이석준 (덤덤) 뭔지 몰라도 내가 양주란 씨한테 딱 붙어있으면 되는 거 아닌가?

강지원 아니, 그 정도가 아니에요. 과장님이 절대 혼자 있지 않았으면 좋겠어요.
특히 남편과는 마주치는 일도 없어야 하고, 혹시 그래야만 한다면...

유지혁 남편이 어떻게든 과장님을 해칠지도 모른다고 생각하고 행동해주세요.

이석준 (살짝 놀라서 보면)

유지혁 진지한 의미로.

강지원 이상하게 들리는 거 알아요. 어쨌든 절대 손을 대게 두면 안 돼요.

이석준 ...언제까지?

지원혁 (서로 본다)

강지원 해결 방법이 떠오르긴 했어요. 가능한 빨리 해결해볼게요.

이석준 알았어. (한숨) 하지만 두 사람 다 이상하긴 해.
언젠가 설명 들을 수 있었으면 좋겠군.

지혁/지원 (표정에서)

씬19. 지혁의 차 안(밤)

지혁이 운전대 잡고 있고 조수석에 지원 앉아있다.

유지혁 양주란 과장은 실장님을 믿으면 돼요.
한다고 한 일을 못한 적 없으니까.

강지원 (다른 생각 중) ...운명이 옮겨가는 게 100% 우연은 아닌 거 같아요.

유지혁 (운전하다가 곁눈질로 보면)

강지원   정수민과 박민환을 결혼시키면 된다고 생각했는데 그게 아니었어.
조건...이 있는 거 같아요. 암에 걸리는 운명이 무신경하고 책임감 없
는 배우자로 인한 과로로 고통받는 거였다면 죽는 건...

FLASH CUT. 1부 지원의 상황과 주란의 상황(도어락, 빨간 하이힐, 사
탕통) 교차되는 위로.
강지원(E) "고장 난 도어락, 빨간 하이힐, 사탕통..."

강지원   친한 사람과 바람난 배우자라든지...

깨달음의 BGM!!!

강지원   아니면, 그 인간말종들이 보험금을 노리는 걸까요?

불길한 느낌. 폭풍전야의 긴장감이 감도는 지원의 표정.

강지원   내가 뭘 해야 하는지 알았어요. 나... 박민환에게 돌아가야 해요.

씬20. 격투기 도장(밤)

유라는 링 옆에 빠져서 물 마시고 있고,
남비서와 스파링복서(남/20대) 치고받고 있는데 문 열리고 민환 들어
온다.
올 줄 알았다는 여유로움으로 유라 미소 짓고,
스파링 중이던 남비서는 흘깃, 맘에 안 들어--
이 꽉 문 단단한 민환이 걸어가는 표정 위로.

강지원(E) 그 인간과 바람펴서 자기 와이프가 죽어도 상관없다고 느끼게...

민환, 핸드폰 내려놓고 옷 벗어 던지는 동안
핸드폰 '정수민지원친구' 울리기 시작하는 데서.

씬21. 해영빌라_민환본가 방(밤)

수민, 통화가 '지금 고객님이 통화할 수 없사오니..' 메시지 송출로 넘어가면 끄고.
불안해하는 얼굴로 손톱 깨무는 위로.

강지원(E) 아니, 죽여야겠다고 생각하게 만들어야 하니까.

씬22. 거리 일각(밤)

끼익— 갓길에 정차하는 지혁의 차.
살짝 화난 듯한 지혁 내려서 길 쪽으로 돌아 나와서 서성이면,
지원도 내리고.

강지원 해야 하는 일이에요! 아니면 양주란 과장님이 남편 때문에 죽어요!! 지금 남편에게 살해당하는 내 운명은 양주란 과장님에게 가 있으니까! 다른 사람한테 운명이 넘어갈 때까지 계속, 계속, 양주란 과장님이 위험할 거예요!

지혁, 말하지 말라는 시늉하고 혼자 생각.
화났다가, 누르고 그래도 안 되겠어.. 다시 누르고.
그러는 지혁 보는 지원이 불안해지다가 걱정스러워질 때쯤.
지혁, 지원을 본다.
성큼성큼 걸어와서 그대로 꽉 끌어안고!

강지원	(의외다! 이럴 줄은?!)
유지혁	(한 팔로 부서져라 끌어안고) 알았어요. 무슨 말인지 알았어.
강지원	... 싫지 않아요?
유지혁	싫어요. (더 끌어안고) 근데 해야 하면 해.
	좋아. 맘대로 해. 내가 다 도와줄게요.

걱정했던 지원, 지혁의 반응에 안심+감동..
지혁 덕분에 이제 뭐든 할 수 있다 단단해지는 표정까지.

씬23. 시간 경과 몽타주

#16층 사무실(낮)
경욱, 수민이에게 문자 온 거(수민번호) 확인하는 컷에서
[과장님, 수민이에요. 한번 뵙고 싶어서...]
지원, 서류 들고 들어오다가 민환과 눈 마주치면
민환은 여전히 뻔뻔하게 어쩌라고? 지만,
목표가 생긴 지원은 연기 시작, 고민 있는 표정으로 돌아서고.

#U&K 본사 앞 거리(밤)
지원 뛰어나와서 차 대기시켜 놓고 기다리던 지혁의 차에 타는 모습

#지원 새집(낮)
지원이 9부 23씬에서 수민이 준 빨간 하이힐 꺼내서 본다.

씬24. 지혁의 집 주방(밤)

정갈한 한상차림 차려서 밥 먹다가

지혁이 암슬링을 오른쪽에 하고 있어서 밥 먹는 거 영 서툴면,
자기 밥그릇 들고 자리 옮겨 옆으로 가서
지혁 숟가락으로 야무지게 먹여주면서 이야기하는 지원.
(지혁은 지혁 숟가락으로 한 입, 자기는 자기 숟가락으로 한 입)

강지원　지혁 씨는 교통사고라고 했죠? 뭔가 기억나는 거 없어요?
유지혁　글쎄... 난, 그냥 강지원 씨의 봉안당에 갔고 거기서 차가 고장 났어요.
강지원　그게 전부예요?

하면서 헷갈린 지원이 방금 자기가 먹은 숟가락으로 밥 떠서 지혁에게 주면,

유지혁　(빤히 보다가) 아닐 수도 있지만 지금은 아무 생각 안 나요.
강지원　내일 출근하면, 괜찮겠어요?

아~ 하고 받아먹을 때는 살짝 귀엽지만,

유지혁　걱정하지 마요. 지원 씨 생각보다는 연기하는 데 익숙하니까.

믿음직한 표정까지.

씬25. 커피숍(밤)

수민, 커피 한 잔 시켜놓고 생각 많은 표정으로 앉아있다.

FLASH CUT. 13부 58씬 강지원 "난 다행이라고 생각했지. 사람들은 몰라서... 너는, 몰라서."

나만 나빴나? 싶다가 고개 절레절레 절대 아니야— 인정할 수 없어--

FLASH CUT. 13부 61씬 강지원 "죽는 그 순간까지도 네가 불행하길 바라지 않았어." (이 씬은 원래 회상 위의 대사라 13부 58씬에서 지원 얼굴로 추가촬영 필요합니다)

정수민 강지원... 무슨 소리를 하는 거야? 죽는 그 순간이라니. 지가 죽어본 것처럼.

머리 아픈 수민, 핸드폰 보면 '민환 오빠'에게 전화한 흔적 엄청 많다. 통화목록 끄고 연락처로 들어가 '오'라고 저장해둔 오유라 번호 보고 있는데.
경욱, 앞에 앉는다. 살짝 선 긋는 어색함이 감돌고.

김경욱 ...무슨 일이야? 결혼한 여자가 밥시간에 집 비워도 되나?
정수민 (경계심 느끼고) 바쁜데 시간 내주셔서 고맙습니다. 과장님 꼭 한번 뵙고 싶었어요. 지원이하고도 풀었거든요. 얼마 전에 한 번 얼굴도 봤고.
김경욱 (예민) 강지원이... 연차 신나게 쓰더니 친구 만날 틈은 있나 보구만!
정수민 아, 여행 간다고 하긴 했어요. (상황 알아보려) 이제 출근한 줄 알았는데...
김경욱 여어해앵? 내 이럴 줄 알았어. 집에 일이 있느니 뭐니...
       하여튼 회사가 엉망이야. 직원들이 지 맘대로 출근했다 안 했다...
       윗사람부터가 근태가 엉망이니 프로젝트는 날아가게 생겼고.
정수민 부장님은 아직 출근 안 하셨군요...
김경욱 (예민) 엥? 어떻게 알았어? 부장하고도 연락해??
정수민 (얼른 정신 차리고) 아니요... 그냥 오빠 오랜만에 보니 옛날 생각나서요...

만랩 스킬로 가장 예쁜 옆모습 보여주는 수민을 보는 경욱의 표정에서.

씬26. 크라운 예식장 수민환 결혼식_경욱 회상(낮)

11부 51씬, 홀에서 식장 문 앞에 서 있는 수민의 모습,
한쪽 구석에서 경욱이 보고 있다.

김경욱　(눈물 그렁그렁) 안녕... 정.수.민. 널 사랑하는 나는 오늘 죽.는.다.

눈물 또르르 한 방울,
멋지게 돌아서는 경욱의 뒤로 결혼행진곡이 울려 퍼지는 데까지.

씬27. 커피숍(밤)

경욱의 시선으로 수민 보는데
늘 블링블링 분홍색에 예쁜 삔 꽂았던 초반 수민과는 다른 분위기에,

김경욱　결혼하니까 분위기가 좀 바뀐 거 같네?
　　　　　여자들은 참... 안 변할 거 같아도 결혼하면 다 변해.
정수민　(살짝 신경 쓰이는데)
김경욱　결혼 안 한 강지원은 나날이 예뻐지고. 쯧! 정수민이, 경각심을 가져
　　　　　야 돼! 박민환이랑 강지원 회사에서... (의미심장) 그 둘이 7년이나 만
　　　　　났을 때는 잘 맞으니까 그런 거 아니겠어? 사람이 아예 안 보면 몰라도...

수민의 표정에서 연결.

씬28. 커피숍 앞(밤)

정수민　(일단 호구 확보해놔야지...) 오랜만에 오빠 보니까 너무 좋았어요.

또 연락드려도 되죠?

경욱, 수민 본다. 영원한 호구인 듯 언제라도 연락하라고 말할 것 같지만!!

김경욱   아무리 사랑했더라도 결혼했으면 아름다운 추억으로 남겨야 하는 거야. 그 얘기 하러 나왔어. 내 생각 그만해. (수민 어깨 잡고 아련) ...잘 살아.

경욱, 멋있게 돌아서지만,
혼자 남은 수민, 어이없기도 하고 짜증 나기도 하고... 되는 일 하나도 없는데.

씬29. 해영빌라_민환본가 방(밤)

침대에 앉아있는 수민의 표정으로 연결.

FLASH CUT. 13부 52씬 강지원 "그놈의 거짓말, 제발 그만해!"

정수민   ...나도 그럴 수 있으면 좋겠어.

입술 꼭 깨물고 민환에게 문자.
[정수민 : 어디야? 뭐가 어떻게 된 건지는 공유해줘야 하는 거 아냐? 나 맨날 집에서 미쳐버릴 거 같아]
민환이 메시지 읽지 않으면 입술 잘근잘근 깨물다가.
[정수민 : 왜 집에 안 들어와? 혹시 강지원하고 있는 거...]
하다가 지운다.

FLASH CUT. 27씬 김경욱 "그 둘이 7년이나 만났을 때는 잘 맞으니까 그런 거 아니겠어? 사람이 아예 안 보면 몰라도…"

정수민   말도 안 돼. 죽이자고 한 사람이 무슨…

아닌 거 알지만, 수민이 봐온 7년간의 기억들의 습격!

FLASH CUT. 4부 29씬 메이크오버한 지원 보고 수민 밀치고 달려가서 박민환 "이게 누구야? 내 여친인데 몰라보겠어어~"

FLASH CUT. 7부 22씬 워크숍에서 지원에게 다정하게 구는 민환

FLASH CUT. 8부 51씬 지원에게 프러포즈하는 민환을 보는 수민

불안해진 수민, 핸드폰으로 지원의 번호 찾는 데서.

씬30. 지혁의 집 거실(밤)

강지원   (정리 끝내고 짐 챙겨서) 전 그럼 내려가 볼게요. 푹 주무시고 내일 봬요.
유지혁   (하고 싶은 말 많은 얼굴로 본다)
강지원   (보다가 다가서) 고마워요, 오늘도.

발돋움한 지원이 지혁 뺨에 쪽 하고 뽀뽀하고 돌아서는데,

유지혁   아! (갑자기 몸 구부리며 어디 아픈 듯?)
강지원   부장님!! (가방 던지고 달려와 등 감싸며) 괜찮으세요? 어디가 아파요?
유지혁   (팔목 잡고) 미안해요. 기껏 생각나는 게 이런 거야.
강지원   아잇! 진짜!! (쥐어박으려고)
유지혁   (지원 팔 잡고 진지+심각) 오늘 자고 가면 안 돼요?

아주 가까운 거리에서 마주친 지원혁의 시선에서.

씬31. 지혁의 집 침실(밤)

INSERT. 비어있는 지혁의 집 거실, 테이블 위의 지원 핸드폰에 '정수민'으로 전화 오다가 꺼지고 문자 [정수민 : 어디야?]

지혁, 침대에 앉아서 아래에 요 깔고 베개 정리하고 반듯하게 눕는 지원 본다.

강지원   주무세요.
유지혁   (보면)
강지원   아! (몸 일으킨다) 불 제가 끌까요?

하면, 지혁 일어나서 불 끄고 베개 집어서
침대가 아닌 요 아래 지원의 옆에 툭 던지고 파고 들어가 눕는다.

강지원   뭐 하는 거예요? (일어나려고 하면)
유지혁   (당겨서 눕히고 안으며) 무슨 의미인지 접수했으니까 안고만 잘게요.
강지원   아니, 나는...
유지혁   (더 깊게 당겨 안으면) 나 아파. 정말이야.
강지원   (어이없지만 귀여워서 웃음만)
유지혁   (눈 감고) 항상 내 옆에 있어요. 뭘 하든, 뭘 하지 않든 내 옆에서 해.
강지원   (안정감 느끼는 표정)
유지혁   그러면 돼.

지혁이 지원의 이마에 입술 누르는 데까지.

CUT TO. 밤->낮

5부 회상에서 잔디밭 위에서 나란히 자는 두 사람과 겹쳐서
지금 지혁이 집 바닥에서 자고 있는 두 사람의 컷.
날이 밝고, 지혁 잠에서 깨서 눈 깜빡이면 옆에 지원이 없다.

FLASH CUT. 5부 3씬, 눈떴는데 지원이 없을 때

놀라서 일어나는데..

씬32. 지혁의 집 주방(낮)

지혁, 뛰어나왔는데 지원이 딸기를 갈아서 마시는 중이다.

강지원   아, 깨우려고 했는데... 딸기 먹을래요? (하나 입에 넣고) 진짜 맛있어!
(지혁도 먹으라는 듯 하나 들면서) 나 이렇게 단 딸기는 처음...

하는데 지혁이 와서 덜컥 안아버리면.

강지원   ...왜 그래요? 꿈꿨어요? (지혁 살피면)

지혁이 꽉 끌어안고 안 놔줄 기세면,
지원 다독여주다가 문득..

강지원   ...근데 이제 안 아파요? 다 나았나 봐요.
유지혁   아파요. (오른팔로 왼팔 잡으면)

지원, 반대 팔이라는 시늉하면 지혁이 얼른 팔 바꾸다가 웃음이 터지고.
지원이 들고 있던 딸기 입에 넣어주면 2차로 웃음 터지고..

씬33. 16층 엘리베이터 홀(낮)

INSERT. U&K 본사 전경

엘리베이터 문 열리면서 지원(빨간 하이힐), 지혁 내린다.
단단한 표정으로 오늘이 d-day라는 느낌으로 들어가는 데까지.

씬34. 16층 사무실(낮)

지혁, 자료 태형의 책상에 내려놓는다.

유지혁　앞으로 밀키트 프로젝트는 김태형 씨가 담당합니다.
강지원　(어두운 표정)
김태형　네? (지원 눈치)

민환 자기 자리에서 뭐지 이 상황은?? 하고 본다.

유지혁　김태형 씨, 팀 옮긴 지 꽤 됐는데 자기 거 하나 있어야 정을 붙이죠.
할 수 있죠? (경욱과 희연에게) 많이 도와주고.

일부러 지혁, 지원과 절대 눈 안 마주치면
그걸 본 민환의 표정에서.

CUT TO.
민환의 시선으로, 지혁이 밖으로 나가자 눈치 보고 지원 쫓아가는 모습.

씬35. 회사 옥상(낮)

강지원	부장님, 이건 아니잖아요!
유지혁	돈 받고 나하고 헤어지겠다고 할 땐 이 생각은 못 했나?
	다 가질 순 없어요, 강지원 씨.
강지원	(연기력 폭발) 이직할게요. 그냥... 밀키트까지만 하고요.
	밀키트는 저만 관련된 게 아니라 양주란 과장님의 것이기도 하고...
유지혁	회사의 프로젝트죠.
강지원	부장님!! 공과 사는 구분해주...
유지혁	(말 끊) 애당초 밀키트를 강지원 씨가 맡은 것부터가 공사구별 안 한 거였어.
	얼굴 보기 싫으니까 오늘은 연차 써도 좋아요. 바로 사직서를 쓰면 더 좋고.

지혁, 냉정하게 돌아서서 걸어 나간다.
지원 혼자 남아 괴로워하는데.

CUT TO.
코너에서 민환, 다 엿듣고 입틀막!! 뭐야 이거 어떻게 된 거야??

씬36. 탕비실 or 시식실(낮)

민환, 바닥에 주저앉아서 박스 가득 쌓여있는 샘플들 라벨링 오타 난 거 스티커 붙이는 중(왼쪽에는 박스가 가득 오른쪽에는 라벨링 스티커 가득)

박민환	(계속해서 붙이다가) ...강지원이 돈을 받아서 헤어졌다고?

핸드폰 꺼내 '오유라' 통화 누르려다가 참고,
말자.. 하고 스티커 붙인 샘플 옆으로 던졌는데 보이는 빨간 하이힐.

보면, 지원이 내려다보고 있다.

강지원 (신발 벗고 살짝 거리 두고 반대편에 앉는다) 이걸 왜 혼자 다 해?
박민환 (의심) ...누구 때문에 내 입지가 개똥이 되지 않았겠어?
강지원 (스티커 붙이며) 전에도 말했지만 네가 정수민을 안 만났으면 일어나지 않았을 일이야.
박민환 (코웃음) 웃기시네. 너 유지혁이 누군지 알아서 갈아타려고 나 엿먹인 거잖아.

지원, 민환을 똑바로 본다. 마치 그런 거 아니라고 말할 듯했지만..

강지원 맞아.
박민환 맞아아?
강지원 근데 지금은 상황이 좀 달라졌어.
박민환 (뭐야 이건?)
강지원 (밖에 눈치 살짝 보며) 이따 한잔할래?

도무지 지원의 속을 알 수 없어 눈살 찌푸리는 민환의 표정에서 연결.

씬37. 맥줏집(밤)

맥줏집 앞에는 무한리필 고깃집 '끗까지머거 1호점' 있다.

박민환 뭐어어어? 800억??
강지원 회장님이 그 정도 된다고 하시던데? 부장님하고 헤어지는 조건이라면 비싼 것도 아니라고. (헛웃음) 현금은 아니야. 부동산이랑... 뭐 그런 거...
박민환 (목 타서 맥주 꿀꺽꿀꺽!)
강지원 (쓸쓸) 대단하지? 세금 처리까지 싹 다 해줘서 난 뭐가 있는지도 몰라.

자산관리 해주는 사람도 있어. 알아서 다 해줄 거래.

박민환 (이게 지금 무슨 상황인지 표정만)

강지원 (머리 아프다) 부장님은 자기가 다 알아서 할 건데 돈 받았다고 화를 내는데... 그 사이에 껴서 너무 괴로워. 내가 뭘 할 수 있어...

지원, 진짜 괴로운 표정으로 얼굴 가리는데.
민환, 긴가민가 상황파악 잘 안되는 표정까지.

씬38. 맥줏집 건물 남자 화장실(밤)

민환, 손을 닦고 거울 본다.

박민환(E) 말은 돼. 암만 돈이 많아도 사귄다고 800억을 덜컥 주는 건 이상하지. 먹고 떨어지라는 쪽이 더 말이 돼. 그렇다 해도 좀 많지만...

FLASH CUT. 13부 16씬 007가방 가득 든 오만 원권.

박민환 충분히 가능해.

하는데 전화 울린다. 보면 '정수민지원친구'이면 귀찮아하며 거절버튼 누르고.

박민환 집중! 집중! 다시 생각해보자.

박민환(E) 지금 쟤는 내가 자길 죽이려고 사고 낸 걸 모르... (문득) 아니지! 유지혁이 사고에 끼어들어 다친 거잖아? 둘이 같이 결근했고! 입원해있어서 간호하느라 못 온 거 같은데 뭘 헤어져??

박민환 뭔 수작이야??

씬39. 맥줏집(밤)

민환, 자리에 앉는데 지원 창밖을 물끄러미 바라보고 있다.
밤 조명에 반짝반짝 예쁘면 민환의 표정 살짝 누그러지는데.

강지원 저 앞에 고깃집 생각나? 우리 자주 갔잖아.

INSERT. 무한리필 고깃집 '끗까지머거' 1호점

강지원 (추억이라는 듯 아련하게 키득) 돈 없어서 자기가 저기 가는 날은 아침부터 굶으라고 하고. 배부르다고 고기 먹을 땐 물도 못 마시게 했어.
박민환 야 넌 뭐 추잡스럽게 그런 걸 기억해?
강지원 왜? 난 그럴 때가 좋았던 거 같아. 뭐든 귀하고... 그래서 소중하고...

지원이 아련하게 창밖을 바라보는 모습 위로.

FLASH CUT. 4부 32씬 강지원 "나 참, 단칸방이면 내가 싫어해? 진짜 남자들이란... 자기만 있으면 되는 걸 몰라."

강지원 자기랑 있을 땐 돈이 문제가 아니었어. 나 자기 많이 좋아했어.
박민환 뭐... 너만 한 애도 없지. 너니까 내 성질 받아준 거고... (말랑말랑해질 뻔했지만 정신 차리고!) ...근데 그래서 유지혁하고는 완전히 헤어진 거야?
강지원 그런 줄 알았지. 근데 나 얼마 전에 사고 날 뻔했거든.
박민환 사...고?
강지원 상대 차량이 덤프트럭이어서 완전히 죽는 거였어. 근데 부장님이 갑자기 껴들어서 어떻게 어떻게 살긴 했는데 다 꼬여버렸어.
박민환 꼬였다고?
강지원 꼬였지. 그것도 아주 끔찍하게. (의미심장) 사고 덤프 운전자가 누군지 알아?

박민환   (긴장)

강지원   (차갑게) 수민이네 아빠야...

박민환(E)   (벌떡 일어나며) 역시 다 알고 있었어!!!!!!!!

강지원   (반전) ...정수민이 이 정도까지인지 몰랐지? 안 믿기겠지만, 진짜야.
암만 내가 밉다고 해도 죽이려고 하다니 진짜 미쳤어.

박민환   (어?)

강지원   그 사고로 정수민의 밑바닥만 본 건 아냐. 부장님, 나한테 사람을 붙
였어. 그게 아니면 어떻게 나타났겠어? 헤어지고 나서는 연락한 적 없
는데.
(미치겠다! 연기력 폭발!) 너무 무서워. 도대체 내가 어떻게 해야 돼?

박민환   그럼 너 결근한 거...

강지원   나 때문에 다쳤는데 그럼 어떡해? 많이 안 다쳐서 그나마 다행이지.
다시 만날 수는 없다고 했더니 퇴원하자마자 오늘 나한테 퇴사하라고
하는데...

박민환(E)   얘... 진짜잖아!!

아직 100프로는 아니지만 반쯤 넘어온 민환에서.

씬40. 해영빌라 근처 골목(밤)

민환과 지원 적당한 거리를 두고 나란히 걷고 있다.
지원 민환의 눈치 살피는데,
곰곰이 생각에 잠겨있는 민환.

박민환(E)   뭔가 이상하다 했는데 이거였어. 그래, 유지혁이 재벌 3세면 갈아타는
게 맞지. 하지만 800억을 준다면... 헤어지는 게 맞고. (지원 힐끗) 재
가 재벌집 사모님 깜냥은 또 아니니까.

강지원   (모르는 척, 생각하는 척, 눈치는 보면서)

박민환(E) 그리고 재한테 800억이 있다면 난 쟬 죽일 게 아니지...

민환의 머리 위로 도표 2개 그려진다.

민환 머릿속 계산 도표1)

지원(사진)이 800억 들고 있는 위로 X자 그려지면서 '사망' 뜨면

화살표로 지원엄마(사진) '상속'으로 연결=>돈은 그대로

지원엄마 옆에 '♥'수민아빠(사진) 있고=>돈은 1/2,

그 아래로 수민(사진) '가족' 연결해서=>돈은 1/4

그제야 민환(사진) 뜨면=>돈은 1/8

민환 머릿속 계산 도표2)

지원(사진)이 800억 들고 있는데 '♥' 로 바로 민환(사진)에게 연결

==> 돈은 그대로

민환, 황홀해진 상상에 걸음 멈추는데.

강지원(E) 수민이하고 헤어지면 안 돼?

박민환   (어? 하고 돌아보면)

강지원   무서운 애인 거 이제 알잖아. 나한테 돌아와.

지원, 뭔가 더 말할 듯하면

민환, 저도 모르게 침 꿀꺽 삼킨다.

강지원   나 혼자선 어떻게 해야될지 모르... 아니다. 미안해. 나 갈게.

지원, 미련 풀풀 남기는 표정으로 돌아서려고 하면,

갈등하던 민환, 에잇! 하고 팔목 잡아 확 잡아당겨 꽉!!!! 안는데.

CUT TO.

한쪽에 차 세우고 있던 지혁, 그 모습 보는 표정.

CUT TO.

민환 들어가고 지원 혼자 일이 잘된 건지 아닌지 알 수 없는 표정으로 서 있다.

지혁의 차가 다가와 서면, 돌아보는 데까지.

씬41. 지혁의 차 안(밤)

강지원 처음에는 의심하는 거 같더니, 많이 넘어왔어요. 머리 복잡하겠죠.

유지혁 (표정)

강지원 ...기분, 안 좋아요?

씬42. 해영빌라 근처 골목(밤)

차 세운 지혁이 내려서 차를 빙 돌아 조수석을 열어 지원을 내리게 한다.
어리둥절한 채 내린 지원을 그대로 끌어안고. (민환이 그랬던 것처럼)

강지원 지금 뭐 하는 거예요?

유지혁 (약간 부끄럽다. 귀 빨개져서) 아무것도 아니에요.
그냥 이러지 않으면 제대로 된 생각을 못 할 거 같아서.

강지원 (귀엽다) 나 되게 좋아하죠?

유지혁 (놔주며 딴청) 아까 박민환 보니까 지 잘못 알고 후회하는 거 같던데...

강지원 지 잘못을 알아요? 박민환이요?

지원이 헛웃음 지으면 이상하게 생각하는 지혁의 표정에서.

씬43. 해영빌라 바로 앞 골목(밤)

민환 걸어가는데 방금 전 지원과 있을 때와는 완전히 다른 표정이다.

강지원(E) 그런 거 없는 인간이에요. 지금 부지런히 계산하고 있겠죠.

해영빌라 바로 앞에 도착했는데 핸드폰 울려서 보면 발신자 '오유라', 전화 받고.

오유라(F) 오늘은 안 와?
박민환 야, 이거 일이 아주 쉬워질 수가 있겠어.
방금 강지원을 만났거든. 내가 이 사고에 껴 있는 걸 몰라.

씬44. 스위트룸(밤)

박민환(F) 그러니까 강지원 엄마하고 정수민 아빠만 유라 씨가 깔끔하게 처리해 주면 된다는 거지. 800억을 든 강지원은 나한테 오고, 유라 씨는 U&K를 갖든 유지혁을 갖든 알아서 하시고... 우리는 영원히 서로의 든든한 빽이 되고...
오유라 (별로 믿고 있지 않지만 감정은 안 드러나게) 흐응~ 그렇구나. 좋네. 쉽고...

전화 끊은 유라, 남비서와 눈이 마주치면 절레절레.

오유라 전여친이라고 강지원을 쉽게 보네. 내가 그랬지? 남자들은 자기가 잔 여자는 경계를 안 한다고 했잖아.
남비서 (불편)
오유라 (곰곰이 생각하다가) 정만식하고 배희숙은?

남비서	숙소에 있습니다.
오유라	(조금 생각하고 해맑게) …죽이자!
남비서	네? (불편+당황) 박민환 말 때문에 사람을 죽이자고 하시는 거면…
오유라	나쁠 게 없어서 그래. 천에 하나 만에 하나 강지원이 박민환에게 돌아오고 싶어 하는 게 맞다면, 자길 죽이려고 했다는 걸 모르는 게 좋지. 뭔가 수작질을 부리는 거라 해도 정만식과 배희숙이 없으면 아무것도 증명할 수 없고.

남비서 표정 어두워지지만,

| 오유라 | 글구 밀항시키는 것보다 힘이 덜 들잖아. |

어린아이처럼 해맑아 예쁜 유라의 얼굴에서.

씬45. 인천 모텔방(밤)

정만식하고 배희숙 아무것도 모르고 속 편하게 TV 보며 소주와 배달 음식 먹는 중.
(프로그램은 2014년 '꽃보다 할배' 스페인 편 2회 재방)

씬46. 해영빌라_민환본가 방(밤)

| 박민환 | 이혼하자. |

어처구니없어서 수민, 침대에 앉아있는 민환 본다.

| 박민환 | 애도 없고… 암만 생각해도 너하고 내가 계속 살 이유가 없어. |

같이 있어서 좋은 일도 없었고. 아, 맞다. 너네 아빠 아직도 연락 안 돼?

정수민   (빤히 보다가 알 만하다) ...혹시 강지원 만났어?

박민환   (움찔하지만) 회사에서 봤지. 왜 갑자기 걔 얘길 해?

정수민   (피식) 내가 생각해봤는데 오빠랑 지원이가 다시 만나면...

민환, 너무 놀라 자기도 모르게 꿀꺽 침 삼키는데.

정수민   (살벌하게 미소) ...나만 엿먹고 끝날 수 있겠더라??

씬47. 레스토랑 베르테르 분당점 정문 앞(낮)

문 닫혀 있고, 직원들과 은호 황당해 서 있는데
은호의 핸드폰으로 '정여진 형(베르테르)'으로부터 긴 문자 들어온다.

[은호야, 미안하다. 너한테는 상의했어야 하는데 모든 게 너무 빨리 진행되었다.
내가 개인 사정으로 베르테르를 접게 되었어. 내 꿈이었던 가게를 이렇게 다른 사람
에게 넘기다니 상상도 못 했던 일인데 그것이 실제로 일어나는 게 인생이구나.
너와의 인연은 아름다웠다. 언젠가 다시 만날 수 있기를.]

백은호   (어이없고 황당하고) 뭐야? (통화버튼 누르는데)

이어 모여있던 직원들 핸드폰으로 문자 뿅뿅.

[여러분, 베르테르 사장 정여진입니다. 부득이하게 폐업하게 되었습니다. 여러분의
통장으로 퇴직금과 위로금 월급 한 달치가 입금되었습니다. 죄송합니다.]

문자와 함께 직원들 웅성웅성하기 시작하면,
굳게 닫혀 있던 베르테르의 문 열리고..

다들 집중!!

오유라 (은호에게) 거기 쉐프님, 들어와요.

너무 당연해서 카리스마 있는 모습에 일동 조용해지고,
그 모습을 보는 은호의 얼굴에서.

씬48. 레스토랑 베르테르 분당점(낮)

오유라 2배. 여기 사장이 하루아침에 자기 레스토랑을 나한테 팔아넘기기로
한 가격이 시세의 딱 2배였어요. 좋은 선택이었지.

백은호 (표정)

오유라 본인도 할 수 있는 선택이에요.
날 좀 도와주면 2배가 된 이 가게는 이제 백은호 씨 거거든요.

백은호 뭘 해야 하는 거죠?

오유라 별거 아니에요. 선택도 쉽고.

백은호 (표정)

오유라 두 가지 선택지가 있어요. 하나, 이 가게를 갖는다. 둘, 직업을 잃는다.
바보가 아니면 뭘 선택해야 할지는 뻔하겠죠?

백은호 (표정)

오유라 진짜 별거 아니에요. 여긴 유지혁도 유희연도 드나들고, 강지원하고
는 친구고. 셋 다 내가 관심이 많은 사람이라...

은호, 자기가 열심히 가꿨던 베르테르의 내부 보는 표정 위로,

FLASH CUT. 인테리어 어긋난 거 잡는 은호, 꼬마쉐프하고 이야기하
는 은호, 플레이팅하는 은호, 가게에 애정 넘치는.. (새로 부분촬영 필요)

백은호 (심란+고민) 정말, 별거 아닌데 이렇게 큰돈을 들이시는 겁니까?

씬49. 한강변(밤)

심란한 표정으로 벤치에 앉아서 캔맥주 마시는 은호,
옆으로 다가와 털썩 앉는 그림자. 희연이다.

유희연 올 때까지 기다린다니... 나 설렐 뻔?
백은호 전에 나 지원이한테 차이고 힘들 때 위로해준 거 좋았거든.
희연 씨가 지원이 때문에 힘들다고 나한테 와서 징징댄 것도 좋았고.
유희연 ...무슨 일 있어요?
백은호 난... 바본 거 같아요. (희연에게 맥주 건네주고 자기도 맥주 마시고)

씬50. 폐건물 일각(밤)

유치권 행사 중인 을씨년스러운 건물, 플래카드, 빨간 페인트로 크게
쓰인 '출입금지'
중고차량 하나 서 있고 그 안에 만식과 희숙 정신을 잃고 타고 있다.
남비서, 오유라 쳐다보면.

오유라 뭐 해? (빨리하라는 의미로) 내가 불붙일까?

남비서, 복잡한 마음이지만 번개탄 넣고, 불붙이고, 문 닫고.

오유라 나 사람 죽는 건 처음 봐.

유라, 선악을 모르는 아이처럼 호기심으로 연기가 채워지는 차 안 보고,

그 얼굴 보는 심란한 남비서의 표정에서.

CUT TO.

연기가 가득 찬 차 안.

오유라   생각보다 시시하네. (돌아서서 자신의 차를 향해 걸어가며) 그래도 기
        분은 좀 나아졌어.
남비서   (따라간다)
오유라   난 한국이랑 잘 안 맞는 거 같아. 되는 일이 하나도 없어.
        그 레스토랑은 어떻게 하지? 그냥 부숴버릴까?

남비서가 차 문 열어주면 유라가 천진난만하게 묻는 위로.

백은호(E) 나 백수 됐어요.

씬51. 한강변(밤)

유희연   왜요? (맥주 따면서)
백은호   (말해야 하나 보다가 관두자!) 그냥요.
유희연   ...에에이, 무슨 일인지는 몰라도 쉐프님은 유명하고 잘생겼고 무엇보
        다 만드는 것마다 어마어마하게 맛있잖아요. 뭐 잠깐 백수일 수 있지
        만 곧...
백은호   (한숨) 이 바닥 좁아요. 갑자기 레스토랑이 문 닫았으니 남말 하는 거
        좋아하는 사람들이 온갖 이야기를 해댈 거예요.
유희연   (같이 한숨) 그건 알죠. 내 일도 그렇거든요. 인간들이 제대로 알아보
        지도 않고 우릴 안 믿어줘요. 어디서 제대로 된 쉐프 하나만 딱 나타
        나면... (어?)
백은호   (왜??)

유희연   (쉐프가 요기 있네??) 어어어어?

뭐지? 싶은 은호의 얼굴에서.

씬52. 16층 사무실(낮)

멋쩍어하며 머리를 긁적이는 은호.

강지원   세상에! 내가 왜 네 생각을 못 했지?!?
백은호   내가 뭐... 도움이 될까 모르겠다.
          근데... (희연 눈치) 잠깐 따로 이야기할 수 있을까?
유희연   (어?? 싫은데)

씬53. 탕비실(낮)

강지원   (심각) 여자란 말이지?
백은호   약간, 유지혁 씨나 유희연 씨 느낌 나는 게 그쪽 누구 아닌가 싶어.
강지원   알았어. 은호야, 고마워. 얘기해줘서. (다가가서 팔 잡으며) 진짜 미안해...
          내가 절대로 너 피해 안 가게 할게.
백은호   그러라고 한 말 아니야. (하고 밖에 보다가 이쪽 보는 희연과 눈 마주
          친다) 아, 그 희연 씨한테는 암말 안 했다.

씬54. 16층 사무실(낮)

지원이 너무 미안해하고 은호가 괜찮다고 이야기하는 모습 보는 희연,
어떻게 보면 두 사람 아직 좋아하는 거 같으면 뭔가 살짝 기분 이상하다.

씬55. 호텔 커피숍/회사 일각(낮)

지혁의 핸드폰이 울린다. '강지원'이면 받는 데서.

#분할화면

강지원   오유라 씨가 은호를 찾아왔대요. 아니, 그 정도가 아니라 베르테르를 사버리고 은호에게 도와달라고 했대요. 거절했더니 해고했고요. 뭘 도와줘야 하는지는 말 안 했다고 하는데...

유지혁   뭔지 알아요. 걱정하지 마요.

강지원   (뭔지 어떻게 알아?)

유지혁   내가 조금만 있다가 전화할게요. 지금 누굴 만나고 있어서...

#커피숍

전화 끊은 지혁 앞을 보는데, 남비서 앉아있다!

유지혁   두 가지 선택지가 있어요. 하나, 날 도와준다. 둘, 오유라와 함께 침몰한다.
바보가 아니면 뭘 선택해야 할지 쉽겠지?

남비서   ...뭘 해야 하는 거죠?

유지혁   진짜 별거 아니에요. 내가 지금 오유라에게 관심이 많은 건 알잖아요. 뭐든, 아주 가벼운 거라도 내가 모르는 걸 알려주면 돼요.

지혁의 표정, 그리고 남비서의 흔들리는 표정까지.

씬56. 16층 사무실 분할화면/커피숍(낮)

지원, 사무실 전화 울리면 받는다.

#사무실 분할화면

강지원 마케팅1팀 강지원입니다.
박민환 마케팅3팀 박민환입니다.

지원, 민환 자리 쪽 본다. 가볍게 윙크하는 민환.
그렇게 업무 전화하는 척 사내회선으로.

박민환 혹시 오늘 저녁 미팅 괜찮으신가 여쭤보고 싶어서요.
그동안 잘못한 것도 많았고, 한번 제대로 인사하고 싶네요.
강지원 (물었구나) 물론 감사한 일이죠. 저야 언제나 준비되어 있습니다.

지원, 신발 벗고 서랍 안에 넣어두었던 빨간 하이힐 꺼내 바꿔 신으며.

박민환 새로 시작하자는 의미니 기대하셔도 좋을 것 같습니다.
강지원 아, 네... (하는데 핸드폰으로 전화 오면) 잠시만요...

지원, 회사 전화 내려놓고 핸드폰 받는다.

#사무실/커피숍 분할화면

유지혁 (걸어 나오면서) 나예요.
강지원 안녕하세요, 제가 지금 업무통화 중이라 긴 용건은 어려운데요...
유지혁 박민환에게 이미 여자가 있었어요.
강지원 (표정)
유지혁 오유라.
강지원 (깨달은 표정에서...)

씬57. 스위트룸(낮)

테이블 위에 명품(오땅띠끄 표시/오렌지색 박스) 구두상자 있다.

유지혁(E) 그래서 한정판 빨간 하이힐을 구해 보냈어요.

유라가 다가와 박스 열어보며 들뜬 표정으로.

오유라 뭐야아... 못 구한다더니?
남비서 기분이 별로이신 것 같아서 여기저기 알아봤습니다.

유라, 기분 좋아져서 구두 꺼내보고 신어보는데,
고급스러운 스위트룸과 어울리지 않는 사탕통도 테이블 위에 있는 거
눈에 들어오면.

오유라 이건 또 뭐야? (다가가서 열어보는 표정 위로)
유지혁(E) 지원 씨가 말했던 사탕통도...
남비서 오늘 어떤 분이 주셔서 갖다 놨습니다만... 치울까요?
오유라 (뚜껑 열어 하나 입에 넣는다) 아냐, 뒤. 옛날 생각나고 좋다.

유라, 오랜만의 사탕이 맘에 들어 아이처럼 해맑게 웃으면
그 모습 보는 남비서의 마음 복잡한 표정인 위로.

강지원(E) 그럼 적어도 내가 박민환과 놀아줄 필요는 없는 거군요.

씬58. 16층 사무실 분할화면(낮)

지원, 다시 회사 전화 들었을 때는 표정 완전히 달라져 있다.

지금부터 일어날 깨소금에 의기양양+흡족

강지원 기다려주셔서 감사합니다. 그런데 어쩌죠? 저녁엔 어려울 것 같아요.

박민환 아, 뭐 일 때문이면 할 수 없고... 내일 저녁이나, 주말도 괜찮죠.
다른 분도 아니시고 사장님이신데 제가 안 되는 날 있겠습니까.

강지원 아뇨, 제 말은 영원히 그쪽하고는 거래할 일이 없다는 뜻이에요.

박민환 (뭐야?!) ...네?

강지원 할 줄 아는 거라고는 번지르르한 포장 능력밖에 없는데 주제 파악이
안 돼서 이것저것 벌리다가 하는 일마다 말아먹고 결국 식구 보험금
에 손댈 회사와 같이 일할 수는 없잖아요? 아~ 놀란 건 인재처리 방식
이에요. 여성 인재에 대한 아주 뛰어난 접근성을 확보하고 있으시더
라고요? 놀랐어요. 결혼하신 지 얼마 되지도 않았는데. 이야~ 대단하
시다.

박민환 (표정)

강지원 (의자 돌려 민환 쪽을 향해) 그럼, 파이팅하세요.

지원이 전화 끊으면,

유희연 어느 거래처가 그렇게 쓰레기예요?

강지원 (그냥 미소만...)

민환, 부글부글 끓는 표정 감추면서 천천히 전화 끊는 데서.

씬59. 해영빌라_민환본가 방(밤)

수민, 파리한 얼굴로 침대에 앉아있다.
그러다가 민환에게 문자 띄워서
[정수민 : 그래, 우리 이혼하자.]

표정은 전혀 슬프지 않고 오히려 '가만 안 두겠다'는 독기충천.
곧바로 '오'라고 저장된 오유라의 번호를 띄워서 전화 건다.
신호음 가다가..

오유라(F) 여보세요? 오유랍니다.

정수민 (입가에 미소) 안녕하세요, 정수민이라고 합니다.

씬60. 16층 사무실(밤)

지원, 혼자서 일하는 중이다. 모니터에는 백은호 중심으로 한 프로필, 음식 사진, 레시피, 개발일정, 포토그래퍼 스케줄 등 창 수십 개 열려 있고.

강지원 됐다, 됐어. 딱딱 맞네. 왜 갑자기 일이 술술 풀리는 느낌이지?

기분 좋은 와중에 핸드폰에 문자 들어와서 확인해보면
[유지혁 : 5분 후 도착. 슬슬 정리하고 내려오시면 됩니다.]
행복해서 웃고 핸드폰 가방에 넣고 자리 정리하기 시작하는데.
때르릉---- 조용했던 사무실 안에 불길할 정도로 큰 소리로 전화벨 울린다.
지원, 깜짝 놀랐다가 조심스럽게 전화 받으면.

강지원 ...마케팅1팀 강지원입니다.

저쪽(F) (낮은 숨소리만...)

강지원 여보세요?

저쪽(F) (낮게 웃는 소리/박민환/티 안 나도)

강지원 여보...세요? (살짝 무서워서 전화기 한 번 보다가 내려놓는다)

살짝 긴장.. 사람 하나 없는 사무실의 구석구석이 갑자기 공포 분위기인데.
다시 울리는 전화벨!

강지원 (깜짝 놀랐다가 조심스럽게 받는다) 여보세요? (하다가 안도, 지혁이었다.)
왜 회사로 전화해요? 깜짝 놀랐어요.

씬61. 차 안/16층 사무실 분할화면(밤)

유지혁 미안해요. 휴대폰 거니까 안 받아서.
강지원 (가방 속에 넣은 휴대폰 보고) 아, 울리는 걸 못 들었어요. 미안해요.

하는 동안 16층 사무실의 어두운 복도에 누군가(박민환)의 그림자 쓱 스쳐 지나가고.

유지혁 거의 다 왔는데 코너 도니까 너무 막혀서.
나와서 기다릴까 봐 전화했어요. 15분쯤 걸릴 거 같아.
강지원 알았어요. 조심히 와요.

씬62. 16층 사무실(밤)

전화 끊은 지원, 일어서는데 어디선가 똑- 똑- 물 떨어지는 소리가 들린다.
괜히 무서워서 침 한 번 꿀꺽 삼키지만 소리가 나는 탕비실 쪽으로 가는데,

씬63. 탕비실(밤)

불 꺼져있던 탕비실 불 켜고 들어가면 개수대에 물 떨어지고 있다

강지원   뭐야… (하고 가서 껐는데)

다음 순간 불 전체가 확 꺼지면!
뭔가 이상하다— 긴장— 귀 기울이는데,
민환이 재미있어서 낮게 웃는 소리와 함께 불 확 켜진다!
위기감 느낀 지원, 허둥지둥 탕비실 밖으로 나오려고 하다가 발 헛디
디는 순간
순간 짧게 어두운 복도에 서 있는 민환의 실루엣 보고..
다음 순간 또 불 꺼지고.

씬64. 16층 사무실(밤)

민환, 복도 쪽에서 들어온다.

박민환   강지원, 너 내가 봐주니까 만만해 보이지? 한주먹 감도 안 되는 게…

민환, 충분히 위협적으로 들어와서 탕비실로 가서 문 열고 불 켜는데.

INSERT. 텅 비어있는 탕비실

CUT TO.
1팀 쪽 아니고 다른 책상 뒤에 숨어있는 지원,
자기 자리에 놓여있는 가방 한 번 보고 엘리베이터 쪽 한 번 보는데.
지원 가방 속의 핸드폰 울리기 시작한다. (발신자 유지혁)

민환, 다가가서 보고 전화기 끈다.

박민환   사이좋으시네. 야아~ 넌 도대체 무슨 재주냐?
돈 많은 인간들... 돈은 좋은데 그 인간들은 싫던데. 비위가 좋나 봐.
나와봐. 이야기 좀 하자. 사람 아무도 없는 데서...

지원, 책상 뒤에서 꼼짝도 않고 숨어 있는데.
민환이 점점 다가오면,
어쩔 수 없이 튀어나와 엘리베이터를 향해 막 뛰기 시작한다.
민환, 쥐를 가지고 노는 고양이의 즐거움으로 지원을 쫓고..

씬65. U&K 본사 주차장(밤)

차 세운 지혁, 암슬링 다시 하면서 전화 거는데.
[지금 고객님의 전화가 꺼져 있사오니..] 가 뜨면,
지원이 위험하다! 깨달음으로 암슬링 던지고 뛰기 시작.
엘리베이터 버튼 눌러도 움직이지 않으면
비상계단 열고 들어가는 데까지.

씬66. 16층 사무실(밤)

퇴로를 막은 민환과 지원, 책상을 사이에 둔 대치 상황에서.

박민환   이야기 좀 하자는데 왜 이렇게 쫄아?
강지원   해. 환할 때. 사람 많은 데서.
박민환   (슬슬 거리 좁히면서) 내가 왜 그래야 돼? 넌 네 맘대로 사람 갖고 놀
면서.

민환, 지원 보면서 움직이다가 코드에 걸리면서 균형을 잃고 넘어지면,
그 틈을 타 지원 출구 쪽을 향해 뛰는데
민환, 결국 지원의 발목을 붙잡아 쓰러뜨린다.
(넘어지면서 지원 얼굴과 팔에 살짝 생채기 나고)
지원 꽉 잡아타고 올라 몸으로 누르고, 얼굴 붙잡아 자기 보게 만들고,
겁에 질린 지원의 얼굴 위로.

FLASH CUT. 1부 24씬 손 치켜드는 민환

박민환 (겁에 질린 지원 보면서) 감히 네가 날 갖고 놀아?!?
강지원 (이 악물) 놔! 이거!
박민환 왜?? 무섭냐?? 아파?? 이럴 거 왜 까불어??!?!

지원, 몸부림치고 민환 밀어내려 주먹 날려보지만 압도적 힘 차이.
지원이 필사적일수록 민환 역시 거칠어지며 지원 양 팔목 잡아 고정
꼼짝도 못 하게,

박민환 왜 사람 진심을 우습게 만들어!!!! 니까짓 게!! 날 들었다 났다!!!
난 진짜 너한테 돌아가려고 했어. 잘해보려고 했다고!
강지원 날 죽이려고 했잖아!!
박민환 네가!!! 날 속였으니까!!! 날 엿같이 취급했잖아!!
강지원 아직 멀었어!!! 내가 너한테 뭘 했는데!! (악에 받쳐) 남 죽이는 건 세
상 쉬운 새끼가 자기는 뭐 그렇게 소중해?? (깨달음으로 웃는다) 너한
테는 어떻게 갚아줘야 하나 했어. 정수민한테는 널 넘기면 되는데 넌
어떻게 지옥에 보내야 하는지 모르겠어서.
박민환 니까짓 게 뭔데! (지원 한 번 들었다 났다 쾅!! 쾅!!)
강지원 (꿈쩍도 않고 웃고) 근데 이제 알겠네. 기대해. 네 몫의 운명도 있으니까.
박민환 이이…!!

민환, 분을 못 이겨 지원 죽여버릴 듯 목을 조르기 시작하고.

힘든 지원 눈이 깜빡깜빡 이대로 죽는 건가 싶을 때

뛰어온 지혁, 그대로 민환을 발로 차버린다.

나뒹구는 민환, 쓰러져 늘어진 지원, 숨 헐떡이며 돌아보는 지혁에서..

fin.

15부

너나 그런 쓰레기를 탐내지 내가 왜 그러겠어?

씬1. 16층 사무실(밤)

퇴로를 막은 민환과 지원, 책상을 사이에 둔 대치 상황에서.

박민환   이야기 좀 하자는데 왜 이렇게 쫄아?

강지원   해. 환할 때. 사람 많은 데서.

박민환   (슬슬 거리 좁히면서) 내가 왜 그래야 돼? 넌 네 맘대로 사람 갖고 놀
면서.

민환, 지원 보면서 움직이다가 코드에 걸리면서 균형을 잃고 넘어지면,
그 틈을 타 지원 출구 쪽을 향해 뛰는데
민환, 결국 지원의 발목을 붙잡아 쓰러뜨린다.
(넘어지면서 지원 얼굴과 팔에 살짝 생채기 나고)
지원 꽉 잡아타고 올라 몸으로 누르고, 얼굴 붙잡아 자기 보게 만들고,
겁에 질린 지원의 얼굴 위로.

FLASH CUT. 1부 24씬 손 치켜드는 민환

박민환   (겁에 질린 지원 보면서) 감히 네가 날 갖고 놀아?!?

강지원 (이 악물) 놔! 이거!

박민환 왜?? 무섭냐?? 아파?? 이럴 거 왜 까불어??!?!

지원, 몸부림치고 민환 밀어내려 주먹 날려보지만 압도적 힘 차이.
지원이 필사적일수록 민환 역시 거칠어지며.

박민환 왜 사람 진심을 우습게 만들어!!!! 니까짓 게 날 들었다 놨다!!!
난 진짜 너한테 돌아가려고 했어. 잘해보려고 했다고!

강지원 남 죽이는 건 세상 쉬운 새끼가 자기는 뭐 그렇게 소중해?? (악에 받쳐
웃는다) 아직 멀었이!!! 너한테는 이렇게 갚아줘야 하나 했어. 징수민
한테는 널 넘기면 되는데 넌 어떻게 지옥에 보내야 하는지 모르겠어서.

박민환 이게 미쳐가지고 감히 나를!! (지원 한 번 들었다 놨다 쾅!! 쾅!!)

강지원 (꿈쩍도 않고 웃고) 근데 이제 알겠네. 기대해. 네 몫의 운명도 있으니까.

박민환 이이...!! 죽고 싶어??!

강지원 죽여! 하지만 이번엔 제대로 해. 아니면 네가 죽을 거니까.

민환, 지원의 도발에 분을 못 이겨 진짜 죽이려 목을 조르기 시작하고.
눈이 깜빡깜빡, 지원의 시야로 흑화한 민환의 얼굴이 흐릿.. 이대로
죽는 건가.

강지원(E) 결국 박민환 손에 죽는 운명이었던 건가.

지원이 눈을 감고 늘어지는 순간,
뛰어온 지혁, 그대로 민환을 발로 차버린다.
지혁, 지원을 돌아보는데 늘어져 꿈짝도 안 하면 놀라서 달려든다.

유지혁 지원 씨!

안으려고 하는데 지원, 축 늘어져 버리면 지혁 심장 쿵--

그 순간 민환이 지혁을 팍 차버려 나뒹굴게 되고.

(교통사고 후유증으로 갈비뼈 살짝 아파)

그러면서도 늘어져 있는 지원만 본다. 순간 눈 돌아 폭주 느낌에서.

유지혁   너...

박민환   아하?? 둘이 또 붙으셨나 보네? 그래서 강지원이 또 태세 전환... 사람을 들었다 놨다 한 거구만? (주먹 쥐고 자세) 야야, 내가 도장을 다 다녔어. 덤벼! 한번 계급장 떼고 붙어! (말 끝나기 전에 지혁이 덤벼들면)

지혁과 민환, (지혁은 교통사고로 능력치 다운/민환은 배워서 살짝 업) 일방적이지 않게 주먹다짐하지만 마무리는 지혁이가 업어치며.

씬2. 공주님 갈비집 앞 도로(밤)

석준의 차 와서 선다.

씬3. 석준의 차 안(밤)

이석준   말해봐요.

양주란   (한숨+살짝 빠침) 네네, 이재원 전화는 받지도 말고 찾아오면 문 열어주지 말고 바로 실장님께 전화할게요. (꾸벅 인사하고 문 열었다가 다시 닫고) 실장님, 저 병원 갈 때마다 이렇게 태워주시는 것도 고맙고 이혼 상담해주신 것도 고마운데...

이석준   딱히 양주란 과장님이 고마울 일 아니에요. 일인데. 난 U&K에서 돈을 아주 많이 받고 있고 고용주들이 원하면 해요.

양주란   아, 네... (민망해서 차 문 열었다가 다시 닫고) 그치만 저한테 맘 쓰고 있다고 하셨잖아요.

이석준   (빤히 보다가 혼잣말처럼 중얼) 은근 할 말은 다 한다니까...

하는데, 석준의 핸드폰 울리기 시작한다. '유지혁'이면.

이석준   (전화 받는다) 이 시간에 무슨 일(이야)...
유지혁(F) 저 지금 강남 경찰서예요.
이석준   뭐????? (핸드폰 막는 시늉으로) 양 과장님, 난 가봐야 하니까...
유지혁(F) 아니, 이쪽 말고 병원으로 가주세요.

병원이라니? 싶은 석준의 표정에서.

씬4. 유일병원 응급실(밤)

INSERT. 유일병원 응급실 입구 구급차 사이렌.

석준과 주란 뛰어 들어온다.

이석준   (아무나 붙잡고) 강지원 32세, 강남 U&K 본사에서 이송된 사람 어딨습니까?

간호사가 커튼 쳐놓은 베드 가리키면,
성큼성큼 다가가 커튼 확 치는데.
아직도 정신 차리지 못하고 늘어져 있는 지원,
링거 꽂고 있고 얼굴과 팔에 붉은 피멍 자국 그대로, 긁힌 상처에는 밴디지, 핏자국.

양주란   세상에 자기야!! (달려들어 살피는데)
간호사   (쫓아와서 차트 보며) 호흡, 맥박 다 돌아오셨어요. 열이 좀 있긴 한데 의식 회복되면 보실게요. (차트 넘겨보고 아... 목소리 죽여 석준에게) 폭행이라... 경찰하고 같이 들어오셨어요. 진단서 끊어드릴게요.

양주란 (폭행??)

이석준 (충격+화남+정의)

씬5. 유치장(밤)

지혁, 표정 굳어서 앉아있다. (살짝 다친/얼굴에도 생채기)
다른 유치장엔 민환, 역시 다쳐있고.

박민환 너 아주 인생 끝내줄 테니까 각오해.
폭행치상부터 시작해서 갑질 재벌 3세로 기사 쫙 뿌릴 거야.
요즘 세상이 어떤 세상인데! 같이 죽어봐.

유지혁 (보면)

박민환 내 인생이야 더 갈 데도 없는데 뭐!! 누.구.덕.에!
야야, 강지원 걔는 네 인생 망칠 여자치고 너무 후지지 않냐? 비쩍 말라서 볼 것도 없고. 튜닝의 끝은 순정이다 이건가? 근데 걔 너무 믿지마. 내가 왜 돌았는 줄 알아? 얘가 사람을 돌게 해.

유지혁 (빤히 보다가) 널 망친 건 나나 강지원이 아니야.
그 쓰레기 같은 인성이지.

박민환 사람 이렇게 패놓는 인성은 어떤 고오급 인성이시고???
너 나보다 싸움 좀 잘한다고 이러는 거 아니야!

유지혁 넌 네 몸무게 절반 정도 나가는 여자한테 그러는 거 아니지.

박민환 (!)

유지혁 (일어서서 툭툭 턴다) 넌 너 불리할 땐 평등 찾고 싶고,
너 유리하면 힘대로 하는 게 좋지.

지혁, 민환 쪽 유치장에 다가간다.

유지혁   난 사실 힘대로 하는 거 싫거든. 근데— (유치장 쾅!) 넌 진짜 안 되겠다.

민환은 앉아있고, 지혁은 서 있는 구도에서 두 사람의 표정..
경찰이 다가와서 유치장 문 열어준다.
보면 석준 와 있고, 나가는 지혁.

박민환   뭐, 뭐야? 왜 풀어주는데? ...난? 안 풀어줘??
유지혁   (유치장 밖에서) 네 인생이 더 이상 갈 데가 없다고 생각해? (미소) 아닐걸...

민환, 유치장 앞에 와서 쾅쾅—
이건 억울해! 왜 나만! 역시 가진 놈들만!! 움켜쥔 손에 힘 들어가는 데까지.

씬6. 경찰서 앞(밤)

지혁과 석준 걸어 나오며 (화나서 좀 빠르게 걷는 중)

유지혁   박민환은 내일 날짜로 해곱니다. 사유는 동료 폭행, 사내 질서유지 위반. 다른 것도 털어보세요. 회사가 손해배상 청구할 수 있는 사유로.
이석준   지난 불륜사건 때 체크한 건데 근무지이탈, 불분명한 법카사용내역, 관계사 접대 건이 있어. 금액도 꽤 되는 거 같던데. 작정하고 털면 더 나오겠지.
유지혁   좋네요. 회사대출이 있다고 했나요?
이석준   응. 퇴직처리와 동시에 상환요청 들어가게 은행 쪽과 이야기할게. 검찰 쪽에도 폭행, 상해... 말 되는 건 다 엮고. 그리고 강지원 씨는... (걸음 멈추며) 집에 있어.
유지혁   (보면)

이석준   본인이 원했어. 어쩌다 보니 양주란 과장과 있어서 붙여두고 오긴 했
       는데... (상태가 좋지는 않아)

       지혁, 운전석 쪽으로 가서 차 문 열려다가.

유지혁   박민환이 사채 안 갚고 남겨둔 게 있다고 했죠?
       그거 추심 압박할 수 있어요? 채권을 우리가 사도 좋고.
이석준   바로 알아볼게.

       지혁, 고맙다는 의미로 고개 끄덕하고 차에 타서 출발하는 데까지.

씬7. 지원의 새집 복도(밤)

       지혁, 걸어가는데 주란 막 문 열고 나오다 마주친다.

양주란   부장님!
유지혁   (손가락) 쉿. 강지원 씨는...
양주란   별로 안 좋아요. 좀 자면 나을 것 같아서 따뜻한 우유라도 먹이려고요.
       집에 아무것도 없어서... (지혁 얼굴 보고) 부장님은 괜찮으세요?
유지혁   (어깨 다독) 고맙습니다. 여기서부터는 내가 알아서 할게요. 들어가
       세요.
양주란   (표정)

씬8. 지원의 새집 거실(밤)

       지원, 거실에 무릎 세우고 쪼그리고 앉아서 입술 꼭 깨물고 버티고 있다.
       단단한 표정이지만 아드레날린 과잉으로 바들바들 떨리고,

떨리는 것 티 안 내려고 손 꽉 잡고.
목에는 밴드 붙였고 상처 치료받은 흔적—
뒤에서 그 모습 보고 있는 지혁,
지원이 떨고 있는 것도 다친 것도 마음 찢어진다.
뭐든 하겠다 다시 한번 독하게 결심하는데..
지원, 진정해보려고 심호흡한다.
잘 안되고, 다시 괜찮은 척하려고 애쓰고.
답답해서 가슴 치기 시작하는데 점점 더 손에 힘 들어가면,
보다 못해 다가가서 손 붙잡는 지혁.

강지원   지혁 씨!!
유지혁   쉿...

지혁, 지원 말 못 하게 하고 팔 잡아 일으켜 안아준다.

유지혁   미안해요.

지원, 방금까지 괜찮은 척하려고 애썼는데
지혁이 무사하다는 것을 아는 순간, 그리고 지혁의 위로 한마디에 눈물 퐁퐁..

강지원   다친 덴 없어요? (생채기 발견) 아, 이거... (인상 쓰면)
유지혁   (괜찮다는 의미로 고개 젓고 눈 마주쳐 웃어주지만)
강지원   (입술 꾹... 절대 용서 못 하겠다)
유지혁   (미소 끝에 지원 상처 본다. 굳는 얼굴, 입술 꾹... 절대 용서 못 하겠다)

서로 다른 생각으로 서로의 상처를 보고 있던 두 사람의 시선 분노로 차갑지만,
눈 마주치면 미소.

지혁을 잡고 있는 지원의 손 바들바들 떨리면

안쓰러운 지혁이 손바닥에 입을 맞추고,

달래서 안아주고,

지원이 매달리며 먼저 키스하면,

지혁도 응하고,

키스 깊어지고..

씬9. 지원의 새집 침실(밤)

침대에 누워서 마주 보고 있는 두 사람,

지원은 자고 있고 지혁은 그런 지원 보고 있다.

손끝으로 지원의 뺨을 살짝 건드리는 지혁의 표정

절대로 지켜주겠다— 뭘 해서라도— 단단해져 일어나 밖으로 나가면,

그 소리에 눈을 뜨는 지원,

결연한 표정 위로.

TITLE. 내 남편과 결혼해줘

씬10. 한강변(낮)

수민, 강을 보고 쪼그리고 앉아있는데 뒤로 유라의 차 와서 선다.

차에서 내린 유라 걸어와서 내려다보면,

수민 일어나서 마주 본다

불꽃 튀는 두 여자.

(수민은 민환/유라 사이를 모릅니다. 유라는 수민이 아는지 모르는지 모릅니다)

정수민　안녕하세요.

오유라　(대답 않고 빤히 보다가) 인사 다 한 거예요? 덜 한 거 같은데. 남편이 내 신세를 지고 있어서 인사해야 할 것 같아 전화한 것치고는 약해요.

수민, 자존심 빡 상한다.
투샷에서 (이미 경욱에게 한 번 지적당했듯이)
힘 빡 준 유라와 비교되어 수민 수수하고 어둑한 느낌.
그래서 유라는 수민이 하찮기 그지없고, 수민도 알고.
수민, 이 꽉 깨물고 가방에서 핸드폰 꺼내서 녹음된 거 보여주고 재생!

오유라(E)　배 타고 가실 때는 좀 고생이겠지만...

정만식(E)　그 정도가 뭐가 고생이겠습니까. 시키신 일도 다 못했는데요. 혹시 다시 한번 기회를 주시면 망설이지 않고 액셀 꽉 밟아서 뭉개놓을 거니까 꼭 연락 주시고요...

예상치 못한 수민의 반격에 유라의 표정 빡!!!
의기양양해지는 수민. 전세 역전!!

정수민　없는 사람들은요, 뭐라도 남기려고 해요. 쥐고 있을 게 필요해서.

오유라　(한 방 먹었지만, 티 안 내고 해맑게) 원하는 게 뭘까요?
내가 지금 정수민 씨 아버지를 잘 챙기고 있는 게 싫은 건가?

정수민　돈 없다고 머리도 없는 줄 아시나...
강지원 밀어버리면 끝난다던 간단한 일이 간단치 않아지니까
갑자기 가만히 있어라... 아무것도 하지 마라...
근데 그러더니 박민환은 이혼하자고 하고
아빠는 전화를 안 받으면 난 알게 되는 거지. 이러다 낙동강 오리알 되겠네?
자, 이제 질문하는 건 나예요. 뭘 해줄 수 있어??

유라의 표정에서.

씬11. 한강변 버스정류장(낮)

수민, 승리의 표정으로 앉아있는데 전화 와서 보면 '민환 오빠'다.
받지 않고.

씬12. 한강변(낮)

유라, 분을 못 이겨 들고 있던 가방 바닥에 쾅 내려친다.
거칠었던 행동에 비해 흐트러진 머리카락 쓸어올릴 때는 차분, 심호흡-
남비서가 다가오면.

오유라 한국 새우들한테는 독이 있나 ─ 주제 파악을 못 하고 어떻게 이렇게
까불까? (보고) 정만식, 배희숙 시체 발견됐어?
남비서 경찰리포트 확인해보겠습니다.
오유라 당분간 기사 안 나게 해. 정수민이 위기감을 느껴서 좋을 게 없어졌어.
남비서 (알 수 없는 표정으로 묵례)
오유라 박민환, 정수민 둘 다 한꺼번에 처리할 수 있어?

하는데 유라의 핸드폰 울리기 시작한다. 발신자 'Park'이면 받는데.

오유라 (감정 드러내지 않고) 여보세요?
박민환(F) 내가 지금 경찰선데... 미안하지만 부탁 좀 해도 될까.
오유라 뭐? 경찰서? (열받았지만 목소리엔 전혀 티 내지 않고 남비서와 눈 마
주친 채로 이 꽉물) ...물론이지. 우린 한배를 탔잖아.

씬13. 경찰서 앞(낮)

민환(아주 살짝 수염)과 남비서 걸어 나오는데.

남비서 일단 빼내긴 했는데 사안이 좀 심각합니다. 커버 못 쳐줄 수 있습니다.

박민환 뭐? 그게 무슨 소리야?

남비서 상의하고 한 행동 아니잖아요. U&K와 정면으로 붙어야 한다면 부사
장님 부담이 커집니다. (묵례하고 돌아섰는데)

박민환 (뒤통수에 대고) 야! 너 말하는 게 왜 이렇게 띠꺼워?
너 뭐 돼? 니가 클라우드항공 부사장이 아니잖아?

하는데 빡— 하고 주먹 날아와 민환의 콧잔등 후려친다.

남비서 너도 아니지. 반말하지 마.

악! 하고 코 움켜쥐고 앞으로 쓰러지는 것 같았던 민환, 지금까지와
같이 당하기만 하나 싶었는데 반전! 몸 펴면서 니킥으로 남비서 화려
하게 날려버린다!!!
나자빠지는 남비서.

박민환 링 위에서 싸울 줄밖에 모르는 새끼가 입만 살아가지고.
정작 그 기지배한테는 찍소리도 못하면서 어디 나한테 갑질할라고 그래??

경찰서 드나들던 사람들 놀라고, 경찰들 '이거이거' 하고 달려오는데
주저앉아 코피 나는 코를 감싼 남비서 됐다는 시늉,
별것도 아닌 게 까불어-- 민환이 성큼성큼 걸어가는 데서.

씬14. 택시 안 vs 스위트룸/인사과/해영빌라/은행창구 분할화면(낮)

#택시 안/스위트룸

오유라   왜 사람 코피를 터트리고 그래.

박민환   그러지 말아야 하는 이유가 있어? 태도가 안돼 먹었잖아!

오유라   (빡치지만 목소리는 드러나지 않게) 날 너무 걱정해서 그래.

        오늘 당신 와이프가 와서 협박하고 갔거든. 무섭더라.

박민환   뭐? 무슨 협박?

오유라   자기가 이혼하자고 했다면서 혼자 못 죽겠다던데?

        민환 씨만 쏙 빠져나가게 둘 수 없다고.

박민환   뭐? 그게 돌았... (하는데 전화 온다.)

INSERT. 전화 중 액정 확인하면 '02-729(서울강남 번호)'

박민환   끊어봐. 회사에서 전화 왔어. 내가 다시 걸게. (전화 받아서) 여보세요?

#택시 안/인사과

인사과직원1 (사무적) 안녕하세요, 박민환 사원님. 오늘부로 해고되어서 전달드립니다.

        현재 출근하지 않으신 걸로 확인되며 인사과 기록상 자택으로 법무지원팀이 서면해고통지서 송달 중이니 참고 부탁드립니다.

박민환   (이하 민환 표정 무너지기 시작)

#택시 안/해영빌라_민환본가 거실

김자옥   너 어디야?? 지금 회사에서 사람이 왔어. 해고라니? 너 뭐 하는 거야??

#택시 안/은행창구

은행직원 (사무적) U&K 재직보증으로 최저이율로 이용 중이신 상품 오늘 자로
상환의무 발생... (되어서 연락드립니다.)

씬15. 해영빌라 앞(낮)

영혼 털린 민환이 택시에서 내린다.
그러는데 울리는 전화 '독사금융'이면 거절 버튼 누르는데.

건달1 선생님, 왜 전화를 안 받으세요?

둘러싸는 건달 6명.

건달2 믿음이 사라지면 신체포기각서... 이런 거 쓰기 시작하는 거거든, 우
리가.

건달1 남의 돈 빌리고 입 닦는 새끼들은 어느 구멍을 쑤셔야 돈이 나올라나?

위협을 느끼는 민환의 표정에서.

씬16. 해영빌라_민환본가 방(낮)

한 대 맞아 얼굴이 벌겋게 부은 민환,
데스크탑을 클릭클릭, 유일증권계좌로 들어가고 있다.
책상 위에 수민의 이름이 적힌 통장, 고지서들.

박민환 제발제발제발제발...

화면 바뀌면서 인증서 창 뜨는데 '정수민' 개인인증서 뜨면!

박민환   있다!!

FLASH CUT. 12부 32씬 정수민 "주식했어. 꽤 벌었단 말야."

박민환   제발제발, 수민아, 정수민아, 돈 좀 있어라. 너 돈 좀 있을 거야...

계좌에 들어가면, '로이젠탈' 300만 원 사서 1002% 3천 정도 있고 예치금 5천!
눈 휘둥그레지는 민환에서.

박민환   ...좀 있는 정도가 아닌데? 이게 왜 돈이 이렇게 많아?

민환, 서성이면서 생각하다가
여기저기 쌓여있는 아직도 풀지 않은 박스들 막 뒤지기 시작하는데,

CUT TO.
방을 온통 뒤집은 끝에,
종이에 둘둘 싼 5만 원권 다발 3개(007가방에 들어있던 다발과 동일 리본) 찾았다.

FLASH CUT. 13부 24씬, 만식에게 돈가방을 내미는 수민

박민환   하, 이게... (막 웃는다) 지 아빠한테 줄 돈을 빼돌렸구만.

씬17. 호텔 욕실(낮)

박민환(E) 진짜 보통은 아니네 이거??

품격 있는 대리석 욕실--
흐려진 거울을 손으로 닦는 수민, 샤워 가운 입고 샤워 수건으로 머리 묶고 있다.
거울 보고 있는데 핸드폰 울리면.

씬18. 호텔 일반룸(낮)

울리고 있는 핸드폰 액정에 '유지혁 부장님'이라고 쓰어있다.

정수민 (뭐지? 싫었다가) 부장님?

씬19. 유일병원 VVIP병실(낮)

INSERT. 유일병원 전경 위로 와장창!! 깨지는 소리(E)!!

이재원 간통으로 고소해?? 감히 날?? 네가??

술에 취한 재원이 진상 부리는 바람에 바닥에 주스병 세트 깨져 있다.
놀라 뛰어 들어온 의사, 간호사에게 보안직원 데려오라 눈짓하고,

의사(남) 보호자분, 병원에서 시끄럽게 하시면... (쿵쿵) 술 드셨어요? (빡!!)
이재원 제가 저 여자 남편이에요!! 그런데 이런 데 숨어서 연락도 안 받고!!
증거도 없으면서 간통죄라니!!
양주란 있어! 이 진상아!! 이러고 싶니?? 병원에서까지!!
이재원 무슨 증거? 영상도 없는 그 블랙박스?
주란아... 누나! 그걸론 이혼이 안 돼. 뭐가 보여야지!! 빼도 박도 못하게!!

의사/간호사들 막으려 하는데 재원은 막무가내.

재원, 의사 팍 밀치고 주란에게 다가가면서 살짝 돌아버린 표정,

이재원 연지는 생각 안 해? 아빠 없는 애 만들 거야?

어? 너 이렇게 너만 생각하는 애 아니잖아...

양주란 (주춤주춤 피한다)

이재원 같이 죽을까? 연지 고아 만들어??

재원, 위험한 표정으로 바닥에 떨어진 주스병 조각 주워드는데

그 순간 뒤에서 나타나 팔목 비틀어 꺾는 석준!

이재원 뭐, 뭐야? (위아래로 보고) 당신 누구야??

이석준 이혼소장을 열심히 안 보셨네. (확 밀쳐 놔주고 안주머니에서 명함지

갑 꺼내서 건네며) 이석준, 양주란 씨 이혼 변호사입니다.

양주란 (표정)

이재원 (명함 보고)

이석준 접근금지 신청할 겁니다. 다시는 병원에 오지 마요.

CUT TO.

이석준 (초콜릿 까먹으며) 괜찮아요?

양주란 ...네.

이석준 담당의가 실력 있고, 자신 있어 하니까 수술은 걱정 말...

양주란 지원 씨는 괜찮아요?

이석준 (보다가) 내가 알기론 괜찮아요. 본인 걱정이나 합시다.

석준, 뭔가 말하고 싶어서 보고

주란도 뭔가 말하고 싶어서 보고.

하지만 결국 석준 그냥 돌아서면..

주란의 표정에서.

씬20. 호텔 바(밤)

바텐더가 칵테일 자리에 놓으면 수민, 능숙하게 고맙다고 눈인사한다.
그러는데 옆에 앉는 지혁.

유지혁   오랜만이죠?

수민, 엄청 화려하지는 않지만 제대로 꾸몄다. 의도 약간 보이고.

정수민   갑자기 연락 주셔서 놀랐어요. 하지만, 오랜만에 뵈니 반갑네요.
유지혁   잘 지냈어요? (손짓으로 바텐더에게 탄산수 시키기)
정수민   잘 지냈죠. (하다가) ...사실은 잘 지내지 못해요. 박민환하고 이혼하
         기로 했거든요. 어제 집 나와서 (위에) 묵고 있어요. 당분간 좀 쉬려고요.
유지혁   (표정)
정수민   인과응보인가 봐요. 사랑에 눈멀어 내 절친, 내 반쪽 배신했는데 (의
         미심장) 결국... (쓴웃음) 어쨌든 이제 혼자예요. 기대도 안 했는데 부
         장님이 연락 주셔서 너무 좋아요.
유지혁   이혼할 거라니 이야기가 쉬워지겠네.
정수민   (보면)
유지혁   강지원 죽이려고 했죠?

긴장감 속에 마주치는 지혁과 수민의 시선.
얼굴빛 변한 수민 급하게 일어나려고 하면,

유지혁   (잡으며) 나라도 그랬을 거야.
정수민   (보면)

유지혁 강지원과 박민환 다시 만나기 시작한 거... 나도 안다는 얘깁니다.

정수민 (이게 무슨 소린가... 흔들리는 눈동자)

유지혁 앉아요.

정수민 (생각하다가 앉으면서) 둘이... 다시 만나요? 진짜로?

유지혁 (끄덕) 강지원과 박민환을 간통죄로 엮어 넣읍시다. 언제 어떻게 들어가야 하는지는 내가 다 알려줄게요. 원하면 그 후에 변호사를 최고로 붙여주고. 법적 배우자로서의 권리만 행사해줘요.

정수민 ...왜요?

유지혁 억울하잖아. 박민환과 만나서 정수민 씨는 인생 망가진 거 아닌가요? 이제 이혼하면 회사 그만두게 된 거 보상도 못 받을 건데. 아무것도 안 남잖아요.

정수민 저는— 그렇죠. 제 말은, 부장님이 얻는 건 뭐냐는 거예요.

유지혁 (뭐라고 말할까)

정수민 (허튼소리 절대 안 통할 것 같은 표정에서 긴장감--)

유지혁 ...강지원이 돌아왔으면 해서.

정수민 (느낌!)

유지혁 나는 강지원 씨가 좋아요. 박민환에게 매여있는 게 싫고.
내 옆에 있게 만들 거야. 그러니까 도와줘요.

수민, 이 꽉 물었다가 생긋 웃으려 하지만
눈은 이미 사나운 데서.

정수민 ...뭐 하나만 물어봐도 돼요?

유지혁 (끄덕)

정수민 왜 절 싫어하세요?

수민, 정곡을 찌른 느낌이지만.
지혁 당황하지 않고 본다.
두 사람의 눈싸움..

유지혁	...자기밖에 모르니까.
정수민	(느낌!)
유지혁	옆에 있는 사람을 갉아먹는 종자들이 있어요.
	성수민 씨가 그런 타입이라, 싫어요.
정수민	(이 악물+상처) 절 잘 모르시잖아요.
유지혁	아무도 안 믿죠? 그거 본인이 믿을 수 없는 사람이라서 그래요.
	상대도 본인 같다고 생각하니까 믿을 수가 없는 거야.
정수민	그렇다면 어떻게 저하고 한 팀이 돼서 일을...
유지혁	왜 싫어하냐고 물은 거 아닌가? 같이 일할 수 없다고 한 적은 없어요.
	(일어나서 경멸을 숨기지 않고) 마음 정하면 연락 주고.

할 말 다한 지혁이 인사도 없이 돌아서서 걸어 나가면.
수민, 바들바들 떨리는 데까지.

씬21. 지혁의 집 거실(밤)

오토로크 소리와 함께 문 열리고 지혁 들어오면.
기다리고 있던 지원 나가서 맞이한다.

유지혁	이야기는 잘 됐어요. 지원 씨 말대로였어요.
	왜 자기를 돕는지 묻더군요.
강지원	잘했어요?
유지혁	아마?

씬22. 호텔 복도(밤)

짜증 나서 무너진 수민이 씩씩대며 걸어가는 위로,

유지혁(E) 완전히 거짓말을 하면 믿지 않을 거 같아서 적당히 섞어서...

씬23. 지혁의 집 거실(밤) - 27씬까지 이어서

유지혁   정수민이 발견할 불륜 커플이 박민환, 오유라라는 것만 빼면
          내가 말한 건 다 사실이었어요. 게다가...

강지원   (보면)

유지혁   우리 회사 직원들에게 제공되는 보험이 있어요. 가족보험이죠.
          보상범위는 본인, 배우자, 직계혈족. 퇴사 시 유지 여부는 본인이 정할
          수 있고, 아마 조만간 박민환에게 통지가 갈 겁니다.

강지원   (느낌!) 그런 보험이 있는지도 몰랐겠지만 곧 알겠군요.

          운명이 굴러가는 느낌의 BGM..

유지혁   무대가 갖춰지고 있어요.

씬24. 스위트룸(밤)

          유라, 걸어 나와 테이블 위의 사탕통 집어 들어 이런 종류의 서민음식
          낯설다는 느낌으로 보고 하나 꺼내 입에 넣었다가 퉤 뱉는다.
          별로네.. 내려놓고,
          걸어 나가 신발장 여는데(외출하려는 느낌) 보이는 빨간 구두.
          카메라, 빨간 구두를 또렷이 잡는 위로,

강지원(E) 집, 빨간 하이힐, 사탕통, 보험...

씬25. 해영빌라 민환본가 방(밤)

민환 침대에 앉아있는데 옆에 지원이 결혼식 날 던져준 샤넬백 있다.
민환은 중고나라 검색해보는 중.

INSERT. 샤넬백과 같은 모델 중고 가격

박민환   이거까지 팔면 일단 다 막을 수 있고...

민환의 표정, 짜증과 분노. 왜 이렇게 됐는지 모르겠다는 자괴감까지.

박민환   왜 이렇게 됐냐. 나 진짜 어떻게 사냐.
죽어버릴까. 나 죽으면 울 엄마아빠는 내 앞으로 나오는 보험금으로... (그럴 생각 없음)
(폭발해서 발작!!) 망할!! 망할!! 망할!! 망하아아아아아아알!!!!

유지혁(E)   물론 보험은 박민환이 나쁜 맘을 먹지 않는다면 쓸모없겠지만.
강지원(E)   지금까지 오면서 몇 번이나 멈출 수 있지만 안 멈췄어요.
박민환은 끝까지 갈 거예요.
유지혁(E)   그렇다면 문제없겠군요. 정수민도 멈추지 않을 것 같거든요.

씬26. 호텔 일반룸(밤)

침대에 앉아있는 수민, 이성 잃고 손에 마디가 튀어나올 정도로 꽉 쥔 채.

정수민   왜... 왜!!!!!! 모두... 강지원만!!!!

수민의 표정 위로,

유지혁(E) 지금 정수민은 강지원에게 훨씬 더 집착하는 것 같으니까.

씬27. 지혁의 거실(밤)

유지혁 그럼 이제 그 순간을...

FLASH CUT. 1부 24씬 수민환의 모습을 목격하는 지원

강지원 정수민도 겪는 것만 남았어요.

모든 걸 다 겪어내고 끝에 다다른 지원혁의 표정에서..

씬28. 스위트룸(낮)

INSERT. 호텔 전경

INSERT. 커튼 쳐진 스위트룸 내부, 시계가 6시를 가리키고.

얼굴에 멍든 남비서가 거실의 창문 커튼 연다.
침실 쪽에서 피곤한 얼굴로 유라 걸어 나와 테이블에 앉는다.
말없이 커피 내려온 남비서가 커피를 내려놓으며,

남비서 일본으로 돌아가시는 게 어떨까요?
오유라 (표정)
남비서 유지혁이 전에 없이 적극적으로 움직이고 있어요.
박민환이 개인 빚 진 것, 사채 전부 사서 압박하고 있으니 얼마 안 가 무너질 겁니다. 정만식, 배희숙 쪽도... 포기하지 않은 모양이고요. 인

천 폐공장 일대 CCTV를 싹 걷어갔습니다. 뭔가 나오지는 않겠지만...

오유라　(점점 짜증 표정)

남비서　U&K와 정면으로 싸우는 건 좋을 게 없습니다.

유라, 일어서서 남비서에게 걸어간다.

거리 가까워지면 움찔하는 남비서. 유라, 정면으로 보지 못하고 시선 피하고,

유라는 자신의 매력을 충분히 아는 여왕 같은 오만함으로.

오유라　자신 없나 보지? 미리 겁먹고 도망치자고 하는 거 보면. (남비서 뺨 어르듯 감싸며) 괜찮아. 할아버지는 달라. 온실 속의 화초 같은 유지혁과는 달리 현실적인 분이셔. 신데렐라가 얼마나 큰 골치인지 다 아시거든.

씬29. 지혁본가 서재(낮)

INSERT. 유라의 웃음소리가 터지는 한일의 집 전경

한일과 유라가 화기애애하게 장기 두고 있다.

유한일　장군이오!!

오유라　꺄악!! 진짜!! 할아버지한테는 못 이기겠어요!

유한일　(의미심장) 너무 원하는 걸 다 얻으려고 하니까 수가 보이지.

제 것이 아닌 건 놓을 줄 아는 것도 리더의 조건이야.

하는데 지혁이 들어온다.

한일에게 인사하고, 유라 보면.

오유라	안녕, 할아버지랑 장기 두고 있었어. 내가 또 졌고.
	하지만 너한테는 이길 수 있을 것 같은데, 한번 둘래?
유지혁	(한일에게) 할아버지, 제가 좋아하는 여자 데려오라고 하셨죠?
	데리고 올게요. 정식으로요. 그러니까 유라— 이 집에 그만 출입시키세요.
오유라	(인상 찡그리고)
유한일	짝사랑이고 잘해볼 생각 없다더니 마음이 바뀌었어?
유지혁	네. 잘해보려고요. (유라 보고) 근데 집에 전약혼자가 드나들면 안 되잖아요.
유한일	(유라 보면)
오유라	(한일에게) 저도 나빴죠. 약혼기간 내내 얼마나 무심했던지 이렇게 성격 급한지 몰랐다니까요. (지혁에게) 우리 같은 사람들 결혼이 어디 당사자만 좋다고 돼? 무모한 행동은 일단 할아버지 허락부터 받고...
유지혁	(말 끊) 그러지. 지금 소개해드릴게요.

한일과 유라, 놀라는데.
거실에서부터 지원, 당당한 느낌으로 걸어 들어온다.

| 강지원 | 안녕하세요, 강지원입니다. |

씬30. 지혁본가 정원(낮)

내려가면서 유라, 열받았다.

오유라	강지원 처리해보자.
남비서	(본다) 일본에... 안 돌아가시고요?
오유라	나 지고는 못 살아. 내가 왜 별것도 아닌 버러지들한테 이런 기분을 느껴야 해?

남비서	(표정)
오유라	진작 직접 했어야 했어. 남의 손 빌려서 하려니까 머리만 아프고.

남비서의 표정..

CUT TO.
정원 위쪽에서 나가는 유라 보고 있는 지혁.

씬31. 지혁본가 서재(낮)

한일이 지원 보는 시선에서,

FLASH CUT. 10부 46씬 "일어나야만 하는 일은 힘들어도 그냥 부딪치기로 했습니다."

유한일	처음 봤을 땐 못 해준 말이 있어. 부딪친다고 일이 다 되진 않지. 적당히 해야 해. 우리 아이가 잠깐 만난 대가치고는 벅차게 챙겨준 걸로 알아. 이제 그런가보다 물러서야 할 때야.
강지원	알고 계셨군요.
유한일	(모를 줄 알았지. 놀랐을 거다.)
강지원	안 그래도 유지혁 씨, 아주 혼났어요. 다시는 그런 일 없을 겁니다.
유한일	(어?)
강지원	진짜 생각보다 모자라더라고요. 곱게만 키우셨어요. 일밖에 모르고 돈 개념도 없고. 너무 도련님이라서 당황스러워요.
유한일	지금 뭐 하자는 거야?!
강지원	근데— 그래서 더 좋았어요. 저도 되게 모자란 사람이거든요.
유한일	(표정)
강지원	유지혁 씨가 재벌 3세에 너무나 완벽하다고 생각했을 때는 닿을 수 없

을 것 같았는데 바보 같은 짓도 하고, 화내고 흐트러지고 당황하고 어
리광까지 부리니 같이 잘해볼 수 있을 것 같아요. 함께 행복하고 싶어요.

유한일   (표정)

강지원   할아버님, 유지혁 씨 저 주세요.

당찬 지원의 표정과 그것이 새삼스럽고 맘에 드는 한일에서.

씬32. 지혁본가 주차장(낮)

차 근처에 선 채 지혁과 석준 이야기 중.

이석준   내일 중으로 박민환 해고와 관련된 모든 일정 처리 마무리할게.
회사에서 들어줬던 직원보험은 왜 물어본 거야?
보통 인수유지 안 해. 그건 그냥 회사복지 차원이라 보통은 있는지도...

유지혁   박민환은 할 거예요.

이석준   (무슨 의미인가 싶은데)

하는데 지원이 나오면,

유지혁   (석준에게는 알겠다는 시늉만 하고 지원에게) 이야기 잘했어요?

지혁, 지원 문 열어줘 차에 태우면서, 차가운 표정--

씬33. 지혁본가 응접실(밤)

창밖에서 환한 달빛 보고 있는 한일, 무슨 생각을 하는지 알 수 없는
표정.

씬34. 지혁의 집 거실(낮)

지원, 창에 붙어 서서 생각 많은 얼굴로 해가 떠오르는 모습 보고 있다.
인기척 들리고, 뒤돌려는데 지혁이 뒤에서 안아준다.

유지혁 왜 이렇게 일찍 일어났어요. 더 자지.
강지원 출근해야죠. 마케팅1팀 대리는 할 일이 엄청 많거든요.

일부러 더 아무 일도 없었다는 듯 환하게 웃는 지원의 모습에서.

씬35. 탕비실(낮)

시식대 위에 시금치골뱅이파스타, 들깨크림파스타, 매콤순두부뇨끼 놓여있고
직원 내 투표한 판넬, 스티커(1번에 제일 많이).
은호를 중심으로 한 마케팅 시안들, 공장 가동 스케줄 및 개발팀 공문..
지원이 관련 자료를 보면서 설명하고 있으면
태형이 여기저기서 사진 찍는다.

백은호 (어색, 뻘쭘+희연은 없나 두리번)
강지원 홍보 차원에서 너티비에 메이킹 과정을 풀 거야. 편하게 있어.
백은호 하나도 안 편한데. 어 근데 희연 씨는... (어딨어? 하려다가 말고)
            (지원 상처 발견) 이건 뭐야? 다쳤어?
강지원 (못 들은 척) 음, 도구를 들고 있으면 좀 편한가? 뭘? 서빙 포크?

지원, 은호 편하게 해주려고 리드하는 모습을 사진으로 담는 컷컷에서.

씬36. U&K 본사 로비(낮)

지원, 은호를 배웅 중.

강지원 오늘 너무 고생했어.

백은호 아냐, 백수될 뻔한 거 구원해줘서 내가 고맙지.
레시피 수정안도 곧 보낼게. 어렵네.

강지원 조만간 시안이랑 정리해서 줄게. 공장 일정도 알려주고.

백은호 응. (머뭇거리다가) 근데 오늘은 유희연 씨...랑 유지혁 씨는 안 보여?

강지원 부장님은 자리에 계셨는데?
아? (이제 깨달음) 그러고 보니 희연 씨가 안 보였네.

백은호 (어쩔 수 없지) 아냐, 나 갈게.

바이바이 인사하고 헤어지면.

씬37. 엘리베이터 안(낮)

16층 버튼 누르는데 전화 울려서 확인해보면 정수민이다.
거절버튼 눌렀는데 다시 온다. 거절, 다시 오고.
뭔가 이상한 느낌.
핸드폰 보고 있으면 위기가 고조되는 BGM.
엘리베이터 문이 열리면,
지원의 시선에서 16층 엘리베이터 홀에 서 있는 수민.

정수민 지원아, 왜 내 전화 안 받아??

소름!! 돈는 지원의 표정에서.

씬38. 16층 엘리베이터 홀(낮)

정수민 그래, 그건 알겠어. 7년이나 만나고도 우리 남편이 네가 아닌 날 선택했다는 게 바로 인정이 안 됐겠지. 근데 그렇다고 결혼한 남자한테 꼬리 치고 그래도 돼? 너 때문에 우리 이혼 이야기까지 나왔어!!

마주 본 지원과 수민, 불꽃 튀는 눈싸움에서.
지원, 냉랭해져서 핸드폰 꺼내 '보안팀' 검색해 통화버튼 누르고,

강지원 보안팀이죠? 여기 16층인데요. 빨리 와주세요. 외부 사람이 들어왔네요.
정수민 야! 너 뭐 하는 거야? 내가 이대로 둘 줄 알아??
강지원 (한심하게 본다) 내가 남의 남자랑 왜 뒹굴겠어? 너도 아닌데.
정수민 (표정!)
강지원 박민환 딴 여자 생겼어? 하기야 네가 박민환을 그렇게 꼬셨으니까 유혹하면 쉽게 넘어가는 남자라는 건 누구보다 잘 알겠지.
근데 7년 사귄 여자 배신한 남자는 너도 배신할 거라는 걸 알았어야지. 남의 남자 빼앗을 땐 좋았겠지만.
정수민 너네 얼굴 못 들고 다니게 회사에 대자보도 붙이고 가만 안 둘 거야!!
강지원 (표정)

FLASH CUT. 1부 24씬 강지원 "내가 이대로 죽을 줄 알아? 너네 얼굴 못 들고 다니게 회사에 대자보도 붙이고 가만 안 둘…"

강지원 (표정+마지막 한마디!) 아, 네 남편은 잘렸는데?
정수민 (뭐?)
강지원 쓸데없는 의심하지 말고 내조나 잘해. (불안감 조성하려고) 아, 아니다. 이혼한다고 했나? 안됐네. 근데 기분 나쁘다. 너나 그런 쓰레기를 탐내지 내가 왜 그러겠어?

여유롭게 수민을 조롱하는 지원과 분한 수민에서.

씬39. U&K 본사 앞 거리(낮)

보안팀에게 끌려 나온 수민, 멍하게 있는데 핸드폰에 문자 울려서 확인해보면,

[반쪽 : 민환 씨, 방금 정수민이 와서 회사에서 난리 쳐서 너무 놀랐어.]
[반쪽 : 뭐 회사엔 소문 안 날 거야. 다들 정수민 미쳤냐는 말뿐이니까ㅋㅋ]
[반쪽 : 아, 이런.. 잘못보냈네ㅋㅋ 미안]

하고 이어서 메시지가 지워져서 아무것도 안 남으면.

정수민   이게... 못돼 처먹어가지고!!!! 아아아아아아아아아악!!!!

사람들 다 쳐다보든 말든 분노에 돌아버린 수민에서,

씬40. 16층 사무실 지혁자리(낮)

지원과 지혁, 같이 울리는 지원의 핸드폰을 보고 있다.
발신자는 수민이었던 핸드폰 꺼지고, 문자폭탄 날아오기 시작하면.
[전화 받아. 당장!!] [너 내가 가만 안 둘 거야!!] [네가 사람이야? 어떻게 나한테 이래?]
하면 지원, 차갑게 전원을 꺼버린다.

유지혁   정수민이 곧 나한테 전화하겠는데요.

하는데 바로 울리는 지혁의 핸드폰,

지혁, 지원과 눈빛 주고받고 전화 받으면.

씬41. 16층 사무실 지혁자리/U&K 본사 앞 거리 분할화면(낮)

유지혁   (지원과 눈빛 주고받고 전화 받으면)

정수민   내가 강지원 망가뜨릴게요. 가져요.

대신 그 전에 비닥까지 떨어뜨려야 돼.

나한테 빌게 만들 거야. 아니면 협조 안 해.

지원과 지혁 눈빛 마주친 데서.

씬42. 16층 사무실 지혁자리(낮)

유지혁   (전화 끊으면)

강지원   정수민은 손에 넣었고,

유지혁   박민환은 내가 움직여볼게요. (시계 보고) 지금쯤 받았을 것 같은데.

씬43. 해영빌라 민환본가 방(낮)

INSERT. 해영빌라 전경 위로, 띵동— 하는 벨 소리와 함께
우체국직원(E) "등기우편입니다."

민환, U&K푸드 직인이 찍힌 봉투에서 보험증서 꺼내 보고 있는 표정.

박민환   이것들이 장난하나. 회사도 잘렸는데 보험료 낼 돈이 어딨어... (보험증
서 던졌다가 잠깐?? 뭔가 깨닫고 다시 주워든다) 배우자 사망 시, 5억 원??

순간 흔들리는 눈빛,

하지만 아니야, 내가 지금 무슨 생각을.. 하고

집어넣고 일어났다가 결국 다시 봉투 꺼내 들고.

고민하는 기색 역력하다가

결국 위험해지는 표정에서.

씬44. 스위트룸(밤)

INSERT. 호텔 복도를 걷는 민환의 구둣발

(남비서가 열어줘서) 문 열리고, 민환 들어간다.

유라 단정하게 차린 한상차림 먹고 있는데

당당하게 앞으로 간 민환.. 갑자기 무릎 꿇고!!! (반전!!)

박민환 유라 씨가 날 커버 쳐야 할 이유는 없을 수도 있어. 하지만 거래는 할 수 있잖아. 정수민, 유라 씨 피곤할 일 없게 해결해줄게.

오유라 (빤히 보다가 남비서에게) 상 하나 더 차려오라고 해.

박민환 (희망!!)

오유라 일단 먹고 들어보자. (민환의 상처 보고) 얼굴 엉망진창이다.

CUT TO.

식사 비워졌다.

유라, 자리에서 일어나 미니바 쪽으로 움직이는데 빨간 하이힐 신고 있고.

오유라 (술 따르며) 와이프, 어떻게 해결해줄 건데?

박민환 나 지금 개털이거든. 죽어야지 했는데... 살길이 있더라??

민환, 테이블 위의 사탕통에서 사탕 꺼내 먹는다.

박민환 근데 내가 살길이 유라 씨에게 아주 조금이나마 도움이 될 것 같더라고.
(일어나서 미니바로 가 보험증서 내민다)

INSERT. 보험증서 '배우자 사망 시 5억'에 동그라미 쳐져 있다.

오유라 (대충 쓱 보고) ...이건 사망 시에만 받을 수 있는 건데?
박민환 (끄덕) 정수민이 세상에 사라지면, 협박하는 사람도 사라지는 거지.
오유라 (딱히 미덥지 않은데)
박민환 물론 쉽지 않지. 말도 좀 맞춰야 하고 무엇보다... 내가 이걸 실행할
때는 의심받으면 안 되거든. 근데, 오유라 씨가 내 친구더라고. 좀 도
와줄 수 있지 않을까?
오유라 (안 해줄 듯이) ...뒷수습을 해달라? 또?
박민환 뒷수습만이 아니죠. 세팅도 좀 도와주셔야지.
세상 모든 게 돈과 인맥인데 난 그게 없잖아.
오유라 (보다가 픽 웃는) 배짱은 있네. (술 한 모금 마시고) 없는 게 많으면 배
짱은 있어야 하긴 해. 근데 배짱만 있는 거 아니야?

민환, 거칠다기보다 섹시하게 유라 허리 잡아 자기 팔 사이로 가둔다.
강한 의지를 보여주려고.
남비서 다가오려 하면, 유라 막고.

박민환 이런 결정이 쉬웠을 거 같아? 나도 마지노선이야, 여기가. 목숨 걸어
야지.

유라, 한참 민환을 빤히 보다가 들고 있던 술잔 한 입 마신다.
그리고 민환에게 건네주고 밀치고 나가면,

오유라　　마지막 기회야.

민환, 됐구나!! 유라가 준 술 두 손으로 받아 마시면서 고마워고마워!!
민환을 등진 유라의 표정, 뭔가 다른 생각을 하는 데서.

씬45. 16층 사무실(밤)

지원, 퇴근 준비하고 있는데 다가온 지혁.

유지혁　　지금 박민환이 유라의 스위트룸에 있어요.
강지원　　오늘이군요. (결심으로 고개 끄덕이면)

지혁, 핸드폰으로 '정수민' 창을 연다.
[박민환이 오늘 윈튼호텔 1211호에 방을 잡았어요.]

씬46. 호텔 정문(밤)

택시가 서고, 지원이 내린다.
안으로 들어가면.

CUT TO.
멀리서 지켜보고 있던 수민이 쓱 나타나 따라간다.

씬47. 호텔 로비 엘리베이터 홀(밤)

정수민　　(엘리베이터 넘버 12층에서 멈추는 거 보면서 중얼) 1211호...

다른 엘리베이터 문 열리고,

수민이 타고,

문이 천천히 닫히면.

뒤쪽에서 나타나는 지원, 이제 할 건 다했다— 결연한 표정인데,

지혁, 지원의 어깨를 감싸 안아주고.

씬48. 호텔 복도(밤)

수민, 이 악물고 걸어 들어간다.

1211호 앞에 서서 명패 보다가 주먹 들어 문 쾅-쾅- 치면,

남비서가 문을 열었다가 수민 얼굴 보고 깜짝 놀라는데 확 밀치고 들어가고.

씬49. 스위트룸 거실(밤)

아무도 없이 커튼도 쳐져 있고 정리되어 있는 분위기.

테이블 위에는 마시다 만 안주와 술잔 2개 있고,

침실 쪽에서 웃는 소리 들린다.

FLASH CUT. 1부 24씬 강지원이 수민환을 발견하기 직전

1부 24씬과 겹치는 느낌과 예감으로 살짝 열린 문을 향해 곧장 다가가는 수민.

씬50. 스위트룸 방(밤)

로브 입은 유라는 침대에 누워 있고,
민환은 그 앞에서 비굴하지는 않지만 다정하게 침대에 걸터앉아 다독
이는 정도 느낌.

박민환   (자기 팔에 올린 유라의 손 위를 다독다독) 이번에는 실망 안 시킬게.
오유라   (민환 뺨 도닥) 믿지... 천재적이긴 하다.
          와이프 사망보험금으로 재기를 노리다니.
박민환   보험금 들어오면 맛있는 거 한번 쏠게. 은혜는 또 내가 화끈하게 갚거든.

          하는데 수민이 문 벌컥 연다.
          (놀란) 민환 (놀라지도 않고 그냥 고개 돌려 수민 보는) 유라,
          수민은, 왜 민환과 지원이 아니라 민환과 유라인가 당황했다가..

정수민   누구든 진짜 어이없네.
          박민환, 너는 진짜 인간말종 중의 말종이구나??
박민환   저게 말을 해도. ...그래서 네가 뭐 어쩔 건데?
오유라   (미소+느긋) 그러게.
정수민   (오유라에게) 너 내가 그 음성녹음 경찰에 보낼 거야.
          우리 아빠 어딨어? 혹시 죽였니?
박민환   (음성녹음? 죽여??)
정수민   (박민환에게) 야, 넌 강지원하고 잘해보려는 거 같더니 이 여자랑 뭐
          하나?
          진짜... 어이없네. 너 내가 이대로 두고 볼 줄 알아? 고소해서 콩밥 먹
          일 거야. 회사도 짤렸다며?

          수민이 핸드폰 꺼내 두 사람의 사진을 찍는 순간,
          유라의 표정 달라진다.

오유라   (날카롭게) 잡아!!

하는 순간, 수민은 뒤돌아서서 도망가려고 하는데 가로막는 남비서.
아까 수민이 들어올 때와는 다른 표정으로 수민에게 다가가면
위협 느끼고 주춤하는 수민에서.

CUT TO.
수민의 반항으로 엉망진창이 된 방 안--
수민 쓰러져 있고 그 앞에 버티고 서 있는 남비서,
유라가 천천히 다가와 내려다보면.

박민환	아 씨, 어떻게 하지??
오유라	뭘 어떻게 해?? 민환 씨 계획대로 하는 거지.
	여기선 안 되고, 세팅해 줄게. (남비서 보면)
남비서	(안 된다는 의미로) ...부사장님.
오유라	해.

한참 유라 보던 남비서 결국 굴복하고 불편한 표정으로 어디론가 전
화하는 데까지.

씬51. 고속도로(밤)

INSERT. 경기도 가평 방향 이정표

달리는 민환의 차 위로.

오유라(E) 박민환이 정수민을 죽이면...

씬52. 스위트룸(밤)

수민이 어질러놓은 룸 정리하는 남비서의 뒤에서,

오유라　아내를 죽인 보험살인으로 시나리오 잘 써서 언론에 뿌려.
남비서　준비 중입니다. 하지만,
오유라　박민환 입에서 나올 만한 내 얘기는 다 개소리로 만들고.
　　　　　증거는 당연히 없어야겠지?
남비서　…해보겠습니다.

정수민(E) 뭐 하는 짓이야?!

씬53. 펜션 내부(밤)

수민이 흔적이 남지 않을 끈 같은 걸로 기둥에 묶여있다.

박민환　그러니까 왜 쓸데없는 짓을 해? 넌 다 좋은데 주제 파악이 좀 안 되더라.
정수민　하! (부들부들 떨리지만 일단 참고) …나 돈 있어. 그거 너 줄게.
박민환　(일어나려다 본다)
정수민　날 죽이면 그 여자가 너는 그냥 둘 거 같아?
박민환　(미소로) 야아, 너 인정인정. 진짜 오유라가 빼도 박도 못할 증거를 딱 가지고 있더라? 근데 어떡해? 너 기절해 있는 동안 오유라가 그거 지웠는데…
정수민　(표정!)

민환, 수민익 핸드백 뒤져 핸드폰 꺼내가지고 바짝 다가가 수민과 시선 맞추어 쭈그리고 앉는다.

박민환　바보야. 우리 같은 인간들은 힘 있는 사람들 거스르는 거 아냐. 우리가 뭘 할 수 있다고. …글구 너 돈 없어.

민환이 수민의 손 잡아 비밀번호 풀고 몇 번 클릭해 유일증권 계좌 보여준다.

INSERT. 계좌 잔고 0원!

수민 놀라 숨 들이마시면.

박민환   어차피 네 거 아니잖아. (픽) 기회를 잡아서 그걸 또 삥땅치고. 아, 맞다!
         너 내가 강지원 사준 가방도 가지고 있더라? 그것까지 팔아서 썼어.
         이 오빠가 급한 불을 꺼야 해서. (툭툭 털고 일어난다)
정수민   (절망스러운 호흡 가빠지는데)
박민환   너무 성질내지 마라. 너도 혼자 못 죽는다 그랬다며?
         너 아니면 내가 죽어야 하면 나는 당연히 네가 죽는 쪽을 택하는 거 아
         니겠어? 너 딱 해결하고! …새로 시작해야지.
정수민   이… 이… 인간말종아아아아아!!!! 이거 풀어!! 당장 풀어!!

마구 몸부림치는 수민과 비웃으며 밖으로 나가는 민환.
하지만 수민이 날뛰면서 손목이 조금씩 풀릴 것 같은 장면에서.

씬54. 펜션 외부(밤)

민환, 펜션 주변 기웃거리다가 보일러실 찾아서 살핀다.
커터칼로 드르럭드르럭 보일러 배관 자를 각도 재어보는 모습에서.

씬55. 펜션 내부(밤)

민환이 문 열고 들어오는 순간 수민이 둔기를 힘껏 휘두른다!

거의 맞을 뻔했고(맞았으면 사망) 간발의 차로 피한 민환 어이없어 보
는데.
피하느라 뒹굴면서 떨어진 차 키와 커터칼!
커터칼 본 수민 둔기 던지고 주방으로 달려가 식칼 꺼내 겨눈다.

박민환   (당황) 야야, 뭐 하는 거야??
정수민   차 키 내놓고 저리 꺼져!!
박민환   야야, 잠깐만... 일단 진정하고...
정수민   난 안 죽어!! 절대 안 죽어어어!!
박민환   아, 그럼그럼... (달래는 척) 너 안 죽지이!! (장식품 수민에게 던지면)

정통으로 맞은 수민 칼 떨어뜨리고..
민환이 수민에게 덤벼들면서 개싸움 시작!!

CUT TO.
수민과 민환이 치고받은 흔적이 역력한 상태로 숨 헐떡이며 대치 중
이다.
그러는데 수민이 코 킁킁— 가스 냄새 맡고!!

박민환   그래애... 내 사랑스러운 와이프는 여행 왔다가 내가 잠깐 장 보러 간
사이에 보일러 사고로 인한 일산화탄소 중독으로 사망할 예정이야.
그러니까 내 인생 망치지 말고 곱게 뒤져.

FLASH CUT. 1부 24씬 박민환 "뒤질 거면 곱게 뒤져!!"

정수민   보험금 얘기가 이거였구나?? 네 맘대로 될 거 같아??
박민환   될 거 같은데...

하면서 민환이 수민 확 잡아서 눕혔는데,

수민 지체 없이 다리 빡!!! 뻗어서 낭심을 걷어차 버리면!!

박민환   으허억!! (고통---!!!!)

정수민   아우, 우리 남편 남자 구실 못하면 안 되는데...
(약올) ...아니지. 강지원이 그러던데? 너 원래 고자라고.
못하는 게 아니라... 아니, 드럽게 못하기도 하는데 기능도 영~~
나 임신했을 리가 없다더라. 어쩐지~~ 충격을 덜 받는 거 같더라니...

박민환   (고통스럽지만) 뭐? 뭔 개소리야?? 내가 무슨 고...

정수민   너 남자구실 못.한.다.고.
아, 쉽게 말해줄까? 나 유산한 게 아니라 임신한 적이 없단 얘기야.

박민환   뭐? 이, 미... 미친 게... 내, 내가...

민환 아파서 낑낑대는데 보면, 난리엉망진창인 방 안 한구석에 차 키
도 떨어져 있다.
잽싸게 집어 들고 밖으로 나가려는데.
민환 아픔 참고 일어나 절룩절룩 대면서도 수민을 잡고,

정수민   이게!! (하고 다시 차려고 하면)

민환, 자기도 모르게 방어적인 바람에 균형 잃는데
수민이가 마지막 결정타로 확 밀어버리면 옆에 있는 유리 테이블로
쓰러진다!

FLASH CUT. 1부 24씬 지원이 죽는 순간의 눈동자.

..에서 연결해서 민환의 눈동자,
허우적거리면서 그대로 뒤로 넘어가는 민환의 마지막 표정--
산산조각 나는 유리 테이블!!
피 웅덩이 번지면 몸은 움직일 수 없어도

잠깐 정신이 말짱했던 민환의 마지막 말--

박민환 어... 이게 아닌데?

민환의 시선으로, 내려다보고 있는 당황한 수민의 얼굴이 가물가물해지면서.

INSERT. 펜션 전경

고요한 펜션 전경 위로 경찰차의 경광등 빛과 소리가 울리는 데서.

씬56. 16층 사무실(낮)

#지혁자리
지혁, 업무 보고 있는데 '이석준 실장님'에게 전화 온다.

이석준 양주란 과장 이혼이 쉬워질 거 같아. 간통죄 성립 증거였던 SD카드 영상이 왜인지 몰라도 안 나왔었는데 복구가 됐어.

FLASH CUT. 14부 11씬 양주란 "미친 인간들이 차에서 더러운 짓 하는 게 블랙박스에 다 잡혔는데 고장인지 화면이 안 나와. 경찰들은 음성만으로는 증거가 부족하다고 하고."

유지혁 ...갑자기요?
이석준 영상이 안 나올 이유가 없었는데 안 나오더니 되는 것도 갑자기 된다네. (차에 타면서 중얼) 될 일은 된다더니. 이혼하려나 보네.

지혁, 지원 쪽을 바라보는데.

CUT TO.

지원, 일하다가 문자가 와서 확인해보면 부고 문자다!

[訃告] 故박민환 님께서 별세하여 부고를 전해드립니다.
고인의 가시는 길 깊은 애도와 명복을 빌어주시길 바랍니다.
상주 : 박철중
장소 : 유일병원 장례식장
빈소 : 4호실

놀라는 지원, 운명이 움직이고 있는 건가 미스테리한 BGM에서
고개를 들면, 지원 쪽을 보고 있던 지혁과 눈이 마주치는 데까지.

씬57. 회사 옥상(낮)

유지혁 경찰리포트를 확인해봤어요. 유리 테이블 위로 넘어지면서 기둥에 머리를 부딪친 게 사인이라더군요.

강지원 (느낌!!) 저하고... 같아요. 정확히는 몰라도 유리 테이블 위로 넘어졌으니까.

두 사람 깨달음으로 서로 본다. 차츰 맞아가는 퍼즐.

유지혁 (위로로 지원 뺨 한 번 건들고) 현장 증거가 남아있기 때문에 경찰은 정수민이 용의자라고 확정 짓고 찾고 있어요. 근처 CCTV가 전혀 작동하지 않았기 때문에 정확한 상황은 찾아봐야 안다는 정도고.

강지원 미리 CCTV를 고장 낸 거겠지요. 완전한 사고는 아니었을 거예요.

유지혁 (보다가) 장례식장... 갈 거예요?

지원의 생각하는 표정에서.

씬58. 박민환 빈소(밤)

지원, 민환의 영정사진 아래에 국화꽃 놓고 물러나 사진 본다.
슬프지는 않아도 복잡한 지원의 표정에서.

강지원(E) 네가 죽었으면 좋겠다고 생각한 적이 있어. 속이 터져나가 죽을 것 같
았던 그 실망스러웠던 시간들이 절망으로, 그리고 배신으로 확인되었
을 때...

FLASH CUT. 9부 49씬 허접한 민환의 프러포즈

FLASH CUT. 1부 9씬 집안일 안 하고 놀고 있는 민환

FLASH CUT. 1부 24씬 수민과의 바람, 지원을 죽이는 민환

FLASH CUT. 14부 66씬 사무실에서 지원 목 조르는 민환
강지원(E) "나한테 왜 이럴까... 밤을 새우고 생각해도 모자랄 정도였
는데, 이렇게 끝났네."

강지원 (조그맣고 서늘하게) 안녕.
유지혁 (위로로 지원의 팔 살짝 잡고)

하고 돌아서 철중과 인사하는데.
장례식 안쪽 유족 휴식공간에서 이마를 짚고 나온 자옥, 지원혁 발견
한다.

김자옥 으아니!! 여기가 어디라고 와!!!!!

분기탱천한 자옥이 황소처럼 지원에게 돌진해오는데.

지혁이 막아주려고 하지만, 지원 피하는 대신 정면으로 맞서면,

김자옥 이이... 이 눈깔 봐! 잘못한 줄 모르고 어른 앞에서!! 니가 우리 민환이를 배신하지만 않았어도 수민이 년하고 결혼할 일이 없었던 애야!! 그년이 우리 아들을 죽였어!! 나쁜 년! 못 배워먹은 년!! 우리 금쪽같은 아들 인생 망친 너어어언!!!!

몇 명 안되는 조문객들이지만 웅성웅성 보는데,
아무 말 안 하고 패악질 받아주면서 눈빛은 차가운 지원의 표정에서.

씬59. 박민환 빈소 앞 복도(밤)

지원혁, 걸어 나오는데 우루루 스쳐 지나가는 15씬의 건달들.
건달들이 민환 빈소로 들어가면 자옥과 철중 놀라는데,
그걸 뒤로하고 걸어 나오는 지원과 지혁,
망한 과거를 뒤로하고 새로운 미래로 걸어 나가는 홀가분한 모습에서.

씬60. U&K 로비, 시간 경과 몽타주

바쁘게 드나드는 사람들의 모습.

씬61. 엘리베이터 안(낮)

지원, 문자 보내면서 업무에 바쁘다는 느낌인데. (문자 내용은 안 보여도)

여직1   (남직1에게 속닥) 이거 마케팅1팀 정수민 씨죠? 전에... 그...

지원과 남직1 뭔가.. 하고 보는데,

남직1   (여직1보다 큰 목소리) 에이, 그냥 닮은 사람 아냐?
그럼 죽은 남편 박 씨는 박민환이라고??
여직1   아잇, 뭐래!! (지원 눈치 보면)

지원, 못 들은 척하지만 표정 어두워져서
핸드폰으로 뉴스화면 검색해 들어가는 데서 연결.

씬62. 뉴스화면(낮)

앵커   지난 24일, 경기도 가풍면 펜션에서 사망한 채 발견된 30대 남성 박
모 씨에 대해 경찰은 부인 정수민을 유력한 용의자로 확정 짓고 수사
에 나섰지만 여전히 행방이 파악되지 않고 있습니다. 이에 경찰은 사
건을 공개수사로 돌리고 정 씨를 검거하는 데 결정적인 제보를 하거
나 신고를 한 사람에게는 최고 500만 원의 신고보상금을 지급하겠다
고 밝혔습니다.

화면 속 지명수배된 수민의 얼굴에서 연결.

씬63. 해영빌라 민환본가 거실(낮)

INSERT. 해영빌라 전경

오토로크 누르는 소리와 함께 자옥과 철중 들어왔는데.

바로 두 사람 밀치고 뛰어 도망치는 수민!
얼떨떨한 자옥과 철중 넋이 나가 있다가 집 안으로 들어가면, 엉망진창!!
냉장고 문은 열려 있고, 음식 꺼내 먹은 흔적 그대로.

김자옥   이게 뭐야아아아아아아아!!!!!

씬64. 16층 사무실 엘리베이터 홀(낮)

올라가는 엘리베이터 멈춰 서면 그 안에 다른 직원들과 석준 있다.
홀에 서 있는 지혁 발견하면,
아, 하고 내리는 석준.

이석준   이야기하는 게 나을 것 같은데...
유지혁   (뭐지?)
이석준   박민환의 부모님이 도난신고를 했어. 자리를 비웠을 때 도둑이 들어
서 밥도 먹고 귀중품도 훔쳐갔대. 말에 따르면...
유지혁   (지원을 쳐다보며) 정수민이군요.

하는데 사무실에서 나오고 있던 지원과 눈이 마주친다.
두 사람 시선 마주친 채로.

유지혁   서울에 있다는 이야기군요.

씬65. U&K 본사 앞 거리(낮)

꼴이 엉망인 채 숨어있는 수민, (며칠 지난 상황이기도 하지만 꾸밀
생각 없음)

위험한 느낌인데.

김경욱(OFF)   뭐 먹을까요?

수민, 긴장으로 멀리 지원혁, 희연, 경욱, 태형 등 마케팅1팀 지나가는
모습 본다.

유희연   비지찌개 드쉴? 오늘 느낌이 딱 그래요.
왜냐하면! 요즘 계속 비지하니꽈!! 으하하하하!!

경욱은 이제 지쳐있고 나머지 팀원들은 그냥 웃으면서 드립치고 지나
가는 사이로,
(수민의 시선으로) 1부 느낌의 수민환이 끼어있는 모습이 겹쳐지고.
특히 민환과 경욱에게 공주님 대접받는 느낌--
하지만 현실은 꼬질꼬질해서 숨어있는 자신의 모습,
(수민의 시선으로) 지원은 평범하지만 반짝반짝 예쁘고 행복해 보이면
증오 그 자체로 노려보면서,

정수민   다 너 때문이야...

씬66. 지혁의 집 침실(밤)

TV 뉴스 보면서 헤드레스트에 기댄 채 지원이 지혁의 품에 안겨있다.
지원의 표정 복잡해지고,

FLASH CUT. 1부 3씬 암환자 지원

FLASH CUT. 1부 23씬 수민환의 배신을 봤던 순간

FLASH CUT. 1부 24씬 죽는 그 순간

FLASH CUT. 3부 12씬 고슬정으로 돌아왔던 여신 그 순간 위로
강지원(E) "돌아가도 난 다시 지금과 같은 선택을 할 거니까--"

지혁이 채널을 바꾸려고 하면.

강지원 괜찮아요.
유지혁 (보면)
강지원 지나가서 바꿀 수 없는 어떤 일도... 후회하지 않아요.
유지혁 (이마에 입술 한 번 눌러주고) 이 실장님이 그러더라고요. 원래 사람
은 앞으로 올 일 때문이 아니라 지나가서 바꿀 수 없는 일 때문에 화가
난다고.
후회하지 않으면 되는 거예요.

지혁, 자세를 바꿔 지원의 허리 끌어안고 얼굴 파묻으며

유지혁 난 좀 불안하긴 해. 강지원 씨는 착해서 모르겠지만.
강지원 (무슨 말?)
유지혁 어떤 인간들은 적당히라는 걸 몰라. 내 맘이 불편할 정도로 완벽하게
밟지 않으면 끝나지 않아요.

지원도 알고 있긴 하지만..
지원의 품에서 잠든 지혁과 머리카락 만져주면서 생각 많은 지원에서,

씬67. 지원의 새집 앞(밤)

위협적인 밤에 바람이 불면 으스스한 소리가 나고,

어둠 속에 수민이 이를 악문 채 무슨 일이라도 낼 것처럼 불이 켜져 있는 지원의 창문을 바라보고 있다.

정수민　날 두고 너만 행복할 순 없어 지원아.
(이 악물) 절. 대. 로.

불안한 행복 속, 서로에게 기댄 지원혁과
어둠 속 그런 두 사람을 노리는 수민의 섬뜩한 표정에서.

fin.

16부

고마워요.

내일이 기대되게 만들어줘서.

씬1. 뉴스화면(낮)

뉴스앵커 지난 24일, 경기도 가풍면 펜션에서 사망한 채 발견된 30대 남성 박모 씨에 대해 경찰은 부인 정수민을 유력한 용의자로 확정 짓고 수사에 나섰지만 여전히 행방이 파악되지 않고 있..(15부와 동일 뉴스화면)

씬2. 스위트룸(낮)

유라, TV의 뉴스화면 보다가 끈다.

오유라 한국 경찰이 무능한 거야, 정수민이 대단한 거야?
어떻게 아직 못 찾을 수 있어?

남비서 (표정)

오유라 뭐, 우린 고맙지. 어떻게든 먼저 찾아.
핸드폰에 있는 파일은 지웠지만 얘가 백업을 해놨을지 모르잖아.

남비서 그렇다면 바로 경찰에 통화 파일을 넘기겠죠. 우리가 자길 죽이려고 했는데.

오유라 (고개 젓는) 경찰에 파일을 넘기는 건 날 엿먹이는 것 외에 어떤 이득도 없잖아. 내 약점을 쥐고 있으면 도움받을 궁리를 할 거야.

남비서 …부사장님, 사람들은 생각보다 감정적입니다.

하는데 스위트룸 문 열리고 사복경찰 5명 들어오고,
남비서, 내 생각이 맞구나— 올 게 왔다- 눈 감고,
유라, 인상 찌푸리고.

사복경찰1 (영장 보여주면서) 오유라 씨 강지원 살인교사 혐의로 체포합니다.
변호사를 선임할 권리가 있고 변명의 기회가 있으며 체포적부심을
청구할 수 있습니다. 묵비권을 행사할 수 있고요. 가시죠. (다가서려
고 하면)

남비서 (이미 불리함은 느끼지만 막아서면서) 증거는 있습니까?

사복경찰1 피의자 정만식과의 통화 파일이 경찰에 전달되었으니까 판사님이 영
장을 내줬겠죠? 서에 가시면 다~~ 확인할 수 있습니다.

유라의 열받은 표정에서.

씬3. 경찰서 심문실(밤)

경찰 두 명 앞에 앉아 질문하는데 강한 느낌 아니고 '아아, 그러시구
나!' 살짝 화기애애한 분위기, 유라는 반듯하고 성실한 느낌으로 웃으
면서 대답하는 중.
그러는데 문 열리며 깐깐한 느낌의 검사1 들어온다.
경찰들 나가라는 시늉하고 앉으면, (경찰들은 유라한테 인사하고 나
가고)

검사1 형사3과 최태수 검삽니다.

오유라 (이것 봐라? 싶은데)

| 검사1 | 태어날 때부터 금수저... 예쁘시고, 매너 좋으신 거 같고, 어지간하면 다들 호의적일 테니 힘든 일 없으실 거고. 근데 지금 상황은 좀 달라요. 다들 뭐 형식적으로 조사한다고 생각하지만... |
| 오유라 | 그거예요. 형식적인 조사. |

유라, 태도 달라진다. 상냥하던 모습 간데없이 살짝 고개 치켜들고 여왕 그 자체.
하지만 검사1도 밀리지 않고,

검사1	이봐요, 오유라 씨! (테이블 쾅! 치는데)
오유라	(더 세게 테이블 쾅!) 지금 검사 따위가 나댈 때가 아닌데 급하게 기어 들어 온 거 보고 쫄 정도로 내가 머리 나빠 보여? 아무 확신 없잖아!!!!
검사1	(이번에는 밀렸다)
오유라	제가 겁에 질려 검사님이 원하는 뭔가를 말하는 게 빠를까 여길 나가 는 게 빠를까 내기하실래요?

하는데 문 열리고 남비서와 (똑똑해 보이는) 변호사1 들어오면.
의기양양한 유라의 표정.

씬4. 경찰서 앞(밤)

남비서, 변호사1과 함께 유라가 걸어 나오고
경찰들이 뒤에서 90도로 인사하는데 검사1(졌다!) 부들부들 보고 있다.

| 경찰들 | 조심해서 들어가십시오!! (하다가 검사하고 눈 마주치면 움찔) |

유라, 계단 내려오면서.

오유라 세상이 미쳐가나 봐. 진짜 이놈이고 저놈이고 선을 막 넘네.
차라리 잘됐어. 그런 파일 정도로는 아무것도 안 된다는 거...

남비서, 한일 차량 발견하고 걸음 멈추면.
유라, 남비서 시선 방향 따라 보다가 역시 한일 발견.
두 사람의 시선 따라 보이는 한일의 차.
그 앞에 서 있는 석준까지.

씬5. 한일의 차 안(밤)

오유라 (애교) 할아버지... 뭐 이런 데까지 오셨어요? 오해가 좀 있었던 것뿐
이에요. 제가... (말 고르는) 음... 사람 보는 눈이 좀 없었는데...

유한일 유라야... 이번엔 선 넘었다.

오유라 (표정)

유한일 사표 내라. 항공과 투어 지분도 당분간 권리 행사할 생각 말고,
U&K재단에서 곧 아프리카 봉사단체 보낼 건데 거기 묻어가.
봉사하고, 또 봉사하고, 그러다 사람 되면 돌아와도 좋아.
널 아껴서 준 자리가 널 망쳤구나.

오유라 (표정)

유한일 다시 기회가 있다는 것도 특권이야. 그러니...

오유라 (말 끊) 아닌데요?

유한일 (표정)

오유라 제가 왜 사표를 내요? 왜 봉사를 해요? 하!!! 아프리카요??
(기가 막혀 내쉬는 숨) 그 여자애가 맘에 드셨나 봐요. 지혁이가 결국
핏줄이니까 뜻대로 해주고 싶으신 거죠? (이 악물) ...그러세요, 그럼.

유한일 (표정)

씬6. 경찰서 앞(밤)

유라 차에서 내린다.

오유라 전 건드리시지 말고요! 내가 뭘 잘못했는데??
       할아버지 지금 공정한 척하시는데 전혀 아니거든요!

유라 있는 힘을 다해 차 문 쾅 닫고
화를 못 이겨 씩씩대며 걸어가다가 하이힐이 삐끗하는데!
넘어질 뻔한 유라를 잡아주는 손, 지혁이다.
지혁, 유라 균형 잡게 세워주지만 냉정하게 손 떼면서,

유지혁 아니지. 전혀 공정하지 않지.
       쓸데없는 짓이라고 말씀드렸는데도 널 모르시더라고.
오유라 뭔 개소리야? (이제 다 싫다) 오늘 너무 피곤하니까 내일 이야기해.
유지혁 안 해. 내일도, 모레도... 너하고 더 이야기할 일 없어.
오유라 (열받아서 노려보는데)
유지혁 강지원 씨는 건드리지 말지 그랬어.
오유라 (빡!) 뭐? 내가 뭘 했는데? 아니, 뭘 했든... 증거 있어?
유지혁 있어--

비로소 지혁의 태도 뭔가 이상하다는 생각이 든 유라,
두리번— 남비서를 찾는데,
조금 떨어진 곳에서 서 있던 차량의 문 열리면서 만식과 희숙 내린다!!!

유지혁 왜 그래? 귀신이라도 본 거 같네.

유라, 숨이 막히는 기분으로 지혁 한 번, 만식/희숙을 한 번 보는 데서.
지혁의 표정--

씬7. 폐건물 일각_과거(밤)

14부 50씬 연결해서,
연기가 가득 찬 차를 두고 유라 차들 떠나면
잠깐 사이를 두고 급하게 들어오는 지혁과 석준의 차량들.
뛰어내린 지혁, 차 안 상황 보고 경악해서 차 문 여는데 안 열리면
이 악물고 옷 고쳐 잡아(안 다치게) 팔꿈치로 차창을 깨고!!!

이석준 (경악!!!) 미쳤어?? (지혁을 살피는데)
유지혁 (안 다쳤다) 빨리요!!!

달려든 슈트들이 차창을 깨고 차 문 열어 축 늘어진 만식과 희숙을 꺼내는 데까지.

씬8. 경찰서 앞(밤)

유지혁 벌 받아. 그래야 다시는 안 그러지.
네 문제는 너는 뭐든 해도 된다고 생각하는 거니까.
가진 거 써서 피하지 말고 벌 받아.

유라, 처음으로 살짝 무너져서 주춤주춤 물러나는데.
한일, 차에서 내려 한숨으로 그런 유라 보고.

유한일 (중얼) 내가... 늙었네.

유라, 한일에게 배신감 가득한 눈빛 보내고
급하게 남비서에게 차 키 빼앗아 운전석에 올라타서 시동 걸려고 한다.
왠지 시동이 걸리지 않으면 다급해서 몇 번이나 누르고 핸들 후려치고,

(7부 6씬, 나중에 보면 지혁과 겹치는구나— 싶은 느낌)

오유라　이거 뭐야!! 왜 안 되는데!! 고장이야??

다시 차에서 내렸는데 저쪽에서 경찰들이 만식과 희숙 체포하고 있다.
유라의 시선에서 연결.

CUT TO.

경찰　　정만식 씨 배희숙 씨, 강지원 살인미수 혐의로 체포합니다.
정만식　네! 네에!! 다아~~ 말씀드릴게요. 다~~~~

만식 기꺼이 손 내밀면서 유라 노려보면,

CUT TO.
막다른 길에 몰린 느낌의 유라에게
검사1과 경찰들 다가오고,

검사1　　정만식 씨가 등장했으니 입장을 좀 다시 듣고 싶은데요? 오.유.라 씨.

고개 돌리면 한일과 지혁의 냉정한 표정.
걱정하는 남비서의 표정.
유라, 겁에 질린 아이 같은 눈빛으로 주춤, 흔들리는 눈동자에서,

TITLE. 내 남편과 결혼해줘

씬9. 유일병원 VVIP병실(낮)

INSERT. 유일병원 전경 위로

의사(E) "수술은 잘됐습니다. 전이도 없었고, 경과를 한번 보죠."

수술 끝난 주란 자고 있으면 옆에 주란부모, 연지 있다.
멀찌감치 소파에 석준 앉아서 (다행이라는 생각은 하지만 무뚝뚝) 보고 있고.

주란모	(주란 손 조물조물) 다행이다. 다행이야... 잘돼서 다행이야...
이연지	(아무것도 모르고 침대 옆에 붙어서 있고)

하는데 지원혁 들어온다. (석준 일어나고)

주란모	(뛰쳐나가며) 아유아유!! 귀한 분들 오셨네!!
	(지혁 보고) 이분이 부장님이시고...
유지혁	(인사) 걱정 많으셨죠?
주란모	(지원 보고) 우리 은인님!! 우리 주란이 생명의 은인 오셨네!!
강지원	(따뜻하게 손잡아주면)
주란모	(감동+감사) 감사합니다! 감사합니다!
	주란이가 복이 많아서 이런 훌륭한 분들을 만나 은혜를 입네요.

하는데 주란 손가락 움찔!
침대 옆에 붙어서서 주란을 빤히 보고 있던 연지가 제일 먼저 발견하고.

이연지	어? 엄마 손가락 움직인다!

하면 모두 살짝 긴장해서 침대 주변으로 간다.
주란, 정신이 들어오면서 살짝 아파서 인상 찡그리지만
눈 깜빡깜빡 흐렸던 초점이 점점 맺히고 그녀의 '사람들'이 보이면.

강지원 과장님, 괜찮으세요?

힘은 없지만 주란이 손 바들바들 떨면서 엄지척하는 데서.
모두 안도하고 웃으면서 서로를 보는 데까지.
마지막으로 석준의 표정.

CUT TO.
주란, 링거 꽂고 있고 지원혁과 석준 침대 주변에 둘러앉아 있다.

양주란 세상에... 정수민 씨 그런 짓까지 하다니. 박 대리... (눈치+한숨) 장례식장
이 이 아래인데도 까맣게 모르다니 기분이 이상하네. 알았으면 잠깐
이라도...

이석준 알았어도 못 갔어요. 큰 수술할 사람이 장례식장 가는 거 아닙니다.

양주란 아, 진짜 잔소리 좀... 수술 잘됐잖아요! 그럼 된 거지!!

강지원 (이 분위기 뭐지?)

이석준 지났으니까 그런 거지. 수술 전에는 무섭다고 울고불고...

양주란 (무안)

유지혁 (상황 무마하려고) 어쨌든 SD카드의 메모리가 살아나면서 이래저래
일이 쉬워졌어요. 법정이 최근 있었던 위협도 괘씸죄를 적용해서 엄
격하게 다룰 거니까... 다 잘될 겁니다.

강지원 어쩌면 친권, 양육권 다 가져올 수도 있겠어요!

이석준 뭐... 면접교섭권 박탈까지 해보죠. 얼마 안 되겠지만 위자료로도 괴
롭혀보고.

양주란 ...연지에게는 아예 아빠의 존재가 사라지는 거군요.

이석준 (보다가) ...싫다면 안 해도 돼요. 선택은 양주란 과장이 하는 겁니다.

양주란 좋아서 한 말이에요.

강지원 (의외)

양주란 (지원의 손 잡으며) 수술할 때, 나는 한 번 죽는다는 기분이 들었어.

지원도 그 감정 알고 있는 표정에서.

씬10. 강지원/양주란 플래시컷 분할화면

#1부 8씬 해영빌라/9부 34씬 주란의 집

박민환   내가 노냐!!
이재원   내가 노냐!!

민환과 재원을 보는 지원과 주란의 표정 위로,

양주란(E) 어디까지 버텨야 하는 건지도 모를 정도로 힘들었어.

#1부 23씬 해영빌라/14부 5씬 공주님 갈비집
문틈으로 수민환을 보는 지원
차에서 재원과 바람녀를 보는 주란

양주란(E) 안 겪어도 되는 배신도 당했고...

#1부 25씬 사무실/9씬 VVIP병실
2013년으로 돌아온 지원이 눈 깜빡이다가 뜨는 순간 위로,
수술 끝나고 누워 있던 주란이 눈 깜빡이다가 뜨는 순간 위로,

양주란(E) 하지만 새로운 기회가 주어진 거야.

씬11. 유일병원 VVIP병실(낮)

주란, 지원의 손을 꼭 잡는다.

양주란   이재원, 그 인간... 나중에라도 연지를 뜯어먹으면 모를까 절대 도움
은 안 될 인간이야. 내 딸한테 그런 고통 남기면 안 되지.
낳았다고 아빠가? 나... 맘 약하게 먹지 않을 거야.

강지원   (자기에게도 해당되는 이야기다) 맞아요. 저도 맘 약하게 먹지 않을
거예요.

지원과 주란, 행복해져요— 당연하지— 여자들만의 연대 느낌으로 웃
는 동안,
지혁, 석준에게 잠깐 따로 보자는 시늉--

CUT TO. 병실 문 열려 있고 복도에서

유지혁   (지원에게는 들리지 않게) 우리가 산 박민환 채권...

이석준   (표정)

유지혁   군이 그 부모에게까지 추심하지 않아도 괜찮을 것 같아요.
갚아줄 필요까진 없지만 우리가 인수한 건 그냥 두세요.

이석준   금액이 꽤 되는데...

유지혁   괜찮아요. (지원 본다) 내가 원하는 건 누군가의 고통이 아니라
강지원 씨가 웃는 거니까.

주란을 만나고 웃는 지원과 그걸 보고 살짝 미소짓는 지혁,
그리고 왜 웃는지 모르는(석준은 주란 보고 웃는 중) 석준,
두 사람이 보고 있는 지원과 주란에서 화이트아웃.

씬12. 16층 사무실(낮)

INSERT. U&K 본사 전경

은호, 문 쪽에서 들어와서 마케팅1팀 쪽으로 들어온다.
지원은 자리에 없고 희연만 일하고 있으면 왠지 반갑!!

백은호   (살금살금 다가가 웍!! 하고 (소심하게) 놀렸는데)
유희연   아뜨아! 쁘아!!! (사람들 다 쳐다보게 놀라서)
백은호   (더 놀라) 아, 미안해요. 나는 그냥 바, 반가워서... (당황해서 아무 말
        이나) 오, 오늘 지, 지원이가 공장제조 레시피 픽스 논의하자고 오, 오
        라고 했는데 지, 지원이는 어디 갔어요?
유희연   (강 대리님만 찾네... 서운...) 강 대리님은 개발팀 회의가 길어지신대
        요. (일어나며 쌀쌀) 섭섭하시겠지만 제가 설명드릴게요.

희연, 이쪽으로 오라는 시늉하고 앞장서는데
은호도 늘 오두방정이었던 전과는 다른 희연이 서운..

씬13. 회의실(낮)

나란히 앉아 희연, 은호에게 자료 넘겨주며 열심히 설명한다.
은호 제대로 듣지 않고 희연만 자꾸 힐끗대다가.

백은호   내가 뭐 잘못한 거 있어요?
유희연   네?
백은호   나 저번에 왔을 때도 없더니 오늘은 되게 쌀쌀맞은 거 같아서. 난 반
        가운데.
유희연   (보면)
백은호   나 눈치 없어서 말해주지 않으면 몰라요.
        잘못한 거 있으면 미안해요. (귀 빨갛다) 없어도 미안하고.

유희연	그동안 나 없는 거 알았어요?
백은호	당연하죠! 계속 찾았어요.
유희연	날 왜 찾아요??
백은호	(거기까지 생각 안 해봐서 또잉... 왜 찾았더라...) 어... 저번이랑 저저번에는 바스크케이크를 만들어왔어요. 유희연 씨가...

FLASH CUT. 6부 37씬 유희연 "이런 훌륭한 케이크를 보내신 당신은 누구신가요? 이것은 마치 사랑, 그 자체!"

백은호	엄청 좋아했잖아요. 새로 오븐을 샀는데 그게 미치게 좋거든요. 뭘 해도 세 배 이상 맛있게 나와가지고...
유희연	(은호 귀 빨간 거 보다가) ...귀 엄청 크고 이쁘네요? (손가락 끝으로 건들까 말까 톡)
백은호	(화들짝 놀라서 가리며) 뭐 하는 짓이에요?? 귀 함부로 만지는 거 아니에요!!
유희연	왜 귀를 만지면 안 돼요?
백은호	귀는 안 돼요!
유희연	그럼 손은 되고요?
백은호	(무슨 말 하는지 모름) 당연하죠. 손은 만져도 되지만 귀는...

희연, 귀 막고 있는 은호의 손을 잡는다.
은호는 당황하지만 희연은 (부끄러워서) 뚱한 느낌으로.

| 유희연 | 나 백은호 쉐프님 좋아하는 거 같아요. |

희연에게 손 잡힌 채 놀라는 은호와
(부끄러워서) 입 댓발 나온 희연, 시작하는 연인들의 느낌까지.

씬14. 지혁본가 거실(낮)

파주댁의 안내를 받아 들어오는 지혁과 지원. 정식으로 초대받은 느낌.

씬15. 지혁본가 다이닝(낮)

한일, 지원, 지혁, 희연 정갈하게 차려진 음식을 먹고 있다.

유희연   (2부 화장실 씬 이야기 중임) 그때 그 화장실에서 느낌이 따악! 온 거죠.
          카디건을 따악! 둘러주시는데 찾았다!!! 내 언니!!!
강지원   (웃고)
유지혁   또 허튼소리.
유희연   얼마나 존멋이었는지 오빠가 알아?
          그러고 나서 고민이 시작된 거예요. 내 언니가 오빠놈을 만난대! 와
          이거 어떻게 해야 해?? 언니 생각하면 당장 헤어지라고 해야 하는데,
          오빠놈을 생각하면 이 관계 완전 찬성이고...

          지원, 떠드는 희연을 보며 웃고.
          한일, 그런 지원을 유심히 보다가.

유한일   흠흠, 사람 일이라는 게 그래. 두 가지 다 하는 게 어려워.
강지원   (한일을 보면)
유한일   U&K라는 유산을 물려받는 이상 두 사람의 행복과 사회적인 의무를
          둘 다 완벽하게 조화시켜 내기가 쉽지 않다는 얘기야.
강지원   (어? 하고 보다가 미소짓는다)
유한일   왜...
강지원   할아버님 말투요... 지혁 씨랑 똑같아요. (환한 미소)
한일/지혁 (어?)

강지원	옛날에 저하고 저희 아버지도 그랬어요. 같은 말투로 같은 말을 했어요.
	무뚝뚝한 것도 똑같은 조손, 괜히 멋쩍어져서 젓가락으로 반찬 집는데 동시에 같은 거!
유희연	입맛도 똑같네! 할아버지 실망이에요...

지원과 희연이 먼저 웃기 시작하면,
지혁도 웃고.
가장 마지막에 한일도 나 참.. 하면서 기분 나쁘지 않고 눈빛 따뜻해
지는 데서,

강지원	열심히 해볼게요.
유한일	(훨씬 더 호의적인 눈빛으로 보고)
강지원	제게 귀한 기회가 주어진 거 알아요. 그러니까 지금부터는 조금 덜 욕 심내고, 더 많이 베풀려는 마음으로 살겠습니다.
유한일	뜻대로 될까?
강지원	안 되면...

FLASH CUT. 10부 46씬 강지원 "그냥 그런가 보다 하겠습니다."

강지원	(환하게 웃으면서) 더 열심히 하겠습니다!

달라진 대답이지만 이번에도 한일의 마음에 들어서 웃음 터지는 데서.

씬16. 철물점(낮)

쿵— 하고 커다란 10리터 시너통이 놓이면 철물점 주인(40대, 남) 고개

를 든다.

야구모자 쓴 수민, 수척해진 얼굴로 오만 원짜리 내밀고.

주인, 살짝 이상 기미 느끼지만 눈치 보며 거스름돈 거슬러주면,

핵 잡아채서 무거운 시너통 낑낑대고 들고 가는 수민의 뒷모습.

그 모습 갸웃하며 보던 철물점 주인의 표정까지.

씬17. 지원 새집 거실(밤)

짠! 하고 건배하는 맥주 컵이 조명에 반짝반짝.

(주란은 무알콜이거나 탄산수)

강지원 백은호 쉐프의 밀키트 대박 기원!!

양주란 이혼 성공 기원!!

유희연 연애 성공 기원!!

백은호 (표정 없이 살짝 희연 보면서 잔만 치켜들고)

지혁, 지원, 주란, 석준, 은호, 희연

둥글게 둘러앉아 배달음식 잔뜩 시켜놓고 파티 중이다.

유희연 크아~~ 역시 맥주는 이 맛에 먹는 거죠!!

(지원에게) 놀라우시겠지만 오빠는 이런 음식 먹는 게 처음일 껄요.

유지혁 (빡!)

강지원 무슨 소리야, 지혁 씨는 정구지를 잔뜩 넣은 돼지국밥도 먹어봤어. 그

쵸오?

유희연 정구지??

유지혁 정구지가 뭔지도 모르는 애랑 무슨 말을 하겠어요.

양주란 (새삼스럽게) 난 진짜 내가 죽었다 깨어났나 싶을 정도야.

이 둘(지원과 지혁)도 좀 놀라웠는데 이 둘(지혁과 희연)이 남매라니...

백은호 정말 닮은 데는 없죠.

유희연 언제는 닮았다더니?

백은호 (멋쩍... 내가 언제)

양주란 실장님이 여기 계시다는 것도 너무 이상하고요.

이석준 말해두지만 양 과장님 때문에 여기 있는 게 아니라 U&K의...

양주란 (엥?) 그 얘기 한 건데요? 실장님은 우리 회사 오너 일가만의 뭔가 대단한 사람이었잖아요. 부장님이 그 오너 일가라 실장님이 여기 있다는 게 너무 놀랍거든요.

이석준 (아차) 아...

양주란 (갑자기 옷매무새 단정히 하면서) 아, 내가 이렇게 편히 있을 때가...

유희연 (손 살짝 들면서) 저도 오너 일가이긴 합니다만?? 그리고 이 실장님은 U&K가 아니라 U&K 할아버지가 요구해도 자기가 싫으면 이런 자리에 참석하는 사람이 아님...읍!! (석준이 입 막아서)

이석준 오너 일가 입조심시키는 것도 내 일이죠.

웃음 터지고, 다들 즐거운데,

INSERT. 창밖으로 갑자기 비가 내리기 시작.

씬18. 지원 새집 앞(밤)

INSERT. 비가 살짝 뿌리고 있는 정원 위로
'안녕!' '조심해서 들어가세요!' '어 비다?!' 하는 소리들 들리고.

강지원 갑자기 비가 오네요. 우산 갖고 내려올게요.

이석준 아, 나는 차가 있으니 그냥 가면 됩니다.
(멈칫해서 주란에게) 가는 길이긴 한데.

양주란 으이그~~ 가는 길이긴 한데 뭐요? 가는 길이면 좀 태워다 주시면 되지!!!

석준, 알겠다고 고개 끄덕이고 인사한 후 먼저 툭툭 뛰어가면
주란도 지원혁에게 바이바이, 빠르게 뛰어가서 조수석에 타고.

유희연   전 그냥 뛰어가서 요 앞에서 버스 타면 돼요.
비 많이 안 오는데 뭐. 은인님, 오늘 푹 쉬세요!
오빠는... 뭐 쉬든가 말든가!!

희연 빗길에 뛰어 나가버리면,
당황한 표정의 은호, 지원혁에게 인사하고 "희연 씨! 희연 씨!!" 부르
면서 웃옷 벗어서 우산처럼 희연과 같이 쓴다.

CUT TO.
지혁, 나란히 멀어지고 있는 은호와 희연 뒷모습 본다.

유지혁   (여동생 둔 오빠의 불편함으로) 저 둘이 왜 같이 가죠?
강지원   으이그... (옆구리 쥐어박고 먼저 들어가면)
유지혁   (따라 들어가면서) 아까 우리 건배할 때 유희연이 연애 성공을 기원한
것도 이상하고. 남자를 만난다는 이야기인데...
강지원   우리 연애 성공 얘기하는 거 아니에요?
유지혁   아, 그런가... 일 리가 없잖아요!!

웃음소리, 행복한 두 사람 바라보는 불안하게 흔들리는 시야 느낌..
(수민이 지켜보고 있다)

씬19. 지원 새집 거실(밤)

지원, 어질러진 술병들과 안주들 정리하는데
바깥에 천둥번개 치기 시작하고, 불길한 느낌.

그때, 띵동- 인터폰 벨 소리 크게 울린다.
순간 긴장하는 지원, 인터폰 화면 보면 밖에 아무도 없다.
지원, 무시하고 돌아서는데 다시 띵동-

씬20. 지원 새집 현관(밤)

지원, 문 열었는데 아무도 없다.
살짝 긴장했다가 한숨 내쉬고 문 닫고 들어서려는데,
문 완전히 닫히기 바로 직전, 벌컥 열리는 현관문!
문고리 잡고 있던 지원, 놀라 보면 젖은 수민이 서 있다.
주춤, 하고 뒤로 물러나는데
수민이 전기충격기로 지원을 공격하면,
그대로 정신을 잃고 쓰러지고.

팡이(E) 야옹!

씬21. 지혁의 집(밤)

날카로운 소리 내며 와인병 쳐서 쏟아버리는 팡이.

유지혁 조심해야지.

와인병 치우고 핏물처럼 뚝뚝 떨어지는 와인 보며 어딘가 불안한 지
혁의 눈빛까지.

씬22. 지원 새집 거실(밤)

묶인 채 기절해 늘어져 있던 지원, 몸 비틀다가 간신히 눈 뜬다.
처음에는 아파— 이게 무슨 상황이지, 싶었다가
점점 기억이 돌아오고 눈에 초점도 맞으면서
수민이 거실(특히 커튼 주변에) 시너 뿌리는 모습 보고.

강지원   뭐 하는 거야??

정수민   어? 깼어?? 그냥 기절해있는 게 더 나을 건데.
(약간의 광기) 불이 더 번지는 이유가 커튼 때문이래. 너무 튼튼하게
지은 건물은 절연 어쩌구... (한숨) 뭐든 하려면 공부를 많이 해야 해.

지원, 몸 비틀어보는데 묶인 손, 고개를 들어 수민을 본다.
그러는 동안 시너 다 뿌린 수민, 땀 한 번 닦고 라이터 테이블 위에 놓고
지원에게 다가와 쪼그리고 앉아 시선 맞춘다.

정수민   지원아, 미안해.

강지원   (표정)

FLASH CUT. 1부 24씬 정수민 "지원아, 미안해."

이하, 수민의 대사 치는 느낌 1부와 같다.

정수민   이렇게 됐으니 뭘 어떡하겠어? (이제 와서 뭘 어떡해?)
왜 이렇게 넌 너만 생각하는지... (왜 이렇게 항상 넌 너만 생각해?)

처음에는 이 상황, 지원의 위기인가 싶은 느낌인데.
지원의 입꼬리 살짝 올라가며 반전의 느낌!
하.. 낮게 한숨을 내쉬며 웃는다.

강지원   정말 한 치도 예상을 벗어나지 않네.

정수민 뭐? (의외의 반응에 눈동자 흔들리고)

강지원 (서늘) 내가 좀 더 현명하게 굴었으면 뭔가 달라졌을까 싶기도 했어. 근데 아니야. 넌 생각이 짧고 어리석을 정도로 너밖에 몰라. 그래서 쓰레기통으로 직행하는 거야. 지금 완전히 망한 네 모습, 내가 알고 있는 그 어떤 모습보다도...

지원이 눈 감으면.

FLASH CUT. 1부 2씬, 수민이 지원에게 눈 맞추며..
정수민 "옆에 내가 있다는 거 잊지 마. 나랑 오래오래 살아야 해!"

지원이 눈 뜨면,
엉망진창인 꼴로 악만 남은 수민의 모습 보인다.
비를 맞았고, 시너를 뿌리느라 땀범벅이라 지쳐서 머리 헝클어져 있고.
그동안의 바깥 생활로 인해 생채기 난 손은 1부 지원의 손이 그랬듯 건조하고.

강지원 너 같다. 잘 어울려.

수민, 뒷걸음친다.
숨 몰아쉬고, 지금 상황이 이해가 가지 않는데.
수민의 시선에서 당당하고 서늘한 지원의 모습에 마지막으로 소리 지르는!

정수민 센 척하지 마!!!! 넌 나쁜 년이야. 박민환이 얼마나 나쁜 놈인지 알면서 나한테 넘겼어. 넌 좋은 것만 가졌어!!! 날 쓰레기 구덩이에 처박고!!!

강지원 (수민을 지옥으로 보내기 위해 마지막으로 들어야 하는 자백 대사) 그래서 박민환을 죽였어??

정수민 왜 안 돼? 그 나쁜 새끼가 먼저 날 죽이려고 했거든?? 근데 어차피 중

거 없어. 나 자수할 거야. 과실치사라고 너무 무서워서 도망쳤다고 해
야지. 엄청 반성하는 척하면 다들 내가 불쌍하다고 할걸?

강지원　(착잡) ...알지. 너 피해자인 척 잘하는 거.

정수민　내가 이긴 거 맞지? (활짝 웃는데)

지원, 자신의 예측이 모두 맞았다는 사실이 기쁜 게 아니라,
정수민의 바닥이 한심하다.

강지원　(반전!) 아니, 내가 이겼어.

지원, 케이블타이 결박 푸는 법을 이용해 묶인 타이 끊어낸다.
당황스럽고 황당해하던 수민에게 빠르게 다가가 제압하고.

강지원　너 때문에 내가 정말 별별걸 다 배운다. (약 올리듯) 고마워.

정수민　너! 내가 올 줄 알, 알았어?

강지원　평생을 너한테 다 뺏기고 끌려다니고... 나 자신한테 미안하더라.
　　　　　그래서 도망치지 않고 정면으로 상대해준 거야.
　　　　　너도 내 탓 그만하고, 그 누구의 탓도 하지 말고 네가 저지른 일 네가
　　　　　감당해.

정수민　감당? 아하? 그렇게. 과실치사니까 금방 나올 거야. 기다려.

강지원　(표정) ...아니, 너 과실치사라고 못 우겨.

정수민　(어리둥절한데)

강지원　...그렇죠?

오토로크 열리는 소리 나면서 통쾌한 BGM과 함께 지혁과 형사들 들
어온다.
당황하는 수민,
원하는 걸 다 얻은 지원,
지혁, 지원의 등 뒤에 단단하게 서면서.

유지혁   그렇죠. 자기가 죽였다고 자백했으니까.

수민의 시선에서,
강지원 옆을 든든히 지키고 서 있는 지혁과 형사들.

정수민   이, 이게 뭐...

수민, 무너져 흔들리는 눈동자에서 연결.

씬23. 철물점_16씬 연결(낮)

무거운 시너통 낑낑대고 들고 가는 수민의 눈동자로,
그 뒷모습 갸웃하며 보던 철물점 주인이 영 찝찝한 듯 핸드폰 꺼내 '가
풍면 펜션 살인' 치면
16부 1씬 뉴스화면과 함께 정수민 얼굴 뜨고,

철물점주인   (112 눌러서) 요즘 계속 TV에 나오는 사건 용의자요, 비슷한 여자를
봐서요.

씬24. 지혁본가 거실_과거(낮)

지원혁, 한일과 차 마시면서 즐거운 시간 보내고 있는데
뒤에서 석준 나타나 목 례하고 지혁 눈짓으로 불러내면,
나가는 두 사람의 뒷모습 보는 지원.

씬25. 지혁본가 정원_과거(낮)

유지혁   정수민이 시너를 샀다고요.

이석준   경찰이 그 일대 검문검색을 강화하기로 했어.

　　　　　집 근처도 부탁했고, 우리도 경호원을 좀 더 붙이려고...

강지원(OFF)　　　안 그러는 게 낫겠어요.

　　　　　지혁, 석준 돌아보면

강지원   절 찾아오겠다는 건데. 그렇게 두죠.

씬26. 지혁의 집 거실_과거(밤)

유지혁   난 반대예요! 강지원 씨가 하고 싶다는 건 다 해준다고 했을 때,

　　　　　위험할 걸 알고도 그냥 두는 건 포함이 아니었어요!

강지원   그냥 두라는 게 아니잖아요.

　　　　　시너를 샀다는 건 불을 지르겠다는 건데

　　　　　못 오게 막으면 의미가 있을까요?

유지혁   지원 씨!

강지원   언제까지 막을 건데요... 언제까지 도망 다닐 건데요?

유지혁   (표정)

강지원   다시 기회가 주어졌을 때, 난 그렇게 살지 않기로 했어요.

유지혁   그럼 차라리 내가 할게요. 내가... 정수민을 유인하고,

강지원   (맘은 고맙지만) 지혁 씨 앞에는 절대 안 나타날걸요?

　　　　　정수민은 나를 망가뜨리고 싶은 거예요. 상대해줘야죠.

　　　　　지혁, 지원을 빤히 보다가 한숨 쉬고..

　　　　　답답함 눌러 참고 안는다.

유지혁   (너무너무 괴롭지만) 진짜 강지원 씨 때문에 미치겠어요.

지원, 지혁의 등을 도닥여주며 결연하게 눈 감았다 뜨는 데서.

CUT TO. 지원의 새집과 지혁의 집
CCTV 카메라 각도 맞춘 지원, 잘 나오나 이리저리 손 흔들어보며 통화.
지혁, 화면으로 나오는 지원의 모습 보고 있고.

강지원   (지혁 안심시키려고 애써 귀엽게 V자 해 보이면)
유지혁   (CCTV를 통해 그런 모습 애틋하고)

설치된 카메라에서,

씬27. 지원 새집 거실_22씬 연결(밤)

지원, 제압하고 있던 수민 놓고 물러난다.

강지원   네가 저지른 일 네가 감당해.
죗값 잘 받아. 그게 너한테 만들어주겠다던 그 지옥이니까.
형사1   (수민에게 다가가며) 정수민 씨, 박민환 씨 살해와 방화미수 혐의로
체포합니다. 변호사 선임할 수 있고 변명의 기회 있습니다. 체포 적부
심 청구할 수 있고 묵비권 행사할 수 있습니다.
정수민   (다 잃고 멍하게 서 있다가 마지막 발악) 으아아아아아악!! 아니야!!
난 아니야!! 강지원이, 전부 강지원이 꾸민 일이야아아아아아!!!

날뛰는 수민과
그 모습 바라보는 지원에서.

CUT TO.
엉망진창이 된 거실에 서 있는 지원의 표정.

할 일을 했지만 선량한 사람이기에 느끼는 씁쓸함과
이제 정말 끝이라는 허무함..

유지혁   (다가가서 안아준다) 이제 다 끝났어요.

지혁을 마주 안는 지원의 표정..
처음에는 모든 것이 실감이 나지 않아 눈을 깜빡이지만,
이내 온전히 삶을 되찾은 감정이 넘쳐나는 타이트샷까지.

씬28. 지혁의 집 거실(밤)

지원, (1부부터 나온/12부) 다이어리 펼쳐본다.
브레인스토밍한 것과 박민환 이야기, 정수민에게 아이디어 뺏기지 않
을 거야--
그 외 업무 관련 기록된 것들 쭉 보다가 덮는데.

유지혁(OFF)   너무 완벽주의자야. 그만 자죠?
강지원   (보면)
유지혁   이제 끝— 거기에서 아무 생각하지 말고.
          (손 벌리고) 나 안고 자면 되게 기분 좋을 건데.

지원, 피식 웃고 일어나서 지혁의 품에 안기고.

씬29. 지혁의 집 침실(밤)

둘이 애틋하게 마주 본 채 누워 있다.
지혁은 지원이 무얼 마음에 걸려 하는지 알지만.

유지혁	이제 좋은 일밖에 안 생길 거예요. 내가 그렇게 해줄게요.
강지원	(표정)
유지혁	내가 죽을까 봐 걱정돼요? …말하지 말걸. (지원 끌어안는다)
강지원	어떻게든 지켜주겠다고 결심했었는데…
유지혁	(고개 젓는) 내가 강지원 씨를 지키는 거지.
	난 괜찮아요. 지원 씨는 당연히 되찾아야 할 걸 받은 거고
	난 내 것이 아닌 기회를 얻은 거예요.
	그래서 이렇게 강지원을 안고 있잖아. 그럼 된 거야.
	어차피 사람은 다 죽고, 언제 죽을지 모르고, 그건 우리도 마찬가지고.
강지원	그렇게 말하지 마요.
유지혁	(편하게 해주려고 장난) 그러면 나한테 좀 더 잘해주든가.
강지원	(지혁 마음 알아서 애써 웃으며) 어떻게요?
유지혁	(살짝 입 맞추고) 이렇게.

지혁, 입술 떼면..
지원 지혁을 보다가 먼저 키스하고..
키스 깊어지는 데서 살짝 보이는 지혁의 파란 하트까지.

씬30. 경찰서 앞(밤)

딱딱하게 굳은 표정으로 유라와 남비서 빠르게 걸어 나온다.

남비서	최태수 검사가 출국금지 신청했어요. 내일 승인 날 겁니다.
	오늘 내로 줄국하셔야 합니다.
오유라	(신경질!) 몇 시 비행긴데?
남비서	(시계 보고) 앞으로 세 시간 후, 세 시간 반 후, 네 시간 후 다 잡아놨습니다.

남비서, 운전석으로 가는데 유라 밀치고.

오유라　넌 제대로 하는 게 하나도 없어. 해고야.

남비서　(표정)

오유라　(손 내민다) 비행기표 내놔.

남비서, 아프게 보다가 유라에게 비행기표 건네주면.
낚아챈 유라 짜증으로 운전석에 올라타 시동 건다.
운명이 유라에게 향하고 있다는 느낌의 위험한 BGM과 함께 차 출발하고.

씬31. 거리 일각(밤)

유라의 차 달리고 있는데 '아빠'로부터 전화 온다.
받지 않지만, 잠깐 유라의 시선 핸드폰으로 향했다가 다시 앞을 봤을 때는..

오유라　...여기가 어디야?

거리가 방금과는 느낌이 달라져서 지혁의 사고도로와 비슷한 느낌,
당황해서 내비게이션 터치터치. 맘대로 되는 게 하나 없어서 폭발하는 순간,
어디선가 벚꽃잎 몇 장 날아와 차창에 붙고.
멀리 (지혁의 사고와 겹치게) 치즈태비 하나(팡이) 지나가면,
유라의 당황해 살짝 인상 찡그렸다가 숨 들이마시는 데서.

씬32. 산길의 도로 전경(밤)

쾅--- 하고 사고 나는 소리(E)
이어서 운명은 모두 이루어졌고,
이제는 평화롭고, 아무렇지도 않은 하늘까지.

씬33. 지혁의 집 욕실(낮)

샤워기 물 떨어지는 소리 멈추고,
김 서린 거울을 닦는 커다란 손, 보이는 지혁의 얼굴 위로,

FLASH CUT. 4부 47씬 지혁의 차 사고 장면 빠르게 번쩍!

지혁, 착잡하지만 받아들이려는 덤덤함으로 젖은 머리 닦고 돌아서다가
뭔가 발견하고 다시 거울 본다.
인상 찌푸려지고..

씬34. 지혁의 집 주방(낮)

거실에는 TV 뉴스가 틀어져 있다.
간단한 아침 준비하던 지원,
욕실 문이 쾅— 하고 거칠게 열리는 소리가 들리면
놀라 하고 있던 거 내려놓고 나오는데.

씬35. 지혁의 집 거실(낮)

로브 걸친 채 달려 나온 지혁, 지원의 팔을 쥔다.

강지원	왜 그래요? 무슨 일이에요??
유지혁	사라졌어요.

지혁, 설명하기 힘들어 로브 사이로 하트가 있던 곳 보여주면..
지원 역시 놀라는데,
TV 뉴스앵커의 목소리 두 사람 사이로 끼어든다.

뉴스앵커(E)   전 클라우드항공 부사장 오유라 씨가 인천공항 인근 도로에서 발생한 교통사고로 병원에 옮겨졌지만 결국 숨졌습니다.

씬35-1. 뉴스화면

앵커의 뒤로 산길 도로에 차가 뒤집어져서 찌그러져 있고 상황 통제하는 경찰들 보이는 유라의 사고현장 사진 있다.

뉴스앵커 얼마 전 덤프트럭 살인미수 사건의 배후로 밝혀져 검찰의 조사를 받고 있던 오 씨는 혐의를 완강히 부인하며 무죄를 주장했으나 검찰은 관련 증거를 확보하고 오 씨의 출국금지를 요청한 상태였습니다. 이 사고로 오 씨의 가족 측은 검찰의 무리한 수사 방식에 대한 해명을 요구했으며 검찰 측에서는 주동자 오 씨의 사망에 유감을 표하면서도 사고의 진상을 끝까지 조사할 것이라고 밝혔습니다. (중간mute)

지원혁의 표정과
한쪽에서 그루밍하는 팡이에게 벚꽃잎 묻어있는 데서 화이트아웃.

씬36. 가정법원(낮)

INSERT. 카메라 틸트다운, 가정법원 명패

(이혼 절차상 여기는 여름이어야 할 것 같아서 실내로 썼습니다. 남자
는 보통 슈트니 여자들 복장만 자연스럽게 반팔로 진행 부탁드려요)
법정 문 열리고 주란과 석준 걸어 나온다.
상대측 변호사(재원은 미출석), 석준에게 꾸벅 인사하고 멀어지면.

이석준	이혼에 성공한 것, 축하해요.
양주란	(아주 기분 좋아서 귀엽게 춤춘다) 예이~~!!
이석준	(어이없어 웃고)
양주란	감사합니다. 실장님 덕분이에요. (악수 청하면)

석준 하고 싶은 말 많은 얼굴로 보다가 악수한다.
두 사람, 이번에야말로 뭔가 말할 듯 서로를 보지만,
아무 말 없이 손 놓고,

이석준	(초콜릿 꺼내 까먹으면서) 더운데 태워다 줄까요?
양주란	아니요. 완전 솔로의 첫날은 친구들하고 보내기로 했어요.
	(꾸벅 인사하고) 먼저 가보겠습니다!! (돌아서서 멀어지면)
이석준	(거절당한 건가 싶은데)
양주란	아? (하고 다시 돌아와서) 제가 밥 살게요.
	너무 비싼 건 안 되고, 적당히 비싼 걸로. 그래도 되죠?
이석준	(보다가) 사실은...

무슨 말을 할까— 긴장되는데,

양주란	(표정, 편하고 무슨 생각하는지는 몰라도 맑다)
이석준	(용기 내어) 개인적으로 양주란 씨, 정말 좋아하는 타입이에요.

FLASH CUT. 7부 12씬 이석준 "개인적으로는 정말 싫어하는 타입이에요."

양주란   (세상 제일 예쁜 미소로) ...알아요.

주란, 다시 인사하고 멀어지다가
돌아서서 바이바이!! 있는 힘을 다해 손 흔들고 사라지면
석준, 거참— 싫어서 웃는 데까지.

씬37. 레스토랑 동백꽃(밤)

INSERT. 레스토랑 '동백꽃' 간판

주란이 들어오면 지원과 희연 자리 잡고 앉아서 메뉴 보고 있다.
은호가 직접 나와서 주문 받고 있는 상황.

강지원   음... 소중한 내 친구가 새로 레스토랑을 시작하는 걸 축하하는 의미
도 있으니까 (메뉴판 놓고 우아하게) 제일 비싼 걸로 주세요.

백은호   (메뉴판 챙기며) 밀키트 대박으로 제 분에 넘치는 유명세를 떨치게 해
주신 분들에게 제가 쏘는 거니까 제일 비싼 걸로 드리죠.

유희연   (메뉴판 뺏으며) 은호 씨가 쏘는 거면 좀 고를게요.

양주란   (들어와 앉으며) 이혼하고 솔로로 돌아온 내가 쏘는 거니까 제일 비싼
거 먹자. 좋은 날은 좋은 거 먹어야죠.

강지원   매일매일이 좋네요. 그럼 와인부터 딸까요?

유희연   여기 느어어무 아름답다, 증말!! 최고야!!

모두가 꺄르륵 웃는 데서.

씬38. 지혁의 집 거실(밤)

다시 크리스마스— 실내가 온통 크리스마스 장식이다.
팡이는 평화롭게(?) 크리스마스트리를 노리고 있고,
지혁과 지원 함께 요리 중인데,

씬39. 지혁의 집 주방(밤)

지혁, 심각하고 냉철한 눈빛이었는데 카메라 얼굴 전체, 바스트로 확
대되면
(지원 기쁘게 해주려고) 산타 모자 쓴 채 터키 다리를 묶기 위해 고심
중이다.

강지원 (안절부절) 그거 아니지 않아요? 이게... (참견하려고 하면)
유지혁 (단호) 쉿! 둬봐요. 이게 다 나만의 방법이 있어...

지원, 물가에 내놓은 아이를 보듯이
지혁이 터키 다리와 싸우는 모습보다가
몸 돌려서 물 한 잔 마시고 다시 돌아서는데.

CUT TO.
조명이 불길하게 낮아지고, 눈앞에 민환 서 있다.
헉!! 하고 놀라서 주춤하면..

박민환 넌 뭐 크리스마스 타령을 하고 그러냐?
그거 다~~ 상술이야. 케이크 팔아먹으려고.

지원, 당황해서 돌아보면,

지혁도, 따뜻한 조명도, 크리스마스 장식도 사라진 텅 빈 집..
놀란 지원의 숨소리에서.

CUT TO.
지혁이 멍한 지원의 얼굴 보고 있다.

유지혁   (당황해하는) 왜 그런 표정을 지어요? 아, 아니, 내가 지금 아이를 가
졌으면 좋겠다고 말한 게 아니라, 이게 좀 길어질 거 같으니까, 그동안,
재미로 예쁜 이름 이야기해보자고 한 건데 그런 표정이면...

강지원   (얼굴 굳어있다가 정신 퍼뜩 차리고) 그, 그런 게 아니라...
(하다가 당황해하는 거 귀여워서) 사람 일 어떻게 될지 모르는데 무슨
아이 이름을 정해요...

유지혁   (바쁘게 움직이던 손 뚝 멈추고 정색) 어떻게 될지 모른다뇨?

지혁, 지원의 허리 감싸 당겨 안는다.

유지혁   우리가 이러고 있는데?
강지원   (웃기지만 참고)
유지혁   (지원의 뺨에 입 맞추고) 이런 것도 하고...
(목덜미에 입 맞추고) 이런 것도 하고...
강지원   (웃참)
유지혁   (입술에 입 맞추고) 이런 것도 하는데?? 어떻게 될지를 몰라??

결국 지원 웃음 터지면,
지혁도 웃음 터져서 계속 "왜 모르지?? 어떻게 모르지??" 너스레 떨고.
행복한 두 사람의 위로.

강지원(E)   아빠, 전 이제 행복해요.

씬40. 16층 사무실(낮)

플래카드와 은호의 광고 사진 성공사례로 걸려있다.
'백은호 쉐프 밀키트 누적 판매량 500만 개 돌파'
'쉐프들의 식탁 10차 물량 완판!!'
'2014년 10대 히트상품 선정' 등등.
여직1, 남직1,2 포함 각자 할 일 하는 평화로운 분위기 위로,

강지원(E) 제가 엄청나게 훌륭한 사람이 된 건 아니에요.
전 여전히 그냥 강지원이지만,

씬41. 회의실(낮)

김치스낵을 봉지째 뜯어놓고, 마요네즈에 꽂아놓고, 접시에 세팅해놓고,
둘러앉아 있는 마케팅1팀 직원들.

양주란 이건 맥주랑 먹어야 해요.
유희연 (와삭) 짭짤~ 매콤~하니 막걸리랑 먹어도 좋을 거 같은데요.
유지혁 (먹으면서) 맛있네.
일동 (그게 평가야?)
강지원 흠흠, 이 제품은 스토리텔링이 있는 걸 마케팅 포인트로 잡으면 좋을
것 같아요. 개발한 자매님들의 이야기가 아주 좋던데요.

하는데 치익— 해서 일농 몰아보면,

김경욱 (맥주 땄다가 아, 아닌가... 하고 밀어놓으며) 제가 한번 확인해 보겠
습니다.

씬42. 16층 사무실(낮)

지원 자리로 돌아가는데 경욱이 다가와서,

김경욱 어... 스낵 나한테 맡겨줘서 고마워.

강지원 (너그럽게) 열심히 하시잖아요, 요즘. (하고 돌아서려는데)

김경욱 어... 저...!!!

강지원 (뭐지?)

김경욱 사실 전에 밀키트 말이야... 내가 좀 뒤에서 방해를 한 것도 있긴 한데... 어... 뭐... 미안...해.

강지원 알아요. 덕분에 더 좋은 결과를 얻었으니까 한 번은 눈감아 드리는 거예요.

(반 장난) 올~~ 인정하실 줄 몰랐는데 대리님, 다시 보이네요??

김경욱 (결국엔 제 버릇 개 못 줘서) 사람이 말야... 나이가 드니까 확실히 달라지더라고. 음, 전부라고 믿었던 사랑에 실패하고 이 일 저 일 겪으면서 나 자신이 어떤 사람인지 알게 되었달까??

조금은 달라졌지만 많이 달라진 건 아닌 경욱,
자기 자신에게 취해 이야기하면 지원, 으이구~~ 싫지만 고개만 끄덕끄덕.

강지원(E) 꽤 많은 부분이 달라졌어요.

씬43. 지혁의 집 거실(밤)

지원, 거실에 앉아서 새로운 다이어리 펼쳐서 꾹꾹 누른다.
'새로운 출발!' 쓰는 위로,

강지원(E) 저도 달라졌어요.

유지혁(OFF)   밥 먹으러 와요!

씬44. 지혁의 집 다이닝(밤)

식탁에 먹음직스러운 돼지국밥 놓이고,
눈 반짝이며 앉아있는 지원, 우와.. 입 벌어진다.

강지원 잘 먹겠습니다. (하고 숟가락 드는데)

유지혁 잠깐.

지혁, 부추가 든 접시 들고 와서 지원의 국밥에 넣어주고

유지혁 정구지를 팍팍 넣어 먹어야죠. 지원 씨, 돼지국밥 먹을 줄 모르네.

지원, 어이없어 웃고 국밥 한술 떠서 먹어보는데 이 맛은!!!!

강지원 어, 이거 거기서 사온 거예요? 우리 갔던 데??

유지혁 오, 입맛 살아있네. (정구지 팍팍 넣고) 맞아요, 거기.

강지원 안 그래도 너무 먹고 싶었는데. 사라지기 전에 열심히 먹어야겠어요.
        사라진 다음에 유명한 집 다 찾아다녔는데 비슷한 맛 내는 가게도 없
        었거든요.

유지혁 (먹으며) 열심히 안 먹어도 돼요. 먹고 싶으면 계속 먹을 수 있으니까.

강지원 (보면)

유지혁 그분들 서울에 분점 내셨거든. 우리 집에서 5분 거리.

강지원 (입 떡 벌어져서) 설마...

유지혁 (무심하게) 재개발을 막을까 하다가 이게 더 쉽겠다 싶어서.
        이 정도는 해도 되지 않나?

강지원   (감동으로 보는데)

유지혁   지금 이 남자 뭐야... 싶었죠?

강지원   아뇨, 식기 전에 먹어야겠다, 생각했어요. (한 입 먹고는) 우와!! 맛있어!!

지원 국밥 먹기 시작하고

그런 지원 뿌듯하게 보는 지혁.

강지원   (무심하게) 아 근데 이번 주말에 시간 있어요? 같이 가고 싶은 데가 있는데.

씬45. 한국대 캠퍼스 내 호숫가(낮)

지혁, 감회가 넘치는 표정으로 호숫가 둘러본다.

5부의 3씬 밤의 호수, 지원혁과 지금의 호수, 지원혁의 모습이 겹쳐지다가.

강지원   나는 늘 배를 탄 거 같았어요. 발밑이 불안하고 외로웠어.

그런데 여기에서 위로가 되는 사람을 만났죠.

유지혁   (웃고) 어련하겠어요?

아버님이 심사숙고해 고른 최고의 용돈이었는데. (자기 가슴 퉁퉁!)

강지원   이제 불안하지 않아요. 외롭지도 않아요.

지혁 씨가 있으니까. 그래서...

유지혁   (보면)

강지원   시작이 여기였으니까 이번에도 여기에서 시작해볼까 해요.

유지혁   (뭔가 느낌 이상한데)

강지원   (막상 시작하자 떨리고 당황스럽다) 어... 다시는 연애 같은 거... 결혼 같은 거 안 할 거라고 생각했었는데 지혁 씨와 있으면서 조금씩 달라졌어요.

...나랑 결혼해줄래요? (민망해서 장난처럼) 내 땅이 될 자격이 충분한 거 같아. 나 잡아줘요.

유지혁   (표정 안 좋으면) 진짜 너무하네.

지원, 놀라 멈칫한다.
지혁의 표정 보면 인상 찌푸리고 당황스러운 듯.
이건 아닌데.. 난감한 듯 짜증 난 듯 완전한 거절의 느낌이다.

강지원   아, 나, 나는 그냥 지금 내 마음이 그렇다고...

하는데 지혁, 알 수 없는 표정으로 지원을 한참 보다가 돌아서서 가버린다.
멀어지는 뒷모습 보고 당황하는 지원,
뭘 잘못한 건가 싶은데..

씬46. 캠퍼스 거리 일각(낮)

지원, 당황스러워서 시선 내린 채 어쩔 줄 몰라 하면서 걸어오는 중이다.

강지원   내가 자격이니 뭐니 한 건 장난이었는데.
            아우, 바보... 오해할 말을 왜 한 거지.

지원, 한숨 푹 내쉬면서 터덜터덜 걸어가는데

유지혁(E) 어디 가요?

지원, 놀라 돌아보면 커다란 꽃다발이 눈앞에!

유지혁   (무뚝뚝하게) 하고 싶은 건 다 해도 되지만 청혼은 아니지.

        지혁, 꽃다발 지원에게 내민다.
        이미 그렁그렁해진 지원, 꽃다발을 받으면.
        지혁, 한쪽 무릎 꿇고.
        다른 의미로 지원 또 놀라고.
        지혁, 한참을 가지고 다니던 반지 케이스 꺼내며..

유지혁   오래 갖고 다녔어. 언제나, 프러포즈를 하고 싶었으니까.

        케이스 열면, 세상에서 제일 예쁘게 세팅된 커다란 다이아반지---

유지혁   그리고 오늘부터는 강지원 씨가 죽으라면 죽는시늉이라도 할 겁니다.
강지원   (표정)

        FLASH CUT. 1부 20씬 택시기사 "그음방 팔팔해지가 뛰댕기고 돈도 마
        이 벌고, 아가씨 말이모 마.. 고마 죽는시늉도 하는 머스마 만나가 잘
        살 낍니더."
        (이건 사실 택시기사의 말이지만 현모 목소리 덮어야 하지 않을까요?)

강지원   (울컥) 왜 죽는시늉이에요?
유지혁   (미소) 내가 죽으면 안 되니까. ...나하고 결혼해줄래요?

        지원, 벅차올라 어렵게 고개 끄덕인다.
        그러면 지혁이 반지 꺼내 지원의 손가락에 끼워주고.
        말 한마디 할 수 없는 완벽한 연결로 서로 마주 보는 두 사람,
        가득한 꽃을 같이 안은 두 사람의 컷에서..

씬47. 교도소 운동장 일각(낮)

INSERT. 교도소 전경 위로 강지원(E) "물론 달라지지 않은 것도 있지만."

수민, 수감자1에게 지원을 욕하는 중이다.

정수민   이유는 모르겠어요. 왜 지원이가 내가 가진 건 다 뺏고 싶어 하고 내가 불행하길 바라는지.

수감자1   2574번이 착해서 그래. 그런 인간들은 누울 자리를 보고 다리를 뻗어. 그래서 잘해주면 더 지랄버거지거든. 아예 싹을 잘라야 해.

정수민   아유, 언니 어떻게 사람이 그래요... 난 다 참을 수 있었어요. 다만...

수감자1   (집중)

정수민   우리 지원이가 망상... 같은 거 있다고 말씀드렸죠?
                 자꾸 내가 자기를 가스라이팅하고 괴롭히고 인생 나락으로 떨어뜨렸다는 둥 피해자 코스프레를 하는데 어휴...

수감자1   어머나 세상에!! 곱게 미쳐야 하는데 아주 찌질하게 미쳤네~~!!

수민, 씁쓸한 척하지만 반응에 만족하는 얼굴 위로

간수(E)   2574 면회!!

씬48. 교도소 면회실(낮)

수민, 아무 생각 없이 들어서다가 면회실 너머에 앉아있는 사람보고 숨넘어가게 놀란다.

박민환   뭘 그렇게 놀라?

정수민   너... 너...!!! 어떻게!! 죽은 거 아니었어??

박민환	그래서 온 거야. (보험증서 꺼내며) 10억.
	내가 죽었으니 보험금으로 10억이 나오거든.
정수민	뭐?

무슨 소리인가 수민 아연한데 뒤통수를 때리는 민환의 말.

박민환	그것 좀 지원이한테 전해줄래?
정수민	(숨넘어갈 듯) …뭐?
박민환	나 생각해준 건 걔뿐이야. 나한테 잘해주는 사람 소중한 걸 몰랐지.
	(고개 절레절레) 그래서 이거라도 걔 주고 싶어.
정수민	또 강지원 타령!!! 왜!!!! 나랑 걔랑 뭐가 달라?!!!
박민환	다르지. 넌 뱀 같아. 옆에 있는 사람을 칭칭 감아 죽여버리거든.

수민, 어떻게 해도 지원의 그림자에서 벗어날 수 없다는 절망..
비명 지르는 데서 연결,

씬49. 교도소 수민 수감실(밤)

INSERT. 복도를 뛰어오는 다급한 교도관들의 발 위로 비명.

잠깐 졸았던 수민, 비명과 함께 눈을 뜬다.
함께 수감되어 있는 수감자들 한쪽으로 피하고,
쏟아져 들어온 교도관들이 가서 제압하면 눈물범벅,

정수민	왜 나는 안 돼!! 왜 강지원이야!! 강지원!! 죽여버릴 거야!!
	아냐아냐, 내가 잘못했어. 나한테 잘해준 사람은 지원이밖에 없는데…
	나는 지원이밖에 없었어. 계속 그랬어.
간수	2574!! 정숙!! 정숙!!

정수민   나는 그냥… 나는… 그냥 지원이한테 나밖에 없길 바라서…
지원이는 행복해지면 안 되는데. 나 없이 행복해지면 안 되는데…
아아아아아아아아악!!!

수민이 다시 날뛰기 시작하고 다른 수감자들,
늘 일어나는 일이라는 듯이 고개 절레절레 TV 보는데 뉴스 나오고 있다.
(지원과 지혁 사진 떠 있는 화면)

리포터   U&K그룹 유한일 회장의 손자인 U&K푸드 유지혁 전무가 서울 윈튼
호텔에서 결혼식을 올릴 예정입니다. 지난달 U&K그룹 정기임원인사
에서 승진하며 겹경사를 맞게 된 유지혁 씨의 결혼 상대는 U&K푸
드 평사원인 강지원 씨로, 두 사람은 사내연애를 통해 사랑의 결실을
맺었다고 U&K 측은 밝혔습니다.

씬50. 호텔 정문 앞(낮)

49씬 리포터가 리포팅 중인 뒤로
경호 차량을 앞뒤로 단 의전용 리무진 차량 들어오는 데서,

리포터(E) 가족 친지와 가까운 지인들만 초대된 결혼식은 외부인의 방문을 철저
히 통제한 철통 보안 속에 비공개로 진행된다고 합니다.

이미 기자들로 인산인해인 호텔 앞,
리무진 멈춰 선다.
먼저 내린 경호원의 에스코트를 받아 내리는 지원,
살짝 어리둥절했지만 이내 감당하고, 당당한 미소.
머리부터 발끝까지 눈부시게 화려하고 아름답고.
끝이 보이지 않는 열띤 취재 열기와 막아서는 경호원들.

드레스 양쪽으로 움켜쥔 채 경호원들이 만들어준 길을 팔랑팔랑 뛰어
가는 지원,
반짝반짝 행복을 향해 간다.
엘비스 코스텔로의 'She'가 배경음악으로 어울릴 듯한 세기의 결혼식
느낌.

씬51. 호텔 홀(낮)

지원, 커다란 문 앞에서 숨을 고르면
헬퍼분들이 드레스 정리를 해주고,
천천히 문이 열리면서
늘어진 하얀 꽃이 가득한 여자들의 꿈과 같은 버진로드가 펼쳐진다.
그 앞에서 기다리고 있는 건 지혁.
지혁이 손을 내밀면서 웃으면,
지원이 그 손 위에 자신의 손을 얹고,
입장 음악 울리기 시작.

이석준 (사회 보는 중) 이제 새로 출발하려는 신랑 신부 입장이 있겠습니다.
내빈 여러분께서는 힘찬 함성과 아낌없는 박수로 두 사람을 맞이해주
시길 바랍니다. 신랑 신부 입장~~!!

지원과 지혁, 잠시 서로를 보다가
같은 방향을 보고 천천히 걸음 옮기기 시작하는 데서..
지혁의 표정,
지원의 표정..
조명..

씬52. 호텔 결혼식장(낮)

INSERT. 화려한 생화 장식이 예술적인 결혼식장의 전경

주례(E) 이에 주례는 이 혼인이 원만하게 이루어진 것을 여러분 앞에 엄숙하게 선언합니다!!

지혁의 손가락에, 지원의 손가락에 화려한 웨딩링 끼워지면
생화 꽃잎 장식과 반짝이들 화려하게 터진다.
박수치며 환호하는 하객들의 모습.
혼주석의 한일과 주란, 석준, 희연, 은호, 경욱,
동석, 신우, 예지, 친구1,2, 여직1, 남직1,2까지
모두가 진심으로 축복하고 행복해하면서 핸드폰으로 사진 찍고.
지원과 지혁 돌아보면서 환하게 웃는 위로 반짝반짝 꽃잎들과 꽃가루들 흩어지고.

CUT TO.

양주란 정말 예쁘다.
유희연 (감동으로 넋 나가서) 지금 비 올 거 같은 거 아세요?
양주란 뭐? 오늘 날씨 너무 좋던데?
유희연 은인님이 너무 아름다우셔서 심장마'비'~~~ 올 것 같다구요!!

꺄르륵 좋다고 웃은 주란과 희연
열성을 다해 사진을 찍는(셀카 포함) 앵글 속 지원혁의 모습에서 연결.

CUT TO.
지원혁의 모습(사진 찍으려고 준비 중)을
한쪽 구석에서 예지와 친구1,2가 보고 있다.

은호, 화장실 갔다가 들어오다가 그들 발견하고,

백은호   어? 너네 왔네?

하예지   (깜짝 놀라) 아, 아이다. 우린 안 온기다.
　　　　　내가 축의금은 음청 많이 했고 축하도 음청 많이 했는데 밥은 안 묵었다.

INSERT. 축의금 명단 '죄인 하예지 100만 원'

하예지   생각해도~ 생각해도~ 미안하고 지원이가 진짜 행복했으면 좋겠는데
　　　　　내가 할 수 있는 게 이뿐이 읎다.

백은호   (생각하다가 예지 어깨 툭) 생각 많이 했네.

은호, 엄지척해 주면 예지와 친구1,2도 엄지척!
웃어 보이고 은호, 반짝반짝 웃으며 행복한 지원을 보고는..

백은호   (혼잣말 중얼) 이제 괜찮아. 진짜 행복한 거 같으니까.

은호의 시선 느낀 지원, 같이 사진 찍자고 손짓하는 위로.

강지원(E)   모든 게 다 조금씩은 나아졌어요. 그렇게 믿어요.

CUT TO.
지원혁의 사진 컷,
가족사진 컷,
친구들 사진 컷.
지원을 아끼고 축하하는 주변 사람들이 점점 늘어나는 컷컷에서 마지막으로, 지원이 부케를 던지는데 마치 자유의 여신상처럼 손 쫙 뻗어서 당차게 받는 희연.
어이없어 하는 지혁, 희연은 의기양양하게 승리의 미소 은호에게 보

내고,

지원과 은호 웃는데..

지원, 문득 비어있는 혼주석으로 시선이 간다.

강지원(E) 아빠가 여기 계셨으면 좋겠어요.

이렇게 행복해하는 모습 보시면 얼마나 좋아하셨을까...

유한일(E) 아주 이쁘구나.

강지원 (돌아보면)

유한일 (지원의 어깨 도닥) 속상해할 필요 없어. 결혼했으니 내가 이제 네 할 애비다. 넌 내 손녀딸이고.

FLASH CUT. 1부 4씬 김자옥 "됐다. 시집 왔으니 넌 박씨 집안 사람이고 내 딸이야."

강지원 (한일을 보면)

유한일 내 가족이고, 내 사람이고, 내 새끼고.

이제 아무것도 걱정할 필요 없다.

강지원 전...

유한일 나도 걱정 안 하마. 내가 네 가족이고, 네 사람이고, 네 할애비니까.

인자하게 웃는 한일,

옆에서 지혁이 지원의 미묘한 불안을 눈치채고 손을 잡아주면,

유지혁 아버님이 나 보고 계실 기예요.

지원, 왈칵 눈물 나서

다르다.. 이번에는 다르다 눈물 나면서도 미소 짓는 위로..

강지원(E) 정말, 그럴까요? 아빠... 보고 계세요??

지원과 지혁의 얼굴에서.

리포터(E) U&K그룹이 사회복지재단 '두 번째 기회'를 설립하고,
미혼모, 퇴직자, 경력단절여성, 이직희망청년, 미취업청년 등 인생의
두 번째 기회가 필요한 이웃들 지원에 나섰습니다.

씬53. 행사장(낮)

지혁과 지원, 관계자들과 '두 번째 기회' 재단 출범을 알리는 테이프
끊고 있다.
테이프 끊으면 꽃가루 뿌려지고.. 박수소리.. 서로 인사한다.
그러다가 지원이 나서서 마이크 앞에 서면 모두 집중.

강지원 안녕하세요. U&K '두 번째 기회'의 재단 이사장 강지원입니다. U&K
가 앞으로 만들어 나갈 바른 영향력의 첫걸음을 응원해 주시기 위해
이 자리에 참석한 모든 분들께 감사드립니다.

일동 (박수)

강지원 '두 번째 기회'는 내년까지 주요계열사를 통해 총 200억 원을 단계적
으로 출연 예정입니다. 여기서부터 U&K는 나눔의 의미를 아는 기업
으로서 체계적이고 지속적인 사회 환원 활동을 시작해 나갈 것입니다.

일동 (환호와 박수)

강지원 ...길은 끝까지 가봐야 안다. 저는 이제 모든 게 끝난 것 같은 순간에
도 다른 길이 있으며, 그 길이 더 좋을 수 있다는 걸 믿습니다.
두 번째 기회는 반드시 있고, 있어야 합니다.
한 번 잘못된 선택으로 고통받는 분들에게 저희 재단이 힘이 되어드릴
수 있으면 좋겠습니다.

(이 대사는 1부에 현모였던 택시기사가 지원에게 해준 말들 변형입니다)

다시 한번 박수와 환호가 터지면 지원이 미소 짓는 위로.

강지원(E) 저, 이번에는 잘살고 있죠?? 근데...

지원의 얼굴에서 연결.

씬54. 지혁의 집 거실(낮)

퀭해서 조는 지원의 얼굴로 연결.
으에에에에에~~~엥(E) 아기가 울기 시작하면
지원, 정신 번쩍 차리고 안고 있던 아이를 추슬러 안는데.

강지원(E) 아기가 이렇게 잠을 안 자는 존재였나요??

안방에서 역시 퀭한 얼굴로 지혁이 아기(쌍둥이)를 안고 나오면서.

유지혁 내 생각엔 어디가 아픈 것 같아요. 당장 병원에...
강지원 (하루 이틀 일이 아니다. 단호!) 내 생각엔 아니니까 (시계 보고) 이제 밥을 먹이면 될 것 같아요. (멀리서 보고도) 지운이는 응아 했네요.
유지혁 헉?

헉? 허억?? 하고 아기를 시얄짜 떨어뜨려 안는 지혁의 표정과
야옹~ 하고 멀찌감치서 구경하다가 멀어지는 팡이.
안정적인 아기는 내려놓고 다가가서 지혁에게 아기를 받아 안는 지원
에서

강지원(E) 한 번도 안 해본 일들이라 쉽진 않지만...
그래도 꽤 잘 해내고 있는 거 같아요.

씬55. 수목장(낮)

지원과 지혁, 현모 나무를 보고 있다.
사진에 현모의 사진, 그리고 지원혁의 사진만 있었는데.
점점 사진들 엄청나게 늘어난다.
세계 곳곳을 여행 다니는 지원혁의 사진에서
쌍둥이 아이들의 사진이 더해지고,
가족사진들에 다시 아이가 한 명 더 태어나고..
시간의 흐름을 보여주는 사진들에서.

강지원(E) 저는 이제 확실하게, 조금씩 앞으로 나아가고 있어요.
제자리걸음이 아니라 앞으로 내딛고 있어요.

씬56. 한일의 집 서재(낮)

쌍둥이1,2 동시에 인사 꾸벅하고 총명하게 그림일기를 짠 든다.
분홍색으로 가득 칠해진 벚꽃 잎 위에 5식구(총 10개/아빠발엄마발지
완발지운발애기발)의 발이 있는 그림이다.

유지완   저는 땅이 되고 싶습미다!
유지운   저는 짱이 되고 싶습미다!

FLASH CUT. 7부 56씬 유지혁 "나는... 땅이 되고 싶었어요."

지완지운 (입 모아) 우리 집 가훈은 '서로에게 단단한 땅이 되자!'입니다!

유희연 뭐가 돼? 짱? 깡? (잠깐 생각하다가) 어? 이거 왜 뭔가 익숙하지...

희연, 한일 보지만 한일이라고 알아들을 리 만무하고,
쌍둥이1,2가 그림일기 던져버리고 각자 한일과 희연에게 달려들어 안기면서.

유지완 근데 엄마아빠 어디 갔어요?

유희연 오늘이 무슨 기념일이라는데, 단 한 번뿐인 무~지 중요한 날이라고.
그러니까... (확 끌어안아 장난치면서) 고모랑 놀자아아아아아아아!!

와아아 도망가는 지완지운의 웃음소리--
그림일기 클로즈업되면 분홍색 벚꽃 가득한 그림에서
1부 1씬 벚꽃 날리던 모습,
그 위로 겹치는 쌍둥이1,2의 웃음소리와
1부 1씬 아이들의 웃음소리 연결되면서,

<자막 : 2023년 4월 12일>

씬57. 미술관(낮)

<자막 : 2023년 4월 12일> 연결.
지원, 방 하나를 가득 두른 커다란 벚꽃 그림 앞에서 단정하게 서 있다.

강지원(E) 그리고 오늘, 제가 알고 있는 모든 계절이 끝났어요.
같은 계절을 이렇게 다르게 보낼 수 있다는 게 믿어지지 않아요.

아련한 지원의 표정, 만족스럽고 반짝반짝 빛난다.

유지혁   여긴 봄의 한복판이네요.

지혁, 다가와서 지원과 나란히, 맨 앞의 가장 큰 벚꽃 그림을 본다.
두 사람의 손 닿을 듯 가깝다.

유지혁   근사한데요. 이 작가를 원래 좋아하긴 했는데, 화풍이 좀 달라진 것
         같기도 해. 한참 고생하다가 결국 인정받긴 했지만...
강지원   이번에는 우리 재단 때문에 맘고생 안 하고 자기 재능을 맘껏 펼쳤으
         니까.
         원래... 이랬어야 하는 거예요. 잃었던 걸 찾은 거예요.
         이렇게 아름다울 수 있는 거였어요.

지원의 뿌듯한 표정에서..

강지원(E) 저 이제는 제대로 살고 있어요, 아빠.

지원이 미소 짓고 있는데 지혁이 손을 잡으면,

유지혁   (바라보고) 고마워요.
강지원   (보면)
유지혁   2023년 4월 12일을 전혀 다른 날로 만들어줘서.
강지원   나도 고마워요.
유지혁   (보면)
강지원   내일이 기대되게 만들어줘서.

못 말리는 닭살 커플, 서로를 향해 애정 가득 보다가..

강지원   행복해요.

지혁, 돌아와서의 유일한 목표를 이뤄서 역시 행복하다.
고개 끄덕이고 지원의 어깨 감싸 안아주고.
그들의 뒷배경으로 화려하게 피어있던 벚꽃잎들이
하늘하늘 흔들리다가 날리기 시작하면,
반짝반짝 행복하게 웃는 지원혁의 모습에서,

fin.

두서없는 작가실 수다

대본은 온전한 작가의 작업이지만,

드라마는 연출, 배우, 제작, 촬영, 음악, 미술 등등 보이지 않는 수많은 스태프들의 협업이다 보니 만드는 과정이 참 다사다난할 수밖에 없습니다.

작가실에 감금된 채 그 스릴 넘치고(!) 재미있는(!) 순간들을 전해 듣는 것이 소소한 낙, 그리고 상상력의 원천이라 촬영 중에는 현장과 배우, 스태프들을 짝사랑하기 시작하는데..

그러면 이런 짓을 하기도 하고요..

이것이 도를 넘으면 내적친밀감이 상승하며 마치 저희 어머니(46년생 개띠)께서 TV에 나오는 연예인을 친구처럼 말씀하시듯 내 배우들과 스태프들을 내 새끼인 것처럼 생각하기 시작합니다.

그러다 보니 대본에 표현되는 건 단 한 줄이라도 그 뒤에 숨은 수많은 서사, 각 캐릭터마다의 재미있는 이야기가 28,417가지는 되죠.

구구절절 다 이야기하면서 즐거워하고 싶지만,
지나간 꽃 시절은 말하는 사람만 재미있다는 명언을 되새기며 짧게 이야기하자면,

우리 원작에서 유지혁은 연상이었어요.
상황상 남자주인공이 연상일 때 이야기를 좀 더 유연하게 풀어나갈 수 있었지만, 나인우라는 배우를 만나면서 그 키, 그 눈빛, 그 어깨... 이야기는 알아서 풀리겠지 싶었고 우리의 유지혁 부장님은 연하가 되었죠.

문제는 이복동생인 유희연이더라고요.
지혁과의 나이 차이, (원래는 있었던) 에피소드, 지혁희연의 집안사 등등을 고려하다 보니 정신을 차렸을 때는, 네, 우리 드라마에서 백년해로한 커플은 김자옥/박철중밖에 없게 되었습니다.

하지만 제가 가장 거부감이 심했던 건 심지어 사랑은 없고(!) 백년해로는 힘들다(!)는 사실이 아니었어요.
유 부장.
무한도전 광팬이었던 저는 유 부장하면 계속 유재석 씨가 생각나서요...
힘들었어요...

석준주란 커플은 지원혁 커플과 데칼코마니로 구성하고 싶었어요.
그러면서 하도권 배우님한테는 으른멜로 한번 해보자고 캐스팅했는데, 실제로는 재벌3세 뒷조사하게 하고 인사팀의 해결사, 변호사, 결혼식 사회자로 이용

해먹었죠. 미안해요. 그치만 없었으면 어쩔 뻔했어.. 고마워요.

공민정 배우님한테는 분량은 많지 않을 테니 눈빛으로 다 해달라고 졸랐는데 그걸 해주더라고요. 세고 말빨 센 캐릭터들 사이에서 가장 현실적이고 덤덤하게 제가 가장 하고 싶은 이야기- 나한테 착한 사람에게 더 잘해줘야 하는 거 아니에요? -를 터트렸을 때 저는 그녀가 너무너무 이뻐 보였는데, 통했을라나요?

아, 늘 작업하면서 배우는 게 많은데 이번에 가장 큰 가르침은 우리의 김 과장, 김중희 배우에게서 왔어요. 수민이가 임신 고백할 때 쓰러지는 거 보고 작업실에서 단체로 같이 쓰러졌거든요. 이 자리를 빌려서 사과하고 싶습니다. 김중희 배우가 김 과장이 수민이를 진짜 사랑한다고 했을 때 그런 사랑 없다고 했거든요. 제가 많이 모자라요. 있었네요.

마지막으로 오유라 역할이요..
정말 어려운 자리였어요. 11부 엔딩에 처음 등장하는 데다가 우리 지원이와 지혁이를 정면으로 방해하는 역할! 임팩트는 있었으면 좋겠지만 분량은 많지 않고 심지어 제대로 서사도 깔아주기 힘든 너무나 힘든 자리.
사실 악당 중의 악당이지만 수민이와 민환이는 너무나 소시민(..)으로 우리의 재벌3세 유지혁이 마음만 먹으면 이 땅에 발붙이지 못할 분들이었어요. 그래서 돈(!)과 힘(!)을 실어주기 위해 반드시 필요했던 재벌3세 악당녀였고, 그 어려운 자리에 보아 씨가 들어와 준 거였죠. 그것도 7년 만에. 기획단계에서 크나큰 고민을 해결해준 너무나 고마운 결정이었어요.

그 외에도,
친구들 이름 만들 때 기억하기 쉽게 하려고 '초록동색' 조동석, '유유상종' 유상종의 이름이 탄생했는데 강상준 배우가 알아봐 줘서 엄청 기뻤죠.

또..또... 아, 우리 노빠꾸 희연은호 이야기도 해야 하고 뭐가 엄청 많은데 이미 출판사에서 허락해준 페이지는 넘겼네요.

아쉽지만 여기서 마무리해야 할 것 같아요. 자세한 뒷이야기는 유튜브(아직 개설 안 했어요. 개설하면 꼭 놀러 오세요!)에서 풀겠습니다.

이상 일하는 건 힘들고 수닷거리만 많은 작가실이었습니다.
감사합니다.

작가 인터뷰

Q. 지원혁이 서로의 회귀 사실을 알게 되는 중요 장면에서 BTS의 노래를 매개체로 삼으신 이유는 무엇일까요? (BTS의 팬이신지)

A. 팬의 범위에 따라 다르겠지만, 일단 아미는 아닙니다.
  다이나마이트를 좋아했고, 봄날에 슬퍼했고,
  아미인 친구가 알려준 소수와 약자에 대한 BTS의 메시지를 지지했어요.

  사실 너무 몰라서 용감하게 시대의 아이콘을 갖다쓴 경우인데,
  나중에 보조작가가 말하길, 사람들의 반응이 걱정되었다고 하더라고요.
  (.. 진작 말해주지)

Q. 작품 속 최애 캐릭터가 궁금합니다.

A. 당연하지만 강지원이에요.
  유지혁은 강지원을 행복하게 해줄 거기 때문에 사랑했고
  박민환은 강지원을 밀어(?) 행복으로 보내줄 거기 때문에 사랑했으며
  정수민은 멈추지 않고 강지원에게로 내달릴 거기 때문에 사랑했어요.
  지원아, 행복하자!

Q. 감정 묘사에 가장 심혈을 기울인 캐릭터, 또는 장면이 있으실까요?

A. <내 남편과 결혼해줘>는 강지원이 하는 말이고, 정수민이 듣는 말이에요.

당연히 두 사람의 캐릭터에 가장 많이 신경을 썼어요.

가장 고민한 부분은,

얘는 왜 이렇고 쟤는 왜 저런가였죠.

이렇게까지 다른 두 사람은 왜 친구였고, 왜 여기까지 왔는가.

두 사람이 같은 경험-부모에 대한 상실감-을 다르게 받아들이고 상대를 대한

것이 대답이 될 거라고 생각했어요.

사람은 누구나 잘못된 결정을 해요.

내 탓이 아닌 불행도 일어나죠.

그걸 어떻게 받아들이고 한 걸음을 더 내딛느냐가

그 사람을 결정하는 것 아닐까요?

Q. 신유담 작가님이 생각하시는 '사필귀정', '권선징악', '인과응보'란?

A. 세상엔 많은 사람들이 있고,

그 수만큼의 사정이 있고 취향이 있고, 정의가 있죠.

그래서 누가 옳다 그르다를 논하는 건 어렵고요,

그냥 선을 넘지는 말아야 한다고 생각해요.

그래서 선을 넘는 것을 제 선 안으로 돌려보내는 일이 사필귀정

선을 넘지 말 것을 권하고 선을 넘은 놈들 궁둥이를 차주는 것이 권선징악

선을 넘은 놈들이 선 안으로 돌아가면서 땅을 치고 후회하게 되는 게 인과응

보 아닐까요?

Q. 만약 주인공처럼 10년 전으로 회귀한다면?

A. 비트코인! 테슬라!

　...가 아니라 세계 환경문제 해결을 위해 힘쓰겠습니다.

Q. 다음 작품을 기대해봐도 될까요? 어떤 장르를 염두에 두고 계신지 궁금합니다.

A. 어떤 장르든지 시원하고 웃을 수 있는 이야기일 거예요.

　기대는 제발 해주시길.

　꼭 더 성장해서, 빠른 시간 내에 돌아오겠습니다.

작가의 씬

♥ **방송분에서 가장 애정하는 씬 1 <9부 씬60>**

기획하면서 가장 납득하기 어려운 부분은 '왜 지원이는 그냥 도망가지 않을까'였어요. <일어날 일은 일어난다>는 대명제로 과연 설득이 될까.. 일단 외국으로 튀어야하지 않을까.. 아니면 적어도 사람이라도 사서 박민환, 정수민 뒤통수를 쳐야지 않을까..

주인공이란 어찌나 힘든 포지션인지!

아시는 분은 다 아시겠지만 지원이 그러지 않은 이유는 물론 '그러면 드라마가 되지 않으니까' 예요.(웃음)

그래서 마침내 민환이에게 '뭐 하긴? 너와 헤어지지.' 라고 말하며 시원하게 한 방 먹이는 장면은 너무 신났어요. 아유, 속 시원해!

　　　　지원, 걸어가는데 뒤에서 낚아채 붙잡는 민환.

박민환　　야! 너 뭐 하는 거야?

강지원　　뭐 하긴. 너랑 헤어지지.

　　　　　　벌써부터 마음 불편한데 어떻게 결혼해?

박민환　　너? 너어?? 와... 이게 진짜 막가네.

강지원   넌 야! 너! 하면서 난 안 돼? 되게 웃기는 애네.

지원, 민환의 손 탁 털어내고 돌아서면.
등 뒤에서 민환의 표정 심상치 않게 험상궂어진다. (1부 느낌대로)
저 멀리 뛰어나오는 은호 보이고,
뒤이어서 자옥과 철중, 은호를 팍 밀어내고 뛰어나오고,
민환, 이를 악물고 폭력적으로 손 뻗어서 지원 낚아채려는 순간!

강지원   이야아아아아압!

FLASH CUT. 유도장
유지혁 "덩치 차이가 있는 여자가 남자를 집어 던진다는 건 실제로 쉽
지 않아요. 그러니까 상대가 전혀 예측 못 한 순간에, 한 번에 해야 해요."
고개를 끄덕인 지원이 지혁의 손목을 낚아채고 몸을 돌리는 순간
과 겹쳐져서.

지원이 손을 뻗어 민환의 손목을 낚아채고 몸 돌리면서
우아하고 멋있게 (5부 37씬의 지혁과 비슷한 자세로) 민환을 부우우
우웅 엎어치는 데까지!

박민환   어... 어.... 어......???!?!?!?!?

완벽한 호를 그리면서 넘어가는 민환과
멀리서 보고 있던 은호, 자옥, 철중이 놀라 입이 쩌억~~!!
아름답게 엎어친 지원이 의기양양하게(민환의 폭력 극뽁~)
고개 드는 싱그러운 얼굴, 찬란한 햇살에서.

캐릭터 하나하나를 엄청 애정하고 상상하며 쓰지만, 가끔 저도 놀랄 정도의 표현이 보일 때가 있는데 이 장면이 그랬어요. 반응 중 제일 재미있었던 것이 '지원이 애를 임신한 것처럼 대사친다' 였는데 이 순간의 표정, 근육, 눈빛... 진짜, 와씨o.O.

정수민　(정신 차림. 표정 변해서 무릎 제대로 꿇는다) 죄송합니다!!
　　　　상황이... 너무 극단적으로 안 좋은 쪽으로만 흘러가서 제 변명을 한다고 한 게 선을 넘었어요. 두 분을 욕할 의도는 없었어요. 당연히 불쾌하실 건데 거기까지는 생각 못 했어요. 다 제 잘못이에요. (땅에 이마 대며 과하게)

아저씨/부인　(지원에게) 아, 아가씨... 미, 미안해요. (수민 보며 짜증)
　　　　아... 이게, 참...

강지원　(수민 엎드려 있는 모습 뭔가 불길) ...괜찮습니다.

　　　　지원, 사죄하는 수민 불편하게 보다가 돌아서는데.

정수민　미쳐버릴 거 같았어요. 그러면 안 되는 건 알지만, 감정 기복도 너무 심하고.
　　　　제가 나쁜 년이지만, 이러다가... 안 좋은 생각을 하게 될 거 같아서...

　　　　지원, 멈춰 서서 돌아본다.
　　　　수민과 눈이 마주친다.

정수민　지원아, 미안해. 그래도 나 용서해주면 안 돼? 나 지금 너 없으면 안 돼.

　　　　수민 무릎으로 지원에게 기어가 손을 내민다.
　　　　저도 모르게 흠칫해 물러나는 지원, 하지만..

정수민 (지원의 손목 붙잡는다) 나, 임신했어.

일동 경악!!!
지원 역시 숨 들이마시고.
순간 아주 짧게 수민의 얼굴 위로 승리감 스쳐 가지만
이내 사라지고 그저 어쩔 줄 모르는 눈물 그렁그렁.
서 있는 지원과 무릎 꿇은 채 지원 손목 잡은 수민을 보다가 다리 풀려
주저앉는 민환에서.

♥ 방영 되지 않아 아쉬운 장면과 그 이유 <10부 씬55>

주인공들의 이야기를 밀도 있게 진행하려다 보니 생략된 이야기가 많아요. 석준과 주란 이야기는 서운하게나마 풀었지만, 한일과 지원, 한일과 지혁, 한일과 유라의 서스펜스 넘치는 관계는 거의 보여드리지 못했어요. 할아버지의 속마음은 과연 무엇이었을까요! 또 둘이 보다 셋이 웃을 은호와 희연의 '내가 이제 니를 조아한다꼬!' 썸도 빠졌고요. 수민에 대한 경욱의 아무도 허락하지 않은 찐사랑도 꼭 보여드렸어야 하는데.. 아쉬워요.

백은호 신기한 거 보여줄까?

은호, 뻑으로 거리 벌려서 비장하게 손 딱 펴고 지그재그로 한 발 스케이팅 타기 시작하면, (엄청난 기술이라기보다 일반인의 장기 정도인데 비장해서 귀엽게)

백은호 (발 바꾸며) 요래... (발 바꿔서) 요래...
강지원 (놀라서) 다쳐!

..라고 지원이 말하는 순간 은호 돌아보다가 그대로 미끄러져서 엉덩 방아!!

뿌왁!! 하는 엄청난 소리와 함께 주변 사람들 놀란 시선으로 세게 넘어진 거 알겠는데.

강지원   (놀라 대자로 누워 있는 은호의 곁으로, 무릎 꿇고) 괜찮아?
백은호   봤나? 잠깐이지만 됐지? 잘하지?

하면 어이도 없고 귀엽기도 해서 웃음 터지는 지원과
지원이 웃으니 만족한 은호 웃는 위로.

강지원(E)   아빠, 왜 몰랐을까요.
살아있다는 건 웃을 일이 참 많은 거였어요.

♥ **그 외에 처음 기획단계에서는,**

1 수민이 회귀 사실을 알게 되는 걸 구상했어요. 그때부터 시작되는 지원, 지혁, 수민, 민환의 세컨 스테이지를 상상하며 즐거웠는데 거기까지 가지 못했어요.

2 그 과정 속에서 지원이가 민환을 유혹하는 과정도 조금 더 적극적이었죠. '한때는 나의 전부였지만' '이제는 죽이고 싶은' 나쁜놈을 상대하는 모습이 오싹할 정도로 매력적이었거든요.
너무 매운 맛이라 결국 포기했지만요.

3 비슷한 맥락으로 수민이가 결국 지혁이까지 탐내는 이야기까지도 하고 싶었는데, 어차피 당차게 까였겠지만, 상여우 수민을 가지고 노는 상상여우 지혁도 매력 있었을 것 같아서 아쉬워요.

작가의 타임 노트

	년도	월	일	내용
전사	1990년	11월	8일	지원 어머니 죽음 (지원 7세)
	1996년	9월	12일	지원이 엄마 배회숙 가출
		겨울		수민, 아빠 만식 찾아갔다가 운전밖대, 배회숙 마주침
	1997년	봄		수민, 지원 만남
		겨울		수민, 지원집 갔다가 살기슬 인로 (지원주) 보면서 흑화
	2002년	2월		지원 대학 입학
	2003년	2월		지역 대학 입학
	2005년	3월	1일	지원 아버지 죽음
		6월	9일	지원(4학년), 지역(3학년 1학기 전 휴학, 군대) 첫만남
		12월		지역, 깡이 구하려다가 다치고 회병전역
	2006년			지원 U&K 입사, 민환과 사이기 시작
	2008년			지역 U&K 입사 (미국지사) 유라와 약혼
	2011년	4월		U&K 푸드에서 지원과 재회하는 지역
1회차 (회귀전)	2014년	초		지원, 민환 결혼
	2014-5년			민환 회사 퇴사 (결혼한 지 1년도 안 된 시점)
	2017년			지역, 유라에게 파혼 요구 (전부터 있었던 무수한 사고)
	2019년			지역, 부회장 취임 (지역이 유만일의 손자라는 거 알려지는)
	2021년			지역, U&K 대표이사 취임(서준 사직서) / 유라와 파혼 마무리 (클라우드 항공, 엘리트 투어 매어롬)
	2022년	12월	중순	지원 쓰러짐, 조직검사
		12월	24일	조직검사 결과, 지원 암 선고
	2023년	4월	12일	지원희 죽음
			14일	지원희 발인
			19일	지역희 죽음
회귀				
	2013년	4월	12일	지원희 회귀 / 지역 화상 / 회귀 이유 깨닫는.. 아빠! / 민환과 포자마차 / 경찰서
			13-14일	수목장, 서점, 곱밥집 데이트
			15일	김과장한테 기획안 1차 까이기 / 무릎 다치는 지원 / 회귀했던 깨닫고 수민에게 내 남편과 결혼해줘
				1화 엔딩
			19일	지역희 회귀 / 지역, 은호 찾아가서 동창회에 가달라 / 지원, 구내식당에서 수민환에게 반격 / 지원, 회연과 인연 / 지역, 주란과 동맹 / 경욱, 지원희 기획한으로 양신당하기 / ～ 명물 걸걸이 선물
				엔 딩

				은라, 사고로 사망
			8일	유라, 사고로 사망
			여름	사라진 화랑야표 >> 유라희 죽음 밀 제 되는 지원희 / 주란, 이혼 / 은호 레스토랑 개업
			겨울	크리스마스 준비중인 지원희
	2015년	1월		밀키트 성공 / 김치스낵ppl / 경욱과희 화해
				수민 교도소 생활
		4월		지원희 결혼식
	2016년	4월		사회재단 출범
	2017년			육아
	2023년	4월	12일	지원, 내가 알던 모든 배경이 끝났다
				16화 엔딩

작가의 스토리 노트

	지원	지혁
9부	민환과의 마지막 디데이를 상견례 날짜로 잡고 수민에게 속아주는 척하며 상견례 날, 민환과의 모든 관계를 끝낸다.	지원이 힘들어질 때마다 위로해주고 자신의 죽음 이후를 천천히 준비해둔다
10부	민환의 불륜을 폭로하고 지혁과의 관계가 진전된다	지원을 돕는 데 최선을 다하고 결국 감정에 따라 지원과 키스한다
11부	지긋지긋했던 민환과의 운명을 떨치고 지혁과 새출발을 하려는 순간 유라가 등장한다.	자신에게 직진하는 지원과 드디어 마음이 통하는데 지원의 운명이 비껴갔다고 생각한 순간, 유라가 등장한다
12부	유라의 등장으로 지혁을 밀어내며 운명을 바로잡으려 노력한다	자신을 밀어내는 지원의 곁에서 자신이 할 수 있는 도움을 준다
13부	자신을 노린 사고를 지혁이 대신 당한 후, 수민에 대한 분노를 다지고 운명의 힌트를 찾는다	자신이 한 일이 결국 지원의 위기가 되자 죽을 각오로 대신 사고를 당하고 깨어났을 때 지원에게 고백한다
14부	민환에게 운명을 넘기기 위해 내연녀가 되려 하다가 더 큰 위기를 맞는다.	사고의 배후를 캐며 지원을 돕는다
15부	수민이 불륜현장을 덮칠 판을 짜고 결국 자신의 운명을 민환에게 넘긴다	지원과 함께 운명을 넘길 판을 짜고 지원의 조력자가 되어준다
16부	수민의 기습을 역이용해 경찰에 넘기고 지혁과 행복한 미래를 만들어나간다	죽음의 운명에서 벗어나고 지원과 함께 행복한 미래를 만들어나간다

	수민	민환
9부	지원을 자극하면서 민환을 더욱 적극적으로 유혹하고 지원의 결혼을 파토내기 위해 최선을 다한다	수민과의 양다리를 유지하면서 지원과의 결혼을 진행시키지만 상견례장에서 파토난다
10부	회사에서 민환과의 관계가 폭로되고 실수까지 드러나면서 잘리자 임신 거짓말로 민환의 발목을 잡는다	회사에서 입지가 폭망하고 사채빚까지 감당 못하는 상황에서 유일한 희망인 수민을 붙잡는다
11부	드디어 민환과의 결혼식을 올리게 되고 지원이보다 행복해졌다고 생각했는데 생각지도 못했던 지원이 반응에 멘붕	어떻게든 회사에는 비밀로 하고 결혼하려고 했는데 수민 때문에 다 들어지고 동네방네 소문 다 내며 결혼
12부	생각과 다른 신혼 생활이 시작. 엉망인 자신과 달리 지원이 만나는 지혁이 재벌이었다는 사실을 알고 지원의 삶을 망치려 한다	달콤하지 않은 신혼이 시작되고 수민의 본색을 보며 집밖으로 돌기 시작한다.
13부	지원의 삶을 망가뜨리려고 작정하지만 결국 또 실패하고 지원에게 오래된 악의의 이유를 밝힌다	지원에게 무시당한 분노로 지원을 죽이고 크게 한탕할 꿈을 꾸지만 결국 실패하고 불안해진다.
14부	점점 고립되어가고 결국 민환에게도 버림받자 최후의 수단을 사용하기로 한다.	다시 다가온 지원에게 흔들리는데 다시 돌변한 지원의 태도에 멘탈이 나간다.
15부	지원와 민환의 불륜 현장을 십으려 하다 뜻밖의 관계를 알게 되고 결국 민환을 죽인 혐의로 쫓기게 된다.	수민을 죽이고 보험금을 탈 생각을 하지만 결국 자신이 죽게 된다
16부	지원을 죽이려다 결국 경찰에 붙잡히고 교도소 안에서 점점 미쳐간다	－

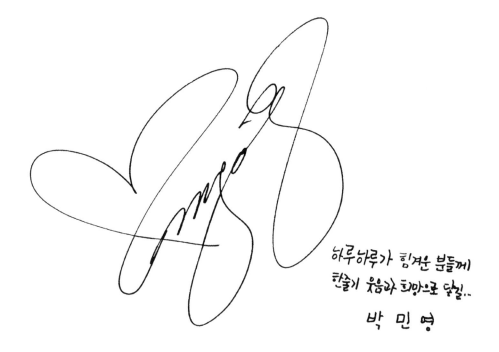

하루하루가 힘겨운 분들께
한줄기 웃음과 희망으로 닿길..

박 민 영

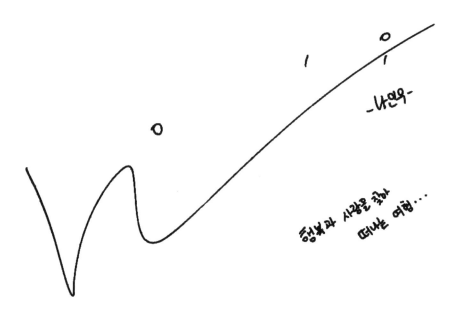

-나연-

행복과 사랑을 찾아
떠나는 여행...

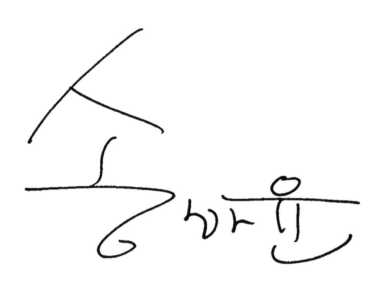

우리와 함께 해준 모든분들
정말 감사합니다 ♥

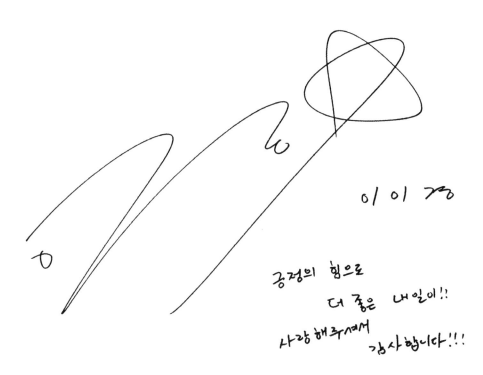

이이경

공경의 힘으로
더 좋은 내일이!!
사랑 해주셔서
감사합니다!!!